读客

读客外国小说文库

激发个人成长

夜光的阶梯

［日］松本清张 著　　廖子雯 译

夜光の階段
松本清張

文匯出版社

目　录

楔　子

晨间，一名入住九州温泉旅馆的三十五岁男子，正要起床。故事要揭开序幕，得先从这平凡的日常生活提起。

在日常生活当中，如有不测是反常，而无风无浪（包含已潜藏变化而未外显的情形）便是无聊枯燥地结束一天。异常是来自个人内在因素，或是与当事人无关的外部影响，前者可事先预期，后者则纯粹是突发状况或巧合，两者皆与平凡的日常生活密切相关。

男子起床，泡了澡。他叫桑山信尔，在大阪检察院担任检察官，他来到九州这自古便以武藏温泉闻名的温泉乡、现名为福冈县筑紫野市×町，并非是为了工作。因为以前曾关照过他的福冈检察院检察长病逝，他去博多吊唁，顺道游访此地。桑山信尔胃不好，所以身形瘦削。

浴室窗外正对高山，进入四月，晨曦沿山林冉冉而上。绿草尚未冒出嫩芽，在山脚下，纯白樱花正盛开。那一座山，名为天拜山。

传说过去山顶上松林遍野。古时候，菅原道真遭贬黜至太宰府，为抒发内心悲愤，而登天拜山，以雷电之姿由松林之间飞往京都，平时平[1]被雷电劈死。羽根本旅馆提供的《旅游导览》如此介绍。

“仰望高山，雷霆响彻峰顶，三日三夜，狂啸暴虐，直捣人魂魄，丧人心志。梅王：‘呜呼，丞相大人何以为此身。’丞相：‘吾已为雷电之首，志惩叛贼徒党，就此诀别。’梅王：‘自此永别。’丞相：‘保重。’梅王：‘保重。’丞相：‘照光清净无量天。’此景实为诡谲……”（《菅原传授手习鉴·天拜山》[2]）

他朝那座寻常无奇的山头瞥了一眼，便起身走出浴缸。旅馆女侍曾提起，今天是佛祖诞辰，附近寺庙将举办孩童捧花绕境[3]祈福活动。

他回到房里时，房间已经收拾干净，报纸和茶杯摆在黑色桌上，砂糖如霜般撒落在小块梅干上。

正当他无聊翻阅报纸时，女侍送来了早餐。

“天气这么好，应该有不少人来赏樱吧？”

他一边动着手边的筷子，一边和年长的女侍闲话家常。

1　即藤原时平。菅原道真与藤原时平于醍醐天皇即位时分列左右大臣，天皇因信藤原时平谗言，将菅原道真贬至九州。藤原时平其后积极进行改革，欲掌管政权，却英年早逝，谣传为菅原道真的怨灵作祟。

2　描写了平安时代菅原道真失势及其关系人物，与《义经千本樱》《假名手本忠臣藏》并称“义太夫狂言三大名作”，为人偶剧净琉璃和歌舞伎表演中最受欢迎的题材之一。

3　指寺庙境内。

“这一带樱花不多，来赏樱的观光客也少。梅花盛开的季节，才是人山人海呢。”女侍说道。

“这么说来，太宰府的梅林可真是远近驰名，刚才的梅干也是从那里摘来的吗？”

“是。”

“我听说今天有绕境活动，主办寺庙在这附近吗？”

“主办寺庙在天拜山脚下，庙方还会招待甘茶[1]呢。”

“我只有小时候跟母亲到庙里喝过一次甘茶。我想去凑个热闹，散步过去大概需要多久？”

“三四十分钟吧。”

“等吃完饭，我就穿着木屐出去走走好了。”

“嗯，两天前，那座寺庙后面有人被杀了。”女侍支支吾吾地说。

桑山登记在住宿名簿里的职业为公务员，女侍并不知道他是位检察官。她聊起这案子，单纯只是想为浴佛法会增添话题性。

“噢，什么人被杀了？”

他这么问不是出于职业习惯，在这里他只是一名普通游客。

“二十一岁的女孩子，听说很漂亮呢。”

“真可怜啊，是当地人吗？”

“不是，是佐贺县伊万里人。”

“那地方的陶瓷很有名。抓到凶手了吗？”

“当场就抓到了。”

1　用土常山叶泡的茶。

“太好了。”

“可是啊……”女侍板起脸孔，“凶手是个疯子，一个女孩子家落得这种下场，真是太惨了。”

桑山原本打算踩着木屐出门，最后还是换了外出服。他穿过旅馆林立的街道，沿田间小路走向天拜山。油菜花像一片黄澄澄的花毯覆盖原野。周围除了农村，还有些新盖的小房子。

不到三十分钟，他已行至田野尽头的山脚处。他穿越供汽车通行的横向狭窄旧马路，往山下走去。寺庙位于山谷后头。

这里似乎是座禅寺，一扇小山门耸立林间，旁边石头上刻着“荤酒禁入”。此地平日应为静谧之处，今天却门庭若市，甚至还摆出了几个零星的小摊位。

铺满碎石的步道由山门往内延伸，杂草钻出石缝，杉树分列两侧，正面可望见以山腰林间风光为背景的古老正殿屋顶。

孩童已集合就绪。头戴璎珞的女童脸上擦着白粉，以黛画眉，双唇点上胭脂，正在嬉笑玩耍。白色披肩令人联想到《菅原传授手习鉴》剧中的衙役。

“正欲休息之际，遇三善清行手下官役，彼等手持棍棒，卷起衣袖，奔向前来……”

围观人群中冲出一名青年，他虽不至于将衣服折起飞奔，步伐也算急促。

“喂，警察正在后头勘查现场。”

四五个年轻人一听到这消息，纷纷走向寺庙后方。

昨天早上八点，庙里的和尚发现遇害女子尸体。正殿后方的竹林间有条小径，通往开山住持坐禅石，那里便是女子陈尸之处。发现当时，有个二十一二岁、身穿衬衫及蓝色工作裤的光头青年坐在地上，笑嘻嘻地朝和尚招手。和尚一靠近，便瞧见身上穿着洋装的女子被草绳勒住脖子，皮包打开掉在一旁。该名女子的身份即是由其中的物品判明。

遭到逮捕的青年是精神分裂症患者，从距离此地西边二十公里远的佐贺县K町郊外的精神病院逃脱。他是农家次子，身材高大强壮，虽被关进铁栅栏的单人房，但门锁疑似松脱，他因此逮到机会破门逃出。警方已大致厘清逃走路线，由于没有目击者，判断为沿山路逃窜。

女子逗留此地的原因不明，只知她不幸在此遇上凶手。他自逃走的那一夜起，整整一天未曾进食，饥肠辘辘使他凶性大发，又或许他一碰见人就以为是前来追捕自己。不消说，从他嘴里完全问不出个所以然。

惨遭横祸的女子家为伊万里当地的陶瓷业者，她借住佐贺市内的姑姑家中，是个上班族。

这些都是桑山从旅馆女侍那里听来的。即使现在正进行现场勘查，也无法唤起他前去一探究竟的冲动。他不想报上名号，更不愿让勘查人员知道自己是大阪检察院的检察官，徒增麻烦。

他站在外头张望正殿内部，砖瓦地上摆有三张供僧人入座的朱红座椅，金色佛像在幽暗正殿的天盖下方闪烁着微光。庙本身不大，却似乎是座历史悠久的古刹。

一旁厨房传来孩童欢乐的喧闹声，听来像是在招待甘茶。他循声走了过去。

花御堂[1]摆设在厨房附近，小尊释迦牟尼佛像一手指天，全身淋湿，盘内盛满甘茶。负责分发甘茶的三名女子，却分心在低声交谈，聊的似乎正是寺庙后方进行的命案现场勘查。

桑山在庙里绕了一圈，刻意不走向后方。他在这里不过是个事不关己的外来者。寺内唯一一株樱花树随风飘摇，花瓣漫天飞舞。

孩童们绕境的队伍启程了。

他走到山门，碰巧遇上一群刚结束勘查的工作人员。

“这不是检察官吗？”

身穿西装的中年男子朝他敬礼，走上前来。桑山对他没有印象。

“我是山村副检察官，我们在检察长的告别式上见过一面。”

“啊，你好。”

在告别式会场里，他与多位当地从事检调工作的相关人员打过招呼，因此一时无法想起来。

他们站着聊了起来。桑山心想匆匆道别未免不近人情，又聊了一会儿，倒不是因为有打听案情的念头。

“你是来勘查案发现场的吧，辛苦了。”

“谢谢，您在散步吗？”

“我住在附近旅馆，听说这里在举行浴佛法会，顺道过来看一下。这寺庙实在是清幽雅致。”

他在话中暗示自己对案件毫无兴趣，却只是白费力气，副检察官还是主动提起了这次的命案。

1　以花草装饰的花亭，坛中灌佛盘上设莲台，台上安置诞生佛像，并备有香汤、水、甘茶、五色水等供信众灌浴佛像。

“昨天早上，在这后面发现一具被勒毙的年轻女子尸体，凶手是精神分裂患者，不好应付。发生这么一起残忍的命案，浴佛法会还没开始就触了霉头。”

“真惨啊。”

“对被害人来说，这种事情就像交通意外，都是凑巧发生的。”

“她怎么会来这里？”

“听借她暂住的姑姑说，她平常就喜欢游览古寺，常趁假日到肥前的国分寺遗址，或是这附近的观音寺和国分寺等地参观。所以说，她也是一个人来到这庙里的吧。要是她再早一点，在天色还没暗下来的时候离开，就不会出事了。”

“推测死亡的时间是何时？”

“依解剖结果判断，死亡时间在六日下午六点到七点之间。”

“那时候太阳已经下山了啊。庙里都没人听到女孩子遇害时发出的喊叫声吗？”

“正殿空无一人，庙里的人全在厨房，帮忙制作今天佛诞节要用的花饰。命案发生在正殿的正后方，离厨房有点远。”

“这个地方这么幽静，只要大声呼喊，总不至于完全没人听见。”

“凶手有精神分裂的倾向，问不出真相，就是接受调查，讲出来的也只是一些让人摸不清头绪的话。今天查到那疯子的藏身地点就在命案现场附近，据我推测，他早就躲在竹林里头，导致被害人在突然遭到袭击的情况下来不及大叫。突如其来跑出一个疯子，就算不是从后面突袭，而是从正面攻击，她也会吓到发不出声音吧。”

“凶器是绳子吗？”

他原本只打算寒暄两句，却越聊越起劲。

“凶器好像是在旁边的坟墓捡到的草绳，绳子不长，而且还被风雨摧残到都快烂了。遇害的女孩子也真是倒霉。”

“他怎么会拿那种破烂的绳子来当凶器？”

“唉，这还没查出来。既然他疯了，绳子应该也只是随手抓来的吧。他根本跟个小孩子没两样啊。”

“那名女子碰上他简直是飞来横祸。”

“我们也不愿意见到这种事情发生。女子的家境不错，她的父母怨叹说，早知道就把她留在家里，宁愿快点把她嫁掉，也不让她出去工作。”

“她是自愿离开佐贺，出来工作的吗？”

“她的父母说，她不想被绑在家里，所以跟他们约好了出来工作两年。他们很能体会女儿追求自由的渴望。”

“她在佐贺有喜欢的人吗？”

桑山听到副检察官提到追求自由，不禁产生疑问。

“她的姑姑表示，看她那样子绝对没有，她上班的公司也称赞她工作认真。”

他们聊天一聊就忘记了时间。

“那么，改天见。”桑山向对方道别。

“再见。”副检察官低头致意后离去。

桑山走过田间小道，回到温泉旅馆。孩童绕境队伍走在另一条路上，路旁围满了前来看热闹的群众。

回到旅馆，女侍将茶端进房里。

“您辛苦了。活动有趣吗？”

“哦，多谢你告诉我这个消息，我已经有二十多年没参加浴佛节的祭典了。”

“您喝到甘茶了吗？”

“那倒是没有。”

当天晚上，桑山搭乘火车回到大阪，后来不曾再和任何人聊起这件案子。他对案件的兴趣仅止于当下，过了也就忘了。

忘了也无妨，那不过是旅行途中的小插曲，不关己事。检察官这职业一年到头有各种不同的案件要处理，早已习以为常，更何况事情发生在不属于他管辖范围的九州。

日子一久，他更是完全遗忘曾发生过这起案件。他偶尔会去看戏，也观赏过《车引》[1]这出剧目，但那只会让他联想起筑紫山间寺庙所举行的那场浴佛法会，疯子杀人的惨案犹如过往云烟，不复记忆。

1 《菅原传授手习鉴》剧中一幕。

第一章
妇人与小白脸

“屋岛”这家法国餐厅位于丸之内[1]一栋大楼的地下室，餐厅创立者曾担任派驻英法等国的著名外交官员的私人厨师。他住在巴黎期间，除了为主人制作日本料理外，还顺道学习法国料理。在服侍的主人自外交部退休后，他开了这家餐厅。“屋岛”一名便取自大使喜爱的歌谣。

现在餐厅由第二任老板接手经营。尽管有评价认为自创始者死后，味道不如以往，但这家餐厅格调静谧，原本就难吸引年轻人前来用餐。

晚间八点，一对男女坐在餐厅角落交谈、用餐。除了他们之外，远处另有三桌客人。

1 东京地名。

餐厅经理伫立在入口墙边，等候客人吩咐。他漫不经心地巡视着，注意力主要集中在餐厅角落的那一桌客人。

由外表推测，男方二十五六岁，他的身材纤细，两肩消瘦，一副穷酸样。长相不难看，但也称不上美男子，浓眉小眼，鼻梁高挺但相貌并不出众。比较特别的是，他刻意打扮低调，看得出来他身上的衣服价格低廉。

女人三十七八岁，体态圆润，华丽和服正衬出她逼人的贵气。一克拉的钻戒在她手上犹如灯台上旋转的灯光，不时由指间迸出光芒。口红描绘出一张小嘴。一看就知道是位贵妇人。

和服的鲜艳色彩使她显得年轻，但身上任何衣物的功劳都不及那与她相衬的发型。经理对她的面貌不予置评，却由衷赞叹她的发型。发型师为她量身打造出适合她的发型，技艺精湛可见一斑。

她从两个月前开始造访这家餐厅，后来又陆续来了四五次，每次都以崭新的发型现身。

妇人侃侃而谈，像是姐姐在向弟弟训话。男人态度拘谨，始终低垂着头。两人的对话主要由女人发言，男人听着，鲜少开口。

经理早察觉到他们并非姐弟，只要稍加留意，任谁都会认同他的看法。

女人的眼神充满温柔爱意，小动作中流露出几许娇媚。点餐时，通常由她确认对方喜好，餐后结账付钱的人也是她。

男人始终谨守谦逊的态度，像是不知该如何回应对方的善意，亦像是听任摆布。他的笑容恭敬，用词谨慎，谦恭有礼。

经理假装留意其他桌客人的一举一动，紧盯服务生，却从未让角落的那一桌男女客人离开他的视线范围。服务生一撤下餐具，女人便探出身子，对着男人低语。

身材高大的经理悄悄走近桌旁，发出犹如猫儿般轻细的声音。

“请问餐点还合您的口味吗？”

女人恢复了原本沉稳的神情。

“非常美味。”

她的眼睑下方松弛，脸颊上微微可见斑点，高级香水味扑鼻。男人依旧低头不发一语。

“感谢您。”

经理谨守本分地退回远处原位，他们仍是他关注的对象。

（她究竟是谁家的夫人？）

经理闲来无事，沉迷于猜想之中。

她的丈夫必定是位有钱人，也许是位事业繁忙的企业家，经常需要出差或到外地旅行，让夫人独守空闺；又或许是她发现丈夫外遇，借着与年轻男子四处游乐排遣寂寞。晚间八点到餐厅用餐，可见她不是一般的家庭主妇。她那一身打扮显现丈夫的财力雄厚，也可看作是与丈夫较劲的心理作祟。他们小心翼翼，明显不是普通的朋友关系。女人话多，常如痴如醉地凝望男人的脸庞。她为他深深着迷，不能自拔。

他难以想象这男人的长相可以迷倒女人，那只不过是一张平凡又随处可见的脸孔，唯一可取之处是比女人年轻，但光凭这点多的是可以赢过他的男人，这家餐厅的服务生便比他更英姿焕发。

他的皮肤薄透，并未散发出特别强烈的男性魅力，女人的眼光令人质疑。他身穿廉价服饰的朴素打扮没有起到效果，即使精心打扮，配上那张脸也无用武之地。

经理注意到，男人擅长交际，应对熟练。或许与他一样从事服务业，譬如饭店的柜台人员，然而他的表现又不够敏捷。男人的职业最终仍只留下谜团。

新的客人进入餐厅，经理微笑转身招呼。他知道，女人背着他又把脸贴近了男人，随着他离去，他们的动作也跟着放肆，不再受制。

“开店最重要的是地点……”

波多野雅子把脸凑近了佐山道夫。经理正在招呼新来的客人，不再需要提防他的目光。

她为面前有个人注视着他们而局促不安。这家餐厅既僻静又有格调，但生意冷清这一点深深困扰着她。她打算下次改约别家餐厅见面。

“……五个地点现在挑选剩下三个。一个靠近市中心，缺点是顾客层不集中。另一个离市中心远了点，接近郊外，不过，那附近一直都是高级住宅区，可以确保来客的素质。除了有钱人家的夫人及千金，甚至还有艺人住在那里呢。最后一个地点邻近公寓密集的地区，主要客源是年轻女性、酒吧小姐和夜总会的舞女。你觉得呢？”

她询问的口吻听来像是早有打算，进而寻求对方的意见。

“一切交由您处理。”年轻男子表情平静地谦逊回应。

“哎呀，开店的人可是你，不是我啊。”

“您说得没错……可是这么重要的事，我实在下不了决定。我怕做不好，辜负您的期望。”

“以你的手艺出来开店，一定会成功。你要有自信啊。”

“我不是没自信，只是一着手准备，又开始犹豫不决。开店的费用可观，就算房子跟地皮一起买下了，接着还要改装店面跟购买设备器材什么的……”

“最重要的是地，买地最贵了，接近市中心的地根本买不起，要开店只能找间大楼里的店面，付顶让金买下来才行。”

“是。”

“就算离市中心稍微远了点也差不多，要找个条件好的店面不容易，况且最重要的还是地点，要买就要往大楼或是公寓里找，房价会比市中心便宜一点。”

“是。”

“要是在郊外那附近开店，倒是有可能买下一栋房子。高级住宅区旁边的地价是贵了点，至少地买下来就是自己的了。”

“是。”

“你觉得哪个好呢？”

服务生说了声抱歉，将摆有水果的银盘放在两人中间。雅子回到原位，急躁中又有几分愉悦地望着男人优柔寡断的模样。经理又站回原来的位置了。她在心里嘀咕，那个讨人厌的家伙，下次得换家餐厅，总到同一家餐厅用餐实在太危险了。

“您认为呢？”他郑重其事地问。语气中没有畏惧，而是沉着稳重，这样的态度给雅子一种压迫感。

“嗯，我觉得郊外的那块地比较好……”

她感觉到经理的目光正注视着她，说起话来战战兢兢。

“我的考量不是价格，是顾客层，你明白吗？”

她不自觉地贴近男人的脸。

“凭你的能力，没有一个女人的发型可以难倒你，不管对方是酒吧小姐还是时髦的千金小姐，你都能让她们心悦诚服。只是既然要开店，最好还是为上流社会人士服务，对你未来的发展也有帮助。她们的地位高，生活奢侈，而且跟酒吧小姐一样虚荣心强。”

“不，酒吧里的女人比您想象得小气多了，再说她们流动率很高，都待不久。”

“噢？你很了解吗？”

“您帮我出了这么一大笔钱，我也得谨慎小心才行。”

“谨慎是应该的，但是可别因为太过小心，让机会逃掉啰。”

“我会注意的。”

“这件事要是让村濑知道就糟了，他也差不多开始关心你的动向了吧？”

“嗯，应该还不需要担心。”

佐山道夫侧着头，以孩童般的神情撩动女人的母性。

“村濑太太呢？”

“我想她没注意到这件事。最近她对我的态度很和善，依她那暴躁的个性，要是知道的话，肯定会大发雷霆。”

“我想也是，店里的支柱准备自己出去开店，不气死才怪。店里的人呢？”

“他们隐隐约约知道我要开店，只是基于道义，没有告诉店长跟他太太。”

“不知道的只有丈夫啊[1]。”

1 原文为“知らぬは亭主ばかりね”，是一句谚语，意思是只有老公不知道自己的妻子出轨了。

雅子没多想，说出口后，才发现这句低俗的谚语与自己的情形不谋而合，于是拿起杯子喝了口水。

“讨厌啦，你们店里的人不会发现是我出钱的吧？”雅子眼眶泛红，睡眼惺忪地问道夫。

“您不用担心这件事被人知道，我常告诉他们，我父亲死后，留了家乡的山地给我。”

“我记得你家在九州。”

“是。”

“九州的哪里？”

“宫崎县，一个乡下地方。”

“噢，那里的确是山林茂密，最有名的就是日向杉了吧？”

“您很清楚呢，是跟您先生出差去过那里吗？”

“别蠢了，证券商怎么可能出差到那种地方，再说他要带也是带别的女人。他外面的女人可多呢。”

“我能理解您的心情。”

“你不用同情我，是我自己放他走的。他辛苦打拼了这么多年，我也不想再管那么严了。”

“恕我失礼，您先生好像只比您年长了十多岁？”

“他五十一了，大我整整一轮呢。”

“那还是很年轻啊。年纪轻轻就当上了社长，真了不起。”

“这是他那乡下人个性埋头苦干得来的成就。”

“我也是乡下来的。”

“嗯，你们对工作都很认真，不过，讲到美感他完全比不上你。你有艺术天分，他俗不可耐，满脑子只想赚钱，没别的嗜好。”

“可是我不懂赚钱，也没多大兴趣。”

“不贪是好事，现在满街都是贪得无厌的年轻人。而且你就要赚大钱啦。”

“真不敢置信。”

“你有天分，手艺又好，不用多久一定可以晋升一流的发型师。像我的发型，每个人看了都赞不绝口，至于是不是奉承，我从他们的表情和眼神就看得出来，他们个个说的都是真心话。”

“我为了让发型能够突显您的个性费尽心思，您能感到满意是我的荣幸。”

“你对每个客人都这么讲吗？”

“我对其他客人多少会讲些生意上的场面话，只有对您，我说的全是真心话。”

“真的是这样吗？”

雅子凝望天花板，关了灯的房里，一片昏暗。他们换了个地方，继续刚才的对话。为了自窗外采光，他们没有紧闭厚重窗帘，透过窗帘缝隙，可见街灯在夜空中映照出极光。近来新建了许多超过这栋十七层楼饭店的高楼，明亮的光线延伸照亮黑夜。夜里唯有一处亮如白昼，那里似乎是夜间开放的棒球场。她躺在床上，那地方就在眼前。

这里是间密闭的房间，没有“屋岛”餐厅经理的视线扰人，所有声音都被隔绝在外，里面的声音也一样传不出去。刚才，她听到隔壁房间里的水声哗啦作响，浴缸里的热水受到剧烈冲击，发出连墙壁也挡不住的巨大声响，将她从昏沉中唤醒。

“可是，”她任男人的一只脚搁在自己的大腿上说着，“你对那位叫作枝村的小姐态度也很亲昵啊。我人都进到店里了，你连看也不看我一眼，全副心思都在她的头发上，还开心地不知道在跟她讲什么悄悄话。你其实是用同样的语气，在对她说跟我讲过的话吧？”

“我说过了，那是我的服务方式，我这么做都是为了讨好客人。您难道没办法分辨吗？”

“这我可分不出来。有一次，我一到店门口，看到你在帮枝村整理头发，我连店里都没进去，就走了。”

“我知道，我从镜子里看到了。以后请不要再这么做了。”

“枝村她年纪多大？”

“嗯，应该有二十七八岁了吧。”

“还没嫁吗？”

“好像是。”

“不要脸的女人！”

她猛然扑了上去，将全身重量压在男人赤裸的胸膛上。

“你开店之后，不准为枝村服务，绝对不准让她踏进店里一步。”

佐山道夫站在熄了灯的房间里。拉开窗帘，窗外东京夜晚的灯海一览无遗，缤纷的光芒使高挂天空的月亮更显苍白。窗外的微弱光线照进凌乱床铺，毛巾与床单层层堆叠，皱褶处的阴影仿佛自成一幅图画。

雅子打开浴室门，明亮灯光随之照进房里。

“你来一下。”

她站在镜子前面，架子上放着从皮包里拿出来的化妆品。一旁的浴缸被水濡湿，白瓷与灯光相互辉映，还有些热水残留在浴缸底部。空气中微微飘散着热气，她的身心仍享受着激情后的余温。

“帮我整理一下。”

她要整理头发。道夫绕到双胸丰满的雅子身后，镜子里照出两张重叠的脸，女子白嫩肥胖，男子则是黝黑消瘦。她用化妆装扮她那张上了年纪的圆脸，他年轻气盛的目光散发出专业自信。

道夫双手放在雅子头上，为了将她的圆脸修饰成鹅蛋脸，前额头发必须往上分到右边，并在发尾弄出卷度，这是她最中意的发型。他灵活的手指动作，使她陶醉地闭上双眼。他拿起三四根放在架子上的发夹收尾，前后过程不到两分钟。

“这发型还可以吗？”

如果在发廊里，他会问：您还满意这样的发型吗？

她照着镜子，满意地露出微笑。

“你的手艺还是这么好。”

她取过架子上的子弹型口红，抹上微张的双唇。

涂完口红，她拿一张薄薄的纸轻轻按压唇上，一脸认真地凝视着镜子。

“我们明天去看一下店面吧。下午一点，老地方。你别迟到喽。”

她的眼神转向男人。

“一点可能没办法，两点半的话就没问题。”

“你一点有事吗？”

她一问，立刻有个念头闪过，神情霎时变得凶恶。她草草将架子上的化妆品收进皮包，站到道夫面前，瞪着他不放。

“你跟枝村约好明天下午一点见面吗？”

“不是的。”

“你的反应很可疑呢。她今天去过店里吗？”

“嗯，上午十一点左右来的……”

“就是那时候，你们就是那时候偷偷约好的吧？你边帮她弄头发，边在她耳边轻声细语，就像你刚开始对我那样。”

“我不会那么做。”

“你不就对我做过一样的事吗？”

“我没对枝村小姐做过那样的事，我只把她当作客人，对她一点兴趣也没有，这我之前已经重复过好几次了。”

“可是我的直觉告诉我，人家确实对你有好感呢。”

“您这是胡思乱想。”

“随你怎么说，你们两个别想逃过我的眼睛。”

“我不懂，为什么您对枝村小姐特别怀有敌意。”

“是你一直在袒护她。”

“我不是在为她说话。您对我好，我不会做出忘恩负义的事。”

“好，你别忘了这句话。”

“我牢记于心。我能出来开店创业，全仰赖您的支持。”

“讨厌，我就只是个恩人吗？”

“我喜欢您。如果没有爱，我根本不可能接受您物质上的援助，我不是那种卑劣的人。”

"我也一样啊。我支持你，是因为喜欢你。爱促使我这么做，就算是危机四伏。你别以为这只是贵妇打发时间的游戏，我做这些事都是发自内心为你着想。"

"谢谢。"

"你这人真奇妙，长得不帅，也不是特别有魅力，却可以让我甘心为你付出。"

雅子仔细打量着道夫。

"我对自己的长相跟外表完全没自信，甚至感到自卑，所以一开始才会不知道该如何接受您的好意。"

"女人难免会对俊俏或特别出众的外貌保持警戒，你那平凡的长相就让人安心多了。年轻女孩子跟我们不一样，像我这年纪的女人做什么事，都得经过深思熟虑，总要担心受骗，其中最危险的就是那些美男子。你的长相就像空气一样寻常，让人看了放心，又平易近人，就是这些特质吸引了我。"

"我真是不知道该怎么回答了。"

"没关系……但是关于枝村，你可得交代清楚。你们明天下午一点真的没约吗？"

"当然没有。"

"那又为什么不行？"

"店长参加北海道的研究学习会，明天中午十二点会回店里。"

"咦，村濑要回来了吗？"

"对，他刚回来，我要离开也不好意思，最好是能改约晚一点的时间。"

“你早说不就得了。”

走出浴室后，雅子像是为了摆脱关在狭小空间里的束缚感，站在窗边享受夜光。她从烟盒里抽出香烟，道夫在一旁帮忙点火。微弱的火焰染红了女人的鼻子和圆润的下巴，以及肥厚的颈项。

“谢谢。”

她深深地吐了一口苍茫白雾，吹熄了火，他随即往后退了一步。她喜欢他这举动。他的长相平庸，侍奉她时谦卑有礼，两者相辅相成，满足了她的自尊心。而后者，大概是出于职业习惯。

“他这一趟到北海道几天？”

“一个星期。行程包括小樽、旭川、苫小牧、钏路和带广这几个地方。”

“店里忙成这样，他竟然还跑出去那么久。”

“他这么做是为了打响名声，让各地的同业知道他是个一流发型师。不只店长，不管是谁，都会为了这个机会，把东京的工作丢在一边。”

“村濑在业界算是顶尖的吗？”

“他自己是这么认为的。”

“呵，他的美感很差。”

“您真是嘴里不饶人。”

“我不过是实话实说罢了。研究学习会还请了哪些讲师？”

“山田美容室的山田真一先生、冈野美容室的冈野久美子小姐……”

“对了，我听说这些人都是玛莉·村野教出来的学生。”

“对。”

“这三个人半斤八两，山田的技术还好一点。”

“是啊。”

“主办者是谁？”

“东邦医疗器材行。”

“咦，是制作器材给医生使用的公司吗？”

“对，他们也制造吹风机。”

“噢，烘发器啊。现在的公司真让人搞不懂它们是在做些什么产品，太多样化了。”

“您先生在证券公司上班，对企业经营这方面最清楚了吧。”

“你别乱把我老公搬出来。”

“对不起。”

“你如果是为了枝村的事回嘴，我可不饶你。”

“我绝对没那个意思。”

“那就算了……你也想早点成为研究学习会的讲师到各地演讲吧？”

“我才刚要开店，离讲师还差得远。”

“没那回事。”雅子强调，“你的能力比村濑好，又比山田优秀，成功指日可待。你那双手能变化出各种发型，我也会帮你一把。”

“麻烦您了。”

“成为讲师需要靠关系吗？”

“多少要吧。”

“钱呢？”

“钱还是其次，最重要的是够不够格，也就是要打出知名度。”

“像是名字出现在杂志上面？”

“对，譬如说，美容时尚杂志在介绍模特儿的发型时，会提到这是哪一位发型师的作品，必须让自己的名字刊登在那上头才行。”

“是要跟杂志社攀关系吗？”

“这种方式的效果特别好。其实成名最快的方式是得到大师级人物推荐，可是我不想低头拜托别人。”

“自立自强，这就是你的优点，没有必要对那些大人物卑躬屈膝，那是没有实力的人的做法。”

“您说得也有道理，不过，我只是个乡巴佬，不擅长那些阿谀奉承的招数。”

“你这是暗藏才能，这想法很了不起，但是你以后要是想攀到更高的位置，免不了还是得要靠这些人帮忙。你别以为这么做是贬低自己，他们是你成名的踏脚石。得罪那些大人物，吃亏的可是你自己。”

“他们根本不晓得我是哪一号人物。”

“这是我给你的叮咛……唉，有没有什么好方法呢？既然你的店快开了，最好是从现在就开始跟杂志社攀关系，反正那一类的杂志社也没多少资金，要不是我跟你有这样的关系，就可以叫我老公请杂志社的社长多多关照了。”

她在证券公司的社长丈夫熏陶下，对金钱与权力的关系略知一二，因而为此时无法动用丈夫的力量深感惋惜。

佐山道夫先下楼，在远离饭店柜台的大厅沙发上坐了下来。晚上十点半，平时嘈杂的大厅空空荡荡。他前面有个年轻的外国女性，正跷着腿看报，对面坐着一对外国老夫妻在轻声交谈，附近的日本人全是男性。

波多野雅子出了电梯，走到结账柜台。她圆润的身材看来有些滑稽，但这并非道夫原本看待她的方式。在他眼里，她的体态曾是名流贵妇威严的象征，而其他人现在一定也如此认为。

他在远处漫不经心地观察雅子，她随时可能回头给他指示。她付了钱，此时正好有国外的班机抵达，柜台前挤满了机组人员及空姐。

他们总是各自进出饭店，避免同时出现在大厅或搭乘同台电梯。雅子比道夫更怕被人撞见，她提心吊胆，唯恐遇见朋友或丈夫的熟人，道夫则是毫不担心。

雅子结完了账，拎着皮包微微转身，对他轻轻点了一下头。道夫不动声色地点头示意。

他在雅子从旋转门走出去后，又在沙发上坐了十分钟，等她搭上出租车离开饭店。

他深受高级饭店里的奢华情调吸引，舍不得太快离开。华丽的装潢使人们得以享受刹那的优雅氛围，身处其中，仿佛就拥有了足以睥睨低贱穷人的特权。美容院的营业方针与饭店相仿，一样试图带给客人如梦似幻的感受。他在心中建构了一幅理想蓝图，鹅黄色雕刻墙面上嵌有几面长镜，雅致的吊灯自天花板垂下，十九世纪风格的小幅复制画挂在洛可可式的大厅，女客们在这样的环境包围下，既羞怯又有几分骄傲。

“你开店之后，不准为枝村服务。”

波多野雅子的话仍在耳边回荡。

雅子的直觉并未随年纪增长变得迟钝，枝村幸了现在的处境，与雅子即将成为自己囊中物时的状态近似。他的计划需要这位身材修长、样貌不算出众的二十七岁女子协助推动。

他知道她在大楼里租了间昂贵的房子。她的穿着品位出色，言辞富有涵养，与众所皆知的名人交往，甚至在暗地里以轻蔑的语气批评这些人，这些行为全出自于她的职业。

道夫需要的正是枝村幸子的“职业”，他要以此为将来布局，波多野雅子并非万能。

十分钟后，他缓慢起身，走出旋转门，门外停着排队等候的出租车。高耸的建筑物往后退去，市街风景在眼前流逝。

经过三四十分钟，他到了一个截然不同的环境，时间与空间转换。他身边不再是由高楼大厦眺望所看到的街道全景，而是简陋房屋群聚的狭窄巷弄。夜空仿佛被挤压，月亮也消失了踪影。

公寓外侧有座狭窄的铁梯，没有电梯。公寓入口不是旋转门，而是一道油漆斑驳的大门。

他拿出钥匙开门，一张纸随之掉落。

便条纸角落印有“村濑美容室”的字样，店长夫人用铅笔在纸条上写下：“明天早上请来我家用餐。村濑美奈子。”

这是对店里重要支柱的“礼遇”之一，纸条似乎是派店里的女孩子送来的。他将纸张撕成了碎片。

他坐在六张榻榻米大[1]的房间里抽烟，发呆了一会儿。焦黑的天花板、红褐色的榻榻米、污渍斑斑的拉门，角落有一张粗糙的桌子，一旁组合式书柜里头排列着《物理与化学》《皮肤科学》《生理解剖学》《卫生法规》《消毒法》《传染病学》《美容理论》《美容皮肤科学》，旁边并列摆有几本厚重书籍，像是《最新发型特集》《编发造型图鉴》《村野式发型书》《独家技术分享》《技术指导》等，每一本都是发型师们的得意作品。另外还有堆积如山的女性服装杂志与娱乐杂志，以及被客人推销买下、只刊行至第八集便不再出版的《日本文学全集》。

这间房间带给他比饭店更加舒适的感受，毕竟这是专属于他的私人空间。不过，他绝不因此而满足。

1 一张榻榻米的面积是1.65平方米，六张榻榻米大约为9.9平方米。

第二章

隔壁的商业设计师

隔壁房间传来开门的声音。

不久，外头有人来敲他的房门，大声叫嚷："佐山老弟，你回来了吗？"

打开门，外头是个年约三十的男子，他留着一头散乱长发，肥肿的脸上戴着黑色粗框眼镜，上衣是鲜艳的红色格纹毛衣，下半身穿着肮脏的卡其色工作裤，两脚膝盖又红又蓝，沾满了颜料。

"噢，是冈野大哥啊。"

佐山道夫对着访客笑了笑，来访的冈野正一是住在隔壁的邻居。

"我听到声音，想着应该是你回来了。"

冈野有点驼背，他走进房间，随意盘腿坐下。他的近视度数很深，眼镜后面像是快掉出来似的眼珠正看着道夫，直冲着他笑。

“唉，一个人工作的时候，等你回来的时间也特别漫长。”

他有一口乱牙，上面沾满泛黄的烟垢。

“太太还没回家吗？”

桌上的闹钟显示时间已经超过十一点半。

“她二十分钟前打了通电话给我，说是要买点吃的东西回来。”

这栋公寓的电话安装在楼下管理员房里，而这时间会打电话来的只有和子，也就是隔壁的商业设计师冈野的妻子，她在新宿的酒吧工作。

“她觉得这时间我一定饿了，每次都会买猪排三明治回来。你也一起来吃吧？”

“谢谢。您娶了个好太太，真是好福气。”

“那是她认命。我不希望她再继续现在这份工作，唉，在我做出一点成绩之前，她得多忍耐了。”

“您这么努力，相信不会等太久。您今天晚上也工作到这么晚吗？”

“我在画要拿去参赛的海报，其他零碎的工作都在傍晚前处理好了。”

“您真是勤劳。”

“工作跟收入不成正比啊，只能逼自己努力多做点。唉，就当作磨炼吧。”

四年前，冈野正一由仙台到东京寻求发展，当时他是个在印刷厂负责绘制底稿的美工，梦想成为一名商业设计师。在仙台的时候，他的作品曾数度得奖，从那时他就立志将来要到东京成为一名顶尖的设计师。

他一直不走运。东京是个设计师密集的地方，各自有自己的市场，界限分明，默默无闻的设计师根本找不到发挥的空间。他的设计师友人出于好意，外发给他一些琐碎的工作，那便是他现在主要的经济来源。

道夫听冈野提过他们夫妻俩的收入状况。冈野的收入不稳定，每个月约有十五万，其中二分之一为必要的经费支出，包含给友人提供工作的谢礼、与朋友来往的交际费、寻访工作机会的交通费，再加上购买颜料或其他画具的费用。

和子在酒吧上班的收入是二十万左右。她刚入行时是个没经验的新人，收入低，努力到前两年，才终于达到这样的水平。那家店的风格平实，服装要求也极为简约。她曾数度被挖角，全都因不合她的意，被她一口回绝，冈野也不同意她跳槽到更气派的酒吧。

冈野赚的钱没办法自给自足，夫妻一起生活，生活压力也没那么大，但和子为了将来打算，每个月固定存下十万日元，冈野于是逼不得已过着现在这样的生活，又希望能尽早让和子辞去酒吧的工作。他眼前只想有个大客户，成立工作室，和子的积蓄便是为了这个用途。设计师必须拥有一间独立的工作室，才能一展才华。

道夫入住这间位于四谷的公寓时，冈野正一就住在隔壁，两家一直保持着良好关系。道夫没有朋友，冈野则是通过亲自拜访友人的方式接下工作，因此没有访客。

冈野自认拙于言辞，人际关系差。他尽了最大的诚意，与提供工作机会给他的那些设计师同行往来。必要的经费支出的三分之一，全花在餐饮与茶水这些请客的费用上。而他每次总是垂头丧气地回到公寓。

他借与道夫亲近疏解压力，一个人在房间里工作到深夜，等待隔壁的道夫回家。

他那间六张榻榻米大的房间没有供人立足之地。房里有张用小支架撑起的桌子，桌面倾斜，像是制图桌，上头放着一幅尚未完成的小图，随处散落裁切过的画纸，四五本参考书摊开放在桌上。桌子旁边放了十支左右的小支画笔，洗笔器、调色盘、大小不同的鸭嘴笔、圆规等用具跟开封的广告颜料摆在一起。

客厅地上放着一张榻榻米大小的画板，上头贴着画纸。地上虽然垫了报纸，成堆的颜料还是让榻榻米染上了颜色。画板旁的广告颜料数不胜数，溶解颜料的小盘子到处乱放。这里放置的多是拿来画大图的毛笔、平笔以及长毛的画笔。

一旁放着成卷的白色图画纸、尺子、制图工具等，还有个像是接上小罐气瓶、充当喷枪的脚踏车充气筒。画坏的作品或是被撕毁，或是被揉成一团，散落一地。墙边堆有好几沓画册。这些东西集中在旧衣柜等家具的正中间，外来访客必须先站着等屋主清出空间才能进房。房间里只有冈野坐下的地方空无一物。

“我马上弄个地方给你坐。”

冈野急忙弯腰，收拾地上的纸张及摊开的画册等物品。

“您别忙，我随便找个地方坐就行了。”

道夫站着，瞥见画板上已经画好八成的作品。

“噢，这张是海报吗？”

三座红色山脉绵延相连，卷积云飘过晴空，下方一角有个小芥子木偶[1]。

“其实我就是想请你过来看看这个。”

冈野站在道夫身旁，一齐看向画作。

“画里的风景好像是东北地方的秋天景色。”

“没错，国营铁路公司正在为秋季的宣传海报举行公开比赛，第一名的奖金有五十万日元……”冈野一听见道夫的话，精神奕奕地回答。

“希望您能顺利入围。”

“五十万称不上高额奖金，但是报纸上会刊登得奖者的名字，对我的工作大有帮助。”

“酬劳会提高吗？”

“没那么快，不过，至少可以让我的名气打进设计师的圈子里头。即使字不大，自己的名字能刊在全国报纸的一小角，也算是不得了的大事了。一般人会觉得那又没什么大不了，但对我们来说可是一大话题。”

“原来是这样啊。”

“就是啊，只是一流设计师根本不需要管这些事情。唉，真想赶快爬到跟他们一样的地位。”

“没问题的，像您这么努力的人不多了。”

“这你就错了，大家工作都很认真，再说我年纪也有点大了，东京这地方到处都是年轻又优秀的设计师。”

1 日本东北地方最具代表性的木制工艺品，以木头雕出圆头及圆柱般的身体，再施以彩绘，为呈现小女孩古朴风味的木制人偶。

“我也二十六啦，不能再混了。”

道夫脑中闪过波多野雅子的声音。明天要去看新店的预定地，住在这间公寓的时间所剩无几，再过不久，安慰冈野的话语也将成为无意义的废话。

“你比我年轻五岁，多了五年的时间可以投入工作，差别可大了。真羡慕你啊。”

“对有才能的人来说，区区五年根本不算什么。”

“我有那个能力吗？”冈野正一叹了口气，“老实说，我是在等你回来给我意见。”

他转换话题，指向贴在画板上的作品。他的个性软弱，对绘画却非常执着。

“这我可就不太在行了。”

“不，没这回事。每一次你都提出了切中要点的感想。所以说，你有绘画鉴赏的天分。”

“您别这么说，我会不好意思。”

“我是认真的，和子也这么认为。拜托你看一下这幅画，给我一点意见。应该已经看得出整体的样子了。”

冈野殷殷凝视着道夫，似乎是信心十足。

“不错啊。”

道夫观赏着眼前的画作。

“真的吗？”

冈野掩不住欣喜的神色。

其实，这幅画本身的结构并不稳定，若要说问题出在哪里，首先是作为主体的三座红色山脉表现极为抽象，天空中的卷积云却以写实的手法绘成，两者间的落差带给观者异常杂乱的感受。右下角那尊小芥子木偶作为东北地方的象征，描绘方式却更为具体，进一步破坏整体的结构平衡，可说是多此一举。

卷积云的描绘精细，却怯于运用简约的表现方式，导致与主体的山脉格格不入，缺乏一致性。画作一旦缺乏整体性，即使有高明的技巧也无济于事。

他每次观赏冈野的作品都有同样感想，手法细腻，构图却不够大胆。这张海报也有同样的问题，同时存在抽象与具体、虚幻与写实的技巧，没有足以构成一幅图画的整体感。

道夫无法如实道出心中感受，他不忍见到冈野期待的神情因他转为失望。

“你要是觉得有需要改进的地方，尽管说。”

冈野看着画，又看了下道夫，光是不错还不够，他希望能得到更具体的分析。

“嗯，我看是没什么缺点。”

他若是一一挑出毛病，这幅画势必得重头画起。

“为了让这朵卷积云表现出秋天的氛围，我可是下了一番苦心。”冈野炫耀着道夫视为缺陷的云朵，“还有这座山，我打算在重叠的地方用喷枪喷上深红色，塑造立体感。”

这么做或许能使抽象的部分稍微接近具体。道夫一表示赞成，冈野的双眼就因为喜悦在眼镜后方眯成了一条线。

楼梯间响起上楼的脚步声。

“和子回来了。”

冈野疲惫的神情顿时恢复朝气。

“我回来了。”

门打开，出现了一位身穿黑色和服、脸型细长的女性。

“哎呀，佐山先生，欢迎。”

她因为瘦而显现出一双大眼，纤细的身材正适合和服打扮。

“打扰了。”道夫起身打了声招呼。

“他也是刚回到家，被我拉了过来。你要是买了什么回来，就大家一起吃吧。”冈野说话时精神抖擞。

“我不用了。”

“请别跟我客气。我今天买的还是猪排三明治，可以当作消夜。”

和子原本提着袋子上楼，一见到屋里的模样，连忙放下袋子。

“天啊，怎么乱成这样，得先整理整理才行。”

“我要在这样的环境才有办法作画，在我有独立的工作室或画室之前，只能把房间搞成这个样子。你不要光会抱怨，多忍耐点。”

“好、好，我知道了。”

和子笑着取下挂在墙上的围裙。

“佐山刚看了这幅画，称赞说画得很好。”冈野满心喜悦地与妻子分享。

“那真是太好了。”

和子穿上围裙，迅速地收拾房间。她拿抹布随便擦干净，大致整理出可以让三个人坐下的空间，并且趁着整理房间的时候煮水泡茶，将猪排三明治分装在两个盘子里。

“您工作忙一整天都累了，手脚还是这么利落。”道夫有感而发。

“没有啦，白天只是玩玩而已。”

和子说着，将盘子放在他面前。她白天还得帮冈野处理杂务，一刻也不得闲。

她每晚一定会在十二点前回到公寓。新宿一带的酒吧小姐特别容易被心怀不轨的客人纠缠，或是约去吃饭，但她一概拒绝，因此不管年资再长，收入依然微薄。

和子绝不是没有魅力的女性。她弱不禁风的外形，纤细的身材及略显病态而水汪汪的大眼，足以迷倒男性顾客。她谨守坚贞，即使身边充满诱惑，仍不屑一顾。她相信冈野总有一天能受到瞩目。

“来，佐山老弟，不用客气。”

冈野吃了一口猪排三明治后，催促佐山一起享用。

“对啊，请用吧。”和子附和着说。

“好，那我就不客气了。”

和子手拿湿毛巾擦拭冈野被颜料弄脏的手指，他一将三明治的内馅掉在胸前或膝上，她立刻从旁捡起，无微不至地照料着不拘小节的丈夫。

当着佐山的面，和子的行为让冈野感到不堪其扰。

“喂，别忙了，你也来看看这海报吧。”冈野催赶着。

“很漂亮呢。”

和子起身，眺望眼前画作。

“有秋天东北地方的感觉吗？”

“当然喽，画里还有小芥子呢。”

"佐山也说不错。"

"佐山先生，您真的这么觉得吗？"

"嗯，非常出色。"

道夫点了点头。

"我等一下会在山峦重叠的地方用喷枪添上深浅不同的颜色，佐山也赞同我的做法。"

"那真是太好了。"

和子又瞥了道夫一眼，确认这不只是安慰丈夫的话。

"希望这幅画能得奖，有这五十万，生活就轻松多了。"冈野吐露出真心话。

"一定可以的。"道夫为他打气。

"希望可以顺利啊。"和子祈祷似的说着。

"不过啊，强手实在太多了，别说东京，就是九州或北海道这些地方，也是高手如云，有很多得奖常客。"冈野虚心地说。

"得奖名额有几名？"道夫问。

"评选到第二名，有两位，奖金各二十万，希望至少可以得个第二名啊。"

"没问题的。"

和子打开啤酒，三人齐声干杯。

"现在几点？"聊到一半，冈野突然问道。

"十二点零五分了。"

"已经这么晚啦……我今天晚上得解决这张海报，明天要完成黑田交代的工作，啊，不对，已经过十二点了，我答应他今天下午三点要把东西交出来。"

“你工作还没做完啊？”

“剩下三张咖啡店的火柴盒标签，进口商品专卖店跟食材行的传单都画完了。”

“我先走了。”

道夫起身。

“再留一会儿吧。”

冈野连忙留人。

“可是，您还要工作吧？”

“不过是三张小图，中午前就能弄完啦。这张海报也只剩下喷上颜色，再写几个字就完成了。”

“是啊，佐山先生，再多留一下吧。他工作到一个段落，现在正是他的休息时间，和您也聊得正开心呢。”

“可是我怕打扰太久，妨碍到工作进度。”

“再多留十分钟好吗？”冈野一脸不舍地央求。

“好吧。”

“对不起，您也很困了吧……”

“我回房就睡了，不要紧的。”

“他也是一个小时前才刚回来的。”冈野告诉和子。

“您是店里的头号设计师，想必是忙得不可开交，真辛苦啊。”

微弱的光线照进高楼，肥肿的白色肉块蠕动，这画面在道夫的眼里浮动，令他几近反胃。

“真羡慕你啊，可以直接得到顾客评价，忙也忙得有价值。”冈野边喝着啤酒边说。

“不过，被人雇用的员工很难有什么作为，从客人那里得到的评价也有限，还是得要自己开店，才有办法得到社会大众认同。”

“你说得对。”冈野点头称是，哀叹道，“我还不是一样，老接别人外发的工作，生活根本没办法改善。光做这些传单跟火柴盒标签之类的小东西，叫我怎么展现实力。我不只收费便宜，还会被抽去佣金，要是能快点有机会跟知名厂商直接合作就好了，这么一来，其他人也会肯定我的表现。我现在不管画得再好，也只是帮人立功。”

“你别再抱怨了。”和子阻止他继续讲。

“我没有抱怨，只是一直不走运，忍不住感叹罢了。真希望早点独当一面，有间自己的工作室，一个安静又宽敞的空间，可以让我铆足全力工作。”

冈野咬了口猪排三明治。

他和老婆两人挤在狭窄的房间里，这期望可谓切合实际状况。

道夫猜想，要是他道出自己即将开店，不晓得对方会有何反应。依冈野目前的能力，要在接近市中心的公寓里拥有一间办公室兼画室，至少还得奋斗个四五年，不，也说不定他会中途放弃。冈野必须自行出资成立工作室，他则是靠他人出资，提早达到目的，即使利用女人，将女人当成垫脚石，他也在所不惜。他所做的，只是实现女人的愿望。

道夫虽然觉得冈野可怜，但现实是残酷的。泛滥的罪恶感，只会害得他跟着一起沉沦。

这世上有许多人远比他幸运，他们谋取令他望尘莫及的庞大钱财，要弄的手段更为卑鄙。伤感的人无法于这世间生存，只有事不关己的外人，才会严厉批评这是冷酷无情的行为。

人是自私的动物，当他人的行为不构成威胁时，便态度和善；一旦危及本身利益，善意转瞬成为敌意。同样的情形也可用来解释人群的集结，也就是团体。人们因一己私利而团结一致，不论是政党斗争，或是国与国的战争，不都是因群体的利己主义、价值观相互冲突导致的？这世上没有因同情且为他人感伤，甘愿自毁前程的白痴。

简而言之，冈野的熟人朋友交给他工作，只是在释放“善意”。假使他们真正同情冈野，就不该抽取部分佣金，而应全额交出客户支付的酬金，且委托他的也不该尽是些琐碎的工作，而应挑选些大案子，并进而向对方介绍冈野，设法让他们可以有直接的生意往来。

那些“抱持好意的友人”没这么做，是怕客户被抢，市场遭到吞噬。抽成是一种榨取，只交出无关紧要的工作，则是为捍卫自己的地盘。

真要说起来，冈野长吁短叹，全得归因于他对现实过于乐观。没有希望却寄予厚望，好高骛远而空留叹息，总归一句话，就是运气差。相较之下，道夫正走运，冈野的境遇不会令他生起愧疚之感。将来，或许同样的好运也会降临在冈野身上，说不定就是明天，说不定有一天两人的立场会完全相反……

佐山道夫如此想着。

人有如井底之蛙，各自生活在自己的小世界里。倘若冈野不是隔壁住户，而是身处在一个不知名的地方，他也不会拿自己的幸运对比他人的困境。最好是一无所知，知则烦闷，纵使不知，这世上存在的事物也不会因此消逝。

道夫想起在一本书上读到的例子。俄国有个人给了托尔斯泰和陀思妥耶夫斯基一笔钱，请他们把钱拿去接济最贫困的人。陀思妥耶夫斯基空手而归，托尔斯泰则是原封不动地把钱又带了回来。问及理由，陀思妥耶夫斯基将钱交给触目所及最贫穷的人，托尔斯泰则回答举目皆是穷人，无从捐赠。这例子常被引用说明现实主义与理想主义的差异，但就他目前的情形，穷人也可置换为怀才不遇之人。陀思妥耶夫斯基看出身边有人正受苦难折磨，这种现实人道主义会使他一不小心就陷入感同身受的伤感中。

道夫自觉，一切可能导致自取灭亡的感伤都必须摒除在外，过往如此，今后亦同。

“喂，道夫。”

冈野正一笑着，表情却与刚才略有不同。

“有件事我考虑了很久，我说过，我想跟客户直接合作，就是一直找不到机会。那些大客户全被霸占了，我需要个有力的介绍人帮忙。”

他露出了羞怯的表情。

“……听说你工作的那间村濑美容室的客人，都是些阔太太或是千金小姐，总有人的丈夫是公司的老板或高层，就算职位没那么高，也有些部长级的高级主管吧？”

“这我就不知道了。我对她们先生的事不清楚，也没特别问过。”道夫回答。他已经大致明白冈野的企图。

“那倒是，你对这事又没兴趣。”冈野附和着，又低声下气地说，“如果你有这种客人，你们的关系又不错，是不是可以请你找机会帮我介绍一下？拜托她们把公司里有关设计的工作交给我？”

“你这么拜托，会给人家添麻烦的。”和子打断丈夫的话，眼神却犹疑不定。

“嗯，这我也知道。只要在不会对你造成影响的范围内，帮我说一下就行了，可以吗？”冈野再三请求。

“这么点小事不算什么啦。不是我自己的事，反而好开口。”

“真的？你愿意帮我这个忙？”

冈野的眼神发亮，和子的嘴角也不再僵硬。

“你只要肯答应，我就感激不尽了。我不想这件事造成你心理上的负担，不用勉强。我会抱着希望等你的消息，不会过度期望，没谈成也不打紧，我就是维持现在这样子也撑得下去。”

“真对不起，这么麻烦您。”和子垂下了头。

“别这么说，我很高兴可以尽点微薄之力。”

“这世上不靠关系还真行不通。”

冈野拿毛巾擦拭油腻的手指。

和子不曾找道夫整理发型，都是到附近的便宜美容院打理。她客气不说，道夫也不主动提起有空可以帮她弄头发，这些都是因为怕冈野介意。他与他们夫妻交往时，谨记不逾越邻居的身份。

夜里一点过后，道夫才回房，躺上床。

隔壁传来像是为脚踏车轮胎充气的咻咻声，震动廉价公寓的地面。和子以手按压，为喷枪的泵灌入压缩空气。他们买不起马达，至今仍在使用旧型的空气压缩机。冈野正一似乎正在为海报上满山的枫红增添浓淡层次。

那幅画作大概不会得奖。幸运之神迟迟不眷顾，令冈野正一极度焦虑。

第三章

休　假

店长村濑进太郎的家位于四谷见附的村濑美容室附近，六名店员两两住在后面公寓的双人房，店里加上实习生共雇用八名员工。

村濑家占地并不广阔，却是在五年前兴建的豪宅，当时是村濑美容室的全盛期。

佐山道夫进入客厅，村濑的妻子美奈子戴着眼镜，正在计算银行存折与证券等账目，一见道夫，便将账簿盖在上头藏了起来。

“早安。”

“早。咦，你看起来很困。”

“是吗？”

“昨天工作到很晚吗？”

“还好，我不到十　点就离开了。只是刚好在新宿遇到认识的人，一起去了酒吧。”

"你不是不太会喝酒吗？"

"我一个人先走了，回家就看到您的留言。"

"这样啊，其实也没什么事，只是想请你吃早餐。"

"谢谢。"

"你在那里等一下，我马上过去，早餐已经准备好了。"

村濑美奈子，三十二岁，眼神犀利，嘴唇薄，外表看起来比实际年龄老。她与村濑进太郎谈恋爱后结婚，之前她在邻近县市的美容院工作。她负责掌管财务和营运。有人认为，她的性格比丈夫稳重，美容室的生意蒸蒸日上全仰赖她经营有方。店员不怕老板，反而对老板娘心怀恐惧。

开放式厨房洁净漂亮，宛如高级公寓里的装潢，高级厨具一应俱全，就好像广告上的照片。

绿叶在明亮的窗外随风摇摆，白色蕾丝窗帘轻盈飘逸。

道夫坐下后拿起放在镜面大理石桌上的早报，翻到社会版。报上日期为昭和[1]××年五月十二日星期二，这一天没有重大新闻，吸引他的是左边一条新闻标题。

大阪女店员公寓遇害

当他正要详读报道内容时，村濑美奈子走了过来。

"现在正在准备，再等一下就好了。"

美奈子对女佣发号施令，厨房里响起锅子跟碗盘碰撞的声响。

1 日本昭和天皇年号，时间为1926年至1989年。

他趁早餐上桌前，抓紧时间读报。

十一日清晨六点五十分，管理员伊藤作发现女店员日下部哲子（19岁）陈尸于大阪市福岛区下福岛五丁目渡部庄五号室。女子被发现时衣衫不整，倒卧于血泊中，大阪府警搜查一课[1]警员依房内凌乱的状况，判断此为强盗杀人案件，指示福岛分局成立项目小组，正在过滤被害人的交友关系。

这不过是一起寻常的凶杀案。道夫翻着报纸，浏览过电视与广播版面，最后停在女性专栏。每年有无数起女子惨遭男子杀害的凶案发生，这类的案件与自己无关，也与过往无关。

“久等了。”

美奈子摆好碗盘，桌上有汤、焖鲷鱼、炖马铃薯与蜂斗菜、荷包蛋以及烤海苔。

“谢谢您的招待。”

“我也一起吃吧。”

村濑夫妻常邀道夫到家里吃早餐，以示他们对店里支柱的一片心意。他的午餐和晚餐都是在店里和其他店员一起吃，村濑偶尔也会在晚上带他到外面用餐。

“老师今天回来吗？”道夫边动筷子边问。他在这个地方尊称村濑为“老师”。

1 日本警察系统中专门负责重大刑事杀人案件的部门。

“他通知说要改到明天傍晚了。”美奈子的语气略显骄傲，为自己的丈夫是位到处巡回演讲的讲师自豪，口头上则故意抱怨，“店里都快忙不过来了，他还一直跑出去参加活动。”

“老师的名声因此传遍各地，这可是好事呢。”

“你说得也没错，只是这么一来，你这个老师的代理人可就累了。”

道夫怀疑自己竟然只是村濑进太郎的“代理人”？村濑的技巧不如他，为他而来的客人甚至多于店长，美奈子应该也明白这一点，只是她绝口不提，只将他视为店里聘请的员工。

村濑即使没有在店里坐镇，生意也不见影响，好胜又精明的美奈子便将这成绩归为他“代理”村濑工作的功劳。

他如果宣布离职，她不晓得会露出什么表情？她一旦知道挽留无效，那张和蔼的脸孔肯定会激动到变得狰狞。

已有店员察觉他即将在最近开店，从美奈子现在的和悦神情看来，话还没传进她的耳里。店员总是和自己人站在同一阵线。

他为了与波多野雅子看地，约好今天下午两点半在涩谷碰面，且傍晚六点又约了另外一位女客。一早他就决定今天要请假。

用完早餐，道夫趁喝茶的时候随口问了一声：“对不起，我今天下午想请假。”

“咦，怎么了吗？”这话果然让美奈子的脸色一变。

“我跟昨天晚上在新宿遇到的朋友约了要见面，对不起。”

此时态度不能过于卑微，道夫思忖。

“一定得要今天吗？”美奈子蹙眉。

“对，已经约好了。”

“我不管你们怎么约，没办法改天吗？”

“我联络不上他。”道夫坚拒。

“真糟糕，老师又不在。”

美奈子想抱怨，又不敢当面指摘这位优秀员工，没将话说出口。

“对不起，提出这么任性的要求。我本来以为老师下午就会回来了。”

道夫作势低头。

“计划会变，说不准的……你那位朋友是什么人？”

“他是我在家乡的同学。”

“九州吗？”

“对，我们在宫崎县就读同一所中学，他后来到了东京，现在他在品川的工厂上班。因为他就快回九州了，我们想在今天好好聚一下。”

“哦。”

美奈子面有难色。

当美奈子问他要和谁见面时，他以为她是在暗中刺探，然而，她的脸上完全看不出一点迹象。假使她从员工那里听到他要出去开店的风声，神情理应更加凶狠，但是她只是单纯对店里的头号设计师今天要请假一事，感到无所适从。

如果是其他员工提出要求，肯定少不了挨一顿骂，绝不允许擅自请假，不过，为了顾全店里生意，她也只得忍气吞声。

“噢，对了，今天那位太太会来呢。”

美奈子蓦然想起。

“哪一位？”

道夫以为她提到波多野雅子，有些惊慌，不过，雅子今天不可能来店里。

“桑山太太啊。”

“桑山太太？”

“喏，就是那位脸圆圆的，个子娇小的夫人啊，听说她的老公是检察官。”

“……检察官的太太吗？”

“她个性那么随和，还真看不出来。”

“……”

“咦，你在想什么？还是想不起来吗？”

“不，我知道是哪一位了。”道夫抬头，“总之，请答应让我今天请假一天。”

她想不到道夫的语气竟如此强硬，似乎受到了惊吓。

“好吧，既然你那么坚持的话。”

她明显表现出不悦，气氛一时有些尴尬。

“对不起。”他原本要起身，看到美奈子的脸色，又微笑坐定，“老板娘，有件小事想冒昧请问一下，我们店里有客人的先生在公司里担任要职吗？”

“为什么这么问？”

她的目光一闪，直觉有异。

“我家隔壁住了个商业设计师，他平常都在帮人画海报、小册子或是标签，他想找个大客户，拜托我如果认识一些公司高层干部的夫人，就帮他引荐。”

他提起这话题有两个目的，一是完成与冈野之间的约定，另外也试图借由这唐突的举动，平抚美奈子的怒意。再这么僵持下去，她也找不到退路。

“嗯，有这样的客人吗？我记得波多野夫人的先生是证券公司社长吧？”

美奈子似乎也感觉到这样紧张的气氛对自己不利，恢复了平常的模样。

“证券公司没有制作广告宣传品的需求，好像不太适合。”

他不禁在心底讥讽。

“这样啊，我会再帮忙留意一下，看看有没有这样的客人。”

他在下午两点二十分进入涩谷车站附近的咖啡店，波多野雅子已经依约坐在最里面的位子。

肥胖的女人特别显眼，她今天穿着洋装来赴约。

“久等了。”

道夫走到桌旁，弯下腰。

“我也才刚到呢。”

她想表示自己并未久等，可是面前茶杯里的红茶却是一滴不剩。

“你要点什么吗？”

“咖啡。”

“请给我一杯咖啡。”

“今天不太好请假。”

道夫凝视着雅子。

“为什么？老板娘刁难你吗？”

“村濑老师明天才回来，她希望我今天可以留在店里。”

“也难怪她会那么说，你不在，那间店就完了。”

“不，是人手不足。”道夫谦逊以对。

“你跟村濑都不在，店里不就闹空城了，她没抓狂吗？”

雅子像是在看好戏，那张上粉的脸掩盖不住一笑就现形的皱纹，丰满的胸部撑起米色套装。

“她是不高兴，可是对我来说，来这里更重要……”

“那倒是，你是来为你的将来做决定，就算得违抗她，也是迫不得已。”

“而且，我也想见您……”他小声地说。

“真的吗？”她眼神紧盯着他，“你可别哄我。”

“怎么可能，我是真心的。”

“姑且相信你一次……对了，你今天用什么理由请的假？”

“我随便搪塞过去了。”

“她没注意到你是来跟我见面吧？”

“完全没有。”他用力摇头。

“我们走吧？”

“好，要去哪里呢？”

“我们先去自由之丘，那是其中一个候选地点，再坐车绕到别的地方。”

“您开车来的吗？”

“傻瓜，怎么可能呢……哎呀，你咖啡还没喝完呢，不喝了吗？”

“不用了。”

道夫起身后，雅子缓缓拿起账单。

他们坐上出租车，以防搭电车被人撞见。

雅子肥胖的膝盖搁在道夫的身旁，那是一对总让她感到无地自容的肥腿。

出租车驶离繁华地段后，雅子伸出了手，道夫也慎重地握住她的手。

“好想跟你去兜风啊。”雅子说。

风吹进车窗，轻抚她的发梢。

“我也是。”

“我们可以在外面住两晚。”

“没关系吗？”

“我可以找借口瞒过我老公，他自己也常假借出差的名义去旅行。”

“不过，只要我还在老师的店里工作，就没办法外宿，像今天这样要请一天假都很困难了。”

“等你辞掉工作之后喽。”

“那就没问题了，可是辞职后，还要忙着为开店做准备，像是店里要设计跟装修，还得招人……”

“你这么讲下去没完没了，到时候再找时间吧……咦，你看起来好像没什么兴趣。”

“不是，我只是想到开店之后，也得对您负责，就感到有些沉重。”

“不用这么紧张，我相信你一定可以成功。我不就是因为这样，才出钱投资了吗？”

“赚了钱之后，我一定会还您的。”

“那拜托你喽。”雅子以毫不指望的口吻，戏谑似的笑着说。

车子由新大楼林立的宽广街道进入狭小巷弄，商店在两旁，犹如战后往郊外发展的闹市区。车子开在窄巷里，行人只能侧身从车窗旁边走过。

“这一带没什么美容院。”雅子解释。她早已事先探过环境。

离开商圈，车子开到私营铁路车站前的广场。

“这里就是自由之丘车站，你来过吗？”

“没有，这是我第一次来。”

隔着车窗，道夫兴致盎然地左右张望。

“请问要到哪里？”司机回头。

“这个嘛，就沿着轨道开过去吧。”

铁轨旁的斜坡杂草丛生，白色小花点缀其间。

车子驶离铁轨后右转，进入占地辽阔的宅邸所聚集的豪宅区，围墙上挂着“奥泽×丁目”的地名指示标志。

“司机先生，请开慢一点。”雅子面向道夫，“从这里可以看到不少豪宅。”

两旁的宅第缓慢经过眼前，眼前所见尽是气派门面与无止境的外墙。日式、西式、日式西式混化，各有风格。其中也有一些旧房子，但以新屋居多，大部分为附有私人车库的现代化住宅。

“前面左转。”

雅子逐一指示司机往左或右，车子转进不同的街道，见到的豪宅建筑与气氛却大同小异，同样静谧且高雅。

“你觉得这附近怎样？”

雅子倚在道夫脸旁，一起看向窗外。

“不错。”

他打心里赞赏，这个地方与他预定的顾客层相符。冷清的街道没有女人经过，但不难想象豪宅里的住户模样。硬要挑毛病的话，就是人口稀疏，大厦尚未建成。

“不错，你说得简单，开店的人可是你啊。”

“哦。”

“不用在意我的想法，有意见尽量说。”

“我觉得很合适。”

“怎么听起来不太确定呢，我们再绕一下吧。”

出租车像是在观光，或左或右，慢速前进，之前曾见到的房子又多次出现。

“这边好像没什么空地……”

雅子看向窗外的眼神发亮。

“这一区已经完成开发建设，当然没空地喽。就算有，在住宅区里面开店多突兀啊。开店要靠近商圈，才招揽得到客人。”

“您说得对。”

“我们现在算是事先来勘察你将来的服务对象。”

波多野雅子有精准的生意头脑。

她“出资”的钱不知从何而来。她是否真有能力存到高达五六千万日元的巨款？这笔钱要说是私房钱，金额未免过于庞大，或许她计划其中一半以上从别的地方通融，他以前就抱着疑问。现在则是大致肯定，雅子在玩股票，她有时会在话里泄露出蛛丝马迹。

雅子的丈夫是证券公司社长，表面上没有从事证券交易。她从丈夫那里听来关于股票的知识，一开始为了赚取零用钱，她瞒着丈夫私下通过别家证券公司买卖股票，越投资越有心得，赚进一大笔钱。股市动向应是由丈夫口中或其他进出家中的部属提供情报得知。

他认为自己的推测正确，只是雅子不可能向他表明。她避而不谈关于金钱来源这类低俗的话题，以保持神秘的优越感。他了解她的心情，只要不提这个现实问题，就不会破坏她的虚荣心，他只要大方接受她的好意就好了。

雅子既是靠投资股票赚钱，对生意自有一套想法。在挑选地点上，她对地理环境特别用心，也确实眼光精准。这个肥女人外表迟钝，心思却非常细腻。

车子来回绕了四五圈，雅子最后选在站前商圈邻近住宅区的地方下车。

“我看这里挺适合的，你觉得呢？”

雅子回头望向身后的道夫。

每当走在路上，雅子总是害怕与他并肩同行。两人年纪相差悬殊，特别容易引起关注。

为了不让外人看出他们的关系，她会让道夫跟在她身后，两人相隔几步之遥，有事再回望以目光示意。

她这么做不只是怕年龄差距引人侧目，更因为她的丈夫常请公司主管到家里做客，大小宴会也都由夫妻共同出席，有时她还会受托当媒人，一不小心就有可能被人撞见。因此，她多半是在判断没有危险的情况下，才会与道夫交谈。

雅子或许认为这附近安全无虞，让道夫走在她身边说话，另外也是为了选地，不得不这么做。

在道夫的眼里，这一带位于商圈边缘，远离热闹的商业中心。美容院不能开设在商圈正中间，也不能在寂静的住宅区落脚，一切都需依顾客心理为优先考量。

这么看来，雅子选择了一个绝佳的地点。

不过，放眼望去没有一块空地。道路两旁商家林立，后方住房鳞次栉比，住宅区后头则是茂密树林，他不可能在那里开店。

“现在已经没有剩下的空地要卖出喽。”雅子解答了道夫的疑问。

“噢，这样啊。”

“大家看好这地方的未来发展，早就盖起房子了。”

“要去其他地方找地吗？”

“盖房子不一定要空地才行啊。”

雅子面带微笑，仿佛是在嘲笑道夫幼稚。她浑圆的下巴往前指了指。

“那家店可以吗？”

她的眼神看向一栋两层楼的小咖啡店。

“那家……咖啡店吗？”

店外挂出“弗雷斯特”的店名招牌，门口上方朝外张起红色棚子，与招牌相同的文字反白印在上头。大门是漆成暗褐色的厚重木门，白色墙上有三扇拱形窗户，搭配绿色窗帘及白纱。二楼似乎住着人。

“那家店的生意不太好。”雅子摆出有备而来的姿态，“听说这家店是两年前盖的，地主对外的说辞是因为要返乡，急于抛售，实际上是亏损连连。车站前的繁华地段就有不错的咖啡店，跑到这一带开店实在太偏僻了，以后说不定会有不错的发展，问题是他撑不到那个时候。”

她娓娓道来。听了这么一番分析，也许是日正当中的缘故，整间咖啡店显得寒碜，宛如尘埃笼罩般灰蒙。窗内不见人影，景象萧条。

“这地点不能开咖啡店，但是正适合美容院。”

道夫也深感赞同。

“这家店占地四十二坪[1]，一坪一百万，总共四千二百万，含建筑物要价六千万日元，地面上的建筑物不能算进估价，我打算要砍下来。”

不晓得她是去哪里探听到这行情的，道夫对她事前准备之周到，感到诧异不已。

“地主说这家店两年前才刚盖好，只要内部装潢一下就能改做其他生意，不过，既然要买，我只会出买下那块地的价格。地主好像正在为债务苦恼，我打算以五千万成交，这样才有买的价值。”

道夫也有同感。

“这附近的地价看涨，就算放着不管，也是不错的投资。”

从雅子的口气听来，她似乎想将这块土地占为己有。

“您就接管这块地如何？”

1　1坪约合3.3平方米。

道夫抓紧机会接话，面对贪婪的女人，就得展现出清心寡欲的模样。

雅子早已告诉道夫，要让他“开一家自己的店”，只不过她是否会让他完全掌管这家店，或者她会是幕后老板，两者的区分极为暧昧。口头上，她会将这家店交由他全权管理，但背后却隐含了女人的心机以及讨男人欢心的狡诈心理。

道夫深谙其中巧妙，假意要将赚来的利润还给雅子，以此试探。雅子虽然只是玩笑说声“那就拜托你了”，语气虽不带期待，却有当真要他还钱的意思。

现在还不需要为了钱的事划清界限，友好维持在模糊的金钱关系之中，在暧昧的云雾里，潜藏着通往自由理想之路。

“您从哪里得知这家店要出售的消息？”道夫谨慎地问。

“当然是事先调查过喽，行动要有目的才有意义，我们可不是光坐车来绕绕而已。”雅子趾高气扬地训诫道夫。

“噢，说得也是……”

“这话什么意思？”

“因为您实在了解得太详细了……”

“吓到你了吗？事前的准备工作一定要做好，你以后也要开始做生意了，不管做什么事都要面面俱到，不能再像以前那样散漫……”

“嗯，您不陪在我身边，我没信心。”

“你这么依赖我，能做什么大事？真不可靠。”雅子心满意足地骂着。

在局促的店里，一位秃头的中介热情款待雅子与道夫，待客用的大办公桌与接待处占去整间店的大半空间，气色不佳的女职员在角落翻阅账簿。

“您大致决定好了吗？”

由中介话中可以听出，雅子曾数度来访。

“条件那么好的房源不多，到处都有人在问，我帮您先把他们挡住了，不过，总不能叫他们一直等下去。”

他边说，边偷偷观察平静地坐在雅子身旁的年轻男子，她一句话也没提到这位同行的男伴。

“价钱不能再谈吗？”雅子沉稳地说。

“太太，土地上头还有一栋两年前才刚盖好的房子，那可是跟新屋没两样。”

“那栋房子不能算在里头吧？”

“这要视情况而定。老房子不行，您买下的可是新盖好的房子，只要稍微改装一下就能开店，如果您要开咖啡店，那等于是买下现成的店面。”

“我又不是要开咖啡店。”

“您要做什么生意呢？”

“什么生意……看他喽。”

雅子没有明指，只以“他”含糊带过。

中介这时才有机会与道夫正面相对。道夫沉默不语，他只好自讨没趣地将视线又转回雅子身上。

“房子现在的状况可以从事各种生意，这样的房源少之又少，老实说，已经有不少同行来找我商量了……如何？”

他拿出待客用的香烟，雅子抽了一根后，他又将烟盒递向道夫。

“您也来一根吧？”

他似乎想借这举动，探查两位客人之间的关系。

脸色苍白的女职员端来两杯温茶，明目张胆地露出狐疑的眼神。雅子不理会她的眼光，径自抽烟。

中介和雅子讨论起价格，她坚持压在五千万日元以下成交，两人僵持了将近一小时，中介硬是不肯接受。她假装不在意，中介则摆出强硬姿态，双方讨价还价，试图摸清对方的底牌，互不退让。

道夫漠不关心地听着他们对话，偶尔无聊地左顾右盼。外头窗户密密麻麻贴满写有待售房源资料的纸张，从纸张间的狭小隙缝可见行人身影，他只将目光停留在女人身上。

这时候需要的正是表现冷淡，反正最后还是由波多野雅子付款。受保护者越是不提出要求，越有可能导致过度保护。他唯一要做的是静心等候，等她接下来露出真面目。

最重要的是，如此一来，他就有借口将问题的责任全推卸给波多野雅子，万一以后她和丈夫之间发生争执，他也不会被卷进纠纷。他可以反驳说，一切都是她自作主张，他不曾提出任何要求。

雅子与中介仍谈不拢价格，她拼命砍价，喋喋不休地挑剔地点偏僻，不管做什么生意都会赔钱，而且一赔好几年。中介则是一一沉着应对。

雅子怎么跟中介交代自己的身份呢，道夫怀疑。中介只称呼她“太太”，透露出他不清楚对方的身份。雅子似乎还没道出自己的本名跟来历，可能是打算隐瞒到最后一刻，但交易成立时又该如何应对？她不敢将自己的名字搬上台面，最好能在含糊不清的状态下解决这件事情……

话还没讲完，雅子便猛然拿起皮包站了起来，中介以为谈判破裂，慌忙抬头，看到她走到女职员身旁，由女职员带她走向店里的洗手间，她则是摆动肥臀跟随其后。他又落寞地拿起香烟。

相较于年近四十、作风大胆的雅子，二十七岁的枝村幸子仍保有年轻女子自以为高尚的矫揉造作，不，她的表现甚至比其他女子更为夸张，然而比照波多野雅子此时的低俗，那一点儿也不算什么，甚至有助转换心情。

道夫和枝村幸子约在傍晚六点见面，在那之前得巧妙地拒绝雅子的邀约。

“您要在那里做什么生意呢？”

中介向道夫搭话，顺道确认道夫和这位胖妇人之间的关系是否如自己的推测。

第四章

女性杂志编辑

下午五点半，道夫走进银座R堂的咖啡店。枝村幸子钟爱高雅的气氛。他走上具有仿中世纪风格的纯白扶手以及搭配碧绿地毯的螺旋楼梯，进入装潢气派的大厅。在那里，人们轻声细语，一举一动就如同鹅黄色桌巾绣上花样般，都是经过精心雕琢的。

这里的客人大多是生活稳定的中年人，散发出从容自在的优雅气质。室内装潢宛如进口化妆品般格调典雅，年轻人由于无法融入这高贵氛围，纷纷敬而远之。

枝村幸子坐在窗边读书，咖啡只喝了一点。听到道夫的声音，她随手将红色封面上烫着金色英文的小书放到桌子一角。

“真早呢。”枝村幸子微笑着说。

她脸上的微笑不是发自真心的笑容，那只是一种肌肉动作。她个性冷静，甚至接近冷淡，眼神总是充满轻蔑。

"我赶着把事情处理完了。"

"你流汗了呢。"

"对啊。"

道夫拿出手帕。他与波多野雅子告别后，特地在前往这里的途中买了条新手帕。

"你也用不着这么急啊。"

"嗯，可是……"

"我没关系，还有书可以读呢。"

"是。"

"你要点什么吗？"

道夫瞥了眼幸子面前的饮料。

"跟你一样。"

幸子徐徐转头朝向正在为别桌客人服务的服务生，侧脸下的静脉血管浮起。

她曾有一张鹅蛋脸，现在则是瘦且细长，颧骨微微突出，不复圆润，因而骨感较重，免不了出现阴影。

她的头发不长，原本剪了一头短发，在村濑美容室经过道夫巧手打造才留回正常发型。

他费心保留她过去的男孩子气，她也因为有新鲜感，非常中意这样的发型。

她对服装打扮颇有见地，尤其擅长配色，通常以单一色彩作为主色，另选一处以不同的颜色点缀，达到画龙点睛的效果。道夫自从为她服务之后，便时常在她耳边赞赏她那独到的审美品位。

她是女性杂志《女性回廊》的编辑。杂志的定位以知性与修养为特色，由于读者年龄设定在二十岁前后，使得其中的知性充满希望，修养具有浪漫色彩，并受近来的倾向影响，将触角延伸至故作高雅且煽情的内容，演艺圈更是关注的焦点。

她在这本杂志里负责影视剧新闻。她解释说，她原本负责文艺版面，但为了培育后进新人，在两年前调动职务。她的年资长达六年。《女性回廊》是一本历史悠久的杂志，发行量不大，却在读者间具有权威地位，担任编辑的枝村幸子正因此显得霸气十足。

一般来说，很难想象这样的女人是以什么心情约男发型师出来喝茶。自命清高的女人通常不屑与“工匠”来往，且又情绪反复无常。

三言两语难以解释她们的情绪为何变化莫测。出入“高级”社交圈的女人偶尔会为了舒缓压力，带着玩乐的心情接近低下阶层的男人，以放松身心。深入探讨后会发现，她们这么做，是对男人鄙俗且大剌剌的行径感兴趣，并借此反过来证实自己的才能。

不过，这说法遗漏了男女之间的相对关系，还称不上充分。即使轻蔑对方的地位，她终究是个女人，总有一天会有意放下戒心。这里有一个过于夸张且不太适当的例子。平安时期[1]的贵族夫人在与下人私通时，常因沉溺安逸而铸成大错。由此看来，自尊心强的女人为所欲为，往往充满危险。

这是枝村幸子第三次约佐山道夫在外头见面，前两次约在银座的咖啡店，配合道夫的休假日，而且只限午餐时间过后那一个小时的短暂时间。也就是说，她约道夫出来只不过是为了打发无

1 日本历史上指幕府政治以前以平安京（今京都市）为都城的时代，时间为公元794年至1192年。

聊的午休时间。她在心情上这么认为——无关心理状态，这只能用来说明她看待这件事的情感，她的意识则又是另外一回事。

她认同佐山道夫身为一名“设计人员”的才华，仅止于此。她试图假借职务之便，尽提携之力，犹如高级知识分子提拔技艺高超的工匠。

身为杂志编辑，她认识诸多名人。由她的语气听来，她和其中一些人交情甚笃，甚至有人需要“仰赖”她的帮忙。她拥有权力，只消一句话，就能帮道夫声名远播。

枝村幸子与佐山道夫在不同领域的职场工作。她深信自己从事的职业地位崇高，并因此心满意足，即使有时会抱怨，但也是一种虚荣心的展现。为了满足她的虚荣，她提供无名男发型师一个成名的机会，让他得以窥探自己的世界，并为此惊叹，在美容院里侍奉自己比侍奉其他人更加殷勤，带给她相对优越的感受。

“我刚才带编辑部里新的男编辑去找Y・K。”

她下巴高抬，吞云吐雾地说。Y・K是一位畅销作家。

“编辑部请他写一篇小说，他不答应，我去教训了他一顿。Y・K以前由我负责，我跟他讲话直截了当，当场讥讽了他两句。我说你现在可是大作家啦，他不好意思地回我，真是输给你了。我没两下就解决了这件事，最近新进的男编辑还真是没用。”

她像是被烟熏似的眯起双眼，脸上满是骄傲。

“他一定很感激你吧。”

道夫的语气中充满敬意，单纯为她竟能轻松降伏知名小说家，让他答应动笔的实力感到敬佩。

“还好啦，这就是工作啊。”

她在工作上完全是个女强人。

“Y・K是该有人教训他两句了。他最近因为工作多，得意忘形了起来。在我负责的时候，他工作量还没那么大，很纯真，对我的态度也很谦卑。看到他现在那副自大的德性，实在很难想象跟之前是同一个人，以前他连拿个原稿给我都胆战心惊的，我也叫他重写了好几遍，所以他在我面前根本不敢作怪。”

她的话里常出现，“叫人写稿”或是“拿某人的题材来用”这种说法。那些受她指使的全是活跃于杂志上的名人，其中不乏作家、文学评论家、大学教授以及散文家，现在负责的领域里则有扬名于电视、电影及舞台剧的男女演员、歌手和影视评论家。题材的使用指的便是让这些人登上权威杂志。用与不用，似乎全由她掌控。

“R・M打电话来说想约我晚上碰面，我没那心情就拒绝了。”

她转换了话题。R・M是当红电视女演员。

“反正她只想请我帮她写篇报道，我知道她在打什么如意算盘，才不想见她。上个月杂志刊登了她的对手A・I的话题，她简直是气疯了。”

A・I也是电视女星。

她的周遭仿佛名人围绕，确实是与道夫活在不同的世界。

她提到的两位女星都是女性周刊及影视杂志的常客，一般人难以接近。道夫由于美容院里备有许多这类型的杂志，以提供前来打理造型的客人翻阅，所以他对这些消息也很灵通。

他那瞠目结舌的单纯反应，正满足了枝村幸子。

她建议他可以帮女演员或歌手打理发型，现在是大众传播媒体的时代，这是成名最快的方法。他们在第一次见面的时候，闲聊聊到了这个话题。

道夫嘴上推说自己能力不够，却没有敷衍了事。他谦让到最后，凭借着年轻人的一股冲劲，表示有机会必当全力以赴。

枝村幸子随口应了声“好，有机会再帮你介绍”。

第二次见面的时候，没有提起这话题，但那绝非表示她忘记有这么一回事，他们甚至还聊到了知名女演员及歌手的发型由谁负责，那些发型师都是美发界中大师级的人物。

没有直接提到之前的话题，可以证实枝村幸子已经将这件事牢记在心。如果她当时只是说场面话应付，第二次见面时，她一定也会顺势脱口而出。道夫认为，她发言谨慎而不信口开河，正是因为她认真对待这件事情。

那时，他避免再次提及这件事。他不提并非是因为不想强人所难，而是决定等她主动提起。他深信她一定会再谈到这话题。

枝村幸子一再向他炫耀自己的能力，理应有展示实力的责任。

她若是后悔妄下狂言，势必不会再度光临村濑美容室，然而她还是来了，而且趁他为她打理好造型，贴在她耳边絮絮低语时，悄悄塞了张纸条到他手里。纸条上写着今天约会的时间地点。

快到晚餐时间，离开咖啡店前往用餐地点是理所当然的，在这种场合下，由枝村幸子邀他共进晚餐合情合理。论年龄、职业、收入、涵养、地位，这一餐都应当由她请客。

枝村幸子是位“饕客”。她挑了一家位于赤坂某电视台附近的餐厅，上至经理下至服务生都与她熟识，这里的风格也是静谧且高雅。

她向道夫介绍这家餐厅的主厨，接着解说各家餐厅的料理特征。道夫第一次听说这些餐厅，对她的渊博知识深感讶异。

道夫暗自猜想，她二十七岁仍未结婚，目前是否没有交往的对象，他甚至认为她走访各家餐厅，正是为了弥补恋爱的空缺。她选择的餐厅格外高级，就是为了让自己沉浸在豪华的气氛之中，排解一个人的寂寞。没有谈恋爱，钱无处可花，也难怪她把钱都拿去买她喜欢的衣服。

她如果有男朋友，不会有时间与他共进晚餐，这么做只是浪费时间。假使她只是一时兴起，就该在喝完咖啡后甩掉他。她带他来这个地方，可见她内心空虚，并非是一时兴起。

他如此暗忖，但还不能掉以轻心。或许枝村幸子其实感情顺利，在这一方面，她似乎也是个情场高手。

他们点了啤酒。她的酒量好，菜没吃几口，啤酒已经喝光三瓶。此时，她聊的仍是工作上看到的名人内幕。

比如影视周刊报道谁和谁交往，那不是事实，又或谁跟谁有男女关系还没公开等。她的选词用字文雅，没有露骨的描述。她也渐渐醉了。

“道夫。”她突然转移话题，“那个老缠着你的肥婆是谁啊？”

他一听便知她指的是波多野雅子。

“你是说哪位客人呢？”

“喏，就是那位每次都穿着没品位的和服到店里找你，年近四十，又肥又胖的阔老太婆啊。她老黏着你，看起来很亲昵呢。”

“我没印象，不知道……”

“别装蒜了。”

“我没这意思，请别误会我跟客人之间的关系。”

“我说的是波多野。”

枝村幸子的眼皮泛红，一双眼直瞪着他。这是她第一次提及波多野雅子，连姓氏都知道了。

“噢，你是说波多野夫人啊……”

“你早知道我在说谁，故意装傻的吧？”

“我们不能乱说客人的闲话。”

“你是她养的小白脸吗？”

“怎么可能，她只是喜欢我帮她整理的发型，指名要我当她的设计师而已，没别的意思。”

“她黏你黏得很紧呢，虽然说她不过是个悠闲的贵妇，但她看你的眼神真的很不寻常。”

她这话说来夸张，但没想到她竟已有如此深入的观察。

“而且她对我的态度有点奇怪。”

“怎么了？”

“我也说不上来，她很在意我。我们一起在店里的时候，我觉得她简直是使尽全力地在瞪我，还带着敌意呢。”

枝村幸子情绪激昂，脸上扬起一抹冷笑。

“有一次她在店门口瞧见你帮我弄头发，马上转身走了。她本来可能打算一声不响地走开，可惜我从镜子里看得一清二楚。她在嫉妒我吗？”

波多野雅子在店门口走人这件事，也让她注意到了。

“嫉妒我，她不配……我们的地位可不一样呢。”

枝村幸子的酒量意外惊人，她借口在这家餐厅无法尽情喝酒，将佐山道夫带离餐厅。当然是幸子付钱结账。

赤坂一木大道上的商圈灯火通明，车水马龙。幸子的步伐凌乱。

“危险，幸子小姐。”

道夫自然地靠向幸子身边保护她。

“没事的，放心。”

幸子的手臂微微颤抖，触碰着道夫。他分不清她是醉了，还是故意的。后方来车的喇叭声大作，道夫抓住她的手臂，将她推到路边。他感受到她手臂的弹力，品位不俗的套装里传来身体的轻微反弹。她的身体具有弹性，饱满丰盈。她的身上散发出有别于香水及酒精的甜腻香气，一种年轻女子身上缺乏的气味。

道夫主动放手，他熟知在情势尚未明朗前，不宜逾矩。万一草率行动导致失败，情势将无可挽回。枝村幸子的自尊心高，他必须适应她那高傲的脾气。他首先要确认她是否有意，用不着自乱阵脚。现在，只能任由她主导。

“我想再喝一杯，你可以陪我吗？”

她的眼神在等候他的回答，这是她那张脸上第一次出现表情变化。

“乐意之至，只是我不太会喝。”

“没关系，你只要坐着就好了。我不想让人觉得我是一个人在喝闷酒，太丢脸了……招一下出租车。”

“请问要去哪里？”

“花房，一间日式料理店。”

“在新桥吗？”

“S饭店。”

道夫一时惊慌，那是他和波多野雅子见过四五次面的大饭店。

“请问在几楼？”

“地下一楼啊，你不知道吗？”

“嗯，我对这地方不熟。”

“花房的总店在银座，我喜欢S饭店里面那家分店的沉稳气氛，既不会遇到熟人，偶尔店里还有住在S饭店的外国客人，去那里就好像到了香港一样，可以放松心情。”

“你常去吗？”

“也不算常去，只有之前作家H老师在饭店工作的时候，我被招待过一两次。”

H是七十岁的大师。

进入S饭店正面大门时，道夫有些胆怯，毕竟这里是他和雅子的“幽会场所”。他和雅子在柜台前总是各走各路，没人会注意到他们是结伴而行，唯一只有饭店服务生跟他们打过照面。关于这点，他不免感到忧心，但是服务生采用轮班制，饭店客人来来去去，不可能看过一眼便过目不忘。即使无须畏惧，他却也没办法安心。

枝村幸子没领他走到大厅，而是在大厅前走下楼梯。地下一楼的楼层配置和其他饭店大同小异，有卖珠宝或钟表这类的纪念品专卖店，以及航空公司服务处，一旁则是咖啡店、小酒馆和寿司店等餐饮店。“花房”这家日式料理店位于楼层内部，占地宽广。一进门，正前方是横向长方形的烹饪台，前面有吧台与坐席，旁边隔出几间榻榻米座位的包厢。店里含外国人在内，共有十来位客人，就这时间来说店里显得格外冷清。

“坐这里好了。”

幸子挑了张角落的桌子。

她从菜单上点了腌渍螃蟹和生鱼片等不会对胃造成负担的料理。道夫为幸子斟酒，她也替他斟酒。

“我喝得不多。”

“喝一点有什么关系呢。”

“你很爱喝酒吗？”

“也不算，看情形喽。”

“你常喝吗？”

“别乱讲，我只有偶尔会喝这么多，而且还是为了工作。我要是想喝会约朋友，可惜找不到什么意气相投的朋友一起喝，约男人又麻烦……”

她所谓的麻烦，或许是指与男人喝酒可能会遭到诱骗，她必定曾遇过同样的事。男人面对烂醉如泥的女子，的确会忍不住出手，尤其幸子这样的女人更是让男人春心荡漾。不知她当时如何应对，从她刚才的话听来，似乎是没有理会那男人。

同时，她又像是在说，即使约道夫也不会造成麻烦。其中有两种含意，一是两人的地位差距甚远，他的危险程度不构成威胁；二是进一步警告他，轻举妄动也只是白费功夫。而她认为没有志投意合的女性朋友，正可见她的自我意识过强。

幸子没三两下已经喝完一瓶酒，又叫了第二瓶。

店里悄然寂静，有三对外国夫妻，日本人多是上了年纪的老人家，确实弥漫着幸子述说的香港风情。

“我们之前聊过……”

她的眼睛周围又微微泛红。

“关于成为艺人的发型师那件事，或许可以找藤浪龙子。”

“藤浪龙子小姐吗？”道夫倒抽一口气。

藤浪龙子是歌剧出身，歌声曼妙，演技精湛。她身兼歌手及演员，在电影及电视上都可以见到她的身影，她时常举办演唱会，是位名声响亮的巨星。艳光四射的她，更是受到中年人欢迎。

“你觉得如何？”

“她是个大明星啊，太有名了，我觉得像是在做梦一样。”

他说这话不是故意奉承，而是肺腑之言。

“我跟她很熟，有空的话，会一起吃饭，或是到她家里玩。我也会给她一些工作上的建议，她觉得我的意见不错，听了高兴，非常感激有我的支持呢。”

这么说来，《女性回廊》常刊登有关藤浪龙子的消息，她曾在上面发表文章，另外像是彩页上的演唱会照片，或是影视相关版面的短篇报道，都常能见到她的消息。道夫这才知道，原来这些都是由枝村幸子推动的，她的实力远超乎他的想象。

“还不只这样呢，她连私事都会找我商量。”幸子再三强调她和藤浪龙子的关系密切，“有一次她遇上麻烦，还是靠我提供建议才解决问题，连媒体都没注意到呢。虽说有杂志社嗅出了一点气息，也是由我从中斡旋摆平。从那之后，她就养成依赖我的习惯了。”

他一时无法将赫赫有名的巨星与眼前畅饮啤酒的枝村幸子联想在一起，然而随着她恢复高傲女编辑之姿，她的话也逐渐显得真实。藤浪龙子信赖她，对她百依百顺。

“你如果负责她的发型，肯定能打响名声。而且最好是负责演唱会的发型，演唱会随场景变换，造型不同，发型也要跟着变化，格外引人注目。再说演唱会画面还会在电视上播出，更能引起广泛注意。”

这提议完美无缺。道夫仿佛已经看见自己在剧场后台为藤浪龙子做发型的忙碌模样，杂志照片一角以哥德字体标注“发型设计佐山道夫”。

“不过，有个困难。”

突然枝村幸子降低了音量。

道夫凝视着她。

“这事难在你受雇于村濑，你要是不自己出来开店，我也不知道该怎么帮你。我之前本来想帮你推荐，就因为这一点说不出口。所以说……”

“枝村小姐。”道夫大叫，打断她的话，“我最近要开店了，我就要在自由之丘开店了！”

走出花房已是晚上十点，枝村幸子醉醺醺地踩着歪斜的脚步。

听到道夫开店，幸子瞬间瞪大了眼。她说了声恭喜，将酒杯高举至他面前，表示如此一来她要向藤浪龙子开口就简单多了。

从地下楼层往上的楼梯空无一人。酒醉的枝村幸子拖着高大的身躯，吃力地走上楼。

“你还好吗？”

“没问题。”

道夫看她难受，贴近她身边，一手往她的背上轻轻扶持。如履薄冰正是他现在的心情写照。他怕这样的举动不只遭拒，甚至可能招来辱骂，从此断绝往来，由空中垂下的一丝细线就此断线。

然而，幸子没出声，也没挥开他放在背上的手，任他搀扶。即使如此，她依然不动声色，一张脸朝向正前方，她或许认为这是男士应尽的义务。她的态度极为自然，无隙可乘。

踏上寂静的楼梯，他可以假借微醺醉意，或是乘机紧握她的手，或是强将她拉近身边，更放肆一点，他还可以将她抱在怀里，亲吻她的唇。他确实有此冲动，却控制自己，因为他恐惧失败。

他不是完全没有把握。如果枝村幸子无意，不会约他到餐厅共进晚餐，更不会借口喝酒续摊，将他从餐厅带到这里。她似乎也有所期待。

他对编辑这特殊的职业一无所知，也许她常与男人对饮，受男人保护也是家常便饭，不足为奇。他若是轻举妄动，恐怕遭轻蔑耻笑，被置之不理。藤浪龙子那瑰丽的幻影也将随之幻灭。

他因为信心不足，裹足不前。

他们就这么拖行着，从大厅旁的玄关附近走出饭店。

门房抬了抬下巴，叫来排班的出租车。

枝村幸子先上车。他帮她并拢双脚，坐进车里。

正当道夫犹豫不决的时候。

“送我。”

幸子从车里露脸。

道夫一坐上车，门房便锐利地瞥了一眼，将车门关上。

“信浓町。”

幸子以司机也不禁担心的声调交代完后，全身瘫软地向后倒在座位上。车身摇晃，使得她坐不成样。她头往后仰，身体陷在座位里摇来晃去，摊开双手任凭摆动，咕哝说：“喝醉喽。”随处有隙可乘。

车子莽撞地向前奔驰，幸子原本就重心不稳的身体更是随之剧烈摇晃，道夫抓住了她的手臂。

幸子不发一语，道夫则是胆战心惊地窥视着她的反应，她依然面向前方，无法坐定。对面来车的车头灯一闪，映出她脸上的浅笑。

道夫心头惊恐，眼前的一抹冷笑令他连忙想将手抽开。

“道夫，”她慵懒地唤了一声，“我有事想问你。”

道夫不明来意，没有回应。

“你说你要离开村濑，在自由之丘开店对吧？”

“对……”

他的手还撑着她的手臂。

“那笔钱是从哪里来的？”她冷漠地问。

他吞了吞口水。

“那是我的积蓄。”

“咦，你存了这么多钱啊？真没想到，在那地方开店很花钱吧？”

“嗯，有一半是我向人借来的。”

“你是向波多野那个肥婆借的吗？”

“当……当然不是，我怎么可能向她借钱。”

“噢……”枝村幸子语气低缓地说，“啊啊，我真的醉了。”说完便伸手掩住了脸。

第五章

精神与理性

出租车停在和缓斜坡上，依稀可见昔日住宅区的风貌。六层楼高的大厦耸立在一角，宛如一栋中级饭店。有半数以上的窗户都没亮灯。

“我先进去，你待会儿再进来。”

枝村幸子下了车后交代道夫。

礼貌上，将酒醉的女子送到家门，就应道别离去，不过，既然对方主动邀约，他也无须再拘泥礼节。

转角处似乎有个入口，她指着那里，飞快地说：“我从那里进去，你就从正面的大门进去。喏，就是旁边有个停车场的地方。进去之后，左边有电梯，你搭电梯到四楼的四一五号房来。”

“四一五号房，不会被人撞见吗？”

“不管遇到什么人，你都别理他们。”

幸子说完便走，身影随即消失在转角处。她的脚步看起来不像酒醉。

道夫决定十分钟后再上楼，闲晃走到邻家屋檐下。他不好站着不动，也不好走远，只能四下徘徊。他看了一下手表，将近十一点。

依这情形看来，枝村幸子确实是独居，没有男友。在出租车里，她没有挥开抓住她手臂的那只手，他归因于她的醉意未消，她则是维持一贯不积极回应的作风。她脸上那抹又是冷淡、又是嘲讽的微笑令人在意，难不成她打算坚守矜持到最后一刻？

既然如此，她又为何要叫道夫进房间？是什么意思其实已经很明白了，但对方是幸子，他多少还是得保持戒心，唯恐被她玩弄。他可能冷不防地被拒于门外，或是只让他瞄了一眼房间，便将他赶出家门。

他从刚才便不断抬头仰望，四楼的窗户里没有一扇亮起灯光，或许四一五号室在对面。

十分钟过去了。

道夫过马路走向大门，楼下露天的水泥地上停了五六辆车，三个年轻人站在角落的灯泡下聊天，其中一人转头看向道夫，他不予理会，径自走向左边，看到了电梯。

电梯里空间局促，只能勉强挤下三人。无人乘坐电梯，他按下了四楼的按键。

到了四楼依旧无人，走廊狭窄，终究与饭店不同。电梯前的第一间房是四一〇室，他往右走，两侧房间皆是大门深锁。

四一五室在左边。道夫稳住呼吸，轻敲两下房门。

幸子立即开门，从细缝中露脸。道夫进了房间。

房间大小约有八张榻榻米大，为西式装潢的房间。地板上铺有红色地毯，上头摆设一盏立灯。房间中央是客厅，鹅黄色墙上挂着一幅仿制的西洋画，一边是大型书柜、梳妆台及台前的圆椅、摆有外国玩具的装饰柜；另一面墙边安置着一张长沙发，花样窗帘充当隔断，天花板上悬吊着时尚吊灯。这现代化房间里的装潢摆设极为完美。

“坐吧。”

枝村幸子站在椅子旁边，原本的外出服换成了有大片红色与紫色图样的连身睡衣。

“你在东张西望什么？看了真不舒服。”

“这里实在是太高级了……真让人叹为观止。”

道夫伫立在原地不动。

“这不算什么。”

她轻描淡写地回应，嘴角扬起一丝笑意，流露出骄傲自满的神色。

“坐吧。”

“好。”

“喝果汁吗？”

“麻烦你了。”

书柜上的时钟指向夜里十一点零八分。如要将他赶走，应会在此时下逐客令，端出饮料表示还有机会。

道夫坐在可以望见厨房的位置，幸子从冰箱里取出一瓶饮料，手拿杯子走来。

“谢谢。”

他稍微低下头，喝了口幸子为他倒的果汁。幸子在他对面坐下。

“好安静啊。”

“对啊。”

四周寂静无声，听不见什么车声。道夫迷惘着，不知这杯果汁喝完后，是该就此打道回府，还是留下。

“你来的时候遇到过人吗？”幸子问。她的眼睛仍醉意未消。

幸子听他说只有在停车场被年轻人瞥了一眼后，点了一下头。这动作似乎表示即使在那种地方被看见，对方也不知道他要到几楼，要是在这一层楼被撞见就糟了。

他于是将这句话视为邀约。如果他只是一般访客，不需要特别确认这种事。从她那不希望被人遇见的语气听来，他的来访有其特殊意义。

道夫的戒心松懈了一些。从她在车子里的态度，以及随后叫他进屋里，并且让他深夜逗留在独居女子房里而不驱赶，这一连串动作的企图显而易见。他如过于慎重行事，只怕会后悔莫及。

他自进房后，便漫不经心地观察着整间房间，完全没有男人的气味。那种气味即使刻意隐瞒，也无法做到不着痕迹。她的房间装潢高雅且华丽，却充满空虚寂寥。面前的女人站在这空虚的房间摆设前，那张醺醉的脸庞只有惹人爱怜的虚张声势。

对枝村幸子的怜悯使他站起身，同情唤起了他身为男性的优越意识。

幸子因为道夫来到身边而惊恐，然而他却觉得她似乎早有所料。

“枝村小姐。”他压抑着激动的情绪说，“今晚真的很感谢你的好意，我非常开心。”

他利用年轻的特权，刻意依赖，满怀对年长女子纯真的思慕之情。他稍微失去理性的言行举止，隐藏在这层薄纱下，她应该会出于年长女性的从容与宽容，接纳这样的行为。

“你不用这么客气。”她仍是一副优哉游哉的模样，声音却有些颤抖。

“可是，我一定要向您表达我心里的感激。”他的语气激昂。

“藤浪龙子会不会答应还不知道呢。”

她刻意回避，两手放在圆桌上，仿佛在提防男人的双手袭来似的十指紧握，指间闪耀着一点碧绿色翡翠。

“我也不指望这件事可以谈成，因为这实在是太遥不可及了，像我这种无名小卒，想帮藤浪龙子小姐打理造型，简直不自量力。你光是肯帮我这个忙，我就觉得充满希望，高兴得不得了。”

“喂，道夫。”她像是要避开这话题，打断了他的话，“你说你最近要出来开店，真的是花自己的钱吗？”

“对，还有一些是朋友，还有九州的亲戚卖掉部分山地借我的钱。”

谈到钱，他觉得有点扫兴，但又发现她其实另有目的。

“波多野真的没出钱吗？”

她带着穷追不舍的日光，与道夫正面相对。

“没有。”

“真的吗？”

“真的。”

他能冷静应对，全因为她的眼神里流露出近乎竞争的神情，染红了双眼。

“枝村小姐。”

他赌上一切，将手压上幸子摆在桌上的双手。或许藤浪龙子的美梦会因此落空，耀眼前程分崩离析，但另一方面，也许能借此加紧成功的脚步。他这袭击是孤注一掷的举动。

他压着不让她把手抽开，而且只是稍微出力，她显然没有抵抗的意思。

“我……喜欢你。”

她别过脸。“笨蛋。”她作势不理，却流露出笑意，像是在斥责，又像是开导，以及原谅他的轻狂鲁莽。

在饭店地下一楼冷清的楼梯时闻到的那股酸甜气味再次飘散至他面前。

他弯下腰，亲吻她那在他整理发型时指尖划过的后颈，双手从后方环绕，缠在她胸前。

她不慌不乱，严厉地说了声：“住手。”

然而，他明白，他的唇一离开就没指望了。服从她命令的下一句话必定是，滚回去。她要摆出威严，就得这么做，但那不会是她的真心话。

他的唇仍紧密贴在汗水轻渗的皮肤上，从后抱住的双手依然不放。这一瞬间，他下了个投机的决定。

她挣扎着试图摆脱他的束缚，同时思考如何应付现在的处境，一种不需遁逃大叫而能智取年轻男子的方法。她又说了声：“住手。”那声音听在道夫耳里，仿佛她正在与自身的理性做最后搏斗。

他的鼻子被她的肌肤堵得透不过气，双唇却依旧紧贴不放。她左右摆动身子，那双唇却寸步不离地黏着她，甩也甩不开。他的舌尖舔舐着咸味。

那股酸甜气息来自她的肌肤，那比波多野雅子年轻且细致的肌肤，在一旁落地灯的照耀下，薄透的皮脂透出陶瓷般的光泽，相较之下，波多野雅子那一身肥厚的脂肪，简直惨不忍睹。

幸子的态度终于起了变化。她逐渐放弃挣扎，垂下头，脖子也跟着伸长。他原本打定主意即使窒息也不放开双唇，这下总算可以松开一会儿，喘一口气。她的后颈不再闪躲，没有任何动静。他不疾不徐地挪动嘴唇，两手一把握住胸前的隆起部位，睡衣下穿着一件硬挺的胸罩。他将唇移向耳朵，轻轻啮咬。

她仍低着头，咬牙不出声，双肩发冷似的阵阵轻颤。道夫暗忖，此事已是胜券在握。

“把灯关了。”

她别过头，轻声交代，语气中不复威严。

道夫松开双手，双唇自她的背后移开。她僵硬地坐在椅子上，缩紧双肩，准备面对接下来的发展。

他走到墙边，站在电灯开关旁。他先将门关上，锁上自动锁，再关上灯。灯关了，房内却仍可见到幸子的身影。落地灯的开关在别处，橙色的灯光昏暗朦胧。

道夫轻声走回幸子背后，手搭上她的双肩，没有得到任何反应。

“枝村小姐。”

他亲昵地低声叫唤，谨守分寸，不站在与对方平等的地位。

他的手指伸向她背后的拉链，用力往下拉，睡衣应声呈V字形裂开，露出白皙的背部。她没有穿衬裙，睡衣是黑色内衬。

“关灯。”幸子往前屈着身子命令他。

道夫没有关灯。他的双手伸进她手臂下方，将她抱起。她试着挣扎，抱起来有点重，但随即变得轻盈。

他抱起幸子，让她转身面向自己，并将她搂在怀里。她的脸左右闪躲，没多久便放弃抵抗。他正面吻上了她的唇，胸口撑住她瘫软的身躯。

她的唇不轻易回应，即使双唇微张，也没有主动的意思。

落地灯就在身旁，他伸出一只手，拉下绳子，关了灯。然而，厚重窗帘的蕾丝遮蔽了窗帘间缝隙，却也让窗外的灯光透进了微弱的光线。

幸子的唇依旧固执。他趁她如同醉酒般浑身绵软，将她抱到墙角的长沙发，使力放下她之后，立刻冲向前，压在她身上。她全身瘫陷在沙发上。

他从左右两肩将她身上的睡衣褪至胸前，微弱的光线犹如晦暗的间接照明。他吻上了她的颈间。

幸子顿时犹如鱼儿般激烈挣扎。

“不行，那里不行。”她急忙斥喝，“要是留下痕迹，我明天可没办法上班啦。”

他的唇急忙离开她的颈项。

她从下仰望，背上突遭亲吻的刺激已趋于平稳。

“不要在这里。你走开，我们到那边去。”

隔着窗帘的另一头是卧室。

以窗帘隔开的卧房空间狭小，里头摆着一张一个人睡尚算宽敞的床铺。那张床并非双人床，却几乎占满整间卧房。此外只有一个床头柜，柜上有一盏台灯。鹅黄色墙上像是悬空挂着画有玫瑰的一小幅画作，沉没在枕边幽暗光线无法到达之处。

她始终没有出现强烈的反应。面对道夫的动作，她或是闭目相应，或是眺望远方，只有在抑制力失衡的瞬间握紧了拳头，一下又紧抓着被单。她的双手从未搂上他的脖子。

她的额头渗出汗珠，呼吸有些紊乱，却不如他预期的激烈。她闭上眼，露出若有所思的表情，未曾为难忍苦痛蹙眉。她也曾板起脸孔，那神情却仿佛是在为对方的粗鲁感到不满。

她的身体像是尚未因经验养成习惯，却已十分成熟。她的体态不算丰腴，覆上一层皮脂的柔嫩肌肤如肥皂般光滑，紧实而富有弹性。她的外貌比不上肉体的青春丰盈。

道夫不由得比较起幸子与波多野雅子。雅子的肉体随年纪日渐衰老，肥肿的肉块只是徒增妨碍行动的重量，以及逐渐松弛。

尽管如此，雅子贪婪无比，连她都怀疑自己是否体质异常。她仗着年长，在他身上加诸各种荒淫无耻的举止，刺激他的情欲。她的激情表现在动作上，翻白眼、喊叫、翻滚庞大的躯体，并且由于心脏肥大，痛苦地发出喘息声。

雅子宣称对丈夫没兴趣，不曾如此享受，这似乎是真话。不过，丈夫对妻子也是兴致索然，逐渐疏离。她干涸的肉体转而在他这个青春且充满活力的年轻男子身上，肆无忌惮地寻求滋润，不顾颜面，且毫不掩饰。遑论有夫之妇与丈夫以外的男人交往时，本就容易受到不当且违背伦常的关系刺激，并且感到兴奋。

更遑论对方的年龄激起她母爱般的情感，新鲜感激发了她的性兴奋。她站在教导的立场，产生如同中年男子对待年轻女子的倒错意识，有时甚至有凌辱对方的错觉。

雅子先是亲身传授从丈夫那里学来的技巧，后来又教导他新的招式。她愤怒地斥责，继而竭力地取悦他。她不是个能够满足于平淡的女人。

道夫在这过程中只需要维持被动。母猪般的白色肉块缠绕在他身上，那发狂的景象不堪入目，他那年轻的肉体却能应付她的索求无度。刚开始，他为了她竟能做出如此寡廉鲜耻的动作而瞠目结舌，时间一久，自然也就适应了。

不过，他的回应并不积极。中年妇女哭喊至扭曲的脸孔，她的眼、鼻、嘴等个别部位兀自扩张，尽露丑态，面对这么一张脸，他实在难以提起兴致。

雅子对他的消极态度多少有些不满，又中意他温驯的身段，乐于享受征服年轻男子的快感。他只需迎合她的心意，故作单纯地跟随她……

眼前的枝村幸子与雅子是完全不同的两种类型。她一动也不动，将自己的肉体完全交由道夫处置。她这么做并非是羞于反应，而是冷静使她沉着应对。她约他进房，听从他的要求躺在床上，举止镇定，且没有一丝激情，甚至不忘语气强硬地提醒他别在脖子上留下瘀痕。

她宽容地任他动作狎昵又粗暴，态度高傲，唇边始终带着那抹轻蔑的微笑。

他不受幸子轻视的目光影响，还想以此一挫她的锐气。她的肉体紧实青春，值得放手一搏。他慢慢地在她身上尝试从波多野雅子那里学来的技巧。

他用的只是一些入门技巧，要是一开始就将雅子那套原封不动地搬过来，不晓得会招致多大误会。他因此假装是青涩的兴奋反应主导行为的发生。他深信，入门技巧已足够打动幸子。他看出她的身体实际已做好充分准备，不只是心理。

尽管如此，幸子的心门依旧紧锁。她顽固地摆出高不可攀的模样，神情冷酷，无视他的耳语与动作。

房里的灯没关，照出朦胧灯光。她特地让灯亮着，为的不是营造气氛，而是不想偷偷摸摸。她光明正大开着灯，正显示出她的傲慢。

幸子确实缺乏经验，尚未开窍，因此有强忍刺激、面无表情地压抑到最后一刻的打算。

只有那么一瞬间，她不由自主地握拳，指尖抓扯被单，双肩痉挛，他从中感觉到一股较雅子更单纯的冲动。她的身体背离她的意志，绝望地以一种比雅子更加幼稚的方式独自奔走。

雅子的技巧可谓登峰造极，道夫多少受到影响，却不曾倾注全身热情。遇上雅子，他是个彻头彻尾的追随者，幸子则引起了他的积极野心。

他赞叹枝村幸子强韧的精神，也决心要在短时间内捣毁她的自制力，那欺瞒自我的抑制力。此事不宜操之过急，需循序渐进。

即使如此，道夫仍不禁猜想她曾与怎样的人发生关系。他对她的过往以及现在的经历有些好奇，她绝不可能在这二十七年内从未有过经验。撇开第一个男人不谈，她最近的对象是什么人？或者应该说，她最近曾跟怎样的人发生关系？她的自尊心强，挑选对象的标准势必也很严格。一般来说，最有可能是职业相关人士，譬如作家一类，总之不脱离文人跟媒体工作者，而且她的自尊绝不允许对方是身份低下的男人。

这件事似乎和她身体反应的稚拙与生涩有关。她的眼光过高，平时难有机会享受肉体欢愉，自尊心又不容许自己身旁的男人来来去去，而即使有固定对象，也无法随传随到。他可能因为职位高且忙碌，时间不好配合，又说不定他比她更会装模作样，拘谨而不冲动行事。

因此她年龄增长，却缺乏经验，意志受到压抑，导致她依然保有近似无知的稚嫩。

幸子精神上的洁癖无关她对这行为的厌恶，事实正好相反。真正压抑她的是她的意志，不是精神，证据正摆在眼前。

枝村幸子走进浴室，莲蓬头的激烈水声越过门传进他耳里，听来像是气恼自己竟让道夫爬到身上，并试图借由如瀑布般的水势洗去这过错，在他面前再度恢复威势。

这水声唤醒道夫久远的记忆，想起发生在乡下的事情。他才刚比较过波多野雅子与枝村幸子的差别，其实还有一个女人。事隔久远，他一时没回想起来。那女人经验贫乏的程度与幸子相去不远，唯一不同的是，她为他彻底地奉献身心，或是在乡间公交车终点站附近的破旧旅社，或是树林深处可以听见瀑布声、不曾有人走访的地方。此外还有斜坡下、清澈水流旁的草丛中。最后，在几近狂乱的气氛中，酿成了悲剧。

水声停歇，枝村幸子换上纯白睡衣走了出来。

“你走吧。”

她走向隔壁房间，面朝镜子，没正眼瞧过道夫。

道夫伫立在她身后，遥望她在脸上涂抹乳霜的强硬态度，像是做了无可挽回的错事，兀自沮丧。她的手指在脸上用力地画着。

他战战兢兢地靠近她身边。

“枝村小姐……”他的声音哽咽。

“别说了。”她斩钉截铁地说，眼神仍朝向镜子，不曾看他一眼。然而，她脸上的表情却有些留恋：“你别再来了。”

外头传来车子经过的声音，其中也有车子停在这栋大楼楼下。深夜里万籁俱寂，架上西洋人偶旁的时钟即将指向两点。

“枝村小姐……”

“好了，不要再说了，我现在不想听。”

她的脸色绯红，取回威严的声音再度叮嘱：“你别再来这里了，知道吗？”

道夫搭电梯下楼，在走出大厦的这一路上没遇到人，楼下的停车场也是冷清寂寥。

他抬头仰望，只有两扇窗透出幽暗灯光，其他全熄了灯。

走在无人路上，后面开来两三台挂着白色车牌的出租车，车内男女依偎而坐。

他走到大马路上，招了辆出租车。司机正结束工作，准备返回车行。

幸子并非完全拒他于门外，道夫暗忖。她口头要求他别再来访，而不是就此不再相见。

她要他别到家里，表示仍可以在外头碰面。

她似乎瞧不起与他的关系，试图将之视为一时兴起的行为。她坚持双方之间的阶层差距，不想破坏这层秩序，而她在肉体关系中表现出的消极态度，正是对自己地位的夸耀。

不过，她的抑制并不完全。只有那么一下子，她咬紧了牙关，强忍精神与生理的分离。

幸子不会因此断绝他与藤浪龙子的关系，反倒会加速行动。就目前的发展看来，他这投机的举动可算是成功。

出租车的无线电嘎嘎作响，不断传出车行派车的声音，不久，通知内容转为协寻失物。

“一名乘客于车内遗失大件行李。重复，遗失大件行李。乘客独自上车，为二十七八岁、微胖、肤色黝黑、戴眼镜的男性。如有任何消息请尽速回报。遗失物品为大件行李。”

司机一听遗失大件行李便转动按钮，放大声量，待失物招领的联络结束后，又将音量调小，同时朝后视镜瞄了几眼。

道夫也在镜子里瞧见了他的眼神，两人正好四目交会。

“连遗失在车子里的东西都会帮忙用无线电联络，车行的服务真是越来越周到了。”他说这话半是为了掩饰窘态。

“对啊。”司机的回应敷衍，目光仍不时瞥向后视镜。

车子开到十字路口，前面排了一列出租车，两三个手电筒在一旁闪动。

道夫知道前面正在进行临检，他以为是要取缔酒驾，然而自用车及卡车只稍做停留便随即放行，唯有出租车被要求停下接受盘查。

队伍缓慢前进，逐渐接近检查哨，穿着便服和制服的警察由两侧观察车内，看样子或许是有案件发生。

轮到道夫搭乘的出租车接受盘查，首先是便衣刑警隔着车窗，将手电筒照在他脸上。

另有一名便衣询问司机载客地点。

一名刑警匆匆赶到拿着手电筒的警察身边，注视着道夫。

“你在哪里上车的？”他急促地问道。

“信浓町。我正要回家，在四谷××町。”

“这么晚了，你一个人在外面做什么？”

“我在朋友家打麻将。”

道夫打算要是被问到朋友的名字和地址，再随口胡诌。他从容不迫，反正自己与案件无关，总有办法可以应付过去。

此时，又有一名刑警走近，他只朝道夫瞥了一眼，便对一旁的警察说：“好了，可以了。”

他们一起往后退，司机在驾驶座上点头致意，开走了车。

“发生什么事了？”道夫问司机。

“嗯，我也不太清楚，可能是发生命案了吧。”

“命案？”

“凶手应该是个二十七八岁、皮肤黑、有点胖、戴着眼镜的男人，除了年纪和您相近，其他特征都不一样。”

“那不是刚才无线电里说把东西忘在出租车上的人吗？”道夫身体前倾，问司机。

“遗失物品的乘客指的是通缉中的凶手。车行收到警察通知后，再以无线电联络，暗号就是遗失物品的乘客。”

现在，一名杀人凶手正遭到追捕。

他回想起在水声不绝于耳的林子里，女子发狂似的与他发生不可见人的关系。

事情发生在悠远的过去，当时的凶手仍逍遥法外。

第六章

两年后

东京高等检察院检察官桑山信尔，正在桌前调查一起上诉案的记录。当案件处理不完时，他总会像这样把资料打包带回家。

他正在调查一起凶杀案，被告坚持无罪，一审原判刑十二年。他先阅读一审检察官的陈词，再详读检察官的侦讯笔录，以及警方之前提出的调查报告、证人供述笔录、初步调查阶段的记录等资料。就目前情形看来，被告的主张确实有其不合理之处。

他的桌上不只放有所负责案件的相关资料，还有其他书籍。即使是为了工作，不断读着相同资料也难免心生厌倦，每当这时候，他就会翻起别的书，转换心情。这么一来，即使再接着阅读先前的资料，也有焕然一新的感受。

他甚至有时会因为读书读到欲罢不能，一不小心就超过了预定时间。

这件案子的被告早已向警方坦承犯案，警方或许因此松懈，调查上有些疏漏。然而被告在遭到起诉并接受检察官侦查之后，突然翻供否认行凶。桑山再三细读初步调查阶段的调查资料便是为此。

妻子打开拉门，端红茶进房。

“资料还没看完吗？”她放下茶杯问道。

她换了个新发型，看来是白天去了美容院。

他正想休息片刻，于是打算和妻子闲聊上十来分钟。

“你还是去同一家美容院吗？”他随口问道。

妻子点头。

“最近开了不少新店，不过，还是到老地方比较习惯……”答完她又有些闷闷不乐地说，“村濑美容室自从佐山离开之后，店里冷清很多。现在想想，佐山那时候的技术就高人一等，店长算是痛失人才呢。”

桑山听妻子提过好几次佐山这位发型师的名字。他记得佐山在两年前离开妻子常去的美容院，自行创业，如今已是位赫赫有名的发型师。

“优秀的人才总是会想要独立创业，挡也挡不住啊。”

“他离开的时候，不只店长大发雷霆，老板娘也是勃然大怒，指责他辞职这件事做得太奸诈了。他们觉得佐山早就准备开店，可是完全没跟他们商量，这样的行为简直是背叛……佐山成名之后，老板娘对他的敌意更加强烈，而且跟之前不一样，她现在反倒绝口不提佐山的名字了。”

“佐山怎么会突然红起来？”

“你知道有个明星叫作藤浪龙子吧？她本来是歌手出身，因为戏也演得好，常演出电影和电视剧。她在演唱会上的发型，就是佐山一手打造的。她开演唱会的时候，佐山就守在后台，配合场景，为她变换不同发型，结果大获好评。那时他的店才刚开张呢。”

桑山曾听过藤浪龙子这名字，她的确是位知名红星。基于检察官应见闻广博的想法，他也会翻阅杂志和周刊。

战前有位知名的大审院[1]法官，名为三宅正太郎。他主张判决书的文笔须优美，并应广泛阅读文艺类书籍。他也是位著名文人，留下许多散文作品。

三宅法官认为，法官不识哲学与文艺，就无法参透人生，深入了解被告心理。桑山桌上现就摆着一本三宅正太郎的散文集。杂志与周刊虽不属于三宅所提倡的哲学及文艺，但也有助于了解天下事。桑山得知藤浪龙子便是因此缘由，在杂志上也常会看到她的照片。

“有些不了解内情的客人会问村濑，佐山之前是不是在他的店里工作？他的反应激烈就不用说了，他太太更是怒火中烧。”

“这又是为什么？店里出了个那么有名的发型师，一般不是会想向人炫耀吗？”桑山喝了口红茶，再继续夫妻间的对话。

“老板娘的好胜心强，就算店里出了个名人，她既不会觉得荣幸，又免不了拿来跟自己老公现在的情形比较，再加上佐山离开以后，生意一落千丈，更是火上加油。”

1 依《大日本帝国宪法》成立之最高审判机关，成立于1875年，于1947年废止。

“生意差这么多吗？”

“以前佐山有一批常客，像是一些特地到店里指名佐山的阔太太或时髦的年轻女性，这些人跟以往比起来明显少了很多。”

“他的店开在哪里？”

“听说是自由之丘。我在杂志上看过一张照片，模特儿的下面标注了‘发型设计佐山道夫’呢。”

“他既然这么有名，店里的生意想必也很不错喽？”

“我想也是。佐山这个人，怎么说呢，比起他的手艺，最受人赞赏的还是他的美感。他早在被村濑雇用的时候，就已经发挥出这方面的才能了，最重要的还是他的品位符合现在的时代潮流吧。”

“他是靠自己的力量开店的吗？”

“他告诉店里的同事说，开店几乎都是靠他自己的钱，只不过，村濑夫妻因为听说证券公司的波多野社长夫人与佐山异常亲近，不相信这种话。话说回来，佐山年纪轻轻就能登上这本杂志，还真是了不起。”

她递给了他一本《女性回廊》。

妻子走后，他原本打算离开书桌，但又想享受属于自己的时间，于是拿起了摆在一旁的《无罪与不起诉案例研究》。

他点了根烟，心不在焉地读了起来。

“无罪判决有以下两种情形：一为被告行为不足以构成犯罪；二为罪证不足，法官遇此情形须判处无罪。”

即使法官与检察官常在犯罪事实的认定上产生争执，法官的意见还是具有高度参考价值。他继续往下读。

“有关后者，刑事诉讼法第一条明确规定，诉讼相关程序皆以查明案件真相，发现实体真实为目的。依此，法官如无法获得符合案件真相的确切心证[1]，即使被告涉有嫌疑，亦不得判处有罪。假设被告的自白合情合理，更不容忽视并认定有罪。此为刑事诉讼中有疑时则利益归于被告之一大原则。基于此一原则，经过彻底详查之后，最后却意外宣判无罪的案件不在少数。统计显示，前述无罪案例占整体比例七至八成，判处有罪或无罪时最大的问题由此可见一斑。若无法理解法官如何形成心证以认定犯罪事实，不仅无从明白判处无罪的理由，更难以就侦查方式进行反省检讨。

“在事实认定的基础上，宣判无罪表示无充分证据足以证明罪行。罪证不足可分为量缺，即因无可供证明的证据或证据失去证明能力而缺乏实证，以及证据齐全却欠缺证明事实的能力（证据价值），无法使人信服，也就是质劣等两种状况……”

桑山对照现在手头上的案件，读来格外投入。书中接着举出一起强盗杀人案，作为无罪判决的案例。

案件发生在福冈县筑紫郡的一个小村落，一户农家的妻儿五人在深夜惨遭杀害，凶器为斧头，凶手不明。在进行调查的一周后，一名被害人的友人因涉有重嫌遭警方逮捕。在案发后，附近邻居目击到嫌疑犯像在找什么似的，在被害人屋后来回走动，嫌疑犯还向村民表示，隔天早上前往被害人家中拜访时，只有小孩前来应门，告诉他没人在家。孩童在当时应已遇害，此一举动因

1 法官通过对证据的审查判断所形成的内心确信，称为心证。

而被视为企图混淆视听。

警方在嫌疑犯家中搜出嫌疑犯于当晚穿着的雨衣及长筒雨鞋，沾在上头的血迹成了有力证据。然而，对于血迹是否与被害人血型相符一事，两位负责鉴定的人员持有不同意见，使得此一关键证据不足以证明罪行，最终判决无罪。以上即为书中所举的真实案例。

因为这起案件发生在福冈县筑紫郡里的一个村落，桑山蓦然想起八年前他曾游访同样位于筑紫郡内、太宰府附近的武藏温泉。他那时在大阪担任地方检察院检察官，而那一天正好是四月八日佛诞日，他前往与菅原道真渊源甚深的天拜山，走访山脚下的寺庙，山樱盛开的山门前，有孩童正在列队游行。

当时寺庙后山正在为年轻女子遭绞杀一案进行现场勘验。据调查，被害人为佐贺当地公司职员，凶嫌为自精神病院逃走的患者。“樱下狂人”听来颇为风雅，却可怜了惨遭杀害的年轻女子。他手拿草绳藏身寺庙后山，被害女子于黄昏时分经过，成了疯人绳下的牺牲者。

他记得，听完曾于福冈打过照面的副检察官描述后，他便踏上了回旅馆的乡间小路。

孩童在山脚下游行，人群争相前往观看的景象仍历历在目。

那起事件应会判处无罪，不晓得最后结果如何。他怔怔地思考着这个问题。

桑山与妻子聊到佐山道夫这话题的几天后，两人因事需同行前往九州。妻子的老家在熊本县一个叫作玉名的小城镇，他们这一趟为的是出席她侄子的结婚典礼。

婚礼原本只要妻子出席即可，只是桑山对这个乡下小镇情有独钟，自驻任福冈检察院时造访过后，许久不曾来访，又唤起思念之情。他请了五天假，这一阵子没离开过东京，田园景色更加叫人怀念。

玉名市靠近熊本县西北一带，邻近福冈县境，由博多搭乘快车约需两个小时。桑山安排在参加婚礼前，留宿博多附近二日市的武藏温泉，这多少受到了前几天晚上回想起那场浴佛法会的影响。

原先他们计划乘坐新干线至博多，却因为工作关系，时间紧凑，改搭乘飞机。

他们搭下午三点二十分起飞的日航班机，候机室内人声鼎沸，他们在出发时间的三十分钟前便已坐在长椅上等候。

他们在听到登机广播，走到登机门前排队时，妻子凑在桑山耳边低语："佐山从那里来了。"

桑山考虑到立即回头未免唐突，待队伍前进，通过登机门后，才装作若无其事地朝后看了一眼。

他不认得佐山，在人群中分辨不出哪一位男子是佐山，只望见五六位打扮时髦的年轻女子聚集成群。

"那边有个戴太阳眼镜，穿白色套装的女人，还戴了顶宽帽……佐山就在她背后，也戴了太阳眼镜……"妻子迅速给了提示。

由于妻子所指的地方一片混乱，难以分辨，以至于他还没认出佐山便上了飞机。

他们的座位接近机舱后方，妻子坐在窗边。

随后进来的乘客沿着走道前行，或是请空姐带位，或是自己找位置，机内一时间纷扰嘈杂。

刚才那群光鲜亮丽的女子上机，走过桑山身旁。一位身穿白色套装、戴着太阳眼镜的女人领队前进，只有她的手上没拿行李，其他人手中都各提了两个或白或红的化妆箱，五名男子跟随其后。

“喏，就是他。”妻子在桑山耳边小声地说。

戴着深色太阳眼镜的男子紧跟在那群女人身后，与其中一名女子谈笑，并且在与他们同侧的窗边坐下，邻座的男子似乎是他带来的跟班。

桑山只瞥了一眼，那是名年约三十、长相平庸、身材中等、发型普通的男子，若不是妻子特别指出，看来只像是外出出差的员工，充其量只会注意到他与女子谈笑时的身段柔软，但这也是因为听妻子说他是发型师所衍生的印象。前几天夜里，妻子在书房拿给他看的那张杂志照片上的发型又浮现眼前。

“现在连男发型师都会搭飞机到各地去吗？”

在乘客坐定，嘈杂声停歇后，桑山询问妻子。引擎开始轰隆作响。

“对啊，佐山好像是随行负责那些艺人的发型。”

妻子眺望前方座位说道。那群女子分坐走道左右两侧，从座位上只能看到她们的头，其中一半染了头发。

“她们不晓得是艺人还是歌手？”

“嗯，最前面那个穿着白色衣服的应该是个明星，虽然不知道是谁，既然能让佐山跟着到地方巡回，一定是名声响亮的歌星。”

“佐山的地位这么高吗？”

“他现在是当红发型师，不会为了名声，帮一些默默无名的艺人打理发型。再怎么说，他的起点可是藤浪龙子的演唱会呢，照理说不会自贬身价。”

飞机自跑道升起，乘客们身体后倾，接着飞机便冲入云端。

“他知道你也在这班飞机上吗？”隔了一段时间后，桑山问。

“他没发现吧。”妻子回答，“都已经是两年前的事了，我去店里也没指名，发型不一定都是佐山负责。”

“佐山的设计特别受年轻人欢迎吗？”

“对，因为他的风格华丽，在那一方面的表现格外优异，不过，对妇人的发型，他也很得心应手，实在是难能可贵。”

她说完后若有所思，或许是在回想那些妇人的长相与身份，但没再向丈夫解释。

飞机转为水平方向飞行，解开安全带的声响四起，空姐发给每人一包湿纸巾。

桑山从手提包里拿出《供述心理研究》一书，翻开插入书签的那一页。

“……泽利希于《供述心理学》中表示，嫌疑犯于否认与自白之外，即无关紧要的相关情形或提及过去经历时都可能做出假供。假供一旦被拆穿为造假，当场即会被判断为不可信任的特征，因此了解嫌疑犯即使清白亦会基于各种因素做出假供一事极为重要。

“嫌疑犯供述做假的理由有不愿承认自己的弱点、使刻意隐瞒亲属的秘密不被发现，或是为避免亲属卷入案件、掩饰与特定人物的性关系、保守职业秘密，以及害怕实话实说将会使自己在诉讼当中处于不利地位，又或是认定实情——尤其是与复杂的心理运作相关者——得不到理解等。”

妻子以手肘轻轻碰了他一下，他抬起头。

两名年轻女子站在走道上，递出像是笔记本一样的东西，那位置坐着的正好是戴着太阳眼镜的女子。她们满脸欣喜地看着她接过笔记本，在上面写字。

“我想起来了。因为她戴着太阳眼镜，我一时没认出来，她是草香田鹤子，以演唱歌谣闻名的……”

桑山听妻子这么说，跟着看了一眼，却只看到头发。桑山常在电视上见到草香田鹤子，她确实是近来人气高涨的年轻歌星。

“所以佐山是跟着草香田鹤子来的喽。是不是她要在福冈的剧场开演唱会？所以遵循藤浪龙子的前例，委托佐山负责舞台上的发型，一定是这样没错。”发现草香田鹤子的妻子自信满满地说。

三四天前才在书房聊到的事成为眼前的现实，妻子的情绪有些激昂，桑山也不是毫无兴趣。

又过了半晌，桑山从书里抬起头，这回是他发现戴太阳眼镜的男子起身，由走道朝他走了过来，似乎是要去洗手间。桑山暗中观察，那只是个平凡不起眼的男子，顶多只有颧骨略微突出以及唇薄可以称得上特征。他身穿黑色夏服，打着黄色领带，配上一条同色手帕，下半身是细窄长裤。服装的质感优良，做工精细，但这么点程度的打扮并不特别稀奇，只是他走起路来确有几分装模作样。

妻子看向窗外，晴空无云，飞机正缓缓飞过富士山的深褐色顶峰。

“男人当发型师也没什么特别的嘛。”

桑山再将目光移回书上。

“在现实生活中的许多重要环节上，男性和女性的心理症状存在明显差异，供述研究努力在供述当中发现此一差异，然而在正确认知的基础上成效不彰。女人强记多伪，此斯坦恩提出的古老原则一再得到验证，同时，又有许多情形显示……”

在佐山道夫经过身边时，他停止阅读，眼神不由自主地跟着他的背影移动。

佐山的座位在前方十二三排，但他没有立即回座，反而是在中途停下脚步，转向一旁简短地讲了两句话。那里大约是在桑山前面七排的位置，他看起来像是和熟人寒暄，由桑山的位置只能从白色座椅上方看到女人的头发。

前后不到一分钟，佐山回到了自己的座位。

桑山正要继续看书的时候，一个念头骤然浮现。

“草香田鹤子是艺名吗？”他问妻子。

“应该是吧，我也不清楚，说不定草香这个姓也是自创的。”

桑山虽不认同，也没出声反对，又默默低头读书。书上浮现诗歌一首。

“田鹤踌躇草香江，欲告心忧不在旁[1]。”

他记得高中那位蓄须的国文老师曾解释，草香江畔有一只田鹤独自觅食，那蹒跚的身影仿佛无法踩稳脚步，惹来诗人忧心忡忡。

书上继续阐释嫌疑犯与证人的供述。正因由人所做的供述存

1 出自《万叶集》，作者为大伴旅人，奈良时代初期诗人。

在其不可靠因素，导致事实真相难以追究。

“……同时，又有许多情形显示无从证实。女性大致情绪反应激烈，这观察虽正确，在供述上却不明显，且其他非关人格的差异亦会掩蔽此一特质。”

飞机抵达板付机场后，桑山夫妻因座位靠近出口，先行下机，草香田鹤子一行人则与其他乘客一起走在后面。

年轻女子挤满机场屋顶看台及出口附近，朝桑山后方的人挥手，高声尖叫草香的名字。

出口大厅两旁也有许多年轻人接踵而至，目光全望向后方的乘客，其中也有些人拿着剧场及主办单位的旗帜。

桑山下机后在机场里等待提领行李。草香田鹤子一行人一现身，现场欢声雷动，一旁接机群众也纷纷好奇起身观望。手拿主办单位旗帜的工作人员一马当先，冲破人墙，草香田鹤子头戴白帽，身穿白衣，走在众人前头。她不时点头微笑致意，元禄袖[1]的华丽舞台装与那套洋装的身影终于合而为一，要求签名的年轻歌迷遭贴身保镖制止，草香尽展巨星风范。

一行人快步走过大厅，车子已经在出口等候。佐山道夫与其他男人跟随其后，没多久便淹没在人群中，不见踪影。车子驶离后，人群随之散去。

领取行李的乘客聚集在行李转盘区，其中混杂着四五名主办单位的年轻员工，等候提领草香等人的行李。

“草香田鹤子今天晚上六点要在福冈国际剧场开演唱会，而

1　和服袖子的样式之一。衣袖浑圆，且袖长较一般和服短。

且是连续两天，预售票早在五天前就抢光了。她的人气真不是盖的哩。”

年轻员工在等待行李时，顺道回答人们的问题。

东京来的乘客聚集一地，其中一位身穿蓝色洋装、戴太阳眼镜的女子，像是不愿引人注目似的，刻意藏身在人群后方等候。

桑山终于等到行李，与妻子一起走向出租车乘车点。

他知会司机前往武藏温泉后，将行李放入后车厢。车子驶向与博多相反的方向，久违的天拜山在低矮山丘处呈黑影起伏，山下有座举行浴佛祭典的小寺庙。

司机知道车上的乘客与草香田鹤子搭乘同一班飞机后，频频发问，而当年轻司机发现他们的座位相隔甚远，不清楚详细状况时，颇为失落，继而饶舌地分享起周刊上有关草香田鹤子的八卦传闻。

车子将桑山载到八年前的那间旅馆，由于那只是间小旅馆，客房都已经满了，司机又将他们载到位于旅馆区正中央的一家大型旅馆门口。

桑山先泡了个澡，正在他翻读报纸时，女侍进房准备晚餐。房里的灯光顿时明亮刺眼。

“你在这里很久了吗？”

桑山收起报纸，询问女侍。那是位三十四五岁，头发与眉毛稀疏的女子。

“我在这里工作七年了。”她以东京腔回应。

“七年？”由于仅相隔一年，桑山试探着问道，“这么说，你可能知道这件事。八年前，在天拜山山脚下的寺庙后方，有一名年轻女子遇害……你知道这个案子吗？”

她停下手边摆放碗盘的动作。

“是，我记得事情发生在我到这里的前一年，听说杀害女子的凶手是个从精神病院逃走的疯子。”

“的确是这样没错，你知道后来的判决结果吗？”

“听说是无罪释放。”

他心想，事情发展果然和他料想的一样。

“他现在不晓得怎样了？”

“应该是又进精神病院了吧，我也不清楚。”女侍开始摆放碗盘。“您如果在意的话，我到楼下询问柜台人员吧？”

“不用劳烦，方便的时候，帮我问一下就行了。”

“是。”

桑山在女侍递出的住宿名簿职业栏里只简单填入“公务员”。

妻子洗完澡，望着桌上的丰盛菜肴赞叹：“好像很好吃呢。”

外头传来三味线[1]的乐声与歌声，跟八年前的曲子相同。

1　日本传统弦乐器。

第七章

博多之旅

最后一幕为晚上八点半开演，道夫帮草香田鹤子打理好发型，便准备离开后台。三十分钟的终场表演结束后，再由助理帮她整理回平常的发型。这个步骤由他亲自打理更显服务周到，草香田鹤子肯定也会万分感激，他却省略了这个步骤。

合约上明文规定，他必须负责演唱会上每一幕的发型，因此算是责任已尽。留在后台，帮她打理表演结束后的发型，则是特别服务或出于好意。

起先负责藤浪龙子演唱会发型时，他全心全力付出，竭尽心力，燃烧热情，牺牲一己私欲，甚至荒废了店里的生意。

一年半过后，对象不同，他也不再提供相同条件的服务。他的名声与日俱增，这期间内，他又受藤浪龙子所托，为她打理发型，以及为两位模特儿设计发型。这回草香田鹤子在福冈举行演唱会，则是对方慎重前来交涉，不要求他亲自服务，且他有权选择是否随行。

草香田鹤子虽为人气歌星，毕竟刚崭露头角，资历尚浅，也就是说她的分量还不够。

即使将来有望，当下的表现才是这世界评鉴的标准。她太过年轻，在她上面还有许多“巨星”级人物。

如此一来，她与新锐发型师佐山道夫的地位正好相符。但他的原则是，对方的地位不能与他相等，必须高过于他，如非大人物，无法提升他的地位。

看在他人眼里，他在这层倾斜的关系中，总是处于向上仰望的位置，时而缓慢，时而迅速地向上攀升。如果是平等关系，不仅地位难提升，要是对方的声势尚未稳固，甚至可能带来下跌的风险。人们对他的评价局限于服务对象的地位，他因此打定主意，要出名，就只能为名人服务。他之所以会为两位模特儿设计发型，是因为其中一人合作的设计师名声响亮，另外一人本身即为知名模特儿。

这么盘算下来，为草香田鹤子服务能得到的利益不大，但也绝对不会造成损失。草香正当红，前途不可限量，依她现在的人气，能红到什么程度还是未知数，但总有一天会大红大紫。他看准这点，这才会跟来博多。

——除此之外，还有一个理由。

“我等下要去小仓那边的朋友家，今天晚上不回来了。如果有人问起，你再帮我说一声。”

道夫回饭店后，向他的助手柳田利男交代。

“好，请问您明天几点回来呢？要是有人问起，我好回答他们。”

演唱会有午晚两场，午场为十二点半开演，他必须在一个小时前到剧场后台，为草香田鹤子准备上台的发型。

“我十一点半会回来。”

“知道了。”

道夫换上外出服，照了一下镜子。他换上亮灰色外套，里面穿着一件运动衬衫。

剧场里的那些人大概还要再过三十分钟才会回到饭店。草香田鹤子在这家饭店五楼订下三间房，其中一间供她的姐姐，也就是她的经纪人兼助理冈野良子住宿，那是位肥胖的单身女子。另外一间住的是从东京和她一起来的女孩子们。道夫跟柳田则是在三楼各住一间房。他们住在博多N饭店，窗外可望见那珂川。

“九点多了。”道夫看着手表说，“你明天上午十点打电话给长谷川，问一下店里的情形。”

“是。”

柳田垂头似的点着头。他已经二十二岁，却因身材瘦小，看起来像是十九岁。道夫在选择徒弟时，最注重容貌。长谷川不是他的弟子，而是店里员工，由于年长而升任店经理，为人忠实，行事机灵是他的长处。

“你告诉长谷川，等我回饭店后，会再打电话给他。”

他嘱咐柳田，戴上了太阳眼镜。工作结束了，接下来有别的事情等着他去处理。但是，他心里还挂念着工作，没有完全抽离，未来的发展蓝图常在他的脑中盘旋不去。他走到了野心与满足的交叉点，朝梦想前进的速度之快，连他也感到措手不及。

接下来的路途险恶，业界的反感将由部分扩及全体，过去潜伏的敌人正逐渐现身。

敌人不只存在于嫉妒他的同行，他为此心神不宁，不祥的预感盘踞心头。

他搭上饭店前的出租车，柳田跟在他身边，隔着车窗指示司机："麻烦送老师到博多车站。"

多管闲事，道夫想。司机点头，用手调整了一下后视镜的位置。

车子沿着电车道，行驶在明亮的商圈里。每当车子遇红灯停下，司机就看向后视镜，道夫以为司机在观察后方来车，而且他的目的地与车站的方向正好相反。

"对不起，司机先生，可以载我到平尾吗？"车子驶近车站时，道夫望向前方问道。

"不去车站了吗？"

"我有事改去平尾，请到平尾的山庄旅馆。"

"平尾的山庄旅馆是吗？好的。"

"麻烦你了。"

"工作嘛。"

司机调换行车方向，语气随和。他的年纪与道夫相仿。

车子开过铁路平交道，离开商圈，四周尽是寂寥昏暗。

（飞机里见到的是桑山检察官的老婆，村濑店里的客人。虽然有两年没见到她了，肯定没错。）

他的身体随车子摇晃，陷入沉思。

（坐在她隔壁的是检察官老公，一眼就能看出他们是夫妻。他那时在看书，年纪四十二三岁，体型偏瘦。公务人员里常见到像这种朴实且自尊心强的中年男子。）

他没抬头离开过书本，但是难保他老婆不会将这发现悄悄告诉他。既然是夫妻一同出游，至少可以确定不是为公事出差。

（可是，他们要去哪里呢？他们是趁假期到九州玩，还是有亲友在九州？）

他不管他们夫妻要旅行至何处，但是，到九州总不是件值得开心的事。对于东京的检察官至九州旅行，他没来由地感到不舒服，倒也不是忐忑不安，而是焦虑。要是在其他地方遇上，他一点也不在乎。他没有动摇，只是闷闷不乐。

车子停了下来，私营铁路平交道降下栅栏。

“先生，”司机出声，“您不是宫坂先生吗？”

道夫一惊，对方若是唤他佐山，倒不会引起如此惊吓，听到宫坂这名字，他的心脏仿佛被人猛然紧握。

况且，听到佐山还可以敷衍两句，被叫出本名宫坂，等于是真实身份曝光，令他一时语塞，找不出借口。

“你是哪位？”

他注视着司机的后脑。

“噢，果然是宫坂哩。我是江头啊，住在大川的江头善造，你不记得吗？”

一列灯火通明的列车发出轰隆声响，自眼前扬长而去。

大川市位于福冈县西南方，筑后川下游，对外有一座桥与佐贺县相连，以制作橱柜等家具闻名。那里是道夫的故乡，他度过惨淡少年时光之地。

肥前（佐贺县）至筑后一带多姓江头，或许因为如此，司机又追加说明他名为善造，道夫从小学到中学都没有一位名叫江头善造的同学，那么就只有……

“我是大川家具厂木工部的江头善造啊，我记得你是成品部的吧。那时我跟你讲过三四次话哩，还记得吧？”

“这样啊。”

道夫敷衍回应，车子开过了平交道。

他的心跳仍未平复。车子开过平交道后，司机细心地停下车，点亮车内灯，转向后方让道夫看清楚他的长相。

看着那张笑嘻嘻的长脸，浓眉、厚重的眼睑、肥厚的鼻子及嘴唇，道夫从那尖长的脸型终于想起他的身份。他们不甚亲近，但他记得在使用电锯的木工部里，确实有这么一名学徒。

道夫出于无奈，只好暧昧地点头微笑。

“你现在在东京吗？”江头以怀旧的口吻说。

“对……”

“那之后过了多久啦。我辞掉大川家具厂的工作都已经七年了，我想老是做橱柜也没出息，就跑到博多开出租车来哩。我记得你是早我三年离开的吧？”

“大概吧……”

他几乎被对方牵着鼻子走，缅怀起不愿再有任何牵扯的过往。

“这样啊，有这么久啦，十年哩，真是好久不见啊。”

道夫眼前浮现河边旧屋，巷子里的那一小户人家就是他出生的地方。房子有一半空间挪作木工父亲的工作场所，住家只有两个房间，分别为六张和三张榻榻米大。对这个阴暗的家，他的记忆只有父亲在木材前蜷曲身体的背影，以及夜间工作时点亮的灯光。

“大川家具厂里的人说，你辞职后去了有田，当起有田烧[1]的彩绘师哩，真的吗？”

这位旧同事问到了他最不愿回想的事情，尤其这消息的正确性出乎他的意料。他没向任何人提过他去了有田，那么故乡的人对于他后来更换职业跟地址的事，又了解多少呢？他想知道，又不敢直接向江头善造确认。

“我只在有田待了一阵子，没多久就去东京了。”

他避重就轻，认为对方的反应可以大致为他解开疑惑。

“这样啊，你在东京很久了吗？”

江头丝毫没有起疑，可见这中间的变化并没有传出去。他总算放下了心中大石。

“八年多了。”他立刻回答。

“八年多啦，还蛮长的哩。你住在N饭店吗？”

“对。”

“没三两下可住不起N饭店，刚才饭店前面的年轻人叫你老师，你在当什么老师啊？”

“我开了间美容院。”

“医院[2]？哟，你是医生啊？”

“不是医院，是美容院，帮女人弄头发的，我是个发型设计师。”

1　日本佐贺县有田町为中心出产的瓷器。

2　日文中“美容院”的发音与“医院”相近，江头在此便是将美容院听成了医院。

"哦，美容院啊。九州这边是女人在搞的，东京那里是男人啊，真不愧是东京，先进太多哩。"

"九州的男发型师也越来越多了，听说博多这里也有。"

"咦，有这么一回事？我还不知道你在当发型师哩。既然他们叫你老师，你的事业很成功喽。你是来博多工作的吗？"

"你知道歌星草香田鹤子到这里的剧场开演唱会吗？"

"对啊，要够红才有办法在福冈国际剧场办演唱会哩。草香田鹤子也住N饭店吗？"

"她请我帮她打理演唱会的发型。"

"什么，你在帮草香田鹤子弄头发！"

车子行驶在漆黑路上，江头手握方向盘大叫。

"太厉害了，真了不起，你什么时候这么有地位啦，不得了哩……"

出租车奔驰在夜晚的郊外。

江头知道他在东京开店还不惊讶，一听草香田鹤子的名字立即连声赞叹。

"这么好的本领你是什么时候学的哩？"

区区乡下家具工厂的学徒竟能攀升至如此高的地位，江头为此感到不可思议。

道夫觉得郁闷，他竟要搭江头的车到山庄旅馆。他在东京打听到那是家高级旅馆，已经让枝村幸子先过去了。

他和幸子搭乘同一班飞机，但没有坐在一起。他只有一次趁着去上洗手间的时候，在机舱里和她聊了一下，没让同行的那群人发现。事情发展到这里都很顺利，就败在江头知道他驱车前往旅馆是为了会女人，尤其是他的徒弟在N饭店前交代到“博多车站”，他却在中途改变去向，企图显而易见。江头从事出租车司机这一行，这类的经验想必不少……他为才让江头钦羡不已，就要暴露出“浪荡”的一面而慌乱。追根究底，都是自己倒霉，搭上了这辆出租车。

“宫坂。”江头在夜路上一边开车，一边唤起道夫的旧姓（虽说那其实是他的本名），“我明天没排班，可以去剧场后台看一下吗？”

“……”

“我是想就近在后台看看草香田鹤子本人。我是草香的歌迷，不只我，还有我老婆跟她妹妹都喜欢她。如果你能开口帮我要到签名，那更感激不尽啦。”

这个死乡巴佬，道夫在心里咒骂，却因为有山庄旅馆这把柄，使得他无法一口回绝。

“我该几点去好呢？”江头接着问。

“十二点多吧。”道夫勉为其难地回应。

“十二点啊，那可以免费听到演唱会喽，太感谢你哩。”

江头的语气越是雀跃，道夫越感到心烦气躁。

附近景色像是东京的新兴市区，有社区、西式洋房，以及森林。

“那片黑色的树林里头就是野村望东尼[1]的故居平尾山庄，据说高杉晋作与西乡隆盛也来过这里。”

1 野村望东尼（1806—1867），德川幕府统治末期的女诗人，为尊王派人士之一。丈夫亡后剃发受戒，并定居平尾，以平尾山庄作为尊王派人士藏身及密会之地。

江头解说古迹的声音，听在道夫耳里只觉得厌烦。

他在女侍的带领下穿过一小段走廊，来到中庭。他穿上拖鞋，踩着石头前进。女侍手提灯笼。脚下杂草丛生，墙外幽暗的茂密树林遮蔽了天上的繁星。

打开低矮树垣上的栅栏，有三栋屋宅比邻于本馆之外。女侍走向最远一间，拉开与普通住家无异的格子门，由铺满碎石的玄关走上木质地板，隔着拉门出声询问。房里传来细小的声音，应了声请进。那是枝村幸子的声音。

幸子换上了浴衣，坐在八张榻榻米大的房间一角。房间正中央摆着一张餐桌，白布覆盖在菜肴上方。

“你回来啦。”

幸子打了声招呼，站起身。她的身材修长，平时看惯她穿洋装，这一身打扮总让人觉得格格不入。

她穿上洋装的时候还没感觉，这一身浴衣反而衬出她的头发稀疏。道夫费了一番苦心让她的头发蓬松，却徒劳无功。再怎么说，两年前的枝村幸子正值青春年华，如今她的眼下及两颊已渐显老态。

“你要吃饭吗？”

“我吃过了。”

“噢。”

幸子瞄了眼餐桌上的白布，又看向女侍，说了声“没事了”。女侍鞠躬后，关上拉门。

她伫立在原地，盯着道夫换上浴衣，却无意帮他收拾脱下的衣服。她再也克制不住她的情感，她的高傲与猜疑。

他懒得理睬，走进浴室。走廊对面有个勉强挤下两人的小浴缸。

枝村幸子坚持要跟来博多，他好言相劝，她不听，他越解释她越怀疑，反倒咬定他做了亏心事，以为他带了其他女人同行。他怕若是强硬阻止，她会直接去找草香田鹤子大骂一顿，为避免惹是生非，他只得允诺。

他才刚说吃过饭，她马上脸色大变。她或许在等他共进晚餐，但她更在意的是他在外面跟别的女人吃饭。她最近疑心病又更重了。

他泡在浴缸里，心想若是一个人的旅行该有多自在。她缠着他，使他更渴望自由，一个人无拘无束，尽情享乐。

枝村幸子与两年前的她判若两人。在他面前，她抛下过往的傲慢与高雅姿态。对外她依然讲究体面，但与他独处时，她便化身成肉欲横流、善嫉的普通女人。道夫怎么也想不到她的变化竟会如此激烈。

半年前，他曾想斩断这段情缘，她知道后反倒紧黏着他不放。他委婉提出分手，她闹得不可开交。他瞠目结舌，无法想象这是他两年前认识的那个女人。

他们会重修旧好，主要有两个原因。枝村幸子无意辞去杂志社的工作，她热爱《女性回廊》编辑这份职业，因此不愿将与他的恋情公之于世。她满意于这份工作可以活用她的才智，在采访对象的世界里握有一点权力，薪水又不差。她非常清楚，没有别的工作可以像现在这样称心如意，因此尽量不与他产生无谓的争执，以免闹上台面，迫使她必须离开现在的职务。

道夫则认为枝村幸子还有利用价值。她不只帮忙将他引荐给藤浪龙子，只要一有机会就在《女性回廊》上为他撰文。他能“成名”，都是托编辑枝村幸子鼎力相助。不仅如此，她还把他介绍给其他服装杂志或女性杂志编辑，增加他的曝光机会。

然而，道夫构想的未来蓝图，在这个阶段只完成了一半，还要再一段时间，才能脱离枝村幸子的协助。在完全独立自主，不依赖媒体，而是由媒体主动与他接触之前，枝村幸子的力量不可或缺。他不敢有一丝怠慢，反而得适度地讨好她。

特别是在此时此刻，以往藏身暗处的敌人正现出真面目，与枝村幸子为敌会更不利，难保她不会恶意诋毁，大肆攻讦。为防范她采取报复手段，在这节骨眼上，他暂且只能忍气吞声。待地位稳固后，不管面对任何毁谤及中伤的言论，他都能反击。

两人各自的利益牵制着枝村幸子，也使道夫更为容忍，这才终于阻止了一场极可能由爱生恨所引发的彻底决裂。

枝村幸子打开浴室门，径自走了进来。热气濡湿灯光，朦胧映照着她白皙的肩膀及胸前。她的脖子修长，锁骨明显，还有一双长腿。浴缸里的热水满溢而出。

“怎么，你又要泡澡啦？”

道夫将身体挪向一边。

“我想洗几次就洗几次，你管得着吗？”

幸子在他眼前撇过脸，她的胸部已不如两年前丰满。

“那倒是。”

“你晚上跟谁吃饭？”

“一起到这里来的人喽。”

“那是谁？”

“草香田鹤子的经纪人跟乐团团长，还有柳田。”

“你没想过我在这里等你一起吃晚餐吗？”

“想是想过，不过那是应酬，推不掉啊。”

“你其实是跟草香田鹤子吃饭去了吧？”幸子猛一转头，眼神锐利地盯着道夫。

“没有，她忙得没时间跟我们吃饭，说是要等演唱会结束后再吃。”

他早猜到她会问这件事，连她接下来的问题，也在他的预料之中。

“你想追草香田鹤子吗？”

“别开玩笑了，我怎么可能这么做，我对她一点兴趣也没有。”

“那你为什么要跟来九州？”

“我是拗不过他们一再来求我，不然我也不想跑来这里。”

“你说得好听，其实你对她也有点意思吧？她年轻，长相又，嗯，还算漂亮。”

“她那样算漂亮吗？”

“你别装傻了。”

“那不是我喜欢的类型，年轻又怎样，还不是个愚蠢的黄毛丫头。”

愚蠢这字眼稍微平抚了枝村幸子的怒意，况且她早想与道夫妥协，才会主动进入浴室。

“你没骗我吧？”

“当然。”

“我这么跟着你来，你会讨厌我吗？”

“不会。”

枝村幸子转过身，那双长腿在狭窄的浴缸里显得局促。她盘起腿，道夫的膝盖正在她的双腿中间。

“不行，你别想耍赖。”

“我才没有，这么坐没那么挤，舒服多了。”

他在水中抚摸她瘦骨嶙峋的背脊，一手压下她上下沉浮的身体。她打了个哆嗦，两手环抱他的脖子，凑上双唇直到无法喘息。她的舌尖在他嘴里翻搅，热水顺势进到他的口中，他因此喝进了几口水。

两人身体交缠，一起走出了浴室。

卧室外传来乌鸦啼声。幸子仰卧，一双长腿搁在卷成一团堆在脚边的薄被上头。她光裸着身子，只有一件浴衣蔽体，沉醉地闭上双眼。凌乱的床单上尽是绉褶。

“我会变成这副德性，你要负责。”她常在激情后说。

道夫无法否认。她到底是从什么时候开始卸下消极的防线的？起先，她始终维持睥睨的姿态，以高度的意志力控制肉体，然而这样的举动逐渐成了折磨，身心分离使她苦不堪言，最终她放弃了挣扎。当她终于了解到，理智不可能战胜这初尝的、令她陶醉的野性滋味时，她的精神才肯屈服于肉体。

一次的沉溺，使她无法自拔。她依然坚信自己的涵养，不认为理性会因此遭到破坏，必然是有与此无关的杂物透过具体的方式，混进她的肉体，引起变化，导致她的精神及意志失常。

枝村幸子以这样的表现方式，向道夫提及自己的“蜕变”。

“都是你让我变成了这个样子，你那低下的细胞混进我的细胞里头了。”

第八章

无形的枷锁

早上醒来，乳白色光线流入房内，阳光照亮半片玻璃窗。道夫拿起放在枕边的手表，九点多了。

女人背向他，头安分地躺在枕头上，身子扭曲。或许是疲累，她发出了轻微鼾声。他望着那背对他的身体，尽是反感。

道夫趴着拿起枕边的香烟。随着他的动作，幸子的鼾声稍微停歇，没多久再度响起。她早上六点醒来一次，云雨过后便没了动静。

棉被里头黏腻闷热，他想早点钻出被窝，又舍不得这种感觉，想再多窝一会儿，于是趴着没动。

幸子今晚也住在这里，将于明早搭机回东京。公司只准两天假，她不能留到下午再搭机离开，但只要中午前出现在出版社，就没问题了。编辑部的上班时间较晚，没有严格规定，正好适用于这种情形。她的机票和住宿费都由她自行负担。她坚持不受男人照料，从未妥协。

她排除万难，随他远赴九州，一是为在旅程中监视道夫，二是为沉溺于享受旅途中身心彻底解放的欢愉。她向他表白，她无法忍受独守东京，即使无法见面，只要他留在东京，就能让她心安。要是他去了别处，她便不得安稳，整日惶惶不安。

幸子把她在这两年里转变的责任全推给他，这是自命清高的她所做出的诡辩。快感原本就存在她的体内，只是碰巧经验来得晚。她的本能在女性肉体成熟的年纪苏醒，为急速填补迟来的经验而焦躁不已。由于体内爆发的情欲过于猛烈，她便将这样的反应解释为外在影响。

她以知性与修养自负，不以粗俗文字表现动物本能的冲动及行为，更回避思考。她这么做不是由于羞耻心作祟，问题出在理智。她不认为诱发她本能的是自己，而是受对方的影响，她的理智依然存在，并以文雅的词句向他解释她纵欲的身体。

然而，这一切看在道夫眼里却越来越诡异。她那些高尚的话语说得吃力，听起来空虚。

这可解读为他征服了枝村幸子的理智，但对照她现在过于偏激的表现，这并不是件值得高兴的事。他腻了。再这么下去只会使她的情欲高涨，嫉妒心越发强烈。她那说教的口吻也让他心烦。

待根基再稳固一点，得找个适当时机提出分手。而且要分手，也得利用她的自尊心。

工作方面进行得比他想象中顺利。一如预期，自由之丘这个地方地点好，客源佳。近来随着日本人的生活水平提升，逐渐消除了差距，过去那些招摇的上流社会人士虽销声匿迹，自认高贵的人仍不在少数。那地方罕见从事酒吧小姐等风俗业的女人，几乎全是“良家女子”，质量无可挑剔。

新店刚开业，道夫的手艺便得到好评，招揽顾客不费吹灰之力。他处心积虑满足这群高傲的客人，光凭好手艺不足以吸引客人，更重要的是充分掌握她们的虚荣心。

首先是店内的设计。由于买下的房子不大，有效运用狭窄的空间便成了首要课题。经过一番巧思，总算顺利达成他的期望，他那崭新的构想也获得顾客的赞叹。店里的装潢使那些女性顾客感到害羞，尽情挑弄着她们的虚荣心。习惯的奇妙之处便在于，一开始受到高度礼遇而双颊绯红的妇女，渐渐地就会习以为常，即使心里明白这是商家的手法，却又贪求这样的服务。

其中最能满足顾客虚荣心的是一位知名的店长，这种企图心人人都有，只是难以实现。

在学校，有实力便能得到肯定，但这一套并不适用于现实社会，纵使适用，也必须要经年累月的努力。道夫自认那枯燥又漫长的路途与自己的个性不合，并非他的理想道路。他认为出名要趁早，有名可以让客人满足，煽动她们的虚荣心，进而使业绩蒸蒸日上。在这条路上，他已经成功了一半。

他感谢为他打造这么一条道路的枝村幸子，可惜的是，她不是有钱人。

幸子的轻微鼾声已歇。

最近，他听到了一个有利情报。

青山有家酒吧要卖出经营权，屋主倾向连同房屋一起出售。

酒吧方面，由于顶下店面的时候，付了一笔预付金给之前的经营者，坚持收取等价或更高的金额才肯出让，但屋主不付，买屋的人也不愿再添价，就在为了这件事僵持不下的时候，酒吧受到景气差的影响倒闭了，于是愿意以原价三分之一的价格让步售出。

土地坪数二十坪，要价五千万，再添上一千万，总售价六千万。道夫到当地勘察，发现那一带对酒吧来说过于冷清，却是开设美容院的绝佳场所。

青山一向是高级住宅聚集地，但他最主要的目标是附近为数众多的夜总会及酒吧小姐。

贵妇人虽是良客，却称不上大方，小费给得也不多，总之就是守财奴。她们不接近费用过高的店家，表面奢华，实则吝啬，小费顶多是从找的零钱里拿出两个百元硬币，其中会添上小费的只限于老主顾。

在村濑的店里，道夫看到酒吧小姐随随便便一出手，便是一千日元或两千日元大钞。从事风俗业的女人出手阔绰，无人能比，即使收费七千日元以上，也不当一回事。那价格是现在这家店定价的两倍。

近来青山一带新建许多高级住宅，有不少风俗业的女人入住。她们在高级酒吧工作，生活奢侈。他想象得到她们的金钱来源，也清楚她们为何能如此阔气。

道夫忖量，必须拉拢这一类客人才能致富。高级住宅区里的妇女虽有助于提升店家格调，只赚进那么一点微薄利润，实在难有作为。

在发型的流行趋势上，酒吧小姐与出现在电视或电影里的艺人一样敏锐，可以让他这位发型师大展身手。在工作上，他也能兼顾中产阶级以上的妇女及风俗业的女人，在两者之间取得平衡。中年妇女与年轻女性、保守与时尚、固守成规与创新实验。他的野心正无止境地膨胀。

美中不足的是，他缺乏资金。他没有六千万日元可以买下青山那块地。

波多野雅子为了自由之丘那家店出资七千万，他在两年内只还了五百万不到。他一开始就没有打算还清，但能要到这么一大笔钱的对象又只有雅子。对于要拜托雅子再拿出六千万，他既难以启齿，雅子也拿不出这么多钱。她打从半年前就开始催他还钱了。

道夫懊恼着难道要为了钱，眼睁睁看着大好的赚钱机会溜走，但又苦于没有其他可以要到钱的渠道。

背向他躺在床上的幸子转头看着他。

“你在想什么？”

她在鼾声停歇的时候醒来，之后便一直观察他。

“没有，我只是在发呆抽烟而已。”

幸子转过身面向他，两眼往上瞅着他的脸。

“不可能，你一定在想什么。”

“真的没有。”

“骗人，你在想女人。”

“我才没那闲工夫。我是在烦恼生意上的事。”

“你别想敷衍我，我从你的表情就看得出来了。”

“唉，你这叫我怎么说下去呢。”

“我来帮你说吧，你在打草香田鹤子的主意。”

“又来了。那种女人一点魅力也没有啊。何况我要是敢轻举妄动，肯定成了过街老鼠。”

“要是没人怪你，你就出手了吗？”

“你怎么一大早起床就闹别扭啊。我绝对不会这么做，你尽管放心。再说我也不喜欢那种蛮横的女人。之前我跟她不熟，这次一整天工作下来，我总算清楚了。”

“没错，顶多只是个初出茅庐的丫头，年纪轻轻竟敢装大牌，我来给她点颜色瞧瞧好啦。”

她意指杂志，她的武器。

“嗯，那也不错。”

与其阻止她惹来不必要的麻烦，不如表示赞成。

“真的可以吗？”

“不用客气，反正也不关我的事。”

“你不是在逞强吧？”

“有什么好逞强的？”

“你说在想生意的事，是在想什么？”

“我想开新的分店，可是没钱。”

跟她提起钱，正好可以让她哑口无言。

“你打算在哪里开分店？”

她这么问，一半是为了确认他说的话是否就是他刚才想的事。

“青山，刚好有一块适合的地。”

他明知她束手无策，刻意详细说明了一番。幸子听着他说，紧紧依偎在他肩上。她暖烘烘的身体挨着他，知道他没有撒谎。

“……反正只是幻想，可是就这么放弃，又有点可惜，一不小心就想得出神了。”

他为自己下了结论。

“没想到你的斗志这么高，不过，时机还早呢，用不着这么急。”

意料之中的回答。

他们一早泡了个澡。道夫在刮胡子，幸子屈膝而坐，细心清洗她的脚趾趾间。镜子里照出她弯弓的背影，她的脊背清晰可见，缺陷一览无遗。

“你出去之后，我想到附近走走，打发时间。”幸子开朗地说。她的心情实在令人难以捉摸。

“噢，你要去博多看看吗？”

他放下刮胡刀。

“我以前去过博多，不去了。我还没参观过太宰府，想过去看一下。”

道夫静静地在水盆里清洗刮胡刀上的胡须与肥皂泡沫。

“现在去太宰府也没什么好看的。那里是赏梅的名胜，要早春去才漂亮。”

“是吗？那也没关系，我只是想去走走而已。那附近有都府楼遗迹，还有观世音寺，据说菅原道真就是听着那里的钟声，朝京都奉拜御衣的呢。”

“我劝你别去。”

幸子回头看他，像是受到了惊吓。“你在生什么气？”

“……没有，我没有生气，也没什么好生气的。那地方去了也无聊，还是别去的好，其他还有很多值得一看的地方啊。”

“噢，对了。”幸子突然想起似的轻轻惊呼一声，“你是九州人嘛，对这附近当然很熟喽？”

“嗯，我出生是在九州，不过不是这里，也没那么熟。但是，我很清楚在这个时候去太宰府，只是浪费时间。对了，博多我倒是可以提供意见……”

“对啊，然后再进去剧场看场草香田鹤子的演唱会消磨时间，开什么玩笑。”

幸子拿起水盆，粗鲁地把水泼在脚上。

“我可没这么说。”道夫叹气，又露出了苦笑，“干脆去小仓或是门司好了，从博多车站搭电车过去大概一个多小时，正适合打发时间，到了之后，还可以再搭车去关门隧道一趟。”

“不要。”幸子立刻回答，湿答答的头发贴在她的耳际，“我不要一个人去，我要你陪我。”

“可是我跟昨天晚上一样，要九点过后才会回来，没办法跟你去啊。”

“你打算在那之前都不跟我见面了吗？”

“可是……”

“午场的演唱会是三点半结束，你应该三点过后就有空了，就算六点要回后台准备，中间至少也有两个半小时的空当，我们可以趁这时间见面啊。我三点到博多，到时候再找一个明显的地方等你。”

“这不太可行。我也有很多事情要趁那时候处理，拜托你让我去做自己的事吧。”

“你要跟草香田鹤子吃饭喝茶，对吧？”

“你又在无理取闹了。”

“那你出来一下嘛。喏，好嘛。我三点再打电话去剧场，交代你的徒弟柳田。”

“我到这个地方是来工作的。”

“什么工作嘛，你管草香田鹤子那黄毛丫头，不如多关心我一个人在这边无聊到发慌。”

“所以我才叫你别跟来九州。”道夫忍住没有脱口说出，他不想在这里闹翻。

这是一趟不祥的九州行。飞机里，遇到检察官夫妇，往这间旅馆时，搭到由住大川的江头担任司机的出租车，接着是刚才幸子说出要去太宰府。他惴惴不安，仿佛厄运在身边徘徊，一不注意随时可能被卷入漩涡。在幸子回到东京前不能惹出风波，就怕衍生意外。

他们洗完澡，房里已经备好早餐。他正要掀开汤碗的盖子时，女侍拉开了门。

“早安。抱歉，先生，昨晚的司机已经在玄关等您了。”

道夫暗吃一惊。

道夫走到旅馆玄关，看到江头善造正站着和女侍闲聊。门口停了一辆蓝色中型轿车。

“哟，早啊。”

江头一见到道夫，就神采奕奕地道早安。他今天穿着一套挺拔的西装。

“早。”

道夫没给他好脸色。

“我今天轮休，就开家里的车来哩。再说，你不是还会让我进后台见草香田鹤子嘛。”

这就是江头的目的。江头仗着昔日友情，逼迫他展现善意，这让他感到不悦，却又无法拒绝。

“吃完早餐了吗？”

“还没，现在正要吃。”

“慢慢来，时间还很多。”江头像是在对他下达指示。

道夫默默转身准备回房。“对了，宫坂。”他语气亲昵地叫住他，“你一个人去剧场吗？”

“对。”

“你朋友也要去的话，可以搭我的车啊，不用跟我客气哩。车子载一个人、两个人都一样嘛。就算不去剧场，她也可以在途中找个地方下车。”

江头知道道夫有同行女伴。这不是出于揣测，他肯定是问了旅馆的人。刚才他在玄关向女侍打听的就是这件事。道夫一现身，女侍立即消失踪影。

道夫像是莫名被江头抓住把柄，无法撂下狠话，就这么走回了房间。

他走在走廊上，忖量必须避免让江头与枝村幸子碰面。他不只是不希望幸子见到昔日旧友，更是担心多嘴的江头不知会在幸子面前说出什么话。

道夫宣称他的出生地在宫崎县，他必须这么告诉大家。他实际上出生于福冈县大川市，曾在家具工厂当学徒一事与平时建立的形象不同，不得不防。无论如何，不能让幸子，不，不只幸子，还有东京的那些人，不能让他们知道他过去的经历。

他回到房间，幸子已经吃完早餐，正打开壁龛旁的电视，观看电视节目。

“我差不多该走了。”道夫说。

他没有坐下。

“咦，不是还早吗？”幸子抬头看着他。

“时间还早，可是车已经来了。”

“草香田鹤子派来的车吗？”

“不是，是剧场的车。”

如果是草香派来接他的车，她必然会讥讽地说“还真好心啊”，暗藏险恶的风暴一触即发。

“你还没吃完饭呢。”

“不吃了。”

他往隔壁置有衣柜的房间走了过去。

“我也跟你一起出去吧。”

幸子站起身。

“你不用那么早出门吧，现在离三点还很久。”

“我一个人留在这里无聊嘛。”

“那么你就去你想去的太宰府吧。”

“你不是说太宰府无聊，叫我别去嘛。真是怪人。”

“我想了想，那比在博多浪费时间好多了。到太宰府绕一圈再过来博多，时间刚好。”

“就这么做吧，我本来就想过去看看了。我可以搭你的车一起走吗？”

“可是方向不一样。太宰府跟博多是反方向，你再去包车或是叫出租车吧。”

他一边说一边迅速地穿好衬衫，套上长裤，费尽唇舌阻止幸子同行。

“这两个地方在反方向啊？”

“所以说，你搭我的车也到不了。”

“这样好了。我们一起到剧场，我送你走之后再搭出租车去太宰府。你觉得呢？”

这么一来，江头与幸子有更长的时间可以交谈，情势更加恶劣。

“别这样，车子在等，没时间磨蹭了。你要化妆、换衣服，还得花上一阵子才出得了门。”

“我赶一下，马上就好了。”

“算了，我还是一个人去。要是让剧场的人发现我搭他们派来的车，跟女人从旅馆出发，只会给我添麻烦。司机会把这件事说出去的。”

“你好奇怪。”幸子说，心不甘情不愿地接受了这个说辞。

江头见到道夫一个人出现，开口便问：“你朋友呢？”

他似乎对同行的女子兴致浓厚，惹来道夫不快。“她不去。”他冷淡地说了一声，便钻进车内。

“是嘛。”

江头有些纳闷地坐上驾驶座。

车子开动了。森林茂密的新开发区在白天呈现出明亮景致，与昨晚大不相同。

江头没再提起女人的事，似乎终于了解道夫不想多谈，自己也就闭上了嘴，转而炫耀起载着道夫的这辆家用车。他语气里满是骄傲地说出租车司机里头没几个人有自己的车，就算有，也多是二手车，但他这台是新车，而且不是按月分期付款，是一次缴清的，才能拿到便宜的价格（他最自豪的便是一次缴清款项这件事）。放假的时候，他偶尔会开这台车载老婆、小孩兜风。

这是他对于老朋友在东京获得成就所展现的小小虚荣心。他没有对抗的念头，只是想让旧友看看自己的生活并不拮据。

江头说，他只后悔太早娶老婆，生了两个小孩。然而从他开车兜风取悦老婆的行为看来，后悔似乎也只是说说而已。

“我老婆啊，”江头开着车说道，“她听到你的事之后，说想去看晚上的演唱会哩。她喜欢在电视上听那些流行歌，是草香田鹤子的忠实歌迷。她很了解那些歌手，真的，像是三笠月子、若菜津美子还有奈良鹿夫，连我不知道的人她都清楚得不得了哩。她真的很想看到草香田鹤子本人。对不起，可以拜托你帮我老婆还有她妹妹拿两张票吗？”

轮休的这一天特地开自家的车前来迎接，他那亲切的举动背后别有居心。

“预售票都卖光了，当天卖的票也少，我不知道拿不拿得到票。”

道夫明白他的动机，刻意蒙混。

“不是那种门票也没关系，有剩下的招待券吗？”

江头露出了真正的企图。

“嗯，不知道啊。”他想弃之不顾，又怕对方反感，在其他人面前胡言乱语，反而麻烦，于是改变了心意，“如果不在乎坐辅助椅的话，应该还有点办法。”

“这样啊，那真是太好哩。”

“不过，坐起来可能不太舒服。”

“没关系，只要能进去看就好哩。真是太谢谢你哩，我老婆一定会很高兴。”

车子逐渐接近市区。

“辅助椅的门票要多少钱啊？”江头随口问道。

“不用钱。”

“真的吗？不用钱吗？真对不起哩，多谢。对不起，提出这么无理的要求。”江头再度向前点头致意。

道夫打算以此和江头进行交易。他让江头免费入场，代价是江头不得向他人说出他和女人留宿旅馆，以及自己的过往这两件事。

这场交易的交换条件只有免费门票两张，未免太便宜了。要堵住他的嘴，必须再送些财物，否则无法取得平衡。

不过，这想法需要再斟酌。特地送礼封口这举动不自然，唯恐引起对方不必要的联想，以为他这么做，表示这一定是个重大秘密。

假使江头知道了这是“秘密”，依他的个性，肯定无法按捺想偷偷告诉别人。他守不住秘密，他会先请对方保密再泄露出去，首先告诉他老婆，接着是老婆的妹妹。他也有可能满脸得意地向司机同行的几个亲密友人，透露这个独家消息。老婆则是再转告亲友。总之，不能引起对方过度的好奇心，礼数周到恐会招致反效果。道夫决定就此打住。

他唯一能做的只有让江头进后台，免费送他两张门票，尽可能交代他不要做出对自己不利的言论。但他却没有把握，江头的心思是否有那么敏锐。

车子抵达剧场后门后，江头把车停在收费停车场。他为了带江头进入后台，愣愣地站在出入口前面等待。

他的弟子柳田一溜烟地从里面走了出来。

“啊，老师早。”肤色白皙的柳田像是久候似的靠近道夫，“有一封东京来的电报。”

“东京来的？”

“电报在两个小时前寄到饭店，就是这封……”

道夫马上拆开柳田小心翼翼递上的电报。他有不好的预感。

十六时抵达板付机场 雅子

波多野雅子要来。她下午四点会抵达板付机场。

道夫有些惊慌，他没料到波多野雅子会追来。四天前的晚上，他们才刚碰过面，那时候雅子完全没有表现出到九州的兴趣，所以他才会安心带着枝村幸子同行。

波多野雅子是有夫之妇，在东京可自由外出，要离开东京外宿则是困难重重，如果没有充分的理由，几乎不可能，雅子也如此表示。然而，她竟然一声不吭地跑来了。

发生什么事了，道夫猜想。

她这一趟有两种可能性，一是外遇被老公发现，引起骚动；二是她没来由地想见他。两种情形都有可能。

前者是个大麻烦，怕只会惹来无谓的混乱。她可能因为受到老公责骂，逼他还钱。他绝对不可能还钱，还了五百万之后，他也没有再多还一毛钱的意思。况且为了买下青山那块地，他还想靠雅子出资。这事虽难，他并未放弃希望。

这件事一旦被搬上台面，丑闻传了开来，恐怕会遭那些对他怀有敌意的人所利用。事业好不容易顺利步上轨道，他不想因此受挫。尤其发型师这职业重视受女性顾客的欢迎程度，丑闻将导致顾客流失，后果不堪设想。

眼前还有个现实问题，那就是枝村幸子。一直以来，道夫没在幸子面前承认过他和波多野雅子的关系。原先就质疑他和雅子有暧昧情事的幸子，对他的占有欲越是强烈，对雅子的存在便越是敏感。道夫否认过，所以无法改口，只能打死不承认。面对她冗长的追问，他拼命辩解，她才终于接受。直到最近，她只有偶尔才会提起雅子。

若是他和雅子的关系曝光，将导致什么结果？幸子在知道受骗后，怒火中烧，憎恨使她不择手段。她会利用手中的媒体资源进行报复，而且不只局限于妇女杂志《女性回廊》，她的交游广阔，肯定会要求其他杂志社或报界同业协助。

他能有今天的名声，其实全是靠幸子暗中相助。这件事做得不着痕迹，他的介绍总是不经意地出现在文章中间或版面一角，有时刊登在其他以妇女为读者的周刊或月刊，也有时是报纸上的女性专栏。报道主角为其他人物，也就是文章内容以其他女星为主（女演员、女艺人、模特儿、歌手等），但主要目的几乎都是为介绍一旁不起眼的佐山道夫。如此客观低调的介绍有助于博得大众认可，倘若一味赞扬，未免宣传嫌疑浓厚，反而会引来怀疑。地位稳固之前，以在文章内容里顺带一提的方式出现为上策，这是幸子的意见，也是一种策略。她暗地操作，并走访杂志社同行以付诸实行。

她所提的方法正确，行动也确实。她是个聪颖的女人，为道夫着想所做的一举一动都带着真心诚意。发型师佐山道夫迅速成名，便是有赖她的支持，以及无形中动员的媒体力量。

枝村幸子一旦弃他离去，情势将急转直下，以往的助力将加倍反弹，会将他踢落，过去在媒体内部造成的反感及仇视将一举浮上台面。

虽然不清楚波多野雅子这一趟会带来什么难题，不过，都得想尽办法克服。当前最重要的，便是排除万难。

即便雅子是因为寂寞难耐而来，情况没有前者复杂，眼前危机仍未解除，两个女人在博多相遇的危险不曾改变。

“对不起，让你久等啦，我好不容易才把车子停好哩。我们走吧。”江头善造傻笑着走到他身边。

道夫为自己被这驽钝的男子缠上而抑郁气愤，又无法驱离，只好交代柳田：“你先把他带到后台。”

要进入草香田鹤子的休息室需要由他引导，不过，他现在没这闲工夫，他根本无暇照料江头。

“老师，只要带过去就好了吗？”

“我等一下也会过去，你带他过去之后，马上回来这里。”

江头朝柳田点了一下头。

“麻烦您了。”

道夫为免江头多嘴，在柳田或其他人面前说出他的来历，特别叮嘱：“在我到之前，尽量不要跟别人讲话。”他以稍微强硬的语气说。

“知道啦，知道啦。”

感恩的江头稚气地点点头，年过三十的男人为能在后台见到歌手本人，兴奋得有如孩童。

道夫烦恼着如何处理现在的情形。幸子下午三点到剧场附近，应该会来电通知见面地点。

另一方面，波多野雅子下午四点抵达机场。若要接雅子，就无法见幸子。纵使以忙碌为由，先接雅子，后与幸子短暂碰面，之后的时间安排也成问题。幸子一定会约他演唱会后一起吃饭，然后在博多散步。

即使可以派柳田带雅子入住旅馆，他却不能冷漠对待特地为他由东京前来的女人。何况他从刚才就在担心，她带来的会不会是件麻烦事。

无论如何，他必须有所割舍。他开始衡量双方的价值。

他最想知道的是雅子的来意，这关乎金钱问题。假使她这一趟飞来与夫妻争执无关，只是一时兴起，担忧自然减轻不少。这么一来，他可以编造借口让她等上一晚。待枝村幸子明天早上回东京后，再以其余的时间陪伴雅子。雅子独守一夜空闺，自是少不了怨言，但尽力安抚应能安然度过。

如果她急忙带来的是严重消息，则又另当别论。无法事先得知她此行的目的，令他坐立难安。

若是没有遵守早上与幸子的约定，她必定会像平常一样不停追问。她的自尊心强，不晓得会搬出何等激动的言论逼供。如果她没有利用价值，还可以讪笑带过，不过，目前的情况却不允许他如此。他早上也考量过了，此时激怒她是不智的做法。

雅子只要丈夫不知道她红杏出墙，她与道夫的情事便是秘密，因此绝不会把事情闹大。

就算雅子发现道夫另有别的女人，愤而不再出资，如果可以因争吵而断绝往来，就不需要还债，如此反倒幸运。他已经累积了相当高的名声，不可能找不到赞助者。道夫总算拿定了主意。

柳田回来了。“我请客人坐在后台角落。”他向道夫报告。

“他说什么了吗？”

他担心江头扬扬得意地说出他是道夫过去的友人，炫耀起道夫的来历。

“没有，他什么也没说。”

听到柳田的回答，他总算不再提心吊胆。

“老师，请问他是您的朋友吗？他好像是这地方的人。”柳田问。

“嗯，说认识是认识……他那个人有点我行我素，我们偶然巧遇，他就缠着我说要看草香田鹤子，根本就是个乡巴佬啊。虽然说他脸皮厚，我也不好拒绝……他有说大话的习惯，你听过就算了。”

“这种人在乡下还真不少。”柳田也表示同意。

“对了，我有件事要麻烦你。老实说，是跟你给我的那封电报有关。波多野夫人会飞来这里。”

“咦，波多野夫人吗？”

柳田讶异，又马上垂下眼。波多野雅子偶尔会出现在美容院，柳田也认得。她造访自由之丘店的次数虽已不比当时村濑开在四谷的店，但柳田多少有所察觉。那是个无知的女人，总摆出自以为店长的傲慢姿态。

关于这点，道夫也常在私下提醒雅子。

“您出钱开这家店这件事是秘密，请小心不要让别人看出来了。”

道夫以尊敬的语气亲昵地与雅子交谈。对方比他年长许多，这样的说话方式听来就像是在对阔太太撒娇。雅子也喜欢此种表现。

“是吗？我看起来这么高傲吗？”

“请摆出客人的架子，我们的关系要是表现得过于明显，恐怕会招来各种阻碍。”

“我没那意思，以后会多注意点，否则我也麻烦……”雅子大致同意。

这次说不定得让柳田知道事实真相了，道夫心想。如果不建立与女人沟通的渠道，以后做事将会带来更多不便。柳田尊敬道夫的手艺，发誓对他忠诚。未来难料，但至少现在柳田肯为他守口如瓶。

“你下午可以去机场接波多野夫人吗？她四点会到。”道夫刻意说得毫不在意。

“知道了。”柳田心照不宣般答道。

“你见到波多野夫人之后，帮忙转告我因为工作忙，抽不开身，实感抱歉。然后你再带她去旅馆……哪间旅馆好呢？”

饭店与旅馆随处可见，只是一下子也选不出一个适合的地方。幸子下午三点左右到，晚上要是漫步在博多市内，说不准会在哪里跟波多野雅子撞个正着。雅子一个人住，又喜欢到处游玩，也可能在陌生的街道闲晃排解无聊。他想不可能碰巧这么倒霉，又考虑到万一真发生了这样的危险，还是得事先防范。

“还是请她住饭店比较好吧？”柳田说。他也清楚波多野雅子到店里的派头。“我们住的那家饭店里还有草香小姐一行人，怕会太吵。”柳田的观察力敏锐。

“说得也是……”

“非市内不可吗？”

柳田这一问，提醒了道夫。对了，别让她住在博多不就得了，让雅子住在远离博多的地方就安全了。况且除了忙碌，还可推托两地相隔遥远，今晚无法露面。

“对，不要市内，选一个安静的地方。哪里好呢？”

道夫稍微恢复了点精神。

“温泉乡如何呢？”

“温泉乡？”

“我在饭店提供的导览手册里面看到这附近有个武藏温泉。”

道夫一听就想推翻这个提议。武藏温泉这地方不合他的意，最好尽量避开。

不过，如果明天送幸子到机场后，他再打电话到雅子的旅馆，请她到博多，就不用亲自去武藏温泉一趟了。道夫立刻下了决定。

“那就武藏温泉吧。你从机场跟波多野夫人搭车过去。”

“哪一间旅馆好呢？”

“我对那地方也不熟，交给你了。可别选太差的旅馆。”

“好。如果夫人问起老师什么时候会到武藏温泉，我该怎么回答呢？”

“你帮我礼貌地转达，今天是演唱会最后一场，我没办法前往。明天时间尚未确定，但我会尽早拜访。这里跟东京不同，旅程繁忙，时间受限，无法自由行动，这点你得要仔细地跟她解释清楚。”道夫说完，又想起一件事，补充了一句，“你再帮我转告夫人，所以请在我到旅馆前，尽量别打电话到剧场或饭店。明天我将会有充分的时间。”

“我会转告她的。”

柳田忠心耿耿地点头。道夫递给他车资以及给他的小费，共三万日元。

道夫进入后台，江头扭捏地坐在一角。就是心脏再强，待在身边充满艳丽女人的后台，还是难掩羞涩。在这种情形下，他也没办法多嘴了。

江头心生畏怯，被东京来的歌手们散发出的气势压倒，张口结舌。道夫看到这种景况，庆幸自己没因多余的忧心付出封口费。

第九章

阻　挠

下午不到三点，剧场的人来到后台，告知道夫有电话找他。草香田鹤子已经上了舞台，江头坐在观众席里。

电话在办公室，需花上三四分钟走过昏暗的走廊，才能抵达，办公室里有五六位职员。话筒被拿起放在桌上。

他拿起话筒，电话那头传来的正是幸子的声音。

“我人在附近，你能马上出来吗？”幸子立即询问。

“如果不需要太久，应该没有关系。”

“……咦，你旁边有人吗？”幸子对道夫规矩的言辞感到可疑。

“嗯……”

“你那里是哪里？后台吗？”

他知道幸子为什么会这么查问，她怀疑草香田鹤子在道夫身边。

“这里是办公室。”

“不知道你在搞什么，我等你来接电话等很久喽。”

当他解释后台与办公室之间相隔甚远时，一旁的职员似乎都在竖耳偷听，他一心只想尽快结束这通电话。

“请问你在哪里？”

“我在一家叫摩纳米的咖啡店。你走进剧场对面那条路，转角第二间店就是了。走路不用五分钟，快来。”

“好，我马上过去。”

“对了，柳田在吗？”

道夫吓了一跳。柳田才刚去机场接波多野雅子，他觉得幸子好像也发现了这事。她的疑心病重，直觉也很锐利。

“不，他不在这里，怎么了吗？”

“那算了。总之你快点来。”

道夫走出剧场后门。前面是车流拥挤的电车道，信号灯迟迟不转绿。

他已事先告知幸子白天能碰面的时间很短，但她似乎有意拖延时间，不放他早走。他只能尽量不忤逆她，早点结束对话。可是，幸子究竟为什么在电话里问到柳田，她从来不曾找过柳田。

他一下子就找到摩纳米。幸子一个人坐在角落。道夫走进店里，她没立刻面向他投以微笑，咖啡也没动过，只是凝视着墙上的装饰。脸上的表情显示出她现在的心情欠佳。

道夫在她面前坐下，点了杯咖啡。

“怎么了？”

“没什么。”她回答的语气如预期一样冷淡。

“你去过太宰府吗？”

“没有。”

“为什么？你不是很想去吗？”

“反正一个人去也无聊。”

幸子终于把脸朝向他，她眼里隐隐带着血丝，泛着泪光。

“你这么说我也没办法啊。我也是好不容易才从后台出来的。”

“伺候草香田鹤子这么忙啊？”

果然又是为了这件事。

“不是伺候，你怎么都讲不通啊，是工作。”

“刚才那通电话真的是在办公室里吗？”

“嗯，对啊。”

“听你回答吞吞吐吐的，好像草香田鹤子就在旁边……我再去找柳田问问。”

“你把柳田叫来问也没用。”

道夫想起现正前往机场迎接雅子的柳田。

“柳田是你的手下，不会跟我讲真话。不过，我想他多少会透露一点。”

“别乱说了。你就是满脑子想这些事，才会连自己想去的地方都没去成吧？”

道夫脑子里浮现幸子在山庄旅馆里胡思乱想的身影。

“才没有。你还真不善解人意呢。”幸子终于把手伸向冷掉的咖啡，“我啊，我仔细思考过你早上讲的事了。”

“什么事？”

“傻瓜，就是买下青山那块酒吧的地，开分店的事啊。你不是说没钱吗？”

“我是说过……”

“你的想法太天真了，不用科学的方法是行不通的。”

“有什么科学的方法吗？”

“有啊，想就有了。”

“我想不出来。你的头脑好，有什么想法吗？”

幸子两手托腮，眺望天花板一角，仿佛陷入沉思，道夫因此认为她只是提出建议。

“你啊，只想靠一两个人的力量筹这笔钱，太难了。”她又看向道夫。

“我没认识几个肯借钱给我的人。”

“那要看你用什么方法。你想过采取会员制投资新店这个方法吗？”

“怎么做？”道夫觉得这想法新颖，因此询问她。

“就是请有钱的艺人成为会员啊。第一个可以找藤浪龙子，由名人发起，其他人也会跟着响应。这么一来你的店有艺人支持，又可以当作宣传，不是一举两得嘛。青山这场所又高级，正好适合。”

道夫身体微微前倾。这话与幸子平时的风格不同，相当实际。

“可是藤浪龙子会答应吗？”

“这么没信心，真不像你会讲的话。她可是很看好你的呢，你就去试试看嘛。”

“在我找她讲这件事之前，你可以先帮我探探她的意思吗？”

幸子嘴里叼了根烟，像是为了拖延时间，道夫点起打火机，幸子伸长脖子，皱着眉头靠近打火机上的火焰。她的脸上现出年龄的痕迹，这一阵子她渐显老态。

“要我问也可以……”她身体回到原位，大口吐烟，两眼直盯着道夫，“可是开店的人是你，最重要的还是你的决心。你如果想靠别人的话，那未免太天真了。我只是个杂志社聘请的员工，就算再怎么帮你也有限度。”

“要是确定这方法可行，我一定卖力去做。”

会员组织是否真能筹得六千多万的资金，乍听之下，着眼点不错，但仔细思考过后，实现的可能性微乎其微。

“这样大概可以筹到多少钱？”道夫问着幸子的预测目标。

“假设藤浪是主要投资者，依她的能力，大概会出三百万日元。”

“三百万啊。如果能再找到十个会员，就有可能实现了，剩下的我会拿自由之丘那家店跟银行抵押贷款。”

“就算藤浪拿三百万出来，其他人可不会出那么多钱。岂止十人，要二十人以上才能达到预定金额。”

“一定得这么多人吗？”

“你仔细想想，他们就算支持你，提到出钱，那又是另外一回事了。特别是那些人每个都有专属发型师，于情于理都没办法说换就换。”

演艺圈看似条理分明，实则在深处充满人情脉络，这件事牵连的范围不单纯只是一位发型师，还有其他复杂关系。况且，他若是创立新制度，势必会引起美发界反弹。即使只是一般市井的太太转换店家，都有发型师动怒，更何况组织具有宣传价值的艺人开立分店，他招来的嫉妒必将更强。

他不在乎。惧怕业界无形的压迫，只会一事无成。他因此需要枝村幸子再继续提供协助，唯有借由媒体，才能抵抗同行的压迫，迎头反击。相较于个人提出的诽谤，杂志上仅一行的赞扬，更能得到社会大众的信服。

他看着令他生厌的幸子想，还得再好好取悦她才行。

“要是能顺利就好喽。”道夫赞叹幸子的想法，也真心祈祷这方式能成功。

“你也该请个专业的经纪人啦。”幸子像是在为他指点迷津，“你是个专业设计师，所谓专业就是专注在自己的工作，至于营运这种大事，就交给那些专门负责的人去想，你只需要配合执行企划。毕竟就连艺人，也没办法光靠自己一个人的努力成名。现在跟以前不一样，什么都要靠头脑来运筹帷幄。”

“要请到这种人难啊。”

道夫害怕幸子自告奋勇，这么一来，他永远也离不开这个令人厌倦的女人了。她大权在握，为所欲为，他则完全失去自由。此刻她不就跑来博多，令他没办法拈花惹草了吗？他受她的肉欲束缚，无法动弹。

“喏，你要买青山那块地，我觉得这是个好方法。”枝村幸子得意扬扬地说。

“这主意很高明，以前从来没人这么想过。”

“当然没有，而且这方法要你的能力才能推动，可不是每个人都有办法配合哦。”幸子难得当面赞赏他。

“老实说，我也这么觉得，不过，我这顶多只是自吹自擂罢了。”

“你别没自信，你是真的有才华。普通的发型师即使有这念头，也不会有人理睬，可是，藤浪龙子说不定会为了你起而响应。所以说，你也要在技术上多磨炼，才能吸引会员加入。”

“会员制的话，利润要怎么分配？”

“这必须由公司组织运作。由你来当公司的社长，主要投资者为董事，你觉得如何？”

“我当社长吗？”

道夫双唇颤抖。明知是奉承，幸子的话语仍使他年轻人的强烈功名心蠢蠢欲动。

“这组织不只是日本第一，应该也是世界首创。我得再去查查才知道。”幸子出神地说着，“日本的美发界里人人都想当大师，让培养出来的徒弟分散各地，不考虑顾客，满脑子只想扩大自己的势力范围。我认为这跟日本传统家元制度[1]的缺陷相同，热衷于与反对派争夺势力，这样的制度将使精神丧失，空留躯壳，导致支持者流失……本来就是这样嘛，那些美发大师通过个人才能，拥有一番成就，结果让那些没有能力的弟子在组织里做大，这就跟家元制度一样，下面的人狐假虎威，坐享其成。专业技术人才成立阶级组织这种做法简直愚不可及，只有拥有高度才华的人才配生存下去。”幸子侃侃而谈，沉醉在自己的论点当中。

1　家元制度是指在日本传统的艺能、艺道领域中，处于权威地位的家庭或家族统领着整个流派，如某种技艺的规范、标准、创新、传授、演出、资格的获得等。

“这话很有意思。”道夫说着，却是在想，这时波多野雅子差不多抵达板付机场了，也在意柳田处理的状况。他期望柳田能安然平抚雅子的情绪，将她带往武藏温泉。雅子见到前来迎接的是他的代理人，或许不会只要耍性子便善罢甘休，届时，他必须思考，如何调整与现在正谈得兴高采烈的幸子相处的时间。

道夫看了一下手表。“这件事等我下次有空再商量，我们快去吃饭吧。”

幸子被打断谈话，不悦地瞪着他。“时间不是还早吗，晚场是六点开始的啊。”

“开场前还有些准备工作。”

“就算这样也还有将近两个小时啊，不用那么赶吧。”

她来观光不需要赶，但他到这地方是为了工作，两者情况不同，而且她那样子就像是已经准备好，随时可以出发到别处游玩。道夫知道，那也是由她对草香田鹤子的反感而来。

因为怕忤逆她又惹出风波，道夫决定先顺着幸子的心意，待时间紧迫，再找方法脱身。

“现在吃饭时间也不凑巧，高级餐厅都还在休息，我们还是随便吃点东西就好了。”道夫说。

“你工作要到十点才结束，我等不了那么久。”

“好吧，那我陪你吧。”

“这里太挤了，我们换个地方。”

“我待会儿还有工作，不能跑太远。”

“满嘴工作、工作的，什么嘛，不是还有两个小时吗？搭出租车一下就到了。博多就这么小一个地方，不管去哪里，来回也不会超过三十分钟。反正坐在这里也无聊，我想去可以看海的地方吃饭。”

他后悔不该轻易听任女人摆布。

坐上出租车后，幸子问司机：“司机先生，有没有什么可以看到海，又可以吃饭的地方？”

“看海的地方吗？”司机瞧了瞧他们两人，“你们要吃什么呢？”

“鱼或是什么简单的料理都行，要安静的地方。”

“箱崎那附近怎样，就在海边哩。”

“好啊。”

“司机先生，请别开得太远。”道夫插嘴。

“才不会，很近的。从这边过去只要十五到二十分钟就可以到哩。”

来回四十分钟，吃饭一个小时，尽量简单地解决这一餐饭，应该还来得及赶回剧场。

车子奔驰在电车道上，穿过东公园后前方是一片松林。道夫看着手表，十二分钟过去了。幸子像是压制般紧紧握住他的右手。

“司机先生，还没到吗？”

“快到哩。”

司机的博多腔让他想起江头。今晚他的老婆会带妹妹拿免费门票去看演唱会。

左边出现了一片海，飞机在空中盘旋下降。道夫又看了一眼手表，已经过了下午四点十分。

“那是从东京来的班机，今天有点晚哩。”

司机看向窗外天空。

波多野雅子在飞机上。道夫纵使明白不可能，却感觉到雅子正从飞机窗往下看着这辆出租车，而幸了也察觉到雅子正乘那架飞机而来，他因而撇开了脸。

如果双方都是他喜爱的女人，那可称得上是绝顶幸福，偏偏夹着他的是两个令人反感的女人。他一心只想尽快重获自由。

右手边一座大型的石造鸟居[1]才出现，出租车便马上转进住宅区，在狭窄巷弄里一弯再弯，最后在一间海岸边的店家门前停下。他觉得这家小日式料理店的样子奇怪，往招牌一看，上面写着“活鱼料理餐厅旅馆”。

女侍满脸诧异地前来迎接这两位意外的访客。她还来不及换上和服，只穿着轻便的服装便将他们引领到二楼一间六张榻榻米大的房间。

“这里怪怪的啊。”

幸子环顾四周，房间简陋而整洁。

“说不定这里除了提供日式料理，还兼营让人休息的旅馆。”

幸子像是受到刺激似的板起脸孔，看向窗户。玻璃窗外可看见小岛。

“请问两位要吃饭吗？”脸上长有雀斑的中年女侍前来询问。

“我们想吃鱼，有什么料理吗？”

“是。厨师现在还没来，只能做些生鱼片或烤鱼这类简单的料理。”

1　日本神社中象征神域入口的大门。

“简单的就可以了，我们也没什么时间。”

“好，马上为您送来。请问要喝点什么吗？”

“果汁就行了。”

“好。”

女服务生瞄了一眼漠然眺望海景的幸子，关上了门。

或许是因为烹调方式简单，也可能是厨师不在，料理马上就端上桌了，有蛤蛎汤、鲍鱼、鲷鱼生鱼片、烧烤鲷鱼等，道道新鲜美味。幸子慢慢享用着。

道夫焦急地看着时间逐渐流逝。他火速用完餐，似乎想借此催促幸子。

“你快一点。”

“你让我好好吃顿饭吧。”

幸子悠然地动着筷子。

刚才的女服务生进房。跪坐在道夫身旁，像是在意幸子，低声问道：“请问要铺床吗？”

“我好累，好想躺一下哦。”幸子在道夫拒绝之前故意这样说。

“是，知道了……”

女服务生困惑地离开房间，道夫甚至来不及出声阻止。

“你别任性了。”道夫对着窃笑的幸子说。

“有什么关系嘛。我累了啊。”

“没时间了，我要回剧场了。”

“还早呢，再待一个小时也没关系吧？”

“不行。你留在这里等我回来好了。”

“不要嘛，我不要一个人待在这种地方。”

“那就一起走。”

“不要，不要。”

幸子起身压在道夫身上，一只手伸向长裤的皮带。

枝村幸子把脚缠在道夫膝下，有她压制，他就算想起身，下半身也无法动弹。

他扭动身体，撑起上身。

“还早呢，再待一会儿吧。”

幸子眼睛盯着他。她涨红着一张脸，眼眶与脸颊绯红，温热的被窝使她满脚汗水淋漓。

他抓起放在枕边的手表，下午六点零五分。草香田鹤子正从后台走向第一幕的舞台。

后台的骚动仿佛就在眼前上演。他没有出现，田鹤子必是怒不可遏。大家努力要找出他的踪迹，柳田应该受了不少责难。柳田那时刚送完波多野雅子去武藏温泉回到后台，又不知道他和幸子窝藏此地，受到众人指责，肯定是血色尽失。

道夫思考，现在起身赶到剧场，或许还能赶上第二幕开场前的准备时间。第二幕的开场只有舞者，田鹤子在之后上台。第一幕的发型不难，她的造型师也能胜任，然而第二幕是他精心打造的新发型，一定得由他亲手打理。那也是他的职责所在。

“起来啦。”道夫坚决起身。

“还早嘛。你听，有海浪声呢。”幸子的脚再使力紧缠。外头浪涛声不绝于耳。

“你别闹了。我没赶上第一幕，第二幕一定要到……”

“你为什么那么帮草香田鹤子？”

“什么帮不帮的……你还真不讲理。我既然来工作，当然要负责到底。”道夫焦急不已。

“我知道你接下这份工作，大老远跑到九州来，是对草香有意思。我是特地来妨碍你的。”

幸子的脚依然紧箍，面露恶意，平日她引以为傲的理智，消失得无影无踪。

“你妨碍我工作，是想毁掉我的名声吗？”

“哎呀，区区一个草香田鹤子，不理她也没什么大影响。我再介绍其他人，帮你提升评价就是了。”

“我不能弃工作不顾，这是我应该要尽到的责任。况且柳田要是因为我没到，一个人在后台被大家责怪，那太可怜了。”

“……”

“快，脚放开。”

“不要。”

“说不要也不行。”

道夫使尽力气好不容易才摆脱她那双脚镣。幸子翻了个身，抓住他背后。

“你别想，我不会放你走。”

“你想怎样？”

“我要你跟我一直待在这里。”

“到什么时候？”

“等到八点，我们再一起离开。”

“别开玩笑了。”

道夫气愤地甩开幸子，随即起身走向衣柜，幸子也跟着站了起来，全身凌乱不堪也无暇整理，她摊开双手，大步跨站挡在道夫面前瞪视他。她顶着一头乱发，气喘吁吁。

“让开。”

衣柜里挂着衬衫及其他衣服，幸子挡在前面不让他拿。

“我不让。”

“拜托你，让开吧。”

“我问你，我跟草香谁重要？”

“别无理取闹了。你这么聪明，怎么会说这种神经质的话？”

“我会变成这个样子都是因为你，是你一手造成的。”

道夫看着幸子凶恶的表情，暗自惊恐女人的转变竟如此激烈。两年前那个以智识与修养为荣的身影已不复见。

“不管怎样，让我穿衣服吧。”

“不要。”

幸子跨开两脚。

道夫一推开幸子，她立刻迅速取下衣柜里的衬衫，抓起枕头旁边的水壶，站到窗边，并作势要往衬衫上洒水。

“你走啊，我要把水洒在衬衫上，让你没办法出门。”

道夫还没来得及冲向前，便看到水几乎要泼向衬衫。

“喂，住手，真难看。”

“你要跟我一起留在这里吗？”

“剧场那边怎么办？”

“别管剧场了。反正都赶不上了，也没办法啊，只能放弃喽。”

幸子脸上混杂着胁迫、娇媚与哀求。

道夫猛然冲向前一步。那一瞬间，幸子抖了一下身子，手不住地把水淋在衬衫上。

道夫感觉波浪正拍打着他全身。

他拧干湿透的衬衫，在上面又套了件衣服。晚上八点过后，道夫和幸子一起离开。在那之后的两个小时，幸子以异常高昂的激情与放弃离去的道夫缠绵。她同时抱着妨害道夫工作的愧疚，以及留住他的喜悦，两种情绪混杂，燃起熊熊火焰。

他没有系上领带，把湿衬衫塞进外衣藏了起来，没有引起女侍异样的眼光，安然坐进了叫来的出租车。

“冷吗？”

幸子以从旁抱着道夫的姿势坐在车内。

“你的手别碰到我背上，很冷。”

“嗯，真让人担心，别感冒了才好。”

幸子骤然变得亲切，却没有察觉到自己情绪转变的矛盾。

“喏，还冷吗？”

“嗯，有一点。”

“会冷到发抖吗？”

“还不到那程度……”

“我们找家店买件衬衫吧。你的换洗衣物放在N饭店的行李箱里吧？”

“嗯。”

“再忍一下。”

道夫没有力气愤怒，也不想再理会草香田鹤子。不管是后台的纷乱、田鹤子的责骂，还是成为众矢之的，他都尽可能抛诸脑后。

车子驶离东公园，在吴服町路口附近的电车道上有一家小服饰店。道夫一身狼狈无法走进明亮的店里，只能留在车内等候。

幸子下车买了件衬衫。

“你换上这件衣服吧……司机先生，麻烦把车开到暗一点的地方。”

车子停在大门紧闭且漆黑无光的房子前面，幸子帮道夫脱下湿衬衫，换上新衣。

“发生什么事了吗？”司机停下车，回头问道。

“在海边被大浪给淋湿了。”

司机听到道夫这么回答，便说：“玄海滩的浪很大的哩。”

幸子忍不住偷笑，问道：“我们想喝点热饮，请问您知道哪里可以喝到好喝的咖啡吗？”

“嗯，东中洲吧。”

“那里离国际剧场近吗？”道夫谨慎地确认。

“有段距离哦，您要到国际剧场附近吗？”

“不，不用，离远点好。”

幸子在一旁将湿衬衫卷成一团，放进服饰店的包装纸袋里。

他们走进东中洲一家洁净的咖啡店。道夫喝着热咖啡，心情平稳不少。幸子坐在他的对面，以柔媚的眼神凝视着他。

“我去打个电话给柳田。”

道夫站起身时，幸子微笑地点了点头。时间接近晚上九点，草香田鹤子的演唱会已经落幕。幸子露出的是胜者的笑容。

道夫走向公共电话。幸好电话靠近店门口，离幸子所在的位置有点距离。

他拨了通电话到剧场，接电话的是办公室里的男职员，他请这位职员帮忙叫柳田来听电话。那位职员没有特地问他的姓名。三分钟过后，柳田来了，他听到道夫的声音，短促地“啊”了一声。

“你那边是办公室吧？不要让别人发现你在跟我讲电话。”道夫事先提醒他。

“是，知道了。”

他听得出来柳田的慌乱无措。

“怎么样，我没到后台，引起了骚动吗？”

“嗯，那当然是……很惨。”柳田压低声音，好不容易才说出口。

“是吗？我之后再慢慢听你说……”

不管现在还是之后知道都一样，反正一定是遭到草香田鹤子和她身边的人群起攻讦。

“比起这个，老师……”

“喂，别叫我老师。这样大家不就都知道你在跟谁讲电话了吗？”

“是……那个，她很棘手。”

他指的是波多野雅子。道夫打这通电话其实也是因为在意这件事，柳田的话令他心跳加速。

“你有把夫人带到武藏温泉吗？”道夫抑制住激昂的情绪。

“是，我请她入住武藏温泉的俵屋旅馆，那是家不错的旅馆。这件事是解决了，可是她对老……不，她一个劲儿地问我您什么时候会到。我跟她说了，今天无法抽身，明天会前往拜访。可是她不听，说是有急事，今天非见到您不可。”

“……”

“喂？”

“我在听。你有跟她解释过今天不可能吧？”

“有，可是她不接受。她说就算是电话也好，有急事想尽早与您商量，她还打了很多通电话到剧场来。不过，我不知道老……不，我不知道您去了哪里，也不知道该怎么回答，完全没个头绪。她好像以为我在隐瞒什么，在电话里头大吵大闹，处理起来真的很棘手。另外，草香小姐歇斯底里地对我发脾气，问我您去了哪里，怎么没来。我被她们两边夹攻，这真是我遇过最棘手的情况了。”

道夫很清楚柳田所处的困境。

“我没办法，只好告诉她们您生病了。草香小姐不相信这理由，说您早上还神采奕奕，怎么可能一下子就病倒了，是有什么好事不能来了吧，不断恶意中伤您。”

“好，我了解了。总之，你今天晚上就住在饭店，明天早上我会打电话过去。我记得草香田鹤子他们是搭明天中午前的班机回东京吧？”

“对，我们也是同一班飞机。”

“你去取消机位，回东京的时间还不确定，回程先不订位。”

“是……请问您现在在哪里？”

“这我不太方便说，不管怎样我明天早上会打电话给你。”

“好，我知道了。”

他挂断电话回到座位。

“你这通电话讲得还真久啊。”幸子说，换上了怀疑的眼神。

“果然因为我没到，后台乱成一团，柳田说他被大家围攻，不知道该怎么办，只好借口说我得了急病，应付过去，结果惹来草香讥讽。”

他绝口不提波多野雅子。

“没关系啦，就是个黄毛丫头而已嘛。这也可以给她点颜色瞧瞧，不过有那么一点人气，就自大地以为可以随心所欲……”幸子边说，边窥探着道夫的脸色。

“你还在介意吗？”幸子问。

“介意又能怎样，都结束啦。”

“对啊，你能这么想就好。”

两人喝完咖啡，吃了块蛋糕，离开了那家店。

出租车驶向平尾山庄。他感到自己愧对草香田鹤子，即使回到东京后可亲自奉上违约金道歉，却仍无法走出此刻的郁闷。

此外，还有雅子告诉柳田的“急事”。那要只是个借口就算了，假使事态危急，可不能放着不管。他渐渐在意起来。

如果幸子没跟来，一切都能顺利进行了。他这么想着，憎恶起身边这名紧握着他的手的女人。他抛下工作，大白天里便在海边的旅馆与女人纵于情欲，这一切使他感到犹如深陷泥沼。

当天晚上，道夫做着漫无边际的梦，无法熟睡。

他惦记着独守武藏温泉的波多野雅子究竟带来什么消息。她说不定是在耍什么花招，事情一刻不明朗，他就一刻不得安稳。

不仅如此，他早上起来觉得头很重，疲倦不堪。

幸子预定搭今天早上的班机回东京，昨晚却完全没提到。他怕一旦问了，幸子又胡乱猜想，大发雷霆，于是决定不问。他佯装不知地观察着她，幸子悠然坐在梳妆台前，没有更衣的打算。

他看着表，八点多了。幸子之前提到今天要到杂志社上班，会搭九点或十点的班机离开。既然已经过了八点，势必赶不上九点的班机，就算十点也需要尽快出发，她却还没有收拾行李的意思。

柳田现在肯定已经开始受到雅子的电话轰炸了。

“你今天有什么计划吗？”

“我之前说过，下午一点福冈美发师协会请我去演讲，明天要到长崎出席一场美发师协会的聚会，后天会回东京。”

他杜撰行程，打算趁今明两天休息一下。幸子听到这借口，应该没办法黏着他两天，况且她在东京出发前就说过，今天要回杂志社上班了。

他一想到这两天的“自由时间”，因为波多野雅子意外来访而落空，不管走到天涯海角都受到女人羁绊，不禁满腔怒火。

“你真的是要参加聚会吗？”幸子看着他的眼神充满猜疑。

“真的啊，你可以问柳田。”

他早已事先和柳田套好招了。

“柳田是你的弟子，他的话不足采信。”

“你这么怀疑下去没完没了啊，你也相信我一下吧。”

“说得也是，我是应该要信任你。”

“你最近是怎么了？拿昨天晚上在箱崎发生的那件事来说，我怎么想都觉得不对劲，那根本不像你的作风。”

“嗯，我已经在反省了。不过，你也有责任，是你让我变成那样子的。”

“又来了。是你自己胡思乱想，莫名其妙嫉妒草香田鹤子吧。”

“唉，我自己都觉得不对。”幸子左右甩着头。

“过了一晚，冷静点了吧？”道夫见到幸子心平气和，心想风暴已经平息，于是开口问，“你搭几点的飞机？”

“现在几点？”

“八点二十分。”

“那九点是来不及了。”她说，态度从容。

“你没订位吗？”

“没有，反正飞东京的班机多的是。”

“话是没错，不过，上班不能迟到吧。”

“不用那么赶着上班，中午过后再到就行了。”

“像你这种资深员工，上班时间可真自由。”

“只要自己分内的工作好好做就行了……啊！”幸子猛然睁大了眼，嘴里念着，“糟了，今天要开编辑会议。”

她瞄了一眼桌边的手表。道夫观察着她的情绪转变，默默地抽着烟，决定不多嘴。只怕一不小心刺激到她，让她心生抗拒，反而麻烦。

幸子扭动身子，手用力抓头发，烦躁地说：“啊啊，真不想去上班。”

“怎么了？你不是很喜欢现在这份工作吗？”道夫由远处出声询问。

“我是不讨厌，这可能不是女性职业中最好的工作，但也算不错。只不过限制太多，我不喜欢这样。”

“那也没办法啊，工作嘛。而且你的薪水不是蛮高的嘛，现在可没别的地方付得出这种薪资，能让你像现在这样尽情享受单身生活。”

“你真的这么觉得吗？因为我出手大方，才会给你这样的印象吧。我可连一点存款也没有。”

她说的是真话。枝村幸子租了间高级公寓，用心于房间摆设，讲究服饰，独享美食。也就是说，她在与道夫发生男女关系之前喜欢享受这样的生活。

她满足地过着属于自己的生活，抱持利己主义。她稍微拉开优雅生活的帘幕向他人炫耀，不经意地提供窥视的机会，但绝不与人共享，她也没有与人共享的经济能力。最明显的例子就是，她即使知道有哪家餐厅的料理美味，也不曾约他共进晚餐。她不拒绝他跟着前往，不过，结账一定是各自付款。但这也不是她乐于看见的场面。与其和不熟的人吃饭，不如独自用餐让人看得优雅。她自己出钱，熟知各家昂贵的餐厅。她坐着，冷静观察周围的男女客人，乐于挑他们毛病，或是刻意无视。即使空虚填满了她的身体。

纵然道夫满足了她空虚的身体，却无法改变她坚守的利己主义，执意要求道夫必须依从她的指示行事。

她一向习惯在扭曲的利己主义中生活，培养出异常的任性个性。对方的年纪轻，使得她的控制欲更加严重，更遑论在利己主义者容易产生的施惠心理影响下，她认为他能有今天的成就，全是自己的功劳，在她这利己心态当中，甚至包含对道夫周围怀有强烈妒意的排他主义。

“受雇于人，无法称心如意的事太多了。”利己主义者说。

“当然，到处都一样啊。”受利己主义者援助的年轻男子谨慎回应。

“可是其他工作只要对着上司说‘是，您说得对’就好啦，我的工作可行不通。就算是总编提的企划，也不能说无聊还是照办，得提出自己的意见，如果是自己的计划，则必须坚持到底……之前的总编了解我的作风，现在的总编好像嫌我碍眼。他就是讨厌我，我也不想改，这就是我的工作态度嘛，我的生存价值都赌在上头了啊。”

“这么一来，你更不能让他抓到把柄了。”他暗示她该安分守己地回东京上班。

“我想辞职啦。”幸子大叫。

“咦，你辞了之后要做什么？”道夫心头惊慌，怕她说出要一起生活。

“我想要有自由的工作时间。”

“……”

“就算自己出去当记者，要赚到现在薪水的两倍轻而易举。我们现在有几篇稿子委托外面的人写，可是能写出好文章的人少之又少，只好由我帮忙修改。别看他们那样，可是收很高的稿费哦。要是由我来写，同样的题材，我保证可以用更有趣的角度，写出更引人入胜的报道。”

“你写一定没问题。”

“我有信心。我在这一行待久了，认识不少人，你也知道我的人脉广。拿藤浪龙子来说好了，她对人的喜恶分明，一般记者根本没办法靠近她，不过，我们可是朋友呢。其他不管是再难应付的明星、名作家还是评论家，都是由我出面邀稿。”

她对自己长期在杂志社里建立起的人脉颇有自信，其中不局限于撰稿人及采访对象。

“还有，那些知名出版社的主管我也几乎都认识，之前好几次有人找我谈跳槽的事，我因为不想对不起现在的公司，所以全都拒绝了……不过，我不管了。既然公司不认同我的努力，就只能这么做喽。”

“你要辞职吗？”

“看情形喽。我已经厌倦了，再这么工作下去，也没有前途，辞职之后，就算其他地方大力邀约，我也不会再进出版社。我要当个独立记者，不管哪一家出版社的工作都接，不过呢，主要还是会视工作内容而定……严格挑选工作可是件大事。”

枝村幸子的眼神不再忧郁，迸出希望的光芒。递出辞呈时的爽快，成为记者之后才华获得肯定的喜悦，名字出现在目录上所得到的满足，自由运用的时间，受人尊崇与高收入带来的欢愉——她望着自己的将来，眼眸闪耀兴奋的光彩，全身散发出蓬勃朝气。

枝村幸子最后决定按原定计划，于今天返回东京，让她下定决心的是休假两天后（虽然是年休）无故旷工的愧疚感，才刚成形的未来规划也产生了刺激效果。她既有成为独立记者的决心，从现在开始就要为将来做准备，以确保人脉。从这一刻起，她不再是为了出版社的工作约人见面，一切都是为了自己的将来打算。

然而，她也没忘记要盯紧停留九州两天的道夫。

“你真的是要出席发型师的聚会吗？”

“我没骗你，不然你问柳……”

“我不是说了不能相信柳田了嘛。算了，我总有一天会去查。长崎那场也是一样吗？”

“嗯，对啊。”

就算查也只是白费工夫，不可能有线索能查到发型师组织的小团体。好不容易空出两天的时间，这下却得耗费在波多野雅子身上，他不由得觉得沮丧。

“你几点到羽田？”

“后天晚上八点左右……”

“这样啊，那时间我还在公司，后天开始会越来越忙。”

飞机起飞时的音爆由屋顶轰隆震落，晃动玻璃窗，扬长而去。

第十章

重返旧地

当幸子搭上上午十一点的飞机时，道夫松了口气，仿佛这两天的暴风雨终于远离。

他坐在机场大厅，茫然地望向眼前人潮。忙碌的人群，内容充实的对话，商务与日常生活正生气勃勃地运作。原本他也应该在人潮中走动，现在却像是身处不同世界，唯有他的周围围绕着与众不同的低沉气压。

幸子与雅子都是沉重的负担。两女缠身，令他自觉可悲，又无法与她们断绝往来。他们的关系不是爱情，不是情欲，没有男女之间的情感，却遭同样的行为束缚，一是为了地位，一是为了钱财。要斩断双方的关系不难，只是新的关系尚未建立。其中波多野雅子的身上再也捞不到油水，接下来只剩善后工作。

再想下去也只是自寻烦恼。打起精神来，现在正走运，得把握这个时机。再撑一下，总有办法解决。

道夫走向公共电话。

“早安。”柳田像是在等他来电似的打招呼。

“有电话吗？”

“有。武藏温泉那边八点来过电话，就只有那么一次。”

“只来了一通电话？”

他为此深感意外。原以为她会频频来电，一大早就把柳田吵得不得安宁，况且柳田的声音听来也是有气无力。

“对，她交代在她来电前，别打电话到旅馆。”

波多野雅子那边出什么事了？

道夫决定先回饭店。柳田从隔壁房间现身，望着老师的眼神像是迎接浪荡子归来。

“我不在的这段时间很辛苦吧？”道夫坐在椅子上，伸长了脚，微笑地问。

“是，情况很严重。”柳田深谙作为弟子的规矩，言辞恭敬。

“怎么了？”

他虽然已经在电话里头听过一遍，当面见到柳田，还是想再听他说一次详细的情形。

然而，柳田的描述只比电话里头清楚一点，没有进一步详情。

“草香田鹤子说不会再拜托我了吗？”

“是，可能因为她在气头上，才会说出这种话。她真的很生气。”

草香田鹤子大概不会再和他有任何往来了吧。她和她身边的人必定会在东京到处向人毁谤他，不得不提防。他想到了枝村幸子，她现在应该正经过大阪上空，看来要跟她断绝关系还太早，他需要媒体的力量帮他抵御这些恶意的风评。只要地位稳固，那些无关紧要的责难自然会销声匿迹。

塞翁失马，焉知非福。外界将会评他为特立独行的天才。诚实是凡人的行为，人格缺陷反成为独特风格，博得高度评价。他唯一的目标只有赢取胜利，胜利可支配一切。枝村幸子还有利用价值。

道夫想着，对草香田鹤子这事的怒气也消了，甚至放弃回东京后向草香道歉的念头，反倒认为应以高姿态示人。

“老师，那位夫人……”柳田观察道夫的脸色说。

“嗯，我再打电话过去。”

“可是，她请您等她联络。”

“她为什么会这么说，有告诉你原因吗？”

“没有，她什么也没讲。不过，好像有什么难言之隐，说起话来很小心。”

“小心？”

“对，就好像有人在她旁边一样……”柳田窥探着道夫的神情说。

她身边如果有人，那一定是她老公，难不成是老公追到九州来了？

柳田在机场见到的只有雅子，或许她老公是在机场前到处问等着载客的出租车司机，问出他们前往武藏温泉一地。丈夫来此是因为发现妻子在外偷情，打算抓奸在床，问个水落石出；而雅子告知将会主动来电，可能是为趁丈夫不注意，与他商量此事。

道夫再度陷入焦虑。一旦情势发展危急，会比没有前去为草香田鹤子打理发型一事更严重。

雅子的老公在外面有女人，说不定会将老婆外遇拿来作为分手的借口，免不了要闹上台面。纵使对老婆无情，通奸却又是另一回事，憎恨外遇对象是为人丈夫共同的心理。这事要是传开成了丑闻，最近如雨后春笋般冒出的周刊，恐怕不会轻易放过这个大好机会。佐山道夫这名字好不容易打开了知名度，况且，男性发型师现正是世人好奇的对象。

若是让杂志拿来借题发挥，就算是枝村幸子，也无法挽回。

不过，这一切或许是他庸人自扰，也许雅子这一趟来并无要事。他又想，没有必要事先做好最坏的打算。

“我要打个电话过去，你把武藏温泉那间旅馆的名字跟电话写给我。”

“这样好吗……”

柳田有点担心地在饭店提供的便条纸上写下“俵屋”以及电话、房间号码后，离开了房间。

他打了直拨电话，电话里传来女人的声音，似乎是旅馆总机人员。

“请问是哪一位？”

“我叫杉山。”

杉山是他与雅子联络用的假名，虽然和本名只有一字之差，这个姓却普遍多了。

“喂，你好……”

电话那头传来雅子的声音。道夫诧异，她一开口就是轻细且顾虑旁人的嗓音。

“到底发生什么事了？”他也把手捂在话筒旁，直截了当地追问。

“柳田没把我的话转告给你吗？”波多野雅子急忙问道，声音在掌中回响。

“我就是听他说了，才会打这通电话。”

“我不是说，等我联络之前，都不准打电话来吗？”雅子低声斥骂。

“嗯，可是我想早点听到您的声音。”

他以计试探，如雅子回应的语气与平时同样娇媚，那表示无须担心，如严肃以对，便是事态严重。

“我也是哦。”女人说。道夫因此恍然大悟。

“你现在在哪里？”

“博多的饭店。我刚回来。”

“我昨天打电话给你，你都没回电。”雅子语气匆忙地责怪他。

“对不起。我一直把这件事挂在心上，可是在后台工作的时候，我因为贫血，身体不舒服。柳田去接您的时候，我正被人从剧场送到医院，昨天整个晚上都住在医院里。躺在病床上，我一直挂念着您捎来的电报。一个小时前，好不容易出院了，听到柳田说不能打电话给您，只能坐在这里空等。可是，不管我怎么等，就是等不到您来电，所以才决定打这通电话……”

道夫一口气说完这些话，首先便是为昨天晚上不见人影这件事找借口推托。

“这样啊……现在身体状况还好吗？”雅子问。

道夫听着她轻声而担忧的口吻，不再那么担心。“没什么大碍了。我工作太忙，医生也说是因为过度疲劳。”

“太好了。”

雅子愁眉舒展似的吁了口气。道夫也为总算过了一关而感到安心。不过，似乎有人与她同行，仍不能掉以轻心。

“请问您能马上过来吗？”道夫再进一步探问。

“嗯，我也很想……”

雅子明显有些踌躇不决。

“我在饭店等您。柳田已经告知您饭店的位置了吧？”

“有……那个，我现在不方便。”

她说这话时似乎正留意着周遭情形。

“为什么？”他故作惊讶。

“我有认识的人来了。”

“认识的人？”

“是我那个二十六岁的单身小姑。”

不是她老公。道夫完全放下了心口大石，不需要再杞人忧天了。他把听筒贴在耳边，视线看向窗外。湛蓝的天空，飘着朵朵白云。

“咦，为什么她会跟来呢？再说柳田去机场接您的时候，您不是一个人来的吗？”

“她故意不让我发现我们搭同一班飞机。因为她戴着深色太阳眼镜，我也没注意到。我跟柳田上车之后，她坐上别辆出租车，从机场尾随我到了这家旅馆。我一看到她的脸，简直是吓到快无法呼吸了。”

“她为什么要这么做？”

“她骗我说她跟着我来，是为了要吓我一跳……一定是我老公派她来监视我的。”

“他为什么要监视您呢？”

“他注意到我的样子不对劲了。”

“咦，真的吗？”

“他都派人监视我了呀，之前他从来没这么做过。”

“他怎么发现的？”道夫好不容易镇定下来的情绪，再度翻腾。

“我挪用五千万日元的事情曝光了。”

“……”

“就是花在自由之丘的那七千万啊。那笔钱里面有我的私房钱，你之前又还了五百万，最后被他发现有五千万不见了……”雅子像是在他耳边呢喃。

“那些钱不都是您的私房钱吗？”道夫忍不住大声反问。

“你以为我那么有钱吗？就算我老公是证券公司的社长，说到底还是个上班族……其实是他翻开了银行存折，原本这两年来他把一切都交给我打理，根本不管呢。”

原来是这么一回事，所以她的小姑才会调查起她的行动。他从雅子这番话搞懂了现在的状况，还有问题的棘手程度。

“嗯，所以说……”雅子怯生生地说，“你可以再还两千五百万吗？”

“……”

“只要有那笔钱，应该可以应付过去。剩下的我会想办法。”

照在窗上的阳光逐渐昏黄。道夫控制住怒意，深呼吸的声音在电话那头听起来像是在叹息。

“喏……可以吗？”雅子以央求的语气说。

“您现在要我筹出两千五百万，这很难……”

起先雅子提起这笔钱的态度是要将七千万全数交由他处置，没有谈到归还，顶多只要他赚了钱之后分红。也就是说，这只是投资，不是借贷。再说，这笔钱大部分都用来花在买地，而那块地正登记在她的名下。

如果是借贷，她只需要明讲就行，却连一句话也没提到。她装慷慨来施恩于人，于是他也心怀感激，卑躬屈膝地收下这笔钱。她解释说他们俩的关系特别，有金钱借贷等生意往来反而别扭，实际上那本来就是一笔有去无回的借款。他们之间持续了三年以上的肉体关系，也就是说他容忍与屈从了三年之久。

道夫这才知道，在这又像免费奉上、又像借款的模糊界限中，潜藏了波多野雅子狡猾的企图。幸好业绩蒸蒸日上，他之前给雅子的那五百万并不是“还债”，而是谢礼与利润。他以这笔钱将金钱往来一笔勾销，没有再多还钱的意思，甚至认为五百万给得太多。他在形式上说“还钱”，那只是相对于形式上的“借款”，他以为这是他和雅子的共识。

雅子现在才开口，想必是舍不得这笔钱，又看他店里生意稍微有起色，起了“回收”的念头。她对外表现出手大方，其实不过是个吝啬又胆小的普通中年妇女。她对金钱与肉体一样有强烈欲望。

她推托说受到丈夫怀疑，银行存折里的金额短缺被丈夫发现，难以判断这些理由是否属实，但光是丈夫把存折交给妻子两年都不曾过问，这点就让人觉得奇怪。

也许她为了强调事态严重，演出老公派小姑监视她的戏码。他甚至连实际上有没有这一位小姑都觉得可疑。柳田到机场的时候，雅子身边没有人同行。雅子称小姑戴着太阳眼镜上机，从机场搭出租车尾随他们到武藏温泉，入住同一间旅馆，这故事不切实际，反像是由粗糙的惊悚剧取得灵感改编而成。

道夫在回话前这不到一分钟的沉默里，一心只想着这些事。

“不管怎样，我现在就过去。”

他打算亲自前往拆穿雅子的骗局。

“不，不行，你别过来，我不知道她什么时候会出现。”雅子慌张地说。

如果有危险，她不可能讲这么久的电话。

“我到旅馆附近再打电话给您，她要是在的话，我们就约在外头碰面。”

“唉，别这么做。伤脑筋，你别这样……”

道夫挂上了电话，听筒里仍有声音传出。

我到底是为了什么服侍那个肥婆三年？道夫重重地叹了口气。

他开始觉得，枝村幸子有用多了。

左侧一座高山和缓耸立，右侧低矮山丘群集蜿蜒，两侧山脉中间有平原，上头延伸出一条白色的道路。道路尽头处，左侧山脉沉落地面，露出宽广天空。

出租车奔驰在白色道路上，道夫不明白自己怎么特地跑来这个地方。他可以与波多野雅子约在博多见面，没有必要专程跑这么一趟。她有事，理当由她登门造访，怎么会是他主动前往？然而这一趟不是出自雅子邀约，是他自作主张。

其实钱的事可以搁在一边，如果有问题，雅子会主动来烦他。他搞不懂自己的心思。他因为雅子跟他要钱，气冲冲地要去揭穿被小姑监视那种显而易见的谎言。这么做完全没有意义。拆穿她的谎言，不仅无法解决金钱纠纷，反倒可能使情况更糟。假装毫不知情，敷衍应付才是明智之举。

他会生出这样愚蠢的念头，或许是有神秘的力量作祟。他从刚才起便介意着，比起此行前往与雅子会面的失策，使他身处在这景色中的因缘更令他郁闷。

道夫偶尔瞄向车窗外右手边低矮的山丘。他假装不感兴趣，眼神却逐渐像是在窥视一个令他在意的物品。他的身边没有乘客，后视镜也照不到他的脸。他故意坐在后视镜照不到的角落，无须在意他人的目光，可以尽情欣赏眼前风景，用不着偷偷窥探。然而，那座较群山高大、山顶长满茂密树林的山带给他不祥的感受，不想正面相对。

他记得那座山，不过，不是这个角度，他曾经由别处仰望。不管是由哪个方向，他对这座山都没有好感，无论山的形状或色彩都隐藏着怨灵诅咒的阴影。菅原道真以雷电之姿由山顶飞往京都杀敌的传说，仍留存此山。

道夫重新振作起精神，根本没什么因缘、灵魂，这么想岂不是认输了。他再访武藏温泉是为了解决金钱问题。人在气头上，不管什么地方都会去，再怎么厌恶的地方都不惜一探。他这一趟不是为了回老地方。管他是天拜山还是哪里，他都要用这双眼好好看个仔细。

“客人。”司机看着后视镜，“前面就是武藏温泉哩，您要到哪一间旅馆呢？”

神奇的是，在人声干扰下，眼前景色的神秘性竟也随之消失。

“不，不用开到旅馆。”

他回过神来，面向前方。道路两旁及山脚下的温泉旅馆招牌林立，其中也有“俵屋”的招牌。

“您不到旅馆吗？”

“嗯……”

他思考着有没有方便打电话的地方。

“要去车站吗？”

车站前面有公共电话，比咖啡店安全多了。

司机将车子开进二日市，停在车站前。

他走进电话亭，拨打柳田写下的电话号码。他告知房间号码后，趁雅子出声前，深呼吸般吐了口气，刚才在出租车上的那股异常激昂的情绪，还没完全冷静下来。

雅子说了声：“喂。”道夫没有马上出声。他有些喘不过气，想先平复一下心情。

雅子再出声催促：“喂、喂……”她早料到来电者的身份，一开始便压低了声音。

“是我……”道夫简短说了声。

“啊，你来了吗？你在哪里？”雅子问。那个为难地说着

“不行啦，你不能来这里”的女人，意外沉着地应对着。

道夫又不作声。他怕无法控制随时可能脱口而出的高亢声调。

“喂？你在哪里？”

“车站前面。”

“车站？哪里的车站？不会是博多车站吧？”

“这边的车站。”

“二日市车站吗？好，我马上过去。我已经都准备好了。要搭出租车，还是走路过去比较快？从这边走过去会很远吗？”

“不远。”

“你好像不太对劲呢……你说在车站等，是在车站里面还是外面？”

“外面。”

“外面吗？好，我现在就过去，这地方我不熟，你待在那里别动哦。”

“好。”

“我们会合之后要去哪里……算了，先见面再说吧。”

他一走出电话亭，在外面等候的中年男子便急忙走了进去。

他站在离车站出口稍远处，点了根烟，凝视家家户户屋顶上头的那一座山。

仰头，他对着山吐出烟雾。

（我这一趟不是重回“现场”。）

他这么告诉自己。

等了三十多分钟，波多野雅子终于搭出租车出现了。她身穿两件式的卡其色套装，裙子在腰际间被撑了开来，身材较四周来去的女子显得更为肥胖。她东张西望，扭动着她那肥厚的脖子。

道夫从车站的柱子后面走了出来。

“哎哟。”她站在原地瞪大了眼，又立刻靠上前去。在这里，不需要特别在意周遭的目光。“你等很久了吧。这个乡下地方，出租车叫了也不马上来。”

他忍住没说，既然嫌弃这里是乡下地方就别来。

“到底是怎么回事？您在电话里说……”

他直盯着雅子，由上往下俯视着她。她似乎走得很匆忙，鼻头冒汗，特地化好的妆花了，粉下的皱纹惨不忍睹。这张脸让他彻底看到她的老态，老得让他在阳光照耀下无法直视。

“呵呵，对不起。我太急着出门了。”雅子含羞带怯地表现出娇媚。

“您小姑在哪里？”

“她现在不在。我跟你讲完电话之后，她就来我房间了。我想这下糟糕，就把她骗出去玩了。我想两个小时左右应该没问题。”

雅子的模样看不出来正在为钱心烦。道夫安心事情发展如他所料，又对她玩弄这种下贱的把戏感到怒火中烧，甚至认为自己是被拐骗到了这地方。

“可是，她不是负责来监视您的吗？这样也算尽责吗？”他讽刺地说，雅子却不在乎。

“就是说啊。她比我年轻，总是会想一个人到处去玩，人家还是个稚气未脱的小姐呢。”她轻蔑地笑着。

“您在电话里提到的事是真的吗？”

讲电话时见不到对方，见了面，要讲什么都简单多了。

“当然喽。”

她微微蹙眉，语气中有些烦忧，却不像是事态危急。这使得她的话听起来毫无真实性可言。

“这么说，您这一趟是来向我要钱的吗？”

也许她说的话并非谎言。不过，真正目的应该还是以此为借口，来和他幽会。他这么猜想，决定随便应付了事。

“对啊。”雅子瞥了眼道夫的脸色，往他身边靠了过去，“我们去别的地方好吗？”

“别的地方？”

“站在这里没办法好好谈事情，大家都在看呢。”

“要走也行，可是您不是没什么时间吗？”他试探性地问。

刚才她说小姑两小时后会回旅馆，如果这话不假，雅子的行动理应会受时间限制，若是谎言，三五小时她都有可能说出口。

为了情欲，她放纵贪婪。

“现在几点？”

“快十二点了。”

“至少可以到两点吧。”

现在还无法妄下断言，说不定等到两点过后，她会再改口，把时间延后。

“这附近有没有什么安静的地方呢？”

“乡下安静的地方多的是，到处都是田地。”

“不要啦，很煞风景呢，没有什么景色优美的地方吗？”

“这样啊，车站反方向过去是太宰府天满宫，很有名的哦。”

“不行、不行，不能去那里。我小姑去了那个地方玩，会碰到的。”

她说的似乎是真话。

“我们去那边看看好吗？”雅子猛一指，指向正前方。

“那里吗？”他不自觉地心生畏惧。

“好嘛，是旅馆的女服务生跟我推荐了那地方。”

“她说了什么？”

“她推荐我去天拜山，说那里是《菅原传授手习鉴》的发源地。我好喜欢那出戏哦，像是车引那幕真是美极了。难得到这里来，我们就去看看嘛。”

“好啊。”

道夫带着一决胜负的气势，毅然决然地走向停在车站前的出租车。

出租车停在大马路尽头。虽然身处山中，仍可见许多农家，以及路边的公车站牌。

“要请司机在这边等吗？”

“不用了，让他回去吧。我想跟你慢慢聊，让车子在这边等，我定不下心。”

雅子付了车资，又添上一百日元的小费。她习惯给出租车司机百元小费。

“这地方好偏僻哦，到处都是山嘛。”雅子四下张望。

“我们就在山里面啊。”道夫怒目瞪视眼前风景。

他欣喜地发现恐惧并未侵入他的心。树林在山坡燃起青色火焰，山谷间落下漆黑阴影。

“那里有座寺庙呢。”雅子看着消失在杉木林后的石子路说。

“嗅。”一股冲动在他体内冲撞，冲出了口，“过去看看吧？”他凝视着雅子的嘴，想告诉她，她现在听到的不是他的声音。

“好啊，走吧。我喜欢到寺庙走走呢。”

“那只是一座山里的寺庙哦。”

“好像是呢。咦，你怎么那么熟，之前有来过吗？”

“看那样子也知道，用不着来过。”

道夫奋勇走在前头。

“等等，好恐怖啊。”

道夫回头。

“我们一起走嘛，我怕路上有蛇。”

雅子挽住道夫的手臂。她那双粗腿踏着高跟鞋，走在凹凸不平的石头路上，全身重心挨在道夫身上。杂草钻出石头缝隙。

杉木林里枝叶渐多，行路幽暗，空气冷冽潮湿。

（我这一趟不是重回老地方。我这一趟是带女人来玩的。）

现在，他正一步步走进怨灵盘踞的山麓。

“道夫。”

雅子猛然用力拉了下他的手臂。道夫一停住脚步，她的唇立即迎上。她的呼吸急促，两手搂着男人腰间。阳光透过繁密的树丛枝丫洒落满地。

（跟那个时候简直一模一样。那个女人用尽心思，就是为了不让我离开这块土地，粉碎我的梦想……我还是再观察一下好了。）

雅子终于移开双唇。“我好想你。”她将脸靠在道夫肩上。

“为了钱吗？”

“你说话真刻薄。”

“可是，您不是为了这件事来的吗？”

“这也是一个原因……讨厌啦，我现在不想谈这件事。”

雅子攀在他臂上，像是任由男人拖行般走着。

“到底发生什么事了？竟然严重到有人来监视您的行动，不会是发现我了吧？”

“我确定我老公开始怀疑我了。”

“您说需要钱，那是真的吗？”

“讨厌，这件事我们之后再慢慢谈嘛。现在我什么也不想想，我只想跟你在一起，就只有这样。”

雅子摇头，闭上眼睛。

“总之，我们去庙里逛逛吧。”

雅子压住他的手，上半身弯了下来，两腿并拢，无法再继续前行。

“哎，到寺庙好像还很远呢。我累了，我们找个地方坐好吗？”

她用全身瘫软来表达她的疲惫不堪。

道夫看向一旁。红土上有一条小径，消失在阴暗的树林深处。

“我们到那里吧。”

雅子毫不迟疑地点头。

（跟那时候像极了，一点儿都没变。）

他牵着女人，地上杂草被他一步步踩在脚下。

（我跟这女人是第一次来，我不是再回到这里，有哪个白痴会回以前跟女人睡过的地方。）

——凶手必定会重回犯案现场。

雅子仰起她那张白净的脸庞，伸长白皙的脖子。在干硬的竹林与树叶中，那是唯一柔软嫩滑的物体。道夫抗拒着往她咽喉掐下的冲动。她的颈项肥胖，使得那股潜藏憎恨的冲动，更强烈地诱惑着他。

第十一章
神秘的关联

桑山信尔原本打算和妻子在武藏温泉停留两天，不料隔天在福冈与以前的前辈和同事见面时聊晚了，只好在市内西公园附近的旅馆落脚。由于法院及检察院相关人员到这里出差时，常住在这间旅馆，久而久之，大家也就把这里当成了指定住宿的旅馆。

他们早上要前往熊本县玉名市，不到十点就请旅馆叫了出租车。

与旅馆签约的出租车行派来一个皮肤黝黑、眉毛浓密、年过三十的男性司机。他手脚利落地将桑山夫妻的行李由玄关搬进后车厢。

司机默默听着桑山与妻子闲聊，等到车子行经天神，在等红绿灯时，才开口询问："请问你们是东京来的吗？草香田鹤子在东京有名吗？"

“很有名呢。”妻子微笑着替丈夫回答。

“说得也是，她歌唱得好嘛。”司机点头，“昨天跟前天，草香田鹤子在这里的剧场连办两天演唱会，场场爆满哩。我刚好有机会去后台，看到草香小姐本人就在我面前化妆。她没化妆就已经够好看了，化了妆更漂亮，我看得目瞪口呆。”

看来司机是想向客人炫耀他进入草香田鹤子演唱会后台一事，妻子也配合地跟他聊了起来。

“是吗？那真是太好了。你是草香的歌迷吗？”

“对啊。昨天晚上我拿到免费票，也让我老婆跟她妹妹进去看演唱会了。”

“你认识她的经纪人吗？”

“我不认识经纪人，不过帮草香弄头发的是我朋友哩。对了，您知道佐山道夫这位发型师吗？”

信号灯转绿，车子随即往前开去。司机转动方向盘，像是正在等待客人回应。

桑山的妻子朝丈夫瞄了一眼。

“嗯，算知道吧……”

她不知道该如何回答素昧平生的司机这个问题，只好随口敷衍。司机没将这话解释为他们私下有交情，而以为那是由于佐山道夫是位“名人”，他接着又说：“我想也是，佐山道夫很有名嘛。”

“你怎么会认识佐山先生？”

“我们是老朋友哩。”

妻子想起村濑店长说过佐山在九州出生，悄悄告诉丈夫。

桑山看了下驾驶座上的名牌，司机名叫“江头善造”。桑山在福冈检察院处理案件时得知，江头这个姓氏在佐贺县很普遍，而且发音不读“ETOU”，而是读“EGASHIRA”。

“哎呀，这样啊。因为佐山先生也一起来了，你是去见他的吗？”

在由东京出发的飞机上，桑山和妻子都看到了佐山道夫与一群打扮华丽的艺人同行。

“没有，不是我去见他，是宫坂他碰巧坐上了我的车。”

“宫坂？”

“啊，那是佐山以前的名字。我跟他认识的时候的……”司机说得结结巴巴。

“在九州的时候，佐山叫宫坂这个名字吗？”桑山首次出声。

“对，没错。我前天见到他的时候，他说佐山是他母亲的姓，他因为喜欢，就拿来用了。”

“噢，原来是这样。”

这并非无前例可循，一些艺人或需要吸引顾客的行业常这么做，发型师同样有身为艺术家的自觉。

“你跟佐山是怎么认识的？”

“噢……没有啦，没什么好说的。”

司机为了穿过前方吴服町的绿灯而加快速度，但他那双厚唇再也没张开过，似乎是不想再多说。他这行为可视为出于友情，为在东京成功闯出一番名堂的朋友隐瞒不光彩的过去。

他们只是过客，司机不会深谈，桑山也清楚这点，因此没有再继续追问。

过吴服町后，马上到了博多车站。

他们搭上车后，桑山的妻子主动谈到了佐山道夫。

“我们在飞机里头遇见佐山，搭出租车又碰到他以前的朋友，世界这么大，其实还蛮小的呢。”

桑山点头同意。他不反对，而且也认同这样的想法。

“不晓得佐山之前在这里做什么工作。”

妻子对这话题依然充满兴趣。

“这就不知道了。”

“那个司机说他们一起工作过，所以应该也是司机喽。”

“这很难说。毕竟佐山也是靠自己的努力，才有今天的成就，说不定他觉得过去的工作见不得人，其实就算出身低也不见得有影响，要是他的成就更高一点，反而会成为力争上游的典范。”

“你说得也没错，不过，那位司机好像是为了保护佐山的名誉，故意不讲清楚的呢。”

“那是出于友情吧。”

“可是，过去的经历越是困苦，大家越会肯定他的努力，不是吗？”

“那倒是，只是佐山还正在努力的阶段，名声不够大。那位江头司机可能觉得这件事要是曝光，只会带给他负面的影响吧。”

“你竟然知道司机姓江头？”

“驾驶座上有名牌啊。江头这个姓氏在佐贺县很常见，一下就记住了……我们刚才讲到，佐山的地位越高，的确会像你说的，过去的悲惨经历越能替他增添光环。可是，他的地位还没稳固，这只会变成其他人拿来攻击他的话题。听说在他们那行业里，互相扯对方后腿的情形很激烈。”

妻子接受了这个说法。

“这么说，那个司机很为朋友着想呢。”

“他不一定考虑到东京这边竞争激烈，不过，这么做总是为了故乡的朋友。”

过了水城，左边窗外可见大野山，右侧浮现天拜山。桑山凝望窗外，直到天拜山在眼前消逝。

“喂，今天几号？”

“你忘记啦，今天是十三日，四月十三日……”

那时出门散步的那天是四月八日，已经过了八年又五天。

桑山从皮包里拿出世界审判资料集，继续昨晚未读完的部分。

在自白导致误判的案件当中，以一八一九年九月加拿大维蒙镇最高法院负责审理的波尔案最为著名。案件概略如下：

波尔兄弟因涉嫌杀害罗赛·柯宾，依杀人罪嫌被起诉。柯宾为被告表兄，身体羸弱，有轻微精神异常，因而遭抚养他的兄弟嫌弃。波尔兄弟于柯宾失踪当天至远处从事耕稼，柯宾也在现场，并与两人发生争执。兄弟俩其中一人以棍棒重击柯宾后脑，致使其倒地不起。有人怀疑柯宾在当时已惨遭杀害，两三个月后，自案发现场的田地里头发现柯宾的帽子，更加深了犯罪嫌疑。

后来，随着犯罪嫌疑日渐减轻，波尔家隔壁一名住户却表示曾多次梦见柯宾遇害，梦中清楚出现柯宾的死状及藏尸地点等场景，指证历历，一举揭发波尔兄弟罪状，一般相信他们即为杀害柯宾的凶手。

当局经过缜密调查发现，田地里有个老旧地窖，从中搜出两片指甲及为数众多的骨头，据判断应为人类尸骨。被告波尔兄弟因此事实及其自白——被告人杀害柯宾，并将其尸体藏匿于地窖及树洞，被判有罪，宣告死刑。

被告波尔兄弟于宣判当天立即提出上诉，要求将死刑减轻为终身监禁，结果仅有其中一人获得减刑。

因此被告兄弟推翻自白，发出悬赏奖金寻找柯宾下落。后柯宾于新泽西被人发现，立即送回波尔兄弟家，在千钧一发之际挽救兄弟免于死刑。

柯宾长期受到波尔兄弟虐待，唯恐遇害而潜逃他处，至于之前发现的骨头则为其他人的尸骨。

被告于自白造假，无非是以为既已定罪，虚伪自白可助减轻罪刑，挽回一命，因此受当局利诱，以为唯有于自白中表现悔改之意，才能享有此一恩典。

审判中可见许多超自然且不合理的自白，甚至有因恶灵附身而巨细无遗地描述各种怪异且不可置信的情形，证人做证时也可见到相同现象，这种现象显示此位陈述者若非骗徒，即为精神错乱。

桑山检察官将书搁在膝上。

妻子由于搭上佐山道夫老友开的出租车，亲身体会“世界看似广阔，实则狭小”，这其实是一句接近常识的谚语，这一类谚语的出现是由于巧合一再发生，并依“经验法则”成为普遍常识。也就是说，超自然的巧合经由“常识”淡化其神秘性，“因缘”即与这类常识相关。若证人于供述时受此超自然常识影响，产生异常自信，究竟会演变成什么局面……

天拜山的残影存留在他脑海，他回过神来，发现“超自然”的幻觉正潜藏于意识之中，他兀自左右摇头。

空中可见袅袅炊烟，眼前是大牟田，熊本县就要到了。

那年十一月中，桑山信尔受邀参加前辈儿子的婚礼，地点在市中心的饭店，下午三点开席。

他在约两点半进入饭店的婚宴会场，入口处设有会场指示板，今天是结婚吉日，指示板上列有十对左右于不同时间宴客的新人名称。

桑山确认过前辈的喜宴场地后，无意间将眼神移向一旁，看见黑板上以白色粉笔写下的优美字体：

波多野·久保两府喜宴 芙蓉厅

宽敞的大厅对面有三个宴会厅，桑山参加的婚宴在最里面一厅举行。大厅设有宴会接待处，其中“波多野府”的接待处人潮汹涌，最为气派。白色礼桌上放有分送来宾的谢礼，一个摆入小朵手工菊花的高雅木盒，上面印有公司名称“波多野证券股份有限公司”。

桑山思考着波多野证券这名称似曾耳闻，一路走到前辈的婚宴接待处，并在签完名后由走廊进入会场。他行经芙蓉厅前，穿着礼服的男子在门口闲晃，似乎尚未开席。

他走了过去，进入来宾休息室。多位法务人士由于与新郎父亲的交情聚集于此，他一手拿着鸡尾酒杯，和人聊天，打发无聊的等待时间。

在和最高检察院的检察官前辈闲聊时，桑山突然记起刚才那件事。

波多野证券股份有限公司，那是妻子之前在村濑美容室时，偶尔会遇到的“波多野太太”的老公开设的公司。他记得妻子曾说过，波多野夫人的先生是证券公司社长。

他即使无法断定举行婚宴的波多野证券就是那位先生的公司，但波多野这姓氏虽多，成立证券公司的却仅限于这一位。

假设推测无误，这场婚礼应该是波多野的儿子或女儿结婚喽？桑山怀疑，他们的小孩是否年纪已大到可以步入礼堂。

半晌，饭店工作人员请他们移步至宴会厅，众人陆陆续续起身往外走向走廊。

走到外面，芙蓉厅也几乎于同时开场。桑山不经意地看向右手边，新郎、新娘正由休息室列队进入会场。一看到新郎，他不禁感到讶异。

新郎年约五十有五，发丝稀疏，额秃。虽然他身形臃肿，穿起礼服更显威严。紧随在后的新娘梳着西式发型，身上是日式礼服。他匆匆一瞥，判断新娘的年纪约莫三十出头，她的体态纤细，身材高而修长，是位难得一见的美人。

桑山从未见过波多野夫妻，然而由年龄推测，芙蓉厅的新郎正是波多野社长本人，接待处才因此特别铺张。

“波多野太太很胖，中年发福可真伤脑筋啊。”

他想起妻子的话。

婚宴中，桑山一直惦记着波多野社长的婚礼。这事虽无关紧要，不过，既然知道对方早已娶妻，他无法不将这事挂在心上。宴会进行的时候，隔壁不时传来鼓掌及欢笑声。

桑山一回到家，马上告诉妻子这件事。

“好奇怪哦。听你这么说，那应该是她老公没错……”妻子皱眉苦思，“怎么会这样？难道他们离婚了吗？搬到这里之后，我就没有再去过村濑的店了，对波多野太太的事也不清楚。”

他们在半年前搬到阿佐谷，妻子也改去附近的小美容院整理头发。

妻子说很久没到村濑店里了，明天再过去探听一下。隔天傍晚桑山回家后，她立刻向桑山报告打听来的消息。

“听说五个月前波多野太太死了。”妻子瞪圆了眼睛说。

“果然。”桑山想起昨天在饭店见到的情景，再婚的新郎满脸洋溢幸福。“是因为宿疾吗？”

“不是，是突然过世的。”

“是什么病？”

“村濑说他也不清楚。因为那位太太的体型肥胖，他猜可能是脑出血或心脏麻痹这类的疾病。我也是这么想，看她那身材，血压一定很高，心脏也不太健康。”

“她有那么胖吗？”

“嗯，不过，也没有胖到很夸张的地步。她是个时髦的人，对自己的外貌和穿着打扮都很讲究。”

“她多大？”

“你是说年纪吗？嗯，四十左右吧。”

这就对了。步入饭店宴客会场的男性年纪约五十过半。

他身后的新娘年纪尚轻，两人看起来相差二十来岁。新娘窈窕娇弱，他能理解，在又老又胖的老婆死后半年，这位年过半百的男人便迫不及待公开新婚妻子的心情。

“老婆才死半年就再婚，波多野先生的做法未免过分了点。”

昨晚听丈夫说到喜宴情形，妻子又责怪起波多野的作为。

“不管他再怎么喜欢那个女人，都必须等到周年忌过后才能举行婚礼，这是常识啊。”

“那是老一辈的做法，现在什么都变喽。”

“可是他跟这一任新婚妻子好像交往很久了，所以说根本就不需要着急，至少也要顾一下自己的颜面嘛。”

“哦，他跟那女人早就有往来啦？”

“这是村濑告诉我的。波多野太太的先生是证券公司社长，在外面花天酒地，也有个情妇。从波多野太太的语气听起来，他们夫妻的感情不是很融洽。”

妻子站在正义的立场，谴责男人迅速扶正情妇此一卑劣的自私行为。

“村濑也蛮同情以前的客人的嘛。”

“也不是这样。他好像觉得发生这种事情也无可奈何。”

“他对死去的人还挺冷淡的。”

“不只是这样，我想主要还是跟生意有关。”

“噢，因为波多野夫人很少到店里吗？”

“这一定有影响。本来村濑就对佐山出去开店颇有怨言，佐山现在名气又高，他更看不顺眼了。村濑太太甚至大剌剌地讲佐山的坏话，说波多野太太在背后资助佐山，自由之丘那家店的资金都是她出的。”

“那是真的吗？”

“先不管金额，这件事好像是真的。村濑太太说，佐山一直在私下策划要离开村濑美容室，自己开店，而且还是跟波多野太太合谋。店里员工早知道他的计划，只是瞒着店长夫妻。”

这么听来，波多野夫人与佐山的关系匪浅。男发型师与女客人，这样的关系带给人另一种想象空间。

“她说她不清楚实际情形，不过，佐山跟波多野太太绝对不是普通关系。一出手就砸好几千万在自由之丘那家店，怎么可能只是资助这么单纯，何况她还是背着老公，偷偷筹了一笔钱出来。”

“有好几千万这么多啊？”

“这么说是夸张了点，但就算只有一半也是笔巨款。她老公在股市赚了不少钱，她才有这财力的吧。”

靠股票致富这论点虽然过于单纯，但他的财力雄厚毋庸置疑，波多野夫人因此拥有非比寻常的高额私房钱。

“就因为这样，对于波多野太太在死后半年丈夫就把情妇娶进门，村濑不怎么同情。”

说不定他反倒觉得大快人心。

“村濑太太还说，这下让佐山占到便宜，好几千万都不用还了，她老公应该也不知道这笔钱。怎么会有这种事呢……还有，听说佐山要在青山开店喽。”

桑山检察官约九点四十分上班。十一月中的日比谷公园内，满树生枯，枝叶落尽。早上的天气阴暗，稍寒。他走进公园旁的检察院办公大楼，搭电梯到七楼。他和几位地方检察院检察官搭上五楼，其中有熟人，也有生面孔。桑山在调任福冈检察院前，是东京检察院的检察官，以前的同事约有三分之一留在东京，其他则分调各地，只有检察事务官不受人事调动的影响。

桑山想找樱田事务官。他看着地方检察院的检察官们在三、四、五各楼层停靠时走出电梯，不管以前还是现在，他们手里总是抱着一大袋以布巾包裹的记录文件。由静冈检察院的新人检察官调至东京时，桑山也是那副青涩模样，那时候的大楼还没这么现代化，然而如今这栋大楼仍是战后最破旧的一栋建筑物。

他在六楼和两位同事一起走出电梯，只留下一位白发苍苍且瘦骨嶙峋的最高检察院副总检察长。他独自搭电梯上七楼，身影更显孱弱。

六楼有一半的空间为地方检察院公安部，另一半则为高等检察院刑事部。宽广的办公室里开着暖气，七八位同事正三三两两在闲谈。

每一张桌上都摆有标示各检察官姓名的塑料桌牌，凌乱桌面上高高叠起判例集及文件、法律书籍等，壁垒分明。桑山在便条纸上匆促写下两三行字，放进信封，再叫来女职员。

“你到楼下的地检刑事部，把这个交给樱田先生。”

信封上的收件者为樱田事务官。桑山在担任地方检察院检察官时认识樱田，四十二岁的他是位资深搜查员。

十点左右，所有检察官都到齐了。他们原本与一般公司职员无异，闲聊着报纸上的体育新闻或是批评电视节目内容。一到十点，需出庭的检察官把文件夹在腋下走向法庭，或有人埋首桌前调查记录。谈话声至十点戛然而止，办公室里寂然无声。

电话来了。

“请问是桑山检察官吗？我是樱田事务官。”

“早。”桑山检察官说。

“早安。”樱田的声音低沉，他在歌艺方面颇有才能。

“我刚才收到您的信了，我十二点二十分之后有空。”

“我们到附近一起吃个饭吧，我有事情要拜托你。”

“是。”

电话挂断后，桑山喝了一口茶。

他的耳边响起在福冈遇到的那位出租车司机江头的声音，他感激地说着因为老友佐山道夫介绍，不只在剧场免费观赏草香田鹤子的演唱会，还进了后台。他身处其中，当红的草香田鹤子看在他眼里，或许明星风姿更盛，以发型师身份随行的佐山道夫，更是飞黄腾达。他仗着老友关系，谈起他人事迹宛如炫耀自己的成功。

“宫坂是佐山以前的名字。我前天见到他，他说佐山是他母亲的名字，他因为喜欢就拿来用了……没有啦，没什么好说的……”

妻子打听到，波多野夫人与佐山有特殊关系，她之前给了佐山一大笔钱。这虽然是佐山之前待的那家店的村濑店长夫妻口出恶言，但也并非完全不可采信。

既然波多野夫人是因为急病发作丧生，与佐山无关，理应没有可疑之处。他在今年四月十一日前往九州，佐山也在同一天到了博多，假使波多野夫人没有与他同行，那也不构成问题。何况她是在那两个月之后过世，两者之间更是毫无关联。

桑山莫名挂念着这件事。或许是因为近来日子闲散，手上没有急于处理的案件。

下午四点，桑山又接到樱田事务官来电。

“刚才真感谢您。”

樱田在为午餐道谢。平常他们总是到楼下法务省[1]的员工餐厅，点一份五百日元左右的简餐，今天中午他却请樱田到附近的餐厅用餐。

“我回来后马上帮您查了。因为时间不多，详细情形有待进一步调查，我想先向您报告现在的调查状况。”

“劳烦你在百忙之中帮我这个忙，真谢谢你。”

“请问您今天大概几点下班？”

“我打算五点走。”

“那么我在靠近有乐町那边的公园门前等您，我会在那附近随意逛逛。”

桑山表示了解。

五点，桑山收拾桌面。高等检察院刑事部设十一名检察官，平时需协助地方检察院侦办案件，提供事实认定及法律解释等意见，但这时间不会再有地方检察院的人来访，今天也没有会议。

五点已是天色昏暗。樱田事务官那矮小的身影在门前徘徊，马路对面的霓虹灯和车灯照着他的帽子闪闪烁烁。他的头发少，

1 法务省是维持基本法制、制定法律、维护国民权利、统一处理与国家利害有关的诉讼的行政机关。

总是戴着一顶毡帽。

“我们去喝杯啤酒吧。”桑山边走边说。

他们走进有乐町的小餐馆，人声鼎沸的场所反而适合讨论这件事。

“波多野证券股份有限公司社长波多野伍一郎，五十三岁，与前妻雅子结婚二十二年，膝下无子。他们是同乡，波多野先生家境贫寒，雅子女士的父亲照料他直到毕业。这是很常见的情形。”樱田喝着啤酒，向桑山解释他调查过的户籍。

樱田不是在向桑山提出正式调查报告。桑山也不是出于职务，而是靠以前的交情，私下拜托他这件事，现在正在听取回复。他了解樱田的个性，认为他是个可以信赖的帮手。

“雅子女士在今年六月十七日登记死亡，死因不是疾病，是意外致死。”

“意外？”

“正确来说是自杀。递交给新宿区政府机关的死亡证明书，是由西多摩郡青梅市诸冈医院的院长诸冈秀太郎签署。”

“死亡的地点在青梅吗？”

“她在青梅市郊外的御岳山中上吊自杀，死后一个礼拜，村民才发现她垂吊在树上。用来上吊的绳子是麻绳，她的手提包里放着印有波多野证券股份有限公司的空信封，因此确认了死者身份。”

“这是诸冈医生说的吗？”

“我打电话问过了。”

“验尸的时候没发现疑点吗？”

“没有。当地警方验尸后判定为自杀，将遗体交给了丈夫伍一郎先生。好像很多人在那附近森林里头自杀，听说就算是现在走在山里，都还可以看到身份不明的尸骨。”

桑山也听说过这件事。他在东京检察院担任检察官时，在青梅的山林小径中发现了骷髅头，引起社会大众哗然。原本以为有分尸命案发生，调查后才发现，那是自杀者的尸体腐化后，遭野狗从颈部咬断。

“领取遗体的是伍一郎先生吗？”

“对，因为死状凄惨，遗体是交由当地火葬场火化后带回。”

“没有遗书吗？”

“衣柜的抽屉里有封署名给伍一郎先生的遗书。他不了解详细死因，家庭环境似乎相当复杂，据闻雅子女士在遗书里头写下了跟先生道歉的话。”

桑山想起妻子打听来的消息。

“那封遗书现在在哪里？”

“伍一郎先生烧掉了。可能有什么隐情，不想让人看到吧。”

妻子因为与别的男人发展出暧昧关系而自杀，身为丈夫，当然不愿见到写有这种内容的遗书流传出去。

“另外，伍一郎先生最近结婚的对象是酒吧老板娘。她的名字叫作久保澄子，在银座经营了一家‘绮梦’酒吧，伍一郎先生是赞助人，两人的关系长达三年。因为雅子女士自杀，情妇也就名正言顺地扶正。听说等不及一周年忌日，急着要举行婚礼的人是伍一郎先生。”

妻子横死不过半年，波多野伍一郎就正式迎娶长年以来交往的情妇久保澄子，桑山认为从新妻的姿色便可窥见其中缘由。他没见过前妻雅子，据妻子描述，那是一位肥胖的妇人。这么看来，伍一郎算是有幸娶得窈窕又年轻貌美的妻子。他能体会伍一郎急着举行婚宴的积极心态，而久保澄子有这福气，正式成为证券公司的社长夫人，自是不会反对。不过，也许他们两人在举行婚礼时，多少有顾及时机过早带给世人的看法。

可是又何必顾及世人的目光？八面玲珑，最后失去自我，这样的生活就某种意义来说，愚不可及。日子久了，流言也就逐渐为人淡忘，最后消失在人们的记忆之中，世人也会接受此为既定事实。死者是唯一的受害者。波多野伍一郎的朋友大概会半开玩笑地说，他是个“走运的家伙”。这样的例子比比皆是。

桑山不愿屈服于一般人所认为的事实真相。辖区警员判断雅子为自杀身亡，他怀疑这判断的真实性，而且这件事跟妻子打听来的雅子与佐山道夫的绯闻必有关联。

“波多野雅子登记六月十七日死亡，那是在青梅的山里发现尸体的日子，还是她离家的日期？”桑山往樱田的杯里倒啤酒，一边问着。

“六月十七日是发现尸体的日子。尸体在死后一周被人发现，而且还因为绳子腐朽断裂，滚下了山坡。检验无法判断她是在离家那天，还是过了一两天后自杀，波多野家于是决定将发现尸体那天定为忌日。”

虽然无奈，这也是常有的事情。

“她在哪一天离家？”

“六月十日。据辖区派出所向伍一郎询问的结果，雅子在那天下午两点外出，称有事要到朋友家一趟。当时伍一郎不在，回答的是在家的女佣。”

“雅子没告诉女佣去找哪一位朋友吗？”

“她没有交代。”

“她外出需要用车，那是自己家里的车吗？”

“她不是搭家里的车出门。家里的车是供伍一郎放假时驾驶的，平时停在车库，上班则由公司派车接送。雅子通常是叫车或坐出租车，那一天她是搭出租车出门。”

“搭出租车就查不出去向了。”

“由于警方已经判断死因为自杀，没有再就这一方面进行调查。”

“你说雅子留下的遗书没人见过，那里面提到对伍一郎的歉意又是什么？”

“我跟当地警方只是以电话联络，还没问到这么仔细。我想因为伍一郎在外的女性关系，他们的家庭生活并不和谐。雅子常借机跟丈夫大吵大闹，最后明白无法挽回丈夫的爱，而走上绝路。通常女人在写遗书的时候，除了抒发憎恨之外，还会对过去自私的行为表示抱歉，传达忏悔之意。伍一郎在向别人提起的时候，应该特别强调这个部分吧。”

“六月十日到十七日，这段时间的气候如何？”桑山突然换了个话题。

“这我查过了。连续好几天高温，青梅附近的平均温度为二十七八摄氏度。”

“雨势呢？那时候刚好进入梅雨季吧？”

“对，不过，今年梅雨来得晚，十五、十六这两天下的是小雨，二十日才正式进入雨季。”

曝尸在外期间高温多雨，加快了尸体腐烂的速度，勒在脖子上的绳子，也因雨腐朽断裂，使得尸体硬生生落下斜坡。

“发现尸体那地点常有人自杀吗？”

“是。那附近有溪流，景色优美，适合休闲游憩。星期天或法定假日常有人开车来，搭电车来的人也多，算是非常热闹。这些人选择在观光景点自杀的心理真是令人难以理解。”

“很多人都会选在著名景点自杀。陈尸地点是深山里吗？”

“不是，也没那么深入山里。沿着溪流有一条走道，由那条走道再往山里走约五十米就是陈尸地。一般人不太会注意到那地方。”

桑山认为，警方根据尸体腐烂程度、常有人于当地自杀、丈夫伍一郎知晓妻子自杀原因等理由，判定雅子是自杀。其中，丈夫所提的证词特别具有影响力。

“那附近都没人看到雅子吗？她的体型肥胖，走在路上应该很显眼。”桑山继续问。啤酒已经开了三瓶。

“我还没问到那么深入，明天我再连同这件事一起询问负责警员。需要的话，我可以去当地探一下情形。”

樱田疑惑地看着桑山检察官，不懂他为何一再追问这起自杀案件。桑山于是告诉樱田：“警方既然已经判定是自杀，遗体也烧成了骨灰，这案子是不可能再重新调查了。不过，这起自杀案确实有点可疑。”

“您是指雅子不是自杀，有他杀的嫌疑吗？”樱田事务官凝视着桑山。

"这个我还没办法断定，只是觉得有些地方不对劲。"

"这件事会不会跟情妇久保澄子有关？伍一郎为了早日将情妇娶进门，而杀害妻子，就算本人没有亲自动手，也有方法可以达到同样的结果。"

在检察院承办的案件当中，为与情妇长相厮守而杀妻的例子不胜枚举，不过，像波多野伍一郎这类高居社长职位，社会地位崇高的凶手，却不常见到。樱田似乎单纯以为，令他起疑的是伍一郎急于迎娶情妇一事。

"我刚也说过了，事情还不明确。"桑山说，"要把这起案子定为自杀案，还有些疑点需要厘清。虽然翻不了案了，我还是希望能查尽量查，图个心安。"

"您想调查什么呢？"

"首先是六月十日雅子离家，一直到十七日发现尸体，这段时间内波多野伍一郎有什么行动。尤其雅子离家后的头两天最为重要。"

"好，伍一郎如果出差，我会再查他去了什么地方。"

由东京都内至青梅，不论搭乘电车或开车往返都需要将近四个小时，再加入犯案所需时间，共约五个钟头。证券业必须随时与外界保持联系，社长除非有正当理由，否则不可能会有五到六个小时的空当。樱田口中所说的"出差"，指的正是他的"借口"。

"嗯，这确实有必要。还有一件事，这件事跟久保澄子有关。她结婚之前住在什么地方？"

"她在三年前由伍一郎资助，住进了青山的大厦。"

"你帮我问管理员，查出她六月十日之后的行踪。你千万小心，别让她跟她身边的人察觉到异状。”

“知道了。”

“澄子跟伍一郎年纪相差二十岁。她既然经营酒吧，跟伍一郎发生关系之前，肯定有别的男人。她跟伍一郎交往后，是否还继续跟别的男人来往，关于这点你也帮我了解一下。”

常有女人与情郎共谋夺取男人财产，久保澄子若正式成为伍一郎的妻子，由于伍一郎没有子嗣，澄子可分得全部财产。桑山解释，这可能是其中一个“动机”，樱田也表示认同。

“另外关于自杀身亡的雅子，”桑山说，“既然雅子知道丈夫有别的女人，天天吵得家里不得安宁，那雅子平常的行为又是怎样？我想拿来作为参考。”

桑山刻意不提佐山道夫，就是希望樱田在调查雅子的人际关系时，这个名字会主动出现，因此他认为不需让樱田有先入为主的想法。

“您是说雅子平常的行为吗？确实她没有金钱方面的困扰，又没有小孩。她因为老公外遇这件事心烦意乱，于是向外寻求慰藉。既然老公能随心所欲，老婆索性也在外风流快活。”樱田讪笑。这也是常见的情形。

“还有四月十二日跟十三日这两天，波多野雅子在不在东京？”

“四月十二和十三日吗？”话锋一转，樱田瞪大了眼，“那两天怎么了，那不是雅子死前两个月吗？”

“对，基于个人兴趣，我想知道雅子在四月十一日的前后两三天在不在东京。你再帮我确认一下。”

樱田没有再过问。检察官与事务官之间习惯依令进行调查。

这件事看似公务，实则为桑山个人的请托，然而这样的委托却使樱田重新意识到自己与桑山检察官曾建立的关系。

那天晚上，桑山没有和妻子聊到波多野雅子与佐山道夫，亦未提及自己正在调查雅子“自杀”一案。这样的举动使他对这件事的关心更添公务色彩。

> 维也纳近郊施瓦兹伯格，有一已婚妇人玛莉·赫廉，自五十米高岩壁坠崖，身负重伤，送至巴登的医院。由于妻子入院，丈夫陷入绝望深渊，悲泣到几近发狂。维也纳警方接获此一消息，访查后得知，赫廉曾于出发前随口向邻人泄露：“要是我们这趟旅行一去不回，房子就要被亲戚接收走啦。”且赫廉与一女同事外遇，经确认双方已互定终身。赫廉自夏天与女人至意大利旅行后，婚姻便出现裂痕。
>
> 法院调查发现，在案发现场附近的安全场所有许多赫廉试图折下的树枝，他却刻意深入悬崖折取，经由一再追问，赫廉招供他挑选生长位置危险的树木折下树枝，那是为引诱妻子靠近的手段。妻子由于他的身体探出悬崖，在冲动驱使下奔向他身边，他再出手一推，将妻子推下悬崖。（S.Nelken,Verbrechen und Versicherung）

桑山正读着国外的《伪装杀人犯罪实录》。

第十二章

调查报告

高等检察院办公室占地宽广，六张桌子分放两处，每处对摆三张桌子，划为两区，其中一区靠近检察长办公室。办公桌椅及家具等皆由监狱受刑人制作。

傍晚，樱田来电。

“我刚从青梅回来，有事想向您报告，请问方便在哪里碰面？”

桑山说了附近一家普通餐厅的名称。

他和樱田边吃简餐边聊。

“我首先拜访当地辖区派出所的搜查课长，案发现场为走道往南，呈六十五度角的陡峭斜坡。”

樱田向检察官呈报。

“原本以为使用的绳子是麻绳，其实那是条草绳，而且是一条细的草绳。如同您所推测，连续两天下雨加上那几天高温闷热，加速了尸体腐烂，并且由于尸体膨胀，悬在树枝上的绳子又不牢固，无法承受重量就断了。树枝上有部分断裂的绳子，勒在脖子上的绳子随尸体滚落，掉在附近。我见过协助验尸的诸冈医生，他确定那是上吊自杀，只是对检方为什么现在还来问这件案子，他显得有些慌乱。”

“你跟他说过这不是正式调查吧？”桑山确认道。

“是的，我明确告诉他了，不过，难免还是会担心吧。毕竟不管警察还是医生在处理案件的时候，对自己的判断都没有十足把握，总是战战兢兢，害怕出错，这时候又遇上地方检察院的检察事务官前来调查，说是要作为参考，就会更恐慌了。”

即使是解剖过几千几百具横死尸体的资深法医学家，偶尔也会在鉴定过后感到心神不宁。一位诚实的解剖医师曾如此告诉桑山。

“我本来想借案发现场照片，对方也愿意出借，但碍于不是正式调查，只好放弃。”

“嗯，先不要借比较妥当。”

桑山考虑到这次是暗中调查，赞成他的判断。照片随时可借，他可借由樱田的陈述大致推演出案件全貌。

“另外关于目击证人，由于判定死者为自杀，没有针对现场附近的目击者进行搜证。由于搜查课长表示可由现在开始着手调查，我也就顺便请他帮忙了。”

桑山同意这个做法。

“有关波多野伍一郎前来确认和领取遗体的情形，搜查课长提到，伍一郎见到雅子尸体的时候，只骂了一句蠢女人。或许为顾全自己的面子，没有表现出悲伤的神情。”

发生在维也纳的那起谋杀案，由于丈夫对妻子发生事故一事过于哀恸，刻意的举动引起警方注意，进而察觉案件真相。相较之下，波多野伍一郎的表现合情合理。一方面，妻子自杀使得丈夫颜面尽失；另一方面，妻子死后他便可与情妇共结连理，他必须压抑这份欣喜。若他此时表现悲伤，那反而是幌子了。

“伍一郎知道妻子自杀的原因。他告诉课长，发生这种事，他和妻子双方都有责任。他有情妇，也隐约察觉妻子在外面有情夫。”

“伍一郎提过对方的名字吗？”

“他没表明。”

“嗯。伍一郎在雅子去青梅那天有不在场证明吗？”

“他在大阪出差，有人可以帮忙做证。”

“那么四月十一、十二日这两天雅子人在东京吗？”

“据我调查，雅子不在东京，不过是十二、十三、十四日这三天。”

“她是不是去福冈？”桑山听到樱田事务官报告，沉不住气，抢先问道。

“不是，她不是去福冈，是大阪。”

樱田眼神困惑，不懂桑山怎么会提到福冈。

桑山记得从福冈搭车前往熊本县玉名市时，曾询问妻子当天的日期。

“喂，今天几号？”

“你忘记啦，今天是十三日，四月十三日。”

四月十二日，佐山道夫人在博多。四月十一、十二日，草香田鹤子在博多的剧场举行演唱会，道夫以发型师的身份随行。他不只在从羽田机场起飞的飞机里遇到，出租车司机江头也谈到了这件事。

雅子于十二日前往大阪，一直到十四日都不在家，那么佐山道夫又是哪一天回到东京？据司机江头所言，演唱会终场为十二日晚上。

“她是一个人去大阪的吗？”

桑山拿了根香烟。

“听说她是自行前往，丈夫伍一郎一直在公司。”

樱田的眼神不时瞄向摊开放在桌上的笔记本。

“她为什么会到大阪？”

“关于这点，我顺利问到了波多野家的用人。她向用人表示，她这一趟是去大阪参加女子中学的同学会，顺便到京都及奈良等地观光，准备悠闲地过个几天。”

“她是搭新干线还是飞机？”

“她搭飞机去的，因为要赶两点从羽田机场起飞的飞机，整理行李时有些匆忙。”

“有人送机吗？”

“没有。”

这么一来，不会有人知道她其实是搭机飞往福冈。

“有两点出发到大阪的班机吗？”

樱田向餐厅借来时刻表，翻到后面的页数，查到下午两点有日航，两点三十分有全日空的班机。

“到福冈的呢？”

日航是下午两点十分，全日空则是两点五十分出发。其中两点十分的班机也可以解释为“两点的班机”。

“你可以帮我查这两家航空公司的乘客名单吗？她总不会用假名搭机吧。”

樱田口头应好，但四月十二日是雅子于青梅的山中丧命前两个月，他不禁想反问，死前两个月的旅行到底有何疑点。

“我有点在意，如果雅子是他杀，可能跟这趟旅行脱不了关系。”桑山回应樱田。

“雅子是十五日回家的吗？”

“她在那天中午左右回到家。”

雅子由十二日起外宿三夜，之后再搭乘飞机回东京。佐山究竟是在哪一天离开博多？

调查进行到这个阶段，桑山判断该是时候向樱田讲明有佐山道夫这个人了。事务官听着，默默记下重点。

“我可以先向草香田鹤子的经纪人询问，佐山是在哪一天回到东京。”樱田听完后提议。

“嗯。还有佐山在博多住的旅馆，跟他在当地的行动。”

“了解。那个叫作佐山道夫的男发型师手艺好吗？”

“他的技术好像很不错。两年前自己出来在自由之丘开店后，立刻成为美发界注目的焦点，像是杂志就常出现佐山的名字。”

“这么说来是明日之星喽。在应付女人方面呢？”

“虽然男发型师跟女顾客之间常有流言传出，和佐山有特别关系的就只有波多野雅子。在佐山还没独立前，雅子就常到店里，指名要他打理发型，还出钱帮他创业。”

“佐山在美容院工作，没什么钱，证券公司的社长夫人就成了他的赞助人。自由之丘那一带的地价高，要开店可不简单。”

“就算店开在两年前，应该也不便宜。”

“小说或电视剧常有这样的情节，没想到在现实生活里，也可以见到阔太太拿出一大笔钱养小白脸。难道她的丈夫察觉到这件事了？”

“我想他大概知道，只是说不定伍一郎也不太在意妻子的行为。他为了不让自己有个情妇这件事受到老婆谴责，对她出去找男人也就不多加干涉。我想他更期望的是老婆跟佐山进展顺利，导致两人的婚姻破裂。”

“因此他一声不吭地看着老婆拿钱出去，假装没这回事，这么说没错吧？”

“这可以说明伍一郎在领取雅子遗体时展现的态度。伍一郎没有任何犹豫就接受了警方的判断，更像是要为妻子的自杀找到合理解释，主动告知遗书一事。没有人看过那封遗书，遗体也是当场火化。就算那时候是夏天，死后又经过了一段很长的时间，不得不尽快火化，还是不免让人质疑处理过于仓促。他在面对妻子的遗体时没有感伤，反倒是为了颜面受损，恶言相向……他们毕竟不是年轻夫妻，要是以离婚收场，后续处理繁杂，也不能不顾全社长的名誉。这么看来，最理想的发展就是老婆命丧黄泉了。”

樱田事务官听着桑山这一番解释，对于这位稳重的检察官为何能宛如亲身体验般，描述如此残酷的心理状态，他感到有些不可思议。

桑山检察官性格严谨，生活井然有序。夫妻间相互信赖，未曾逾矩。检察官在调查案件真相时，需听取加害者的自白以及证人的陈述，深入多人内心，如同聆听信徒忏悔的神职人员。

神职人员及检察官居高位“倾听”，与说话者保持距离，绝不自降身段，平等以待。就这一点来看，他们知其然而不知其所以然，神职人员求诸《圣经》指引，检察官依《六法全书》做出判断。

樱田事务官也抱持着相同的态度，但他受检察官指派实际参与侦查，比检察官更直接接触相关人等。他和警方的调查人员站在第一线上面对加害者、受害者和证人，检察官则是在检阅记录过后，才开始进行审讯。案子进行到这个阶段，翻供的情形屡见不鲜。供述者得到时间整理思绪，得以在冷静的状态下提供正确的陈述，另一方面，翻供也有可能是为脱罪而做出伪证。

初步侦查时，所见到的人性，暴躁、亢奋、憎恶、恐惧等态度，在接受检察官侦讯时，不是不再明显，就是完全消失。调查人员认为检方只是就过滤后的“事实”进行调查，只能试图从调查记录找出事实真相，无法实地了解他们所见到的现场状况。

听取供述不应单就言语层面理解其表面含意。一般听取报告时，或许只需了解报告者的言下之意即可，然而，听取供述是要由供述当中发掘供述者过去的实际经验，并且探其根本，因此必须具备敏锐的观察力。但是，观察力再敏锐，也不可将供述者视为传达神明指示的巫女。且供述者对其谈话内容具有强大的支配能力，容易引人受骗。（毛利与一《自由心证论》）

需如此谨慎以对的供述，常是初步侦查时所获得的“真实无伪”的记录。

“我对警方的案件记录一向兴趣深厚，坚决反对草率审阅了事。

“警方提出的报告常被认为不具证据能力，但起初检视案件背景时，却能从其中就深度及广度获得最详尽的说明，进而发现新线索，由各种角度了解案件背景。

我在此推荐一个检阅证据（记录文件）的方法，那就是再三反复阅读，不需专注于任何疑点，也不需预设调查立场，只是单纯就内容一遍又一遍重新审阅，自会有所发现。‘读书百遍意自通’正是指称此种情形的金玉良言。（三宅正太郎《论审判》。）

三宅前大审院[1]法官独具慧眼，拥护警方报告书中的缜密性，并试图透过警方的详细记载，了解调查开始时，接受调查者所展现出的人性。法官明白审判记录在过程中已经过多次筛选，也为这一点深感焦虑。

1 设立于日本明治初期。直至最高裁判所设立为止，大审院一直是日本近代的最高法院。

然而，光靠这些记录并不足以深究人真正的心理。如同《六法全书》依项目分门别类，“犯罪事实”也是单从概念区分类型。

因此出现了以下忠告：

> 我建议在撰写供述记录时，可参考一流作家的小说。作家笔下对主角及各登场人物的行动、对话以及心理皆有栩栩如生的描写，犹如目睹人与人之间纠葛的爱恨情仇。不论是由主观还是客观的角度观察事物，唯有名家作品能巧妙融合两者，做出细腻描写。小说与报告书的差别只在于小说由创作出发，报告记录为书写事实。
>
> 供述记录是依法做成的诉讼文件，最重要的根据便是法律。但供述记录中出现的嫌疑人、被害人或证人等并不是人人熟稔法律，若单就法律描写其行为举止，反而不符客观事实真相。（马屋原成男《谈供述纪录》。）

对于阅读名家小说是否能成为理解供述者心理的参考，樱田事务官持保留态度，他之前服务于警视厅搜查一课，后转入东京检察院，由于职务调动关系，读了不少与审判相关的理论书籍。他大致认同书中阐述的理论，却不曾于实际案例中得到验证。三宅法官提倡以读书百遍的方式，一再重复地仔细阅读记录文件，必有所得，但那充其量不过是由过滤后的残渣再撷取一些汁液罢了。

桑山检察官对波多野伍一郎违反道德伦常的心理做出精辟分析，犹如他自身感受一样，樱田甚感诧异，没想到平日循规蹈矩的桑山检察官竟会讲出这一席话。桑山检察官喜好读书，难不成那些知名作家的小说也在他的涉猎范围内？

三天后，樱田去电桑山，称有事相报。由于不方便在检察院里碰面——要是让人发现他任意指使地方检察院的事务官，只会徒增困扰，于是两人和平常一样，约在附近的咖啡店见面。

“这次调查下来，清楚了不少事。”樱田事务官摊开记事本，“首先是关于波多野雅子。她搭乘四月十二日下午两点十分出发的日航班机，前往福冈，乘客名单上登记着她的本名。”

“她可能怕飞机发生意外，才会用本名搭机。她在福冈住哪家旅馆？”

“这还不知道。我已经拜托福冈当地的警方协助调查，结果还没出来。而且她也不一定住在博多，那附近有不少供旅客住宿的旅馆。”

桑山自然想起了二日市的武藏温泉，他们夫妇一起到九州旅行的时候，也曾寄宿一晚。

“佐山道夫呢？”

“草香田鹤子的经纪人说，他们十二日结束表演，十三日早上搭日航班机回东京，佐山跟他的徒弟柳田利男则继续留在当地。”

“这样啊。他们在博多待到哪一天？”

“关于这点，经纪人表示不清楚。因为十二日晚上佐山完全没有出现在后台帮忙上台准备，草香气冲冲地骂了柳田一顿就走了。”

“所以说柳田那时候在后台喽？”

“对。十一日那天佐山负责到最后，可是十二日晚上那场演唱会，他没有事先通知就不见人影。经纪人气愤地抱怨说，为了演唱会才把他带到博多，会场上却找不到他的人，这是违反合约、不顾道义的无耻行为。他自以为有了点名气，地位高了就可以为所欲为，反正一定是跑去找女人，荒废了工作。”

“十二日不正好是波多野雅子去博多的那一天吗？”

“没错，正是同一天。”

“雅子搭下午两点十分的飞机出发，四点多抵达板付机场。佐山为了和雅子见面而放弃工作，刚好符合他晚上没到演唱会后台的行动。”

“既然重要的赞助人都来了，演唱会又算什么，不过，也有可能是雅子缠着他，不让他离开。”

“这问他的弟子柳田就知道了。”

“我问过了。因为美容院跟卫生所有关系，我又正好认识卫生所里一位柳田的朋友，于是请他随口问了一下柳田。柳田在十三日傍晚搭机回东京，只有佐山一个人留了下来。他受邀在福冈美发师协会召开的研究学习会中担任讲师，十五日白天回到东京，已经确定是和雅子一起回来。那个女人的行事作风也越来越大胆了。”

“福冈真的有这么一场研究学习会吗？”

“卫生所的那个年轻人打电话向福冈那边询问过了，得到的回答是没有。”

桑山想到了出租车司机。江头曾和佐山见面，拿到草香田鹤子演唱会的公关票，并且获得允许进入后台，对老友的好意铭记在心，说不定他会知道佐山十二日以后的行动。或许佐山需要借他的出租车一用，为了封住他的嘴而取悦他。

“最重要的是佐山六月十日以后的行动，他没有离开过东京。他每天都会出现在店里，八点关店之后的行动还不清楚，白天也会不时到即将于青山开幕的新店，查看工程进度。”

樱田简单解释了一下地理位置，提到那里原本是间酒吧。

“那一带的地价很贵吧？”

“那家店占地二十余坪，一坪应该不下两百万。”

“那块地已经盖满建筑物了吗？”

“是，上面盖了两层楼，还有间地下室。”

“盖了不少层啊。钱也是波多野雅子出的吗？”

“我还没详细调查过，不清楚，不过，听说佐山除了出售自由之丘店，还建立了会员制度，由会员投资开店，加入的会员大多是艺人。我去看过那家店的地点了，在地理条件上，那里离闹市区有点距离，反而适合开设美容院。”

“那块地粗略估算也要将近五千万，说是由会员出资，实际上大部分的资金都是来自雅子吧？”

“我也有同样的想法。那些艺人再有钱，也不会出钱投资美容院。”樱田事务官点头表示认同，“如同您所怀疑的，假设佐山是杀死雅子的凶手，原因很有可能是为了钱。雅子一定是瞒着丈夫偷偷拿钱出来，没有让任何人知道，所以只要她一死，那笔钱等于是全进了佐山的口袋。佐山这男人也真够厉害。”

“如果雅子真的拿了钱出来，佐山就算店里生意再好，也还不清这么一大笔钱。照你的推测，他确实有杀人动机。”

“我在调查中，发现雅子在青梅死于自杀一案的死因可疑，再加上刚才推测的杀人动机，他杀假设的现实性大增，可惜缺乏物证。尸体火化了，只遗留下骨灰，这么一来除了寻求其他证据，别无他法。”

“我知道很困难，既然都走到这一步了，就尽可能试试吧。你刚才说，六月十日波多野雅子离家那天，佐山没有离开东京一步，而且不止六月十日，他经常前往青山分店的建筑工地对吧？”

“对，柳田说他几乎每天都会过去。”

“你跟工地的工人确认过，佐山那天有没有出现了吗？”

“我还没调查得十分清楚。我听那里的工人说，佐山确实几乎每天到工地视察，关心进度，每次待上三十分钟到一个小时。”

“从东京开车到青梅约需两个小时，在六月十日以后，有没有哪一天佐山长时间不知去向？”

由东京往返青梅需四个小时，犯案时间约一小时，因此有问题的是有五个小时空白时间的那一天。据樱田回报，佐山并非一直待在自由之丘店内，而是经常外出为新店做准备，讨论建筑设计，每天一出门多半就是四五个小时。何况事情已经过了半年，现在要追查他的行踪更是难上加难。

如果是面对嫌疑犯，他可以尽情盘问，根据供述内容展开进一步调查。不过，还不能确定他就是“凶手”，调查也必须尽量避免让当事人察觉。如此一来，要确认半年前的不在场证明，简直是天方夜谭。

“案发现场有目击者吗？”

波多野雅子若于六月十日或之后前往青梅，一定会有曾在附近见过她的人出面做证，却由于辖区警员一开始就认定这是起自杀案，省略调查周围环境的步骤，导致樱田亲自到了青梅，却没有带回目击者的情报。樱田询问过车站人员、杂货店店员及附近住户，皆无功而返。

“这就怪了，附近有人自杀，一般都会有人表示曾看过类似的人出没，或是到过店里，完全没有这一方面的消息吗？”

“对，说不定佐山是等到天黑之后，再开车载她上山。那附近到处都可以停车，下车再走到案发现场，就不会被人发现了。”

线索至此中断。

“下礼拜有个星期天连法定假日的连续假期，我知道这么拜托你，会让你很为难，方便的话，可以麻烦你走一趟九州吗……”

“您是说去九州吗？”樱田惊讶地看着桑山。

“佐山道夫出生在九州。”桑山娓娓道来，“佐山前往博多帮忙草香田鹤子演唱会的时候，我正好为了回熊本住在福冈。我在那里遇到了年轻时曾跟佐山一起工作的出租车司机，他说了一些关于老友佐山的事，但他就是不肯讲清楚他跟佐山以前是做什么工作。我记得那个司机的名字。既然要查，我想先了解佐山的来历，只是放两天连假，你应该已经有不少计划了吧？”

“别这么说，就算连续放三天的假期，我也没什么计划，只是一个人待在家里无所事事。您不嫌弃的话，我很乐意走这一趟。”

“那就麻烦你了。”

樱田客气地收下桑山交给他的旅费及零用钱。

“还有一件事，我想去佐山开在青山的新店看看。”

“我来带路吧。”

“我们两个一起去不会引人注目吗？”

“晚上没那么明显，而且工人也都不在工地了。”

他们走出餐厅，拦了辆出租车。

由青山×丁目的十字路口往南一带，最近盖了不少高级公寓，加上新屋林立，风貌日渐转变。反方向朝北的区域则多是餐厅及咖啡店，酒吧或许不适合在此立足，但要经营像美容院这样的行业，却是绝佳地点。

工地外围搭起安全围篱，尚未挂上工程告示牌，邻近公寓的灯光映照出一栋朦胧的钢筋建筑物。

“果然是好地段。”

桑山与樱田并肩仰望。

“他看上的地点不错，这附近来去的都是些有钱人，难怪他会排除万难在这里开店。”樱田低声说道。

“两层楼的建筑物用到钢筋也太奢侈了，看得出来他打算在这里投入大笔资金。”

他们隔着马路，站在工地对面的隐秘角落。车子及行人从他们面前经过，这栋两层楼建筑物不曾成为注目的焦点。

此时，一对夫妇在工地前停下脚步。他们兴致盎然地站在工地外面东张西望，可见不是因为一时兴起留步，这里原本就是他们的目的地。丈夫比手画脚，像是在对妻子解释着什么。

桑山与樱田见状竖直了耳朵。他们一开始以为是佐山道夫带女人来，向女人介绍这家店。然而男人的身形矮胖，留着一头长发，在特征上和曾有过一面之缘的佐山相去甚远。

男人的声音洪亮。

“这里采用钢筋建筑是佐山的意见，以后生意好的话，还可以再往上盖三楼、四楼，他连将来的事都打算好了。”

“佐山先生真是个聪明人。”

妻子依偎在丈夫身边，抬头望向围篱上方。

“他的直觉很敏锐，虽然说以前住在隔壁的时候看不出来，只知道他的手巧……人啊，时运一来，头脑还有资质也会跟着开窍。”

“你的运气也越来越好啦，一定可以迎头赶上。感谢佐山先生拜托你协助设计，跟鸿运当头的人合作，你也能分到一点好运。”女人微微一笑。

“我们还不算一起合作。依佐山现在的地位，他会请更有名的设计师，不会全权委托由我负责，不过，只要能参与一小部分，我就很感激了。”

“佐山先生没忘记住在四谷那时候的辛劳。你熬夜工作，殷殷盼着他从店里回家，那个时候培养出来的交情是最特别的。”

“他这么做不是单纯出于同情。”丈夫提醒妻子。

桑山和樱田不认识这对夫妻。他们俩就是两年前与佐山同住一栋公寓的商业设计师冈野正一，以及他的妻子和子。

第十三章

九州来信

桑山检察官 钧启：

出发之时，承蒙特地至东京车站送行，在此致上诚挚谢意。或许由于抵达博多时正值薄暮，天气微寒，由玄海滩吹来的冷风刺骨，令我深感意外。由于连续假期的缘故，旅馆间间客满，若无事先预约，恐无房可住，使得探访江头善造一事难上加难。最后我向出租车车行打听，决定于隔天早上八点换班时前往拜访。

考虑到表明身份将使江头有所警戒，我于是自称女性周刊记者，欲就活跃于东京美发界的佐山撰写报道。由于佐山服务的对象以女性顾客为主，此一名义显得顺理成章。

我将江头带到车行附近的咖啡店，点了吐司和咖啡，边吃边聊。我向他表示，我想写一篇关于佐山的报道，希望能了解他在前往东京之前，于九州从事何种职业，并告知我听闻他曾与佐山共事，因此特来采访。

据江头所言，他与佐山于半年前重逢，当时佐山正随草香田鹤子到博多准备演唱会相关事宜。他的本名不是佐山，而是叫作宫坂道夫。宫坂出生于福冈县南部的大川町，年少亦于此度过。大川的地理位置在筑后川旁，接近佐贺县边境，以制作橱柜等家具闻名。宫坂的父亲也是位家具工匠，由于自恃有能，怠于工作而家贫。道夫中学一毕业，便以学徒的身份进入大川家具厂。江头亦同为工厂学徒，因此相识。宫坂在进入大川家具厂两年后辞职，离开大川，有传言指出他转至佐贺县伊万里，从事陶瓷绘制，详细情形不明。两人之前在博多相遇的时候，没有就这件事多做讨论。江头称说他察觉到宫坂，也就是佐山道夫不想与人谈论过去惨淡的穷困生活，他也就没有深入追问。

我在休息一晚后前往大川。江头在十一日晚上九点多碰巧载到佐山，前往位于福冈偏西郊区的平尾山庄旅馆，似乎有女人在内等候。江头从女侍口中得知，女人年纪不到三十，身材瘦高。

听完江头的话，我打算到平尾山庄向柜台人员询问当时情形。和江头告别之际，已表明由于采访需要，如以后有任何疑问还要请他多多帮忙，又添上了一点钱。江头满心欢喜地收了下来。

接着，我到平尾山庄与旅馆负责人见面，也见到了当时负责佐山与女性同住的那间房的女侍。住宿名簿上留下的是男性笔迹，但不是佐山，而是假名“横滨市的平田一郎”。负责女侍表示，同行女子的身材苗条，妆容艳丽，并称赞她的服装不论配色或设计都非常出色。由此可以肯定，此名女性非波多野雅子。女子于十一日下午六点抵达，并告知随后另有同行者。她待在房里等，只有晚餐前偶尔外出散步。晚上九点多，男人搭出租车前来。男性的特征与佐山相似，司机便是江头。女侍称，佐山与江头交谈时气氛融洽，似为多年旧友。

隔天十二日，两人睡到很晚，上午十点才吃早餐。自称平田的男人独自搭上江头的车外出，女子则是下午一点告诉旅馆的人说要到博多，搭乘出租车出门。

十二日正是波多野雅子搭机于下午四点从东京抵达博多的日子，但佐山这天却和同行女子于晚上九点共乘出租车回到旅馆。

如此看来，雅子十二日飞抵博多后与佐山见面的机会不大。这段时间内，佐山一直和另一女子留宿平尾山庄。

那么，雅子究竟去了哪里？从佐山前后的行动推测，他未曾挪出时间与雅子见面。佐山在中午前离开平尾山庄，直接前往剧场后台，为草香田鹤子打理演唱会发型，无暇分身。雅子搭乘的班机于下午四点抵达板付机场，佐山却与同行女子一起于晚上九点回到平尾山庄，可见当天两人并未分开。

退一步想，假设佐山支开那位女子，由他独自前往接机，两人共处一小段时间，千里迢迢自东京飞来的雅子，不可能轻易放过佐山，况且雅子于十二日晚上单独入住其他旅馆，也显得不合常理。

两人十三日早上早起，并于九点多用完早餐，离开旅馆。

无法判明两人其后行踪。佐山十五日回东京，波多野雅子也在同一天回家。由十三日算起的这两三天，佐山究竟是与同住平尾山庄的女性四处游憩，抑或是和波多野雅子进行谈判，无从知晓。

樱田事务官在信中继续写道：

佐山年少所居的大川离柳川约二十分钟，位于筑后川河口。此地以家具业为主，路上放眼望去，只见涂上颜料或油漆的干木材以及衣柜、桌椅、橱柜等家具，曝晒于阳光底下。

我在这里也是以周刊记者的身份，访问大川家具厂，见到了厂长。

厂长年近六十，颇有匠人傲骨，对宫坂道夫即为佐山道夫一事毫无所知。厂长讲述，宫坂道夫的父亲宫坂庄六，年纪较厂长大，如仍存活世上已年届六十三，擅长橱柜制作。然而，因受工匠易流于懒散的习性所害，始终无法摆脱穷困，在工厂附近的小巷里，过着一贫如洗的日子。他嗜酒爱赌，无心工作便不开工，且非可赚大钱的项目不接，属于传统工匠类型。有人说他是因为妻子早逝而逐渐堕落，不管怎样，他仍辛苦扶养他的儿子道夫长大成人。道夫中学毕业后，进入大川家具厂当学徒，待了两年多便远走他乡。半年后，他的父亲庄六脑溢血发作猝死，由于道夫行踪不明，一度无法举行丧礼。另已确认，江头确实同为大川家具厂学徒。

后来终于找到道夫自有田寄来的明信片，依循上面的地址，通知本人父丧的消息，请他回来处理。道夫在丧礼结束后，又立即赶回有田。

厂长表示，道夫在制作家具方面的才华不及造型设计，对照佐山道夫现在的职业，确有几分道理。他前往有田学习陶瓷绘制，可见他本人也了解自己有何专长。

那天晚上，我回柳川住了一晚，由于幸运得知道夫曾工作过的陶瓷工厂名称，隔天便动身前往有田。佐山于有田的柴山窑工作，使用的名字仍为宫坂道夫。柴山窑的负责人对十年前雇用的宫坂道夫尚有印象，他在这里工作不满一年，于××××年年底辞职，搬至佐贺市。宫坂于学习陶瓷绘制时表现优异，负责人竭力挽留，道夫却以工作与个性不合为由，表现坚决辞意。后来听说他在佐贺市的S人寿当营业员。

得到这消息，我再赶往佐贺市。S人寿的佐贺分店位于站前路，邻近能望见佐贺城的行政区，含分店长在内的所有职员都与当时不同，因此无人认识宫坂道夫。

由于我在此报上自己是特地由东京前来的杂志记者，他们也不辞辛劳地仔细翻阅各分店的员工名册，终于找到他曾为鸟栖市分店的营业人员。我马上朝鸟栖出发，那里离佐贺不到一个小时的车程。

鸟栖分店里有位还记得宫坂的资深员工，翻阅员工名册发现，宫坂道夫于辞去柴山窑的次年二月进公司，工作至隔年五月。他的工作表现普通，并无特别之处。由于是刚入行的新人，第一年的业绩平稳，没有明显起色。

我向这位分店店员工打听宫坂道夫的私生活，他表示宫坂这个人很平凡，没让他留下特殊印象。他对酒没兴趣，也不喜欢与人来往，性情有些孤僻。我拜访了他曾寄宿的保险公司单身宿舍，这地方虽为公司宿舍却非公司所有，而是为提供单身员工居住所签约租下的公寓。营业员多为当地人，很少有人入住。

公寓管理员表示记得宫坂道夫，但一样没有打探到特别不寻常之处，只知道他寡言，不善与人交谈，有时外宿不归，偶尔会有女人来电请他接听。因为他还年轻，又是外地人，管理员也就没有特别留意。女人在电话里没有报上姓名，也不曾有女性访客。

宫坂道夫当时已经有阅读女性及服装杂志的习惯，只有这一点给人奇特的印象。不过，他不曾至当地的美容院学习手艺。

在这里，我突然有个疑问，宫坂道夫，也就是佐山道夫，为何立志成为发型师？他离开九州到东京时曾从事什么职业？虽然不清楚其中历程，但他确实是以一介发型师之姿，进入四谷的村濑美容室，受到客人欢迎。我猜想，难道他在当保险营业员时，曾经负责与美容院相关的客户？

于是，我再度回到保险公司，向认识宫坂道夫的资深员工探听他的客户。我的猜想对了一半。他的客户并不局限于美容院，主要为医院、学校、农会、理发店及美容院等。或许他在那时就对美容院的工作产生兴趣，敏锐地察觉到，未来男人也能成为发型师的潮流，因此决定走上这条路。

方才提到，宫坂道夫于五月辞去保险营业员的工作，分店里没有任何员工知道他之后的去向。关于宫坂道夫何时改名佐山道夫现身东京，以及进入四谷的村濑美容室前的经历就不得而知，看来接下来调查的据点将会是东京。

以上先向您禀报此次调查概略，详细待回东京另行报告。我将于回程时顺道回冈山老家，预计停留三天。为免拖延三天时间，特以此长信相告。

桑山读完樱田事务官寄来的信件，确认佐山道夫即为“宫坂道夫”，也对他的经历有了更进一步的了解。

信中最令他关注的一点是，宫坂道夫于佐贺县鸟栖的S人寿担任营业员时，负责的客户里面包含“医院”。

八年前，于二日市武藏温泉近郊的天拜山下惨遭杀害的女子，为佐贺市的某公司职员，鸟栖即位于佐贺市与二日市两者中间。

凶手为从佐贺县的精神病院逃走的精神分裂患者。

桑山由资料室借来厚生省[1]相关资料。

佐贺县神埼郡神埼町仁比山有一间“国立佐贺精神病院”。

神埼町的地理位置正位于佐贺市及鸟栖市中间。

1 厚生省是日本负责医疗卫生和社会保障的主要部门。

第十四章

可能性

周六下午，樱田至桑山家中拜访。

他带来九州及冈山老家的特产，详述此行为调查佐山道夫而前往佐贺及福冈的收获，重点与信上内容大致相同，那封信可谓言简意赅。

桑山递给樱田一本笔记本，里面记录着八年前的四月七日早上，发生在福冈县筑紫郡筑紫野町二日市圆通寺内的年轻女子被绞杀凶案。桑山请福冈检察院影印辖区派出所警员提出的报告，并在笔记本里记下要点。

被害人身份：村冈智子。年二十一。寄居佐贺市水江町××号地，牧野伴枝家。

职业：佐贺市站前路上石井食品加工股份有限公司

员工。工作时间两年又一个月。

籍贯：佐贺县伊万里市松叶町××号地。村冈市太郎长女，家中从事陶瓷业。

遇害情形：以草绳绞杀。女子身上有多处擦伤，无受性侵迹象。穿着连衣裙，手上戴着一只小金表。皮包里的钱包放有五千五百日元，无物品遭窃。衣服上沾有案发现场的泥巴、竹叶及杂草等。死后十五六小时接受解剖，判断死亡时间为前一天六日下午六至七点。

凶手：莲田忠一次子，名重男。二十一岁。住佐贺县西松浦郡系崎村××号地，家中务农。

患有精神分裂症，于两年前被送进位于佐贺县神埼郡仁比山的佐贺精神病院。四月五日夜间自病房逃脱后便一路窜逃。

发现村冈智子尸体时，重男茫然坐在一旁草地傻笑。他神志不清，无法进行侦讯。此人于这一周来常处于亢奋状态，医院方面亦保持高度警惕。由于精神病患无刑事责任，予以不起诉处分。三年后因心肌梗死死于精神病院。

案件背景：被害人村冈智子于六日（周六）下午两点早退，下班后直接前往某地，没有回家。供她暂住此地的牧野伴枝是她的姑姑（父亲市太郎之妹）。

智子的品行：职场评价良好。罕有与男性交往的传闻，自一年前开始不时以健康及其他理由请假或早退。其中一个理由为探望罹患忧郁症、住进佐贺精神病院接受治疗的亲弟弟芳吉（时年十八）。芳吉现已痊愈，在家帮忙。

现场附近的目击者：案发前，没有人见到智子。被害人独自前往案发现场的原因不明。

樱田读着，不解地抬头看向桑山。桑山不曾提起此事，使得他一时摸不着头绪。

桑山在樱田埋首阅读时，想起了八年前山中寺庙举行的那场浴佛法会。副检察官的话犹在耳边。

"樱下狂人听来颇为风雅，却可怜了惨遭杀害的年轻女子。他手拿草绳藏身寺庙后山，被害女子于黄昏时分经过，成了疯人绳下的牺牲者。女子喜欢游览古寺，常一个人到国分寺及观音寺等地。真是飞来横祸啊。"

"看着你寄来的信……"桑山有些不好意思地说，"我注意到，佐山道夫还叫宫坂道夫时，在鸟栖从事保险营业员的时期，和这起凶案发生的时间一致。"

"……噢，这样啊。"樱田这样回答，但他不明白桑山话里的意思。

"我之前听江头提到佐山当时人在佐贺县，就一直把这件事挂在心上。这次又看你在信中写到他从有田搬到鸟栖，更是确定了。"

"嗯，宫坂曾在有田的陶瓷工厂工作，在二日市的寺庙被人杀害的女性住伊万里，这两个地方近吗？"

樱田惊讶地连忙翻开笔记本。

“这应该没有关系，现在虽然还无法确认那时候被害人与宫坂是否互相认识，不过，宫坂待在鸟栖的保险公司时，可能已经接触到了被害人。”

“为什么？佐贺跟鸟栖不是离很远吗？”

“宫坂可是个保险营业员。”

“我问过保险公司，鸟栖境内的业务范围往西顶多到神埼町，佐贺的业务归属佐贺分店。”

“你看，神埼在鸟栖的管辖范围内。”

“……”

“你还不懂吗？你的信里面写到宫坂的客户有公司行号、农会，还有医院……”

“里头是包含了医院。”樱田嘀咕着，“啊”地叫了一声。

“被害人村冈智子偶尔会去佐贺精神病院，探望入院的亲弟弟。”

“没错……”樱田盯着天花板。

“可是，我漏了问宫坂负不负责精神病院。”

“既然有医院，精神病院的医生及职员应该也算是他的客户。”

“宫坂是到那家精神病院推销保险的时候，认识了前去探望弟弟的村冈智子的吧。”

樱田眼神迷蒙，宛如在想象中。

“这是属于可能性的问题。不可能，但也有可能。”

桑山弹了一下烟灰。

“他们确实有认识的机会。宫坂可以与在休息室里闲晃的村冈智子攀谈，或是两人一起往返医院……”

“还有一种情形。据警方调查，自一年前起，村冈常以探望弟弟为由早退或请假，如果那是她编造的借口，其实是为了和宫坂在外见面，那么他们两人至少认识了一年以上。你说宫坂从有田到鸟栖，是在二日市那件案子的一年多前……”

“对。”樱田点头称是，“可是，杀害女子的凶手是从精神病院逃走的疯子，警方不是在报告里提到他傻笑坐在尸体旁边吗？”他反问，凝视着桑山的脸。

“你说得没错，不过，我们无法确定他就是杀害村冈智子的真凶。有人看到他蹲坐在尸体旁边，但是没有证人目击整个犯案过程。再说，疯子讲话无条理可言，更不可能明确陈述事实。”

“您认为宫坂将村冈智子带到那地方杀害，再让疯子顶罪吗？”

“这也是可能性的问题，只要把不可能的要素，从可能性里剔除，便可还原真相。”桑山不疾不徐地说。

“说得也是……”樱田一时语塞，不知该从何问起，“您说宫坂让疯子置身杀人现场，这又是怎么一回事？假设这是计划性犯罪，他势必得破坏锁，将疯子从病房带出来，而且恐怕是要从安装了铁栏的单人病房里带出来。宫坂既不是医院医生，也不是里面的职员，他真的能做到吗？”

“我想是不可能。”

“对吧？”

“你假设的情形是有经过事先计划，但别忘了还有巧合可以利用。”

“运用巧合吗？”

“现场勘验的时候，我正好在那附近散步，遇到负责的副检察官，他表示疯子自前一天从医院逃走后下落不明，医院和当地警员都在找他。”

“咦，您那时候在场吗？”

樱田瞪大了眼。

“我没跟你提过，八年前我去福冈的时候，住在武藏温泉，刚好碰到了这件事。”

“噢。”

樱田露出了然于心的表情。往事或传言让人留下的印象，远不如实际经历过的体验深刻，令人难以忘怀，他终于明白桑山为何如此执着追查此案。

“那位副检察官解释，他大概是越过医院所在的仁比山，从佐贺县边境逃入福冈县后，到了天拜山，并且由于这一路上没有目击证人，猜测他可能是在山中潜逃，因此没有被人发现。就在他藏身寺庙后山的时候，有个女子在他眼前遭人杀害。他搞不懂发生了什么事，一直到隔天早上被人发现女人尸体时，他都还待在现场，没有逃走。像这种巧合，也不是完全没有。”

樱田事务官认为桑山检察官的假设过于凑巧，几近牵强附会，没有顺势接话。

他以前也侦办过偶然发生的案件，并将偶然视作必然，朝计划性犯案的方向进行侦查，结果却大相径庭。这世界上有许多罪行受偶然相助，他不只实际接触过这一类案件，由其他案件记录当中，也可以发现此一倾向。

“那么……”樱田事务官接着说，“宫坂为什么要杀害村冈智子？”

“嗯，这得要问本人才知道了，如果宫坂是犯人的话……不过，情杀的原因跟动机居多，我们从过去的案例不也可以发现这一点吗？”

“可是……村冈智子跟宫坂有这样的关系，竟然都没人发现？”

“他们瞒得很好吧……不过呢，这件案子既没有陷入瓶颈，也不是经过调查之后才抓到凶手，凶手是当场遭到逮捕，并且立即宣布破案。既然确定这疯子就是凶手，也就没有必要查明供述是否属实。被害女子则被认为是运气差，正好经过疯子藏身之处，才惨遭杀害，所以也没逐一清查她的人际关系。警方几乎没采取行动……如果当时仔细查过被害人生平，说不定会追查到异性关系。”

“然后就会查到宫坂的身上了吗？”

“对。”烟熄了，桑山再点火，“樱田，你听好，对照你的报告可以确定，案件发生一个月后，宫坂就辞掉保险公司的工作，离开九州了，还有，宫坂到东京的时候，把姓改成了佐山。”

“……”

“我原本以为宫坂改姓是为了告别悲惨过去，重新出发。可是基于以上的可能性，我想这个想法需要再做检讨。”

“现在开始着手调查如何？”

樱田双手交叉放在胸前。

“你说查八年前的案子？”

“没错，我就刚才讨论的方向，再到鸟栖跟神埼一趟，重新调查。”

“再去也搜集不到强有力的证据了吧。缺乏有力物证，只取得情况证据，也于事无补。”

东京跟福冈受限于辖区不同，东京高等检察院无法指挥福冈检察院行动，且由于证据过于薄弱，亦难移交福冈检察院侦办。且地方检察院在收到警方的“结案”报告后，也已宣告全案侦查终结，此时樱田事务官若再“私自”前往当地进行“调查”，肯定会引起对方反感。总之，现在追查也无法改变现状。

“不过，就这么放着不管，又好像半途而废，总觉得有件事搁在心里。”

“我也有一样的感觉。那么，这样好了。你再写封信到宫坂在鸟栖时寄宿的公寓，跟房东联络。”

“嗯，说不定他可以提供一些线索。”

“还有，向保险公司确认，宫坂是不是常为了业务，拜访佐贺精神病院。这么点小事，他们应该不会拒绝回答。别告诉他们这是为了调查案件。”

“好，交给我处理……我太大意了，要是在听到他的客户里有医院的时候，先确认有没有含精神病院在内，就用不着花这么多工夫了。”

“我没跟你事先说明过村冈智子命案，不能怪你。”

两人沉默了一会儿。

“另外关于佐山道夫，我之前在信里也提到，没有迹象显示，他曾在博多与波多野雅子见面，江头跟平尾山庄里的员工又都表示，和佐山见面的是位年轻女性，不论长相或年纪都有出入。这又是怎么一回事？”樱田不解地说。

“嗯，看到你的信，我也吓了一跳。雅子十二日确实去了福冈，我以为她的目的一定是去见佐山。”

桑山也是一脸疑惑。

“那位年纪不到三十、身材修长、貌似上班族的年轻女子，到底是谁？”

“不知道，可能是佐山店里的客人。”

“大概脱离不了这范围吧。这么说来，她会不会是青山店的投资人之一？难道会是艺人吗？”

“都有可能，女子的身份可以再进一步调查。这么一来，我大概能猜出雅子被杀的原因。”

“我也是。也就是说，雅子妨碍了佐山和新情人交往，却仍执意纠缠，他嫌碍事，就把她杀了。这么做还有个好处，那就是可以将积欠的债务一笔勾销。雅子风尘仆仆追到博多，却没见到佐山，落得一场空，回到东京之后，肯定会更加缠人。”

“佐山那个叫作柳田的助手，不知道有没有可能透露出一些事情。”

“他的口风很紧。如果是警方侦讯，还有可能让他开口。”

佐山既非杀害雅子的嫌疑犯，也不是重要证人，警方不可能受理协助侦办。地方检察院或许可以以建议的方式与警方讨论，高等检察院却无此一职权，若要送交地方检察院，又嫌证据不够充分。

依旧刑事诉讼法规定，地方检察院有权指挥警方进行侦查，新刑法则改以警方为侦查主体，地方检察院主要负责审判。检方内部对此传出反对声浪，强烈要求“恢复”指挥侦查的权力。

桑山在办公室接到樱田事务官的电话，约好中午休息时间在餐厅见面。“佐贺鸟栖那边回信来了。”樱田小声又兴奋地说。

他们身旁尽是些检察院的同仁，但他们讨论的并非是能让对方一听即懂的话题。

“事情和您推想的一样。据长年在鸟栖的保险公司服务的员工表示，宫坂的业务范围包含位于仁比山的精神病院，向里面的医疗人员及职员推销保险，成绩不错。”

桑山即使听到事情发展一如所料，表现也没有樱田激动。事实上，他觉得自己走入了死巷。

“告诉我这话的男子不负责医院方面的业务，因此对宫坂的行动也不是很清楚，不过，宫坂工作的这段时间，与被疯子杀害的女性到医院探望弟弟的时期一致。”

“医院方面又怎么说？”

“我直接打电话去问医院的事务长。事情发生在八年前，因为是严重疏失，对方记得很清楚。疯子会逃走，完全是医院方面注意不周。精神病院跟普通医院不同，女护士的能力有限，他们会雇用年轻力壮的男护士，以压制、护送行为粗暴的患者。那天护士忘记把病房的门锁上，疯子便乘机在晚上摸黑逃走，没有引起任何人的注意。隔天早上，患者不见，引起一阵骚动，医院马上报警处理。”

“是护士跟宫坂串通吗？”

“因为不能提到宫坂的名字，我换了个方式确认，护士忘记上锁这件事纯粹是一时疏忽，还是刻意。对方回答护士身上找不到任何疑点，也没有与外界串通，单纯只是粗心出错，因此护士一直很痛苦，十分自责。由这个回答可以知道，佐山不可能是有计划性地将这名疯子设计为凶手，而应如您所指出的，一切出于偶然，他只是碰巧藏匿在案发现场。”

昨天晚上桑山拿出久未取阅、内部流传的“匿名信”，信里的字句还残留在他脑海中。

“检察院作为侦查机构，长年受国民信赖，此次竟被逐于侦查行动之外，实感不胜唏嘘……”

为此“唏嘘”的是“旧刑诉派”。他们致力改正及指导，警方基于现场主义和经验主义行动时，容易产生偏误的侦查方向，使案件由侦查至审理皆能维持一贯信念。新刑诉法通过后，检察机构只能阅读警方提供的调查资料，无法实际深入了解案情，只能依从警方指挥行事，旧派因此提出抗议。

“检察机关内部有所谓的新刑诉派，与老一辈的旧派人士针对检察官的定位及方向皆有对立。”

此为当时情形，尔后随着资深的检察官相继退休，旧派逐渐没落，新派的思想遂成为主流。

真正令桑山“感叹”的是，检察官遭“放逐”于侦查行动之外，理由是检察官“忙于杂务”。他难以接受这个称不上合理的理由，推辞杂务繁多，无暇进行调查，总让他耿耿于怀。

新锐检察官更举出“检察事务缺乏知性与文化性，检察官普遍见识浅薄，行动有欠思虑，远法院而近警察”以支持专责审判原则。此一主张背后存在精英意识，以及与“智力低下”的警察划清界限的超然立场。

桑山的想法显示，他仍为旧派的拥护者。

但更让桑山在意的是，在批评新锐检察官及至检察院研习的司法研习生[1]时，所提出的“检察一体，上命下从”的组织体系。他认为，这才是最具争议的问题。

1　在日本，经过司法考试合格者，需以司法研习生的身份接受一年六个月的研习，研习后经考试合格，方可成为法官、检察官或律师。

第十五章

幸子归后

波多野雅子于六月十七日横死西多摩郡青梅的山中，这半年来，枝村幸子身边也发生了不少事。自从四月十三日在博多告别道夫之后，变动即接踵而至。

幸子于十三日中午过后飞抵羽田机场，下午三点才进杂志社。她从机场花了点时间回家，考虑到她手提行李、一身外出旅行装扮到公司，未免有失体面，便换了套衣服才出门。由于久未在东京享用美味午餐，她禁不住诱惑，又在途中前往赤坂的餐厅用餐。

她到杂志社的时候，编辑会议正在进行。她毫不在意地挑了个角落的位置坐下，总编辑瞪了她一眼，没有当场发难。幸子的年资长，远比大部分的男同事来得资深。真要算起来，她的前辈只有总编辑、主编及其他三四人，其他同事在表面上都对她敬畏三分。

总编辑一个月前才刚由其他部门调任至此，他不时严峻地盯着跷腿坐在椅子上、抬头大口抽烟的幸子，并未出声。

会议结束后，他把幸子叫到没有人的隐秘处。

“你知道今天下午一点要开编辑会议吧？”

总编辑一开始就摆出咄咄逼人的姿态，幸子也不甘示弱地瞪回去。

“知道啊。”

“你为什么明知道要开会，还迟到两个小时？”

“我已经尽快赶过来了，还是来不及，就迟到喽。”她的眼神及言辞毫无歉意。

“你已经尽了力，还是迟到……有什么理由吗？”总编辑问。

“私事。这关系到我的个人隐私，恕无法相告。”她一心反抗，说话也跟着严肃起来。

“个人隐私啊。”总编辑讥讽地说，“你到昨天不是放了两天假了吗？”

“那是年假。”

“对，我同意那是你可以行使的权利。不过，今天这两个小时……准确说来，规定上午十点上班，算迟到了五个小时，这我就没办法不过问了。”

“您说这话就太不通情理了，根本没有人遵守上午十点上班的规定，您也是下午一两点才进办公室的啊。”

“我这么做有正当理由。我们的工作跟业务不一样，有时候需要配合作家的时间，在上班前先去拜访，或是为了采访晚进公司，没办法照规定行事。你要问我为什么迟到，我可以回答你是为了工作上的需求。以前你晚进公司，我从不过问，就是因为我认为你在外面忙着工作……但是，今天开的是讨论特刊内容的重要编辑会议，事前已经提醒过全员都要出席，就只有你晚了两个小时进来。而且还因为迟到，不清楚会议进行状况，没办法发表意见，只能坐着抽烟。你今天迟到两个小时，等于一整天都浪费掉了……所以我才问你为什么迟到，我可不接受私事无可奉告这种答案。”总编辑激动地一吐胸中怒气。

幸子目光炯炯有神地听着总编辑说教，嘴边泛起一丝冷笑，心想总编辑尽讲些漂亮的场面话。她私下听过关于总编辑的流言，他爱上酒吧，每次离开女人的公寓，总是一点过后才姗姗来迟。

“你这两天休假是外出吗？”

幸子没有出声，总编辑于是继续追问。他刚上任，早已预谋要先给部门内这位女强人一个下马威。

“出去啦。”

“我不问你去哪里，不过，回来总是需要搭乘交通工具。你刚才说，你已经尽快赶来公司，结果还是迟到了，难道你在这一路上遇到了什么不可抗力的阻挠，让你没办法顺利准时进公司吗？”

“……”

“国营铁路公司没进行斗争，也没听说私营铁路罢工，或是飞机发生意外……”

“好了，不要再说了。请从我的月薪里扣掉今天的薪水！”

幸子声音颤抖，怒气冲冲地从总编辑面前离开。

她下午五点就走了，其他同事都还留在公司，她这两天休假，也积了些工作待办，却没有心情处理。她今天原本打算晚上留下来加班，但总编辑那副盛气凌人的嘴脸叫她无法忍受。她的年资长，这对她而言是忍无可忍的莫大侮辱。

幸子对自己的工作能力有信心，也很适应这份工作。她做事比男同事干练，而且由于长年负责影视线，在演艺圈建立起了丰富人脉。在影视新闻这个领域里，最重要的便是人脉广，没有人脉就别想拿到好题材，杂志企划更是得不到协助。这算是一种特殊手段，公司职称的作用微乎其微，若是想凭此与其他杂志一较高下，只会落得铩羽而归的下场。

演艺圈属于她负责的领域，总编辑即使气焰再高也无能为力，其他同事再怎么努力追赶也只是徒劳。

（好，我这个月不管了。）

她决定这个月要放纵玩乐，效果将会反映在下个月份的影视专栏。影视专栏是女性杂志的重要单元，要是表现较其他杂志差，肯定会吓得总编辑脸色发白，后悔骂了她这位资深员工而像前任总编辑一样重视她。她这么想着，仿佛仇恨已报。

前任总编辑宠坏了枝村幸子。

她老早离开公司，却还是怒气未消。每当遇到这种情形，她总会打电话叫佐山道夫陪她吃饭，再回她的房间或是其他地方住个一晚。此时他人却在九州，无法陪在她身边，现在也不一定还住在博多的饭店。他明天受邀前往长崎当地的美发师聚会演讲，住宿由主办单位安排，到了才会知道住在哪里，无法与他联络。

她想到可以找福地藤子，拨了通电话到她工作的出版社。福地藤子归属周刊编辑部，打电话也不一定能找到人。月刊跟周刊的忙碌程度有天壤之别。

福地藤子接了电话，说今天是她这个星期以来最悠闲的一天，随时可以走。

“我想喝酒，你请客吗？”福地藤子发出男人般的声音。

枝村幸子和福地藤子约在新宿的餐厅见面。她们平常总是在高级餐厅畅饮洋酒，但幸子自从与道夫交往以后，经济状况日渐拮据，尤其往返九州的机票钱及当地的住宿费都是自付，钱包更是消瘦不少。

福地藤子不论声音、长相，甚至服装都充满男子气概。她剪了一头短发，那张鼻大嘴大的脸上没有化妆，穿的是黑色长袖毛衣，配上卡其色长裤。

“我能了解总编的心情。”

福地藤子喝了一口威士忌，露出全身上下唯一散发出女人味的金牙。她张着宽扁大嘴，眯起眼睛。

“咦，为什么？”

“就是说啊，因为你的工作表现好，新上任的总编辑为了不让你威胁到他的地位，给你个下马威。”

“是吗？这样也太坏了吧。”

“没错，就是坏，男人就爱虚张声势，他这么做其实是自卑感作祟。”

“那我该怎么办才好呢？我应该要反抗他，还是表面上故作温顺，这我可不服。”

“你不要理他，无视就好啦。”

“这可行不通，我每天坐在办公桌前都会看到他。老实说，我打算这一个月随便应付，搞垮影视专栏，这么一来应该可以让他醒悟。”

“原来你已经有计划了。这虽然是常见手段，可是真的有效吗？只怕总编知道个中缘由，怒意越升越高，惹得情势险恶一发不可收拾。他要是往上告到局长或高层长官那里，吃亏的就是你啦。”

枝村幸子还没考虑得这么周到。她以为率领下属无方，需追究总编辑的责任，在自己的权限范围内寻求解决之道，然而总编辑刚上任，尚不需负起监督职责。她不曾预设总编辑可能会一状告上局长或其他长官。

社长跟长官们知道她长年为杂志社服务，是专门负责影视新闻的资深编辑，不会轻易答应总编辑的要求，反而可能责骂前来告状的总编辑软弱无能。

“好啊，他敢这么做，我就辞职。”枝村幸子气愤地说。

“你说什么？辞职？”福地藤子睁开一双细眼，张大了鼻孔，看着幸子。

“对啊，我早就想辞了。一直当个低薪编辑也没什么前途，再说，女人不管工作再久，成就还是比不上男人。所以呢，我要成为自由撰稿记者。幸好我这几年负责影视消息，在这一方面已经奠定了基础，大家要是知道我独立，一定会支持我。我跟藤浪龙子的感情好，其他像是作曲家新井老师和久米老师、电影导演村尾老师，还有我之前负责的作家们都会挺身而出。这些人现在虽然有名，过去我可是为他们出了不少力。”

“噢，那不错啊。”福地藤子一拳打在桌上，“这些是你的财产，没有不加以利用的道理。你的文笔好，采访又出色，我每次看都觉得惊艳，像你这样的人才竟然被绑死在一个地方，真是太可惜了。”

她们不是到高级餐厅用餐，菜肴称不上美味，器皿也不讲究，但便宜的威士忌仍令人醺醉。福地藤子连叫好几杯酒，瞳孔的变化逐渐迟缓。她赞赏枝村幸子的才能，一再点头保证她绝对有独当一面的能力。

“你看A·H子，那女人明明没什么才华，写出来的报道竟然大受欢迎，月入百万以上，真是赚翻了。还有S·R子，我们不常刊她的文章，不过，我确定她的月收入不下六十万，而且这还只是一般水准。有人到处兜售匿名文章，也有人跟两家左右的公司签约，拿固定价格。依你的能力，马上就能月入五十万，有署名的文章价格更高，大概可以到七八十万。我保证一定有这行情。”

“我真的可以吗？”枝村幸子故作谦逊。

福地藤子指名道姓举出来当例子的两位女性，她也有耳闻，并自认自己的才能比她们优越。

“那么我先把稿子投到你那边去？”幸子半开玩笑地试探福地藤子，语气中又是恐惧，又是谄媚。

“好啊，我随时等你的稿子。稿子拿来，剩下的交给我处理。我们现在是请A·H子写稿，老实说，我们正在烦恼她的文章千篇一律，不知道该怎么办才好。你要是能写稿子来就太好了，刚好可以换掉A·H子。”

“你是说真的吗？”

“我这个人不会说谎，捧你对我也没好处，难道你对自己的文笔没信心吗？”

“信心我多少有一点，至少写出跟A·H子差不多程度的文章不成问题。”

“你的自信应该不只这么一点吧？算了，算了，为了将来随时可以独立，最好是从现在开始四处打好关系，包括采访对象也不能疏忽。你跟藤浪龙子有交情，歌谣界方面应该没问题。工作辞掉之后，一定要闯出一番成就，让总编后悔莫及。”

福地藤子的建议，使枝村幸子越来越觉得成功在望。她本来就有自信，在博多的平尾山庄时，也曾向佐山道夫表达过独立的意愿，只是没听到他人的想法，总感到不安。她身为杂志编辑，无法由客观的角度看待这件事，况且她亲眼见证过许多自由撰稿记者的浮沉，能一路顺遂最好，一旦失败，后果惨不忍睹。她需要旁人提供意见协助判断，能得到像福地藤子这样一位内行人的保证，她终于拿定主意，接下来就是为将来巩固采访来源及客户。她心想，好，一切就从明天开始。

“你一个月赚个八九十万要做什么用，你一个单身女子，有那么多钱也没处花啊。”福地藤子咧开大嘴嘻笑。

“就是因为单身，才要趁现在，为老年进养老院先做好准备喽。”

“你真会找借口。那个老顽固总编辑骂你是因为你放了两天假又迟到，你到底是玩到哪里去了？”

“也没有啦……”

“哼，你的脸上写得一清二楚，这一趟玩得很爽吧？你要下定决心赚钱是不错，要是拿去养男人就太蠢了。”

“不劳您费心，你觉得我是这种人吗？”

“你好胜又聪明，挑男人的眼光看似严苛，其实一坠入情网就变成了个盲目、小心眼又老爱吃醋的女人，我说得没错吧？”

她们喝到十点半离开。她受到福地激励，但最后那几句话却挥之不去。那番话说中了一半，她确实因佐山道夫而怀有强烈妒意，按捺不住妒火中烧，却又怀疑，难不成佐山只是在玩弄她？

她起了确认的念头，脑子里骤然闪过一个实为猜疑的想法。她找到公共电话，翻出以前记在手册里的电话号码，拨了通电话到波多野雅子家。

“您好，我叫川上。抱歉这么晚打扰您，请问夫人在家吗？”

“夫人不在，她昨天出去旅行了。”

接电话的人似乎是女佣，声音里带着浓浓睡意。

“夫人去旅行了吗？请问她到了什么地方旅行？”

“夫人在大阪……”

“请问她什么时候回来？”

“后天或大后天。”

幸子走出电话亭，怒血直冲脑门。雅子去大阪的那一天，正好错开了自己回东京的日子。

幸子一见道夫，便追问他在长崎的住处。道夫从她的表情看出不寻常，由于早有准备，回答得不慌不忙。他怕要是顺口胡诌，幸子随时可能会打电话去确认。

“你为什么这么在意这件事？”道夫不堪其扰，露出厌烦的表情。

“因为你说谎。”幸子怒目相对。

过没多久，她的态度不再强硬，甚至有让步的意思。

“我怎么可能说谎，你又在怀疑什么了？”

“波多野雅子从十二日起就不在东京了。”

道夫大概猜到了是这么一回事。其实他早就从她的表情看出端倪，她也许打电话到波多野家打听过了。

“谁在不在东京都跟我无关。你知道她去哪里吗？”

“大阪。”

“谁告诉你的？”

“女佣吧。”

“如果是她出门时告诉女佣要去大阪，肯定不会有错。我可是在九州哦。”

“我才不相信她去了大阪。从日期推算，那天不正好是我回东京的前一天吗？”

“十二日那天，我们不是一直待在博多吗？如果她真的跟你猜想的一样跑来博多找我，我要怎么陪在你身边？你看，那天我们不是从早到晚都没分开过？”

“我十三日上午离开九州，说不定你马上就赶去跟她见面了。”

“别闹了。她要是为了我专程飞来博多，我怎么可能放着她不管，就算只有一个小时，甚至三十分钟，我也会挪出时间去机场接机。”

“你做事精明，或许早就安排好了。”

这场对话在各说各话中结束。幸子没有确切掌握雅子的去向，正因为有这致命的缺陷作梗，使她无法彻底追究。她一方面追问，又期望他并未和雅子见面。仔细想想，即使道夫安排再周到，也没那胆量同时约两个女人到同一个地方旅行。况且，她也不认为雅子会没事先约定就自作主张追到博多，如果有约，道夫不可能自找麻烦。雅子若于十二日到达博多，道夫只要照自己所说的，随便找个借口溜走就得了，他却从未离开一步。那天下午他抛开工作，一路陪着她从箱崎的旅馆，直到回平尾山庄。她回想起当时的情形，道夫的样子并未特别慌乱。刚开始他放不下剧场的工作，一知道赶不及，态度也随之从容。幸子反复寻思，逐渐无力反驳。

"我怎么觉得被你骗了。"

幸子露出一抹苦笑，表示退让。

"我想辞掉现在的工作。"

她提起目前最让她担心的问题，这问题占据她的心头，让她没有心情再逼问道夫。她无法同时挂念两件事。

"你在博多就说过要辞职，终于下定决心了吗？"道夫表现得漠不关心。

"既然迟早要辞，我想快点决定。"

"杂志社知道了吗？"

道夫看着幸子激动的神情，心想肯定是发生什么事了。

"还没正式提出。老实说，我跟总编辑吵了一架。"

"什么时候？"

"九州回来那天，我迟到了，不过，要不是总编辑欺人太甚，我才不会回嘴……反正我也没打算再待下去，吵不吵都没差别。”

幸子以不同于向福地藤子抱怨时的亲昵语气，寻求慰藉似的迅速交代事情经过。

“被骂一下也不要紧吧。”道夫的反应不如幸子期待得热烈。

“当然重要了，对我来说，那可是无比的侮辱呢。”

“每个人都有自己的想法，可是辞职这件事，再多考虑一下比较好吧。”

“你叫我继续忍受在那个总编辑下面做事吗？”

“总编辑也算是杂志社聘请的员工，不会老占着同一个位置，总有一天会换人。我建议你不要一时冲动，意气用事。”

道夫建议她慎重行事。他对媒体的世界一窍不通，只不过担心幸子一辞职，会造成他时间上的负担。她的行动受工作限制，即使再自由都无法脱离这强大束缚，要是以后转为自由业，恐怕会全面介入他的生活。他现在已经感到应接不暇了，更进一步的牵连，怕只会使他自由和事业两头空。

“我也不年轻了，总不能像个傻瓜一样，呆呆地守着同一间公司。何况独立之后的收入会是现在薪水的三到四倍，机不可失，我还可以到处写文章提升你的知名度呢。”

“收入会增加这么多吗？”

“最少一定有五十万，而且我有信心可以赚到更多。我现在专属《女性回廊》，独立之后，可以帮各家杂志撰文，发表的舞台更宽阔。譬如说，我就算想写篇文章推荐你，一遭《女性回廊》的编辑会议否决，那篇稿子也就废了，但是，以后我可以把稿子拿到别家杂志刊登，这对你来说可是个大利好。”

她这话确实有几分道理。道夫有点心动，虽然烦恼她辞掉工作后可以自由运用时间，但这却是个能在媒体上大肆宣传的良机。如果她工作忙到没有闲暇时间，那更是求之不得。

“我的心意不会再改变了，也已经开始着手准备。”

实际上，她已经开始与各方人士接触并拉拢关系。她前往别家杂志社，拜访那些熟识的总编辑，传达她今后将辞去《女性回廊》工作的意愿，届时请务必提供协助。她拜访的每一位都与她交情甚笃，当场答应她的请求，并表示随时欢迎她的稿子。

她不只拜托总编辑，也对其下编辑部的年轻员工示好。她向采访对象及合作作家表明去向，请他们多帮忙，每一个人都表示一定尽力相助。她也常请其他杂志社的编辑部员工吃饭，为将来投资。

她对外的准备工作渐趋繁忙，因而无暇顾及本业。她并不在意荒废工作，反正不久就要提出辞呈。比起当下，未来的人生规划更加重要。

“等你将来工作上了轨道，我想请你帮忙关照一个画家。”道夫说。

“画家？”

“其实是个设计师，画图的。”

“哦，我听你提过，就是你之前住在四谷的时候，隔壁的那对夫妻？”

“对，他叫冈野正一，现在是透过神田那边的设计事务所接案子，不过说穿了，是他的朋友把接下的案子，用低价外发给他。我虽然不觉得冈野的才能特别优秀，可是他为人忠厚，我想帮他一把，让他有成名的机会。就算只是让他在杂志里画一小张图，他肯定也会乐不可支。”

“你是说插画吧。好啊，既然你都这么说了，我会想办法帮他一把。”

“他如果看到杂志上刊登自己的画作跟名字，不晓得会有多开心。而且就因为他为人忠厚，我打算把青山店的部分室内装潢交由他设计。”

“对了，青山店的开店计划有进展吗？”

“你提议让艺人加入会员出资的计划没什么成效，他们对无利可图的投资好像没什么好感。”

“我觉得这点子不错呢。跟你洽谈过的那些人反应如何？”

“顶多只有五六个人加入，而且每个人只拿出十万或二十万这点小钱，就算是藤浪龙子这些大明星也没拿出多少钱来。”

“我再来说服他们看看吧。”

“那就拜托了。”

他在这件事上看到枝村幸子值得信任的一面，若是情欲能再稍微淡一些，就更理想了。

有一天，枝村幸子这么说：“青山店的会员制很难推动呢。”

“我决定卖掉自由之丘店，把资金回转到青山。本来我是计划经营总店跟分店共两家店，可惜事情发展没那么顺利。”

“自由之丘店的价钱有那么好吗？”

“售价普通，不过，那块地比青山足足大上两倍。不够的部分我已经想到该去哪里筹了，我可以卖掉九州那边父亲名下的山地。”

“那就好。可是，你在九州还有山地吗？”

“有。”道夫答得斩钉截铁，“我父亲留下的地还剩一些，亲戚那边也都处理好了，不会像以前那样有纠纷。”

“幸好你早买下了自由之丘那间店。”

自由之丘店那块地在一个月前还登记在波多野雅子名下，那时他不能卖，也没办法拿去抵押。

一个月前，他谎称资金不足，借来雅子的印章，并以向银行借钱为借口，不消一天便将土地转到自己名下。

雅子为他选定开店地点，但那单纯只是“借”给他的土地，她从没说过要把地让给他。爱情归爱情，物欲归物欲。雅子没向他收取租金，一心期待地价飙涨。

道夫为雅子的贪婪而恼怒。雅子不曾明说要把地送给他，既然是为喜欢的男人开店，地理应归男人所有，至少，那是对“情夫”应有的态度。她没说出口，他便将此解释为双方互有共识。

然而，雅子从未表示要把地让出。他逐渐认清雅子打的如意算盘，怒不可遏，愤愤地想，竟然把我当成这块地的管理员，这块地必须为我有效运用，那女人简直是让这块地的利益机制付之阙如。

他盗用雅子的印章，私自卖地，涉嫌伪造文书及诈欺等两项罪嫌，一旦被起诉，势必会遭合并求刑数年。不过，道夫想，那是发生在不相干的外人身上，他和雅子的关系并非“外人”。

雅子尚未得知这块地已不再归她所有，倘若发现肯定会大发雷霆。道夫与买下土地的买主约定，在青山店完成之后，店家搬迁之前，自由之丘店先维持原状。店的外观不变，雅子自然不会注意到不管土地还是店面，都入了他人之手。

他将据点转移至青山后，雅子才会察觉有异。他告诉雅子，青山分店的资金由别处周转，她因此以为“总店”不会受到影响。事迹败露后，必定少不了激烈争执。

她究竟能把事情闹多大？她瞒着丈夫，私下筹钱买地，等于是偷丈夫的钱，再双手捧给情郎，她要吵要闹皆受限于此。她若是坚持追讨这笔钱，不仅证券公司社长夫人的位子不保，更会成为人们侮辱及嘲笑的对象。最后，她只能含泪吞下。

他打算要是雅子争吵不休，便威胁将一切摊开在世人面前，一句话就能让她闭嘴。

波多野雅子曾在九州旅行的途中催他还钱。她表示，她除了帮忙“垫钱”买地之外，还另外借了他不少钱，问他能不能多少还一点。他被要钱要得不明所以，追问之下才知道，雅子在股市惨赔，输得一败涂地。

她投资股市的盈亏都瞒着丈夫，不论是“借出”赚来的钱，或是逼他“还钱”，这些都不在丈夫的掌握之中。她没办法与任何人商量，拿不到钱，她只能暗自苦恼。

枝村幸子回东京后，道夫与前来催讨债务的肥女度过爱欲交缠的两天。他不是真心沉溺爱欲，只不过为了让她提不起追讨的念头，这是最好的方法。雅子的金钱欲确实因此变得迟钝。

这状态不可能永久不变。即使她色欲再强，一旦清醒，又会以自己的经济状况为主要考量。

道夫回到东京后，雅子催讨债务的态度越趋紧迫盯人。

与此同时，伪造文书及诈欺一事曝光的日子，也逐渐逼近。

道夫便是在如此危急的情形下与幸子见面，不，他见的人不只幸子，还有她和雅子都不知道的女人。

他的新欢名叫竹崎弓子，是一名赤坂日式料理店的老板娘，背后有财界人士提供资助。她只要借口店里业绩出现赤字，这位财界人士就会拿出一笔钱，其中每个月提供的资金以及额外的援助，都是由公司出钱，自己则是不痛不痒。每家公司都有作为政治资金运用的秘密账户，并以各种方式筹措款项，如通过分公司或厂商，操作手法极为复杂。除了表面上的金钱往来，另有私下流动，不向政治家收取捐款收据的秘密资金。从预定捐献上亿、上千万的政治献金中，即使挪用一千万，也只有少数关系人士知情。复杂的操作手法正有助于保密。

竹崎弓子对这内幕一无所知，只要开口要钱，钱便滚滚而来，从里面拨出一些给佐山道夫，也毫不心痛。餐厅经营有许多灰色地带，税捐处无从查起，资助者又对她言听计从，她经营的也算是间充满秘密色彩的企业。

青山店所需资金不足，大多由竹崎弓子提供援助，也就是由她补足卖出自由之丘那块地后的缺口。他唯一只怕会因为他要求的金额过高，让她一走了之，从商的女人自卫本能也强。

另一个女人是滨野菊子，二流制药公司的社长夫人。公司由于上一代经营者开发新药有成而日渐壮大，此一招牌药品，现在仍持续为公司创造亮眼的业绩表现。前任经营者过世后，丈夫立即抛开以往的自制，纵情玩乐。她的父亲是医学博士，曾协助开发新药，两人因此关系而结为夫妻。她从小就是个任性、耽于逸乐的女孩子，就读女子大学时，与男性友人的绯闻即不绝于耳。

菊子一听到丈夫外遇的消息，马上跟着有样学样。她不是会因嫉妒而哭闹的传统女性，她清楚如何以对抗来进行报复，既然丈夫在外面找乐子，她也不认输。

她购买大量的宝石及华服，尽情挥霍，只是衣服买得再多，依然无法填补内心空虚。现在不比婚前，与男性友人往来有损形象，她于是在常去的美容院里，选择道夫作为交往对象。她看上他的口风紧，不需要担心他扬扬得意地在人前大肆吹嘘，或是遭他胁迫。佐山道夫近来以发型设计师之姿受到大众关注，她因此判断，他为在社会上占有一席之地，必会珍惜自己的羽毛，不敢轻举妄动。

滨野菊子也为青山店出了点钱，金额虽较竹崎弓子少，不过，别的女人可拿不出五百万，再说她不在乎经营利润，正如他所愿。

他在青山开店的计划因此有望落实。他心中有个理想，简单地说，就是开一家实现女性梦想的美容院。现代日本的美容院仍残留着过去理发店的旧观念，只是帮忙梳整发型的店家，直到最近才终于开始重视气氛的营造，但仍有不足。在他的设计蓝图里，他要开设的是一定在各方面都能高度满足女性心理的美容院，青山的环境正好契合他的构想。依他的设计，这家店不能开在偏僻的地方。这是一场赌博。

他彻底隐瞒与竹崎弓子和滨野菊子交往一事，没让波多野雅子与枝村幸子知道，特别是枝村幸子，她一旦发现，必然又是妒火中烧。表面上，她富有涵养，但就某种层面上来说，她却是最毒辣的女人。

幸子聪明却不谙世事。邀请艺人成为青山店的特别会员，以集资筹措开店资金，这计划充其量只是纸上谈兵。这想法或许取自酒吧或夜总会的会员制度，却忽略了酒吧的客人多为假借公司名义饮酒作乐，加入会员的会费也由公司的交际费中支出。由于有这些假公济私的上班族，高级酒吧才得以生存。如果这些客人都是以个人身份来店，只会使倒债的情形日渐恶化，继而在短时间内走上倒闭一途。艺人的收入虽高，却不会浪费钱投资美容院，有这么一笔钱，不如雇用一位专属发型师，更能满足她们的虚荣心。更何况美容院的店长即使技术再高超，也不可能特地为了一位女客人随时待命，既然时间受限，配合客人行程便成了不可能的要求。艺人的钱超乎想象地难赚。

枝村幸子不了解状况。她进出演艺圈，周旋在文人之间，却只有做些表面上的采访。道夫没有明讲，不想拿这些有害无益的事破坏她的心情。枝村幸子今后将成为一位独立记者，似乎还有利用价值。

第十六章

自立门户

枝村幸子与总编辑爆发冲突之日终于来临。

自从福冈回来那天，她因为迟到而与总编辑发生争执后，双方便陷入冷战。上午幸子进办公室总是刻意无视总编辑，总编辑虽面露愠色，却不曾当面指责她为何没打招呼。她为此感到痛快。

那一天，主编正在审阅幸子所写的影视新闻原稿。总编辑坐在一旁忙别的事，自刚才起便心不在焉，不时瞄向主编手边的稿件。

主编读完，立刻默默地将稿件递给总编辑。他接过来看，五张稿纸只读了三张，突然一把撕毁稿件，编辑部的职员听到撕纸声，全抬起头来，只见总编辑满脸通红，从位子上将撕碎的原稿丢向幸子桌上，原稿碎片如雪片飞舞。

幸子在惊吓的人群面前，看向总编辑。

“你在编辑部工作几年了？”

方脸的总编辑以嘶哑的声音怒骂幸子，她一时脸色苍白，哑口无言。

“这么差劲的报道，连只有一年资历的新人都写得出来。”

总编辑说完便重重坐下，若无其事地拿起其他原稿。他的情绪激动，稿子拿在手上不是为了阅读，而是在等待幸子还击。

幸子站起身，椅子吱吱作响。她意识到所有人的目光都集中在自己身上，一路走到总编辑面前。

“请问您为什么撕毁我的原稿？”

幸子的语气激动，总编辑没有立即回答。

“您说这篇文章差，我倒觉得是篇不错的报道，没有其他人写得出来，这可是独家报道。”

“这种事大家都知道，看来你的情报来源需要检讨。”总编辑没有抬起头，回应中充满讽刺。

“您跟演艺圈不熟，才会说出这种外行人说的话。”

“我跟演艺圈确实没有你熟，就连我都觉得这篇文章乏善可陈，那肯定是一篇拙劣的报道。”

“您是冲着我来的吧，这分明是在发泄私人恩怨。”

“胡扯。”

总编辑猛地抬起头，又为了在女性面前保持高傲的态度，故意拿出香烟点火，火却没有一次就点着。

“我跟你有什么私人恩怨？”

“之前您骂过我，从那时候开始就看我不顺眼。”

“我骂你是因为迟到，完全秉公处理。”

“那只是表面，其实还掺杂了个人情感。”

“什么个人情感？”

“我就趁这机会讲清楚，这也是为了编辑部好。”

“既然是为了编辑部着想，请务必说出来听听。”

总编辑不愿在属下面前折服，神情异于平常。

“那么我就说了。您在调来这里担任总编辑之前，都待在别的部门，对这里的工作不熟，资历又浅，待在总编辑这职位一直觉得自卑，所以一上任就想先压制部属，而资深又是女人的我，就成了最容易下手的目标，所以那天您才会突然对我大吼大叫。”

“你是这么容易应付的女人吗？我还以为你是个难缠的对手。”总编辑故意摆出笑脸，却像是被看穿了心思，继续说，“这些都是你的猜测，女人就是爱胡思乱想。”

“您别想瞒混。”幸子尖锐反驳道，“您刚才说骂我是基于杂志社的立场，我不过晚了一点来上班，您不也是常迟到吗？虽然说您也有您的理由……”

她暗指总编辑与女人会面一事，有些职员扑哧笑了出来。

“不管怎么说，乱撕原稿是暴君的行为，您企图在编辑部执行高压统治，以蛮力掩饰工作上的不专业。不经由任何讨论，擅自撕毁原稿，您有这权力吗？”

“有！”总编辑趾高气扬，正面迎战，“至少我有权撕掉你那篇烂稿子。”

“您这么不认同我的工作表现吗？”

“不认同，完全不认同。”

双方各执己见，互不退让。

“哼，我没办法继续在这种庸俗的总编辑底下做事了。”

“你说什么？”

“我要辞职。”

“噢，好啊。你走吧。”

总编辑没料到事情会发展到这地步，但仍处之泰然。

“您没有权力批准我辞职，我会直接禀告社长。”

“……”

“我会顺便报告社长，您迟到是因为花时间陪女人，还有您在午餐时间整整三个小时不见人影，其实是跑去跟女人幽会的流言。”

总编辑的表情僵硬。

“您请安心，我会补充说明这情报的可信度低。我做事向来公私分明。”

枝村幸子打了通电话到自由之丘的美容院。店里员工接起电话后，便去通知道夫，或许他正在忙，没有马上来接电话。

“久等了。”五分钟过后，话筒里传出道夫的声音。

“我告诉你，我不做了。”

“不做了？什么东西不做了？”

“傻瓜，我辞掉工作了。”

“噢，你辞职啦。”

他听起来不怎么惊讶。

“你说得倒轻松，这对我来说事关重大，我可是辞了从事八年以上的工作啊。”

“嗯，不过，你不是早就想辞了？”

“是没错啦……”

幸子对道夫的冷淡回应感到不满，心想道夫根本没进过公司上班，不了解她的心情。

“我从今天开始就失业啦。”

“没这回事，你终于迈出第一步啦。”

“我很怕，不知道能不能顺利呢。”

“这真不像你会说的话。”

“毕竟是辞掉长年以来的工作，总觉得心情很复杂。今天晚上我们见个面，纪念一下嘛。”

“今天晚上吗？”道夫沉默了一会儿，“今晚不太方便。”他突然压低了声音。

“你要出门吗？”

“我没有要出门，不过，有人要来。”

“咦，是客人吗？”

“是来帮忙青山店室内装潢的人，喏，我之前不是说过了吗？就是冈野啊。”

“噢，你说他啊。等你们谈完也没关系，只要见一下面就好了。”

“我们已经约好要去喝酒了，对不起……”

“我真的很想见你，你来一下嘛。”

“嗯，我不知道有没有时间……”

他沉稳回应着。似乎有客人来店，他的声音转向别处，招呼了声欢迎光临。

“求你了，我才刚跟总编辑大吵过，满肚子火还没消。”

“我了解了。”

道夫因为客人在旁，说话的语气也跟着改变。

“我一有时间，就会前往拜访。”

幸子走出电话亭，招了辆出租车到出版社找福地藤子。现在这种时候，唯一可靠的只有福地藤子。

“噢，你总算辞啦。”

福地藤子跟佐山道夫不同，当场表现出激烈反应。她瞪大了那双小眼睛，动也不动地凝视着幸子好一会儿。幸子见到她这种反应，很感动。

“你到底是怎么下定决心的？”

福地藤子自坐下后，便将手支在桌上托着腮，身体前倾。

枝村幸子描述起她与总编辑的争执，以及后来到社长面前递出辞呈的经过。

“没想到社长竟然那么冷漠，我真是吓到了。他只说，哦，是哦，真可惜，就收下我的辞呈了。虽然他就算挽留，我也不会改变心意，可是他根本连一句话也没提到。气死我了，我为公司做牛做马地工作了八年半。”

“老板就是这样没眼光喽，还觉得那些薪资比你便宜的年轻人容易使唤多了。”

“我想总编辑一定事先跟社长告过状了。”

“可能吧……只是你实在不该跟总编吵架，怕会有点影响。”

“咦，为什么？”

“不，也没什么大不了，只是怕他到处散播谣言，那就麻烦了。”

“他要是这么做，我一定抗议到底。”

“我料他也不敢动作太大。好啦，你的第一份工作就交给我，你写一篇短文来，我再拿给我们家总编审阅。”

枝村幸子约福地藤子到赤坂的餐厅享用晚餐。这家餐厅是她基于兴趣评鉴出的“美味餐厅”之一，法式料理的餐点中有两道特别美味的佳肴，由于价格高，一人份还能负担，两人份则显得有点逞强。福地藤子嗜酒，幸子坐在她正对面，望着她浑身散发男性风采，像个男人般畅饮威士忌。

幸子认为为了今后的工作着想，必须善待福地藤子，这是无可避免的费用支出。福地藤子所属的杂志社，出版的是市面上一流的周刊，在上面刊载的文章备受外界关注，以此为契机，必能吸引其他杂志邀稿。一开始写出的文章即使没署名，作者是谁这点小事在这圈子里根本不成秘密。幸子会尽可能找机会向认识的记者介绍自己的文章，相信福地藤子也会帮忙广为宣传。

她试图抛砖引玉，希望福地藤子能为她引荐接下来的工作，因此格外重视，即使需要花点小钱，也让她觉得有投资的价值。

酒醉的福地藤子批评起自家编辑部的愚劣，满嘴总编及主编的坏话。平常，幸子总会随声附和，与她同仇敌忾，特别是和总编辑爆发冲突而辞职后，感受更为深刻。然而，现在立场不同了。独立之后，福地藤子的上司将成为她的重要客户，她不敢随便开口，只是微笑以对，乖乖当个无声的听众。今后两人的立场将变得更加微妙。

“话说回来，你到底拿了多少退职金？”

福地藤子或许是说上司的坏话说到厌烦了，也可能有感于幸子的应对消极，转换了话题。

“这个嘛，扣税之后差不多两百六十万吧。”

扣除的金额中包含预支薪水，这行为开始于和佐山道夫交往之后，以前她虽然过着奢侈的单身生活，但由于确实掌握费用支出，不曾向公司预支薪水。

“太少了。”

“对啊，女人真吃亏。男人就算能力不高，待遇也比较好。”

“所以才气人啊。”

福地藤子讲到薪水就回到了女性的立场，而且或许由于威士忌让她的身体发热，她敞开了薄上衣领口，胸前隆起的线条也展现出她的女性特质。

“现在这种时候，能一次拿到两百六十万也不赖。”

福地藤子神情一变，那张没化妆的脸咧嘴笑着。

幸子见状，生怕她想乘机捞钱。

“一般来说是不错，可是我接下来得靠这笔钱过上好一阵子，没什么把握呢。”

她说这话是为了防范敲诈，也是实情。脱离上班族生活的不安越来越真实，工作稳定前的收入也让她担心。

“没问题的，多写点稿子就是了。”

“还要请你多关照了。”

“好，包在我身上。你的人脉广，应该不成问题，我也会再拜托其他杂志社认识的人，帮你一把。”

“我认识的人没你多，这真是帮了我一个大忙。”

“好啦，就先从我们家的开始写起吧。”

“拜托你了。什么题材比较好？”

“写你擅长的题材就行了，虽然说我们家那个白痴总编看不懂，你放心，我来帮你办妥。”

福地藤子走出餐厅后似乎酒意正浓，还想续摊，幸子却因为挂念道夫要来家里，借故道别。

“今天是六月十日。”道别时，福地藤子说。

“对啊。”幸子心想，离职的人事命令或许会由今天生效。

“你一周内把稿子给我，说不定再下个星期就可以刊登出来了。”

福地藤子像是确定稿子会被录用似的向她邀稿。

幸子十点回到家。夜间暑热，她开冷气让房里凉快点，又点亮电灯和落地灯，房里顿时五彩缤纷。她中意这房间的装潢摆饰，可惜只住了一个女人，正因为可惜，房里弥漫着诱惑男人进入的气息。

幸子不愿与眼前的高雅生活诀别，无法按月领薪的不安又涌现心头。她清楚这市场里有太多对手，竞争激烈，此后得背水一战。她仰赖福地藤子这位有力的亲友相助，不仅如此，她还打算从明天起再积极走访各地，巩固资源。她以工作斗志消除不安，她对自己说，不需要担心。她在担任编辑时，接触过许多内容贫乏的稿件，了解这些自由撰稿记者的程度，她有信心可以赢过他们，闯出自己的天空。

幸子洗好澡，从衣柜里挑了件艳丽的连身睡衣。睡衣花样风格迷幻，鲜明的蓝色、黄色、红色交错，款式宽松，穿着舒适。她站在镜子前面，看着自己摇身一变，一身宛如酒家女的打扮。

她化上浓妆，重新绘眉，用手指涂抹眼影，擦上大红色口红，为等待男人前来装扮。她喷上精心挑选的香水，不选花香，而是甜腻中散发出强烈的动物香气，准备迎接夜晚。她走进卧房，为偌大的睡床洒下香水。

她确认冰箱里有啤酒，再放进水壶，还准备了丰盛的水果。

时钟显示时间为十点四十分，电话跟门铃不曾响起。白天道夫在电话里头承诺，与人谈完工作后会再绕过来，但回复的语气并不肯定。她相信既然已再三嘱咐为了纪念离职，今晚务必要见到他，如此特殊的情况，他绝不可能爽约。道夫常穷于应付她生气时的激烈反应，近来甚至感到畏惧，因此幸子相信，再晚他都会前来赴约。

走廊上的脚步声全往他处走去，她读起杂志上其他记者的报道作为参考，却无法专注看着这些在眼前流动的文字。

晚上十一点，外头响起敲门声，她把杂志丢到一边，朝三面镜瞥了一眼后，走到门边。她以为是道夫来了，完全不怀戒心，和平常一样随手开门，没想到门外访客竟然不是道夫，她惊讶地看着眼前一位没系上领带的肥矮男人。

“您好。”男人低下头。

“请问是哪位？”时间已晚，幸子充满警戒地盯着来者。

“佐山先生派我来的。”男人又点了个头。他有一头没有修剪的乱发。

“佐山先生？”她一时摸不着头绪。

“对，我叫冈野正一，是个设计师，承蒙佐山先生照顾。”他说话时有个奇怪的腔调。

“噢，您就是冈野先生啊，我听佐山提过。来，请进。”

让他一个人杵在走廊上不像样，她先请他进门。

“打扰了。”

他进了屋，没关上门，伫立在门口。

男人年纪三十二三岁，嘴唇肥厚，肤色黝黑，额头渗出汗珠。

“那个，佐山先生请我转告您，他今天晚上抽不出时间，无法来访……”冈野的态度局促，说话结结巴巴。

“哎呀，这时间他还在忙吗？”

“对不起。”冈野再次低头致歉，“我应该早点来的，可是被工作拖晚了。他白天就交代我来，对不起，拖到了这么晚。”

“他现在在哪里？”

“他正在跟负责青山店的设计师开会，应该是约在银座，详细地点我就不清楚了。”

那么他在事情谈完后，应该还是可以来这里一趟，从白天就交代冈野传话这点可见，他早就没有来的打算。

“他怎么不亲自打电话来？”

“这个嘛……”冈野的表情困惑，不知道该如何回答。

“他没请你打电话来吗？”

“嗯，他说电话讲不清楚，请我来这里当面跟您解释。”

她猜想，道夫知道请人代为来电有诚意不足之嫌，可能惹她生气，于是请冈野直接前来。不管何种情形，他到最后还是没有出现，而且这贴心请人前来婉拒的举动可疑，有必要再向冈野问清楚情形。

“这样啊，抱歉还让您特地跑一趟。喏，请进来坐吧。”幸子对冈野的态度突然变得亲切。

“谢谢您的邀请，不过，时间也晚了，我得走了。”冈野往后退，鞠了个躬。

“哎，别这么说，坐一下再走嘛。”幸子作势伸出了手。

“可是已经很晚了。”

“只坐个五分钟没关系吧？而且我还有点事想问你。”

“噢。”

冈野犹豫不决，露出有问题可以在这里解决的神情，却由于懦弱，难以启齿。

“请，请进吧。”

幸子摆好拖鞋，语气坚定，不让他有回头的机会。

“……好，谢谢。”

冈野踌躇但也不得不屈服，他脱下过大的鞋子，一脚才踏上拖鞋，幸子就关上他身后的门，让他一阵错愕。

在幸子准备红茶的时候，冈野正一正襟危坐，浑身不自在。房里明明开着冷气，他却频频擦拭额上的汗水。

他毕竟是位设计师，一坐下便张望房间摆设，幸子从他那个样子看得出来，他对这间单身女子居住的时髦房间有浓厚兴趣。

她将红茶端到冈野面前，他感到一阵炫目。她照过镜子，镜子里映出一张为道夫浓妆艳抹的脸，宽松的睡衣上布满鲜艳的花样与色彩。即使对方不是冈野，两人在深夜里相对而坐，除了那些习于穿梭于女人之间的情场老手，只要是男人都无法招架。

冈野一本正经地啜饮幸子端来的红茶。

幸子拿起香烟，递了一根给冈野。

“谢谢，我不抽。”

冈野头一低，手中的红茶随之洒出，滴落在盘子上，他一时慌了手脚。

幸子慢慢地坐下，随口吐烟，摆出总编辑指责的“下巴高抬，举止高傲”的态度。

“您跟佐山约在哪里见面？”

“自由之丘的店里，大概是下午三点。”

“佐山请您过去的吗？”

“对，他请我帮忙青山店的室内装潢，虽然只是其中一部分，我们见面就是为了讨论这件事。”

“下午三点……”

也就是在她打电话给佐山之后。她察觉冈野的话中有异，似乎另有隐情。

“之前就约好了吗？”

“没有，临时约的。”

事情果然不寻常。

“佐山那时候在工作吗？还是已经准备外出了？”

“他身上是外出的打扮，不过不是西装。他穿了件灰色薄毛衣，斜纹布料的深蓝色长裤，我记得毛衣下穿的是蓝条纹运动衫。”

或许由于他的工作与设计相关，记得非常仔细。

“谈了多久？”

“嗯，我想有十五分钟吧……”冈野面对幸子一连串的问题，一脸为难。

“十五分钟够你们讨论吗？”

“嗯，这件事一直都在谈……”

道夫约冈野的目的肯定是为了传话，不过，冈野因为工作缠身，拖延了时间。幸子大致了解事情的前后经过。

“佐山真的在银座跟那些设计师见面吗？”幸子面露微笑，吐了口烟。

“我想是的。”

“可是，您没办法证明吧？”

“您说得也没错……”

幸子等冈野好不容易喝完红茶，再请他抽烟。他谦让着接下烟后，她立刻拿起打火机接近他，为他点火。她确定冈野闻到了香水味，他的眼神不由自主地瞄向宽松睡衣前微露的酥胸。

冈野内心激动，鼻头及两颊汗水直冒。房里开着冷气，照理说一直坐着不动应该不会感觉闷热难耐。

“冈野先生。”

“是。”冈野没将烟吸进口中，而是吞了吞口水。

“您跟佐山之前就认识了吧？”

“对，他住在四谷的公寓时，我们是邻居。”

“您知道他在外面有没有其他女人？”

“不，我不知道。”冈野眨了眨眼。

“是吗？我可不这么认为。”

“……”

"店里的人只要碰到这问题，一个个全闭紧了嘴巴，什么也不肯说。老板的私事，他们总不好多嘴，这也没办法……"幸子凝视冈野，微笑说道，"冈野先生，您是佐山的朋友，可以跟我站在同一边吗？"

隔天，幸子从出版社的财务那里领到退职金两百零二万。她自己计算扣除税金及其他费用后应可实领两百六十万，领到的总额却不足两百四十万，再扣除高额的税金及预支薪水，实领金额比她事前计算的还要少上许多，她又是失望，又是对公司的反应感到心寒。离职的人事命令自六月十日起生效。

局长及其他职员的表现都非常冷淡。

"长久以来辛苦你了。你要结婚了吗？"

局长与幸子在局长办公室里只聊了短短的三分钟，他安慰的话语及笑容都是出于礼貌，而且明知她离职的内情，却假意问起结婚。

幸子收拾着最后一批私人物品，清空相伴八年半的办公桌，并与同事告别。总编辑自她进了办公室，便故作忙碌，气冲冲地走了，显然是不想再与她有任何交集。依照惯例，离职慰问金由全体同事捐款，并交由主编代为赠予，由于是自掏腰包，总数刚好与规定金额相符，不高也不低。幸子也感受不到同事们的友情。

编辑部内的员工平时即与枝村幸子疏远。她的资历老，老爱摆出前辈的架子，个性上又不会主动与人亲近。她开创属于自己的领域，对工作充满自信，不假他人之手，也不出手助人。如果对上面交代下来的工作有兴趣，她会投入全部精力，没兴趣的工作则找尽借口推辞，因此被认为固执己见，情绪起伏不定，又只会为自己着想。她总是严厉批评上层决定的企划案愚昧无知，而知性涵养正是她最引以为傲的长处。

幸子在编辑部里的地位超然独立，却也遭受众人排挤。她没有交心的朋友，不和男同事喝酒，不与新人往来，发现好餐厅也是自行前往，顶多回来后再大肆炫耀。

由于她的年资长，同事们也默默容忍她独来独往的态度，如今她辞了工作，他们对她行事专横跋扈的反感一涌而上。她辞职，没有人为她惋惜，也没有人向她表示希望今后仍能保持联络。

她在部门里没有朋友，因此便有她单身又存了不少钱的流言传出。其他人以为她进公司时的工作待遇好，薪水高，足可享受奢侈的单身生活仍绰绰有余。她习惯私生活保密，更增添想象空间。曾经有三四个同事想跟她借钱，她都以手头不宽裕为由回绝，他们于是诋毁她吝啬，生性自私。

在幸子成为独立记者之后，《女性回廊》将会是其中一个重要客户。她深知这地方对她的观感，暗自期许将来能写出出色的报道，刊登在其他杂志上，还以颜色。她像是被人拿石头追赶，赶出了她长年任职的公司，而她照样朝他们砸下重石，才转身离去。

她将两百万的退职金、这个月份的薪水以及同事们的慰问金全放进皮包，并且比平常更慎重地提着。她搭出租车前往银行，将退职金全数存入户头，再把其余两个信封原封不动地带回家。薪水藏在即使小偷闯空门也无法立即发现的隐秘地点，慰问金二十八万两千日元则放进钱包。这笔钱够她花上一阵子，还可以拿来请那些杂志编辑饱餐一顿，跟他们打好关系。

时钟指向十一点半，幸子为解决从早便悬在心头的疑问，拿起了电话。

打电话到美容院，接听的人后面充斥着女人声音。还不到中午，店里就已经忙得不可开交。

她请接听电话的人帮忙转达，两分钟后，道夫来接了电话。

“昨天晚上真抱歉。”道夫听到幸子的声音，抢先致歉。

“怎么了？我等你等了好久哦。”幸子一开口就埋怨，昨晚久等难耐的焦虑忍不住脱口而出。

“真的对不起……冈野应该去跟你解释过了。”道大道歉后说道。

“嗯，我见到他了。”

“我请冈野帮我转告，因为昨天晚上我实在抽不出时间过去，又怕你等，才会拜托冈野……”

“你怎么不自己打电话来呢？”

“我在忙，没时间打电话。”

“你昨天不是四点就离开了吗？”

“嗯，不过，设计师来得比我以为的时间还要早……反正我会再去找你，跟你讲清楚。”

“今天晚上可以吗？”

“今天晚上是吗？我再看看。”道夫的声音听起来不太甘愿。

“不行啦，你晚上一定要来……我工作只到今天了。”

“噢，到今天啊。”

“昨天晚上我本来想跟你见面，一起纪念这份工作的最后一个晚上。我再三叮咛你，你竟然没来，真过分。”

“……抱歉，今天晚上我一定会前往拜访。”

道夫似乎因为有客人走到身旁，用字遣词极为礼貌。

“大概几点？”

“这我就不知道了，有什么事吗？”

“你早点来嘛。我们一起去吃饭，我请客。”

“我也想早点过去，只是六点有客人要来，我会在这边吃了再走，所以，应该是八点以后……”

幸子气愤地挂断了电话。

下午，幸子走访藤浪龙子家。龙子外出表演之余都待在家里画油画，她未婚，与母亲和妹妹同住，家里还有两位女弟子和一名女佣，总共六人。

她被带往走廊另一头的小画室。房里冷气很强，白色雾气笼罩着玻璃窗。藤浪龙子正在画布上画下素描本里描绘的山林风景，那是她之前在北海道巡回演出时的风景写生，画布仍停留在以木炭勾勒出轮廓的阶段。由于幸子来访，她没换下画袍，直接往一旁的椅子坐下。

“我今天正式辞职了。”幸子一开头便向龙子报告。

“哎呀，这样啊，这种时候我应该跟你道贺，还是该怎么说呢？”

这位知名歌手的身形雍容气派，脸庞也颇具分量。

“我希望您能祝福我，毕竟我从今天开始要自己一个人闯荡了。”

“这样啊，恭喜。”

“谢谢。以后我希望可以为多家杂志社写稿，还麻烦您多多帮忙。”

“好啊，只要我能帮上忙，尽管开口。”

弟子送来了哈密瓜。

“我想以您作为我第一篇报道的对象。我也采访过您几次，我想整理这些采访内容，不晓得是不是能再请问您的近况？”

幸子开始进行“采访”，而且与过去不同，她将姿态放得很低。她打从一开始就决定要撰写关于藤浪龙子的报道，作为她交给福地藤子的第一篇稿子。这么一位名声响亮的歌手，光题材就足以让福地藤子所属的编辑部立刻点头。

“这篇报道会刊在哪家杂志？”

藤浪龙子以指尖轻轻拎起一片哈密瓜。

“我打算把稿子给M杂志。”

“噢，什么时候刊登？”

“……还没正式签约。”

何时在M杂志刊登，这问题确实难以回答。报道必须先交由福地藤子确认，再等待编辑部回复，她甚至无法告知何时预定刊登，又怕随便回答惹得藤浪龙子事后不快，只得照实道出。

“这个嘛，你之前已经采访过不少关于我的事了。”藤浪龙子嘴里含了口哈密瓜汁，平静地说。

“过去采访的内容几乎都刊登过了，所以才想请问您的近况。”

“嗯，最近实在没什么好说的……”

“我们可以聊聊您这次在北海道旅行途中发生的趣事，或是您的画作。”

“这么无聊的话题……再让我想想吧。”

她期待的不是再想想，而是立即得到答案，为免死缠烂打破坏龙子的心情，她将拿出来的笔记本再收进皮包。她从《女性回廊》拿回好几本笔记本，目的就是为了将来采访使用。

女弟子前来请龙子接电话，她于是起身，向幸子表示今天较为忙碌，希望她以后有时间仍能来访。这情形前所未有，以往总是龙子在百忙之中再三挽留，不让她走。

“佐山的人气越来越高了呢。”

藤浪龙子或许出于愧疚，对着她微微一笑。

“是啊，他很开心，感谢您不吝提拔。”

藤浪龙子最近已经不找佐山道夫打理发型了，但似乎早已隐约察觉到幸子与道夫之间的关系匪浅。

“他有过人的美感，将来会比现在更受欢迎。”

“不知道能不能这么顺利呢。”

“不过，我有点担心。男人在这个节骨眼上最危险了，尤其是在处理女性关系上特别容易发生问题。”

“您听到了什么流言吗？”

“没什么，就怕他的对手嫉妒心强，一点小事也会夸大其辞，大肆宣扬，你提醒他小心点。”

藤浪龙子挪动庞大的身躯，走向电话。

幸子对藤浪龙子今天的态度感到些许不满。她排除万难重新出发，以为能得到更多协助，结果饱受冷落。藤浪龙子并非忙得不可开交，却异常冷淡，尤其当问到何时于M杂志刊载时，一听尚未签约，立刻变脸。

她怀疑难道是因为自己离开《女性回廊》，一个人出来跑新闻，藤浪龙子才会表现出不屑一顾的态度。她没有与特定的杂志社合作，因此不受尊重。换句话说，在她丧失杂志的权威撑腰后，藤浪龙子也跟着对她失去兴趣。

在杂志社的时候，她常耳闻类似情形，但总认为自己绝不会步上这些人的后尘。没有实力的人才会一离开组织的权威保障便无所作为，最佳证据便是脱离编辑生活后，表现耀眼的女性作家、评论家、散文家及记者数不胜数。大多数女性评论家的程度只略胜记者一筹，由于名声不高，尽会在编辑面前装腔作势，幸子自信有赢过她们的实力。

她相信她与藤浪龙子的友情不会因此改变。五年来，她们交情甚笃，幸子常在《女性回廊》赞赏她，藤浪龙子能有现在的地位，全拜她大力宣传所赐。藤浪龙子也清楚这一点，平时即感激在心，对待她比其他杂志记者更亲近，甚至主动提供特别题材。她因此向自己解释，龙子并非态度突变，她要她等，是为了能提供更好的材料。藤浪龙子时常称赞她的文章，她对自己也有信心，相信独立之后必可大放异彩。

藤浪龙子临别时说的那段话，仍萦绕在她心头。佐山道夫名气渐盛，与女人交往会为他带来危险。常有竞争者为铲除对手，捏造并到处散播毫无根据的谣言，然而小题既然可以大作，至少表示那不会是空穴来风。

她在前往电视台的途中仍在烦恼着这件事，或许龙子发现自己与道夫之间有特殊关系，因而出言警告。由于龙子身处演艺圈，交游广，消息灵通，说不定有什么风声传进了她的耳里。

她话里指的人会是波多野雅子吗？这件事早已在掌握之中，

无须担心，但如果出现了新的女人，不能置之不理。

昨天晚上，道夫没有现身。不仅理由暧昧不清，特地派冈野正一当面向她致歉这点，也叫人觉得不太寻常。今晚道夫一定会到，她决定要追根究底，把事情问个清楚。她并未发现，这正是老女人的焦虑与急躁。

她到电视台找女演员E.A。今天正是这位女演员参与演出的连续剧拍摄的日子，她因此特地选在这一天登门拜访。

E.A是现在当红的女星。幸子自三年前便开始在《女性回廊》推荐她，当时她还只是个不起眼的新人，报道介绍让她一炮而红。这个新人比藤浪龙子更感激她，直呼她为恩人。

她正待在电视台大厅等待录影结束时，留着覆额的厚重刘海、有着一双圆滚滚大眼及宛如猫儿般的脸孔、身材娇小的E.A随三四个人快步迎面走来。

“听说您离开《女性回廊》了？”E.A嗲声嗲气，急忙向她确认。

“对啊，我接下来要自己写报道了，再麻烦你多帮忙啦。今天是我开张的第一天，你那边有没有什么有趣的话题可以讲来听听？”幸子一如往常，边抽烟边提出要求。

“对不起哦。”E.A俏皮地耸了耸肩，“今天很忙，连一分钟的空闲也没有呢。这样好了，下礼拜再打电话给我好吗？”

“下礼拜啊？”幸子虽然失望，仍继续拜托，“只要三十分钟就好了，明天或后天不行吗？”

“真的很抱歉，这星期的行程排得好满，连三十分钟的时间也抽不出来呢。下星期再打电话给我嘛，到时候我再看行程安排，跟您约时间。”

那个两个月前再忙都会欣然接受采访的E.A，竟然变得如此大牌。

幸子怒目瞪视E.A蹦蹦跳跳走出大厅的背影，再提振起精神，拿起公共电话，拨到女性评论家R.T女士家中。

“我昨天听说喽，你离开《女性回廊》啦。”她的声音如男人般粗哑，“嗯，我也想跟你见面，可是最近稿子多，实在是快忙不过来了。”

她的工作不可能如此繁忙，而应该只是每天顾着挪动肥胖身躯，左右摆动粗短脖子，为家中十只小狗疲于奔命。

第十七章
抓 痕

幸子在房里翻阅杂志，写稿，等待道夫于夜晚来访。

杂志上的报道带给她与以往截然不同的印象，编辑为评断优劣者，但以自己将来工作上的竞争对手角度来看，经过排版的文字仿佛全副武装，严禁新人接近。同行前辈的题材具有丰富的话题性，观点独特，妙笔生花，吸引读者目光。

最令幸子感到不可思议的是，不只是知名记者，就连那些她一向瞧不起的记者所撰写的报道，在这时候都忽然化成一篇又一篇的精彩报道，其中有些记者还是曾多次遭幸子评鉴后，决定不予以采用或退稿的。

这些“无能”的记者害怕幸子，他们（当然，其中也包含女性记者）为“工作”低声下气，态度卑微，幸子命令他们重写毫不留情，并定下紧迫的截稿期限，稍有拖延，便等着挨她破口大骂。他们心怀恐惧，唯命是从，如有才能平庸又骄傲自恃的写手不听从指示，她也不会再与这些人合作。

现在双方的立场不同了，幸子成了“弱者”。她自觉弱势，没有自信赶上那些早入行的竞争者，而恐惧“同行记者”撰写的报道。她在担任编辑时已站在上层观察得知，这是个“弱肉强食”的世界。

她振作精神，激励自己要有信心。别人的文章好，是因为自己还没习惯现在的立场。她要跟以前一样，鄙视这些文章。今天晚上，她一直感到心神不宁。她告诉自己，没什么好慌的，不是早知道那些人的才能不如自己优秀了吗?

为安全起见，她决定交给福地藤子的稿件，还是以藤浪龙子作为报道题材，并且着手撰写草稿。今天早上访问藤浪龙子时没有什么大收获，可是不需要焦急，不出几天，对方一定会提供她独一无二的“私密情报”。她相信她们之间的友情。

她开始就目前手边所有的材料进行写作，却难以驾驭文字，草稿上只写了四五行字，就撕碎丢弃。她甚至讶异地认为，自己的文笔劣于刚才读过的那些“同行”的文章，今晚事事不顺，但对自己的要求标准过于严苛似乎不是主因。

过了一会儿，她终于发现，这一整晚不得安稳，都是为了道夫。藤浪龙子无意中透露的谜样话语，他今天在电话里的样子，然后现在，接近九点仍迟迟不见他的人影。这份焦躁肯定与道夫有关，即使不是，等待原本就惹人心烦难耐。

她想，或许明天心情能恢复平稳，下笔必能挥洒自如，今天晚上最好先将工作抛到一边。

她放弃读文章，也不再写作，打开电视，这种时候最适合看一些不需经大脑思考的节目。电视上播着无聊的歌唱表演，正符合她的需求。

敲门声响起。

幸子强抑内心激动，故意放慢脚步，缓缓走向门边。她打开门让道夫进来，一股微醺的酒味也随着酒量差的道夫飘进房内。他脱掉外套，只剩下一件薄运动衫。

电视没关，他杵在原地欣赏歌手演唱。幸子走上前关掉电视，歌手的身影随之淡出屏幕，与歌声一同消失。

“这么晚才来，你在忙什么？”

幸子站在他面前，形成对峙的局面。电视关掉了，弥漫着诘问的气氛。

“嗯，我带负责青山店的设计师还有工地负责人，总共五六个人去新宿的酒吧，他们爱喝酒，我也跟着喝了一点。因为是我做东，没办法中途离开，才会这么晚到，对不起啦。”

道夫低头道歉，一手搭上幸子肩膀。她把他的手挥开，往后退了一步。

“你去新宿的哪一家酒吧？”

“就是这家店喽，很普通的地方。”

道夫从裤子口袋拿出火柴盒，幸子只瞪了一眼，马上将眼神转回他身上。

“哼，你可真快活啊，也不想想我等了你一整个晚上。”

“我没忘了你，不过，这也是没办法的事啊。我是老板嘛，为了店能盖好，一定要好好对待那些施工人员。我这还是好不容易找到借口，才能早点离开。”

“昨天晚上也一样，下午三点多你就已经交代冈野先生来我这里解释。每天晚上你都得和那些设计师和工人开会、喝酒吗？”

“现在是最重要的决策时期，再怎么说，这家店的设计出自我的构想，没有前例可循。设计师也伤透了脑筋，不只需要彻底检讨，有时候还会讨论到忘了时间……既然对方这么投入，我也要有所回报才行。”道夫解释着，试图安抚幸子的怒意。

“如果你没说谎，我也不会再追究。”幸子表现出稍微理解的态度，“你昨天四点离开店里去跟设计师开会，这时间是你派来的冈野先生告诉我的，肯定没错。”

“嗯，差不多是那时候吧。”

“你别想蒙混过去。那之前你在电话里跟我说有时间就来，可是，不想告诉我是为了什么事不能来，我要你说清楚，你不想说的理由是什么。”

“对不起。”道夫用手搔着脖子。

“对不起不能当理由。到底是怎么一回事？”

“你执意要我来，我说不出口。我知道就算说出真正的理由，你也不会接受，与其在电话里纠缠不清，不如事后再来求你谅解，所以我马上拜托冈野，请他到这里来找你。”

“他很晚才到，都十一点了呢。”

“咦，十一点？怎么这么晚？”道夫满脸疑惑。

“他道歉说被工作拖延了时间。他才不像你，老在外头花天酒地。”

“他是个画家，我们以前住在四谷的公寓，他们夫妻俩就住在隔壁，两个人过着潦倒的生活，我看他们可怜，伸出援手，他感激在心，所以对工作格外热诚……可是我没想到他竟然那么晚来。噢，我知道了，你那么生气是因为他太晚到了吗？”

“我不是气他晚来，我生气的是，你竟然没来跟我纪念工作最后一天的日子。”

“对了，你终于独立啦。恭喜。你工作只到昨天吗？”

“你别想扯开话题，已经太迟了。”

“来不及了啊。”

“你昨天晚上住在哪里？”

“我没住外面。虽然时间晚了点，我还是回家了。”

“几点？”

“十二点左右吧。”

“那之前你人在哪里？”

“我跟设计师还有工头去青山店察看现场情形，然后到了设计师事务所，在那里讨论事情，晚餐由设计师请客，后来他说想看电影，大家一起去了电影院，可是我一直挂念着你，根本没那心情，就在日比谷的戏院前面跟他们分开了。我本来打算来这里，没想到在等出租车的时候，遇到了大崎夫妇。”

“他们是谁？”

“夫人是我店里的客人，先生年纪超过五十了，好像是某公司的高层，夫人到店里的时候都是由他开自己的车接送，我们也很熟。他叫我别等出租车，不如搭他的便车，所以我就上车了。”

“你既然上了车，为什么没来？”

“他们知道我住自由之丘，总不能请他们把我载到奇怪的地方。”

“奇怪的地方？”

“唉，这就是男人的顾虑了，不好意思说出要去女朋友家，怕对方胡思乱想。所以我才打算请他们载我到自由之丘，让我在店前面下车，等他们走了之后，我再搭出租车来这里。”

“你满嘴打算、打算的，我一点也不想听你这些计划。”

“真严苛啊……老实说，我真的有这打算，坏就坏在他们约我去家里打麻将的时候，我不该答应他们。”

“哼。”

“对不起，大崎夫妻是重要的客人，我不能拒绝他们。他们家在奥泽，因为弟弟来家里玩，少一个人没办法打麻将，希望我可以加入。我迫于无奈，只能选择今天来跟你道歉，陪了他们三个小时，大家都玩得很尽兴。结束后，她老公再开车送我回家。”

“你老是想着要取悦别人，那我怎么办？”

“……我这不是来了吗？”

道夫将手放上幸子双肩。这次，她没有再把手挥开。

“喂，你不洗澡吗？”

幸子从浴室出声叫唤已经脱下衣服的道夫。

“不了，我觉得还有点醉，等一下再洗。”

“傻瓜，谁叫你不会喝硬要喝。”她的语气显得和缓。

幸子走出浴室，道夫正躺在被窝里。她换上睡袍，朝三面镜拆下头发上一个又一个发夹，往脸上涂抹保养品。

道夫留下了许多谜团，问题尚未完全解决，但是她现在不想与他争辩，她只想享受眼前的欢愉。他今天晚上肯留下来过夜，让她喜不自胜。

她刚才还在独自烦恼如何面对新工作，烦到发慌，因此此时更有豁然开朗的感觉。

幸子做好入眠准备，走入隔壁房间。房里点着昏暗的淡红色灯光。

“我从今天开始就自由了，不用再受时间限制了。”

幸子走到道夫身旁。她没有躺下，而是坐在床边聊天，挑拨他的欲望。

“这样啊，你自由啦。”

“自由是自由了，不过，接下来需要更努力才行。我现在可以只挑自己喜欢的题材报道，很有挑战价值。”

“自由是说随时都有时间约会吗？”

“笨蛋，我可能更忙呢。”

他们一边聊着，道夫完全没有伸手的意思。幸子按捺不住，脱下睡袍，趴在道夫身上。

“关灯吧。”道夫说。

“别关嘛，我还想再多看看你的脸。”

她双手捧住道夫的脸，吻上他的唇，一股燥热的感觉在体内流窜。

她从棉被里拖出道夫的手并且握住，手中有种奇怪的触感，促使她将他的手拉到灯下。道夫的手背上贴着肤色创可贴。

“哎呀，这是怎么了？”

“我前天去青山店的工地，不小心被木头擦到破皮了。”

道夫若无其事地把手抽回来。

“再让我看一下嘛。”

幸子试图拆开他手上的创可贴。

“你在做什么？”

“我要仔细瞧瞧。”

她紧紧握住他的手，一口气撕开贴在手背上的创可贴，绷带下有两条微微渗血的伤痕。

“你昨天晚上到哪里找女人了？”

幸子怒目瞪视道夫。

“找什么女人？”

“装傻也没用，这是被女人抓伤的吧？”

“不是，这是擦伤，你看清楚点。”

“我看得很清楚，这是被人用手抓伤的痕迹，而且还是昨天晚上留下的伤痕。”

“嘿，你别乱讲，你看不出来这是擦伤吗？”

“你以为这样可以瞒过我吗？所以你才不肯洗澡啊，原来你是怕伤口碰到水。”

“真伤脑筋，你根本不相信我。这明明就是擦伤，你怎么分不出来。”

“你不敢让我看见伤痕，才把手藏在棉被里，还要我早点关灯。”

“真的不是。”

幸子这话对了一半，道夫不肯洗澡，把手放在棉被里，还有关灯的理由都如她所说，除了他手上的伤不是女人抓伤，实际上真的是擦伤。只不过，伤不是来自工地的木头，而是在山里被灌木刺伤，被竹叶刮伤。他沉默，绝口不提真相。

“我要检查你的身体。”

幸子一把掀开棉被，赤裸的道夫手足无措地躺在床上。

“哎呀，这里也有呢。这很明显是抓痕，而且还抓得这么深！”

另一只手上臂留着暗红色伤痕，指甲抓过的痕迹清晰可见。

那是女人在痛苦不堪时抓下的痕迹。

——女人因痛苦而留下抓痕的情形，可分为两种，幸子不认为那是道夫杀人时留下的痕迹，而将其解释为爱欲燃烧至高潮时刻下的印记。

第十八章

犯罪的夜晚

睁开眼，幸子躺在身旁沉睡。枕边的红色落地灯散发出无碍睡眠的微弱光线，如果关上这盏灯，就会伸手不见五指。

幽暗的粉色灯光里，幸子发出轻微鼾声。她侧躺着，离开他的怀抱。她的鼾声来自疲累，也因为他留在身边，让她能够安心入睡。道夫几乎不在幸子家过夜。

道夫伸出手，让灯光照亮手表，两点二十分，随时确认时间已经成了他的习惯。今天晚上没有起床梳洗的必要。

看完时间，他把手收了回来，手背上的创可贴夺走了他的注意力。贴在他右手上的肤色创可贴边缘起了皱褶，幸子因为嫉妒而产生猜疑，剥下了创可贴，在睡前吵闹了一阵。

道夫半撕开创可贴，伤口上有一条淡黑色的结痂，明天或后天就不用再贴了。

幸子怒气冲冲，以为这个擦伤是女人的抓痕，如果要让她不再疑心，必须在她面前赤裸裸地摊开秘密。不过，他自然无意解开误会。

伤痕来自树林深处。那个地方即使是白天也很阴暗，夜晚更是难以闪避，何况他还要处置波多野雅子那庞大的身躯。

肥胖的女人很醒目，他费了一番苦功，好不容易才将她带到那个地方。若是让人看到他与雅子同行，一切就完了，那等于是光明正大地跟大家说，自己就是“杀人凶手”。

他已经勘察过现场地形。

一年前，道夫带店里的员工到奥多摩湖游玩，慰劳他们。那时候，他们中途下了电车，到御岳神社参拜，那片森林令他印象深刻。论地点，以奥多摩湖四周最为理想，然而路途太过遥远，傍晚从东京出发，最远顶多只能抵达御岳，而那一带山林的样貌也颇为合适。

只是，从御岳车站至多摩川，一路上人口密集，有纪念品专卖店，还有些小餐厅和饭馆，傍晚尚未关店。一个身形巨大的女人经过，他们必定会留下印象。雅子对那一带的地理环境不熟悉，即使事先约好地点，让她独自前往，如果她东张西望，四处徘徊像是与人有约，看在他人眼里，将不会是个决定“自杀”的人该有的样子。

最后，道夫决定与雅子约四点半在涩谷车站前见面。那附近人潮汹涌，车水马龙，反而方便掩人耳目。一天里，有上千个男人开车载走在那里等候的女人。

道夫开着自己的车，驶上青梅公路。他以还钱及幽会为借口，约雅子出门。由于平常见面总是在东京都内，这样的约会方式又比待在饭店来得新奇，雅子二话不说就搭上了他的车。车子安全地在青梅公路上奔驰约两个小时，不曾惹来其他车辆注目。男人载着一个女人，这样的车辆一天有几千几万辆，连行人也不在意。

途中，他们停在东青梅的中华餐馆吃饭，抵达御岳车站前时日已西下。这地方群山围绕，所以日落得特别早。纪念品专卖店、餐厅及各店家仍在营业，即使有车经过也不足为奇。

他们的车子过桥，没朝通往神社的高耸石阶行驶，而是向左转，往村子所在的方向前进。这一带杳无人烟，只有三辆村里年轻人骑着的摩托车与他们擦身而过。道夫将车子开进一旁的山路，停在茂密树林里，隔绝外界的目光。

“怎么停在这么偏僻的地方？”坐在后座的雅子问道。

“我们去散步吧，欣赏一下山里的风景。”

他帮忙开门，环顾四周，没有半个人影。森林里一片漆黑。

“怕吗？”

雅子倚着道夫的手臂，双眼看着前方。她并不特别害怕，甚至难掩兴奋。她热爱追求变化，变化给她新鲜感和刺激，而那正是她被带进山林深处时的感受。交错的树梢上头有一片夏夜星空，树林在黑暗中展现诡谲的姿态，猫头鹰不时啼叫。战栗挑逗着她，满地野草的味道刺激她对性的渴求。

道夫扑倒雅子，在斜坡上打滚。他的身体紧紧压在女人背上，右臂向前绕，缠住她的咽喉。雅子以为这是在闹着玩，没起疑心。他将唇贴上她的后颈，从后吸吮她的耳垂。异样的环境使雅子极端亢奋，一个寻常动作已足以使她左右扭动身体，痛苦地喘息。她只是稍稍喘气，接着他将手压住她的脖子，使得她呼吸困难。她向后伸手攀上他的膝盖，她的腰被他的双膝夹紧，抓住裤子的那只手激动地不住颤抖。在这一刻，借钱还钱这些恼人的事全被抛到九霄云外。

他连头发一起舔舐着她的后颈，齿尖啮咬她的耳垂，手臂却猛地拴紧了她的咽喉。她没有出声，只是设法让身体仰躺，挣扎着要解开脖子上的枷锁。道夫又将左臂叠上原本已经压在她脖子上的右臂，加以固定，并且加重力道。他没穿外套，只套了件毛衣，就是为了让手臂可以活动自如。

若以双手勒毙，难免会在脖子上压下指印，如欲绞杀，则会留下绳索的勒痕，但以手臂压迫颈动脉，既不会伤及皮肤，又能使对方窒息。这方式难以在纤细的脖子上收到成效，却正适用于雅子那粗而柔软的颈项。只需以手臂环绕，就能嵌牢雅子的脖子，不留一点空隙。在这样的姿势下，一出力，枷锁自然紧扣。

雅子察觉到情况不妙，抓住了他的手臂，激烈反抗。她的身形臃肿，动作迟缓，即使奋力挣扎，手脚也不灵活。她一屁股坐在草地上，自身的重量使得她寸步难移，由于无力起身，她只能拼了命地扯开紧紧勒在她脖子上的手臂。就在这个时候，她抓伤了他覆盖在右臂上的左手，道夫当时正处于生死关头，无暇感觉痛楚。他全神贯注，持续加重力道。蚊虫在他耳边鸣叫，他想起了以前也有相同的经验。

大约缓慢数到三十之后，她的喉咙发出咕咚一声，从鼻子流出大量鼻水，双手应声落下，身体的重量骤然暴增，脖子一歪，身子逐渐瘫软，呕吐物滴落在毛衣袖子上。道夫又数到二十，然后松开手臂，弯曲的手肘关节一时无法伸直。

他让她躺在一边，观察四周的动静，尽量轻声走回车上。他心怀雅子随时可能起身从后追赶而至的恐惧，不敢贸然回头，只怕往后看上一眼，就要葬身此地。路程漫长无际，怎么走都走不到车子停放的地点。

总算抵达了。他将后车厢打开一小条细缝，准备好的绳子就在近处。他拿出绳子，悄悄关上后车厢，并从裤子口袋取出小型手电筒，照亮脚下的路，再折返原地。

道夫回车上时在草地踩出了一条小路，他沿着来路返回，眼神不往前看，也不看向两旁。草面上摇晃着照亮来路的光影，他低头盯紧这一线光明，唯恐一看进前方的黑暗，就会看见雅子迎面走来，一往上瞧，就会瞧见雅子登上枝头。

他快步前行，没有丝毫迟疑。他知道，即使脚步只停下那么一秒，恐惧便会趁隙而入，迫使他转身逃回车内。他以意志控制脚步，一心想着，别开玩笑了，我不可能败给那只肥猪。

手电筒的灯光外围照到女人衣服一角，她仍在原地，反而让他镇定了下来。她静静地躺着，围绕在她身边的是茂密的树林、竹林与杂草。他在她的脖子上套住绳子，并且轻轻地在背后打了个结，避免她的头自绳索滑落，然后将她拉上斜坡。他推估，将绳索往上拉的张力以及女人本身的重量，应可造成她的颈动脉破裂。树木往外攀出斜坡，枝节向下丛生。他将绳子两端绑在树上，这时候，他才打紧了结。

处理完后，她的身体尚能碰到地面，不符合缢死的状态。他看见不到一米远处，有座如同被刀锋削落的垂直斜坡，纵然有低矮的树丛与竹林遮蔽，他还是观察到这座断崖极为陡峭。双眼一旦适应黑暗，得到的视野比手电筒更为宽阔。他将绳子换绑到靠近悬崖的树上，让尸体倾斜吊起，并于绳结固定在树上绑紧之后，再将尸体往悬崖的方向推去。尸体在离开斜坡的那一瞬间，仿佛挺直了身体，垂吊在悬崖上。

树枝刺上了女人的背，女人的臀，但无助于支撑人体重量。缢死是即使将绳子绑上衣柜把手，驼着身子上吊也可能致死。

不论检视或是解剖，只会发现脖子前面那一道绞痕深嵌入肉，后颈项不见勒痕。他弯曲手肘，锁紧女人的咽喉，因此皮肤上不会留下勒痕，清晰可见的只有“缢死”造成的伤痕。他早已思考过将雅子伪装成上吊自杀，能带来什么好处。他知道几个足以解释她为何自杀的理由。她的丈夫在外面有情妇，喜爱寻欢作乐，夫妻互动冷淡，且四十一岁正是为人妻子容易厌世的年纪。

雅子瞒着丈夫炒股票，赔了一大笔钱。丈夫逼她偿还，自然少不了破口大骂。她要走上绝路，不愁找不到理由。

雅子的丈夫又会如何反应？他老早就对这个老婆感到厌烦，想早点娶年轻貌美的情妇，对方应该也是殷殷期盼。他希望老婆早逝，每当体型庞大的妻子进入他的视线，他便如此诅咒，诅咒她遇上交通意外、抢劫、火灾，只要能让她送命，任何方式都行。既然他有这样的心愿，妻子上吊自杀简直是如愿以偿。

从事证券业的老公纵然怀疑，也会沉着表示妻子寻短，有因可循，不想事情闹大。即使猜到妻子实为遭到他人杀害，也会对凶手心怀谢意。他无法亲自动手除掉老婆，此时有人助他一臂之力，可算是幸运。

面对警方判断死因为“自杀”，死者家属不仅不抗议，甚至还会配合警方的说法，提供协助。警方一旦认定这是起自杀案件，便不会展开侦查行动。这不正是最理想的犯罪手法吗？

五天过去了。道夫一天天数着日子，帮顾客打理发型时，与人交谈时，前往青山店确认工程进度时，甚至是吃饭的时候，他都对这件事念念不忘。

右手背上的创可贴拿掉了，树枝刮伤的痕迹也不再明显。左上臂的抓痕扎扎实实地抓进肉里，需要再一周才有可能痊愈。幸子没注意到，雅子死命抵抗时，从毛衣上抓出一道嵌入皮肤深处的伤痕，且上面还残留有圆环状的瘀青。那是雅子在被勒住而试图挣脱时，紧紧抓住他手臂的痕迹。

自幸子责问他伤痕由何而来，大吵大闹的那一晚后，已经又过了四天。

他怎么想都觉得不寻常，尸体在那地方不可能不被人发现，就算是山林，那里距离车辆行经的大马路也不过七八百米之遥。尸体必须被发现，发现的人可以是进山采伐薪木，或是捕蝉的孩童，又或许是到御岳山里游玩的情侣到那里寻觅隐秘的场所。总之，该是时候有人发现了。尸体所在地并非深山幽谷，到底是怎么一回事？

道夫一度以为警方刻意封锁消息，展开秘密调查，又立即打消这个想法。假设警方朝他杀的方向进行侦查，难道他们认为这是不能对外公布的重大案件吗？不，绝对不可能，这充其量不过是一起寻常的命案。

他又想，该不会是案件过于稀松平常，不足以报道，但这同样难以想象。被害人即使是自杀，身份可是堂堂证券公司的社长夫人，媒体不可能不报。就算是农家的老妇人上吊，不也都在社会版的角落占了一小角吗?

他左思右想，最有可能的情形是雅子的尸体仍吊在林中深谷。这也并非坏事，时间越久，尸体腐败的程度越严重，表皮溃烂，皮肤组织败坏，脖子上的勒痕进而模糊至消失，即使经验老到的法医也鉴定不出死因……

第十九章

自杀疑云

六月十八日下午，枝村幸子约福地藤子在有乐町的咖啡店见面。她坐在店里，约定的时间到了，福地藤子仍未现身。她缓缓啜饮，喝完了杯里的红茶。

前天，她把写了十来张稿纸的原稿交给福地藤子，约好今天听取回复。福地藤子表示，她认为写得不错，但还是得交由总编辑及主编看过之后才能决定。

距离约定时间已经过了四十分钟。福地藤子身为资深编辑，肯定是忙到无法分身。幸子对自己写的那份稿子充满自信。

店里的女服务生为闲暇无事的幸子递上报纸。她还没读过今天的早报，马上摊开了报纸，照样由社会版开始看起。

没有特别吸引人的报道。她留心注意由门口进来的客人，同时仔细检阅各新闻标题。她读着左下角一篇标题为《社长夫人于御岳山中自缢》的报道。

“证券公司社长波多野伍一郎氏夫人雅子女士”这几个字一进到她眼里，周围人群的动作与谈话声骤然凝结。

“六月十七日上午十点，西多摩郡青梅市外御岳附近住户，在山中发现一具死亡超过一周的女性缢死尸体，并通报辖区派出所。经过初步检验，尸体已经腐烂，并且由于挂在树上的绳索断裂，掉落斜坡下方。由遗物得知，死者居住在东京都新宿区四谷××，为证券公司社长夫人雅子女士（年四十一岁）。雅子女士自十日下午两点出门后，便下落不明，似乎正受家庭问题所苦。

“丈夫伍一郎表示，雅子女士近来情绪低落。”

幸子重复读了三四遍这篇简短的报道，随着每次阅读，焦点越是明确。

六月十日，这日期正是道夫爽约的那一天。十日，她为纪念辞职，无论如何都想见道夫一面。

面貌丑陋的福地藤子迟了四十五分钟才进入店里。

“抱歉，抱歉……我跟主编吵起来了。”

福地藤子为迟到愧疚，当她发现枝村幸子郁郁寡欢后，便像是要取悦幸子似的喋喋不休。她批评杂志社，挑剔总编辑及主编，抱怨工作无趣。这些埋怨的话只是老调重弹，没有任何新奇之处，然而在今天，这些话却成了为不采用幸子稿件找借口的前言。

“我跟主编大吵了一架。”福地藤子刻意夸大其辞，“他想要特别一点的报道。嘴上说得简单，他自己也搞不清楚到底要什么东西，再说，他自己还不是都刊登一些平凡的报道。我这么提出抗议，结果他竟然反驳说，就是这样才需要新鲜的题材。这根本就是强人所难嘛。我想是因为主编看我不顺眼，乘机刁难。”

幸子迷迷糊糊地听着福地藤子辩解。在这当下，自己的稿件没有获得采用这件事，已经不那么重要了。

波多野雅子自杀的报道在她脑中萦绕，而那份报纸就放在她身旁的椅子上。报纸底下，仿佛躺卧着一名白嫩颈间缠绕绳索的肥肿女子。

波多野雅子于六月十日离家，道夫则是在那天爽约，隔天十一日晚上十一点多才现身。那时候，他右手背和左上臂都贴上了创可贴。手背上有指甲抓过的痕迹，上臂则留下了指甲嵌进肉里的伤痕，皆为仍带有血色的新伤。

波多野雅子离家那天，正好是道夫爽约的日子，雅子缢死与道夫手上的抓痕究竟有何关联？

“我跟主编两人互不退让，其他人都吓到看傻眼了。我气不过，跟他理论了一番。”

福地藤子的声音在她耳边回荡。

道夫手上的抓痕难道会是与雅子争执时留下的伤痕吗？她第一眼看见那痕迹，以为是女人做爱时过于激情，抓出了一道又一道的伤痕，因此责备道夫。然而，那不是唯一会令女人激动的时刻，双方相互拉扯争吵也是其中一种情形。

道夫总是撇清自己与波多野雅子的关系，幸子却不这么认为，只是暂且相信他的话，没有拿这件事自寻烦恼，特地深入调查。尽管如此，她还是可以感觉到他们两人过从甚密。她希望道夫能默默与雅子分手，道夫一定也有那个意思。不管是谁，都不可能与那像猪一样的老肥婆长久交往。

不过，女方可不这么想。她虽已嫁为人妇，却不愿与年少的情人分离。道夫绝口不提，但他肯定从雅子手中拿到了数目可观的钱财，否则光凭一介受雇于人的发型师，怎么可能一下子就能在自由之丘开店。道夫宣称，他变卖九州宫崎县老家的山地，筹措开店资金，现在看来，这事另有蹊跷。

假使他谎称卖出山地一事，那便是为了隐瞒雅子出资开店的借口。波多野雅子的先生贵为证券公司社长，妻子的手头自然阔绰。不只是自由之丘店，或许这次要在青山开店的资金，也有绝大部分来自雅子。

道夫曾在福冈的旅馆内苦恼如何筹资开店，幸子因此提出“会员制”的方案，最后却无疾而终。然而，仅仅相隔两个月，他不只买下青山店的土地，也已经开始动工。道夫的说法是自由之丘店意外卖得高价，这话听在她耳里只觉得交代不清，资金当中有一半可能又是由波多野雅子出资。

面对情人，雅子即使没那财力，也会筹出钱来，并以此铐住道夫，使他越来越厌烦……

“我吵到烦了，对主编撂下狠话。我说，好，这么有前途的人你不用，将来要是她的稿子被其他杂志社拿走，你可要负责任到底。嗯，所以……”

所以，道夫厌倦了雅子。他原本的目的就是钱。他一心只想开店，壮大自己的事业，即使雅子有恩于他，将爱情灌注在他身上，他依然不为所动。他也清楚，雅子再也拿不出钱了，这冷漠的应对终于惹来女人怒火中烧，爆发冲突。

“对不起，这份稿子要先还给你了。你别在意，我们家的主编分不出好坏，其他杂志社一定会很乐意接下你的稿子。这一点我可以保证。”

“没关系啦。”

幸子漫不经心地收下装在信封里的稿子，猛地站起身。

福地藤子瞪大眼，抬头望着幸子。

幸子走出咖啡店，却漫无目的。今天异常闷热，令她不得不频频拭汗。

其实，她早有打算。她在走出家门前已拟定了今天的行程，只是现在的她无心按照预定计划行事。她原本计划到两位艺人的家里拜访，以及走访一家杂志社。她的心情烦闷，不只是为了福地藤子退稿。当然，这也是其中一个原因，假使她没读到波多野雅子自杀的报道，这件事带给她的冲击将更加震撼。福地藤子夸下海口，接下她的稿子，最后却落得铩羽而归的下场。她拉不下脸，不断强调她和搞不清楚状况的主编大吵一架，看来福地藤子在编辑部的力量，并不如她所说的强势。

比起自己的稿子被退，幸子更关心波多野雅子缢死与道夫在十日那天采取的行动。幸子沉思着，雅子自杀时，道夫在何处？她的死与道夫手上的抓痕有何关联？

幸子在满是穿着白色衣物路人的街道间穿梭，甚至无暇走在阴暗处躲避烈日。

假设道夫在雅子缢死的现场，那会是什么情形？十日下午四点，道夫离开自由之丘店，这是由他派来的冈野正一口中得到的确切情报。雅子陈尸于青梅的御岳山中。她没亲自走访过，不熟悉山里地形，而是经由尸体久未被人发现这一点，猜测陈尸地点在僻远的山林深处。

她怀疑，雅子是否真有勇气孤身进入那样僻静的场所？即使执意走上绝路，总不免心生畏惧。此时如果有个男人在身边，再怎么危险的地方也能勇往直前。

自杀就是在自己家里也能做到，根本不需要特地远赴深山，更何况，波多野雅子的体型肥胖，这么一个庞然大物，怎么可能会想拖着那双孱弱的脚往山里爬呢？这显然不合常理。

若是有男人陪伴，情形又不一样了。男人牵着她的手，支撑她身体的重量，不论是多么艰险的山路，都不成问题。

或许道夫假意与她殉情，将她杀害后又逃了回来。报道里提到，雅子的丈夫知道妻子为何自杀。这句话的意味深远，虽然无从得知具体内容，也许是丈夫发现妻子不贞，或是知道她拿走钱，也可能是两件事都曝了光。雅子因此受到丈夫责难，无从证明自己的清白，又被道夫的冷淡伤透了心，于是在最悲惨的情形发生之前，向道夫提出了殉情的要求。

道夫或许认为反正继续与雅子交往也得不到好处，正好可以利用这个机会。她在绝望之中，铤而走险，抛下名望与声誉，不顾一切逼他共赴黄泉。道夫则是为与雅子之间的金钱往来烦恼，如果没处理妥当，丑闻公之于世，大好前途可能就此断送。

好不容易才在美发界闯出名堂，道夫身边尽是敌意与嫉妒的眼光，这起丑闻将重挫他的美发生涯。道夫一路由无名小卒打拼至今天的地位，较常人更珍惜降临在自己身上的好运，他充满自信，相信前途将是一片光明。他侃侃而谈青山店那充满实验性的崭新设计，以及如何打动女性顾客的内心……为了捍卫自己的前途，他愿意以死相守……

幸子满身大汗地走在街上，喉咙干渴。或许是暑气袭人，她走得头昏脑胀。

她想找个有冷气的地方，再好好整理一下思绪，可是再走入咖啡店，又觉得烦腻。她走进眼前的饭店大厅，坐在柔软的皮革沙发坐垫上，走在艳阳下的炙热身躯仿佛感受到了干爽凉风的吹拂。她坐着，发了一会儿呆。她的脚像是走了十公里路似的疲惫不堪，香烟的滋味格外甜美。

不相干的人或是静静坐在旁边，或是站着，或是走动。她享受着这气氛，此时此刻，她正渴望身处于喧嚣人群之中，仿若一旁的外国人置身事外。

——道夫如何解释十日当天的行动？

四点多，他为了和负责青山店的设计师讨论事情，离开了自由之丘。他先到工地现场勘查，再前往设计师事务所开会，晚餐由对方请客。

“……后来，那个设计师说想去看电影，大家一起去了电影院，可是我一直挂念着你，根本没那心情，就在日比谷的戏院前跟他们分开了。我本来打算来这里，没想到在等出租车的时候，遇到了大崎夫妇。”

道夫的声音与当时的神情又重现眼前。

“大崎夫妇？”

“夫人是我店里的客人，先生年纪超过五十了，好像是某公司的高层，夫人到店里都是由他开车接送，我们也很熟。他叫我别等出租车，不如搭他的便车，所以我就上车了……然后，我在奥泽的大崎夫人家里打了三个小时麻将，她丈夫再开车送我回家，回到家的时候，已经过了晚上十二点。”

幸子从钱包里拿出十日元铜币，站起身，走向大厅角落的公共电话。柜台前，一个美国女人正对着柜台人员大呼小叫。

美容院里的女店员接起了电话。

“请问大崎先生的太太在吗？”幸子故意变声问道。

“您说大崎夫人吗？”

听那声音，是道夫美容院里负责结账的女孩子。道夫店里的收银员兼任接待，熟识所有常客的姓名和长相。她的声音带有几分讶异。

“没有叫大崎的客人……”

“这就怪了。她一个小时前就出门了，说是要去你们那里弄头发。你真的不认得她吗？”

“现在店里都是熟客，没有我不认识的新客人。”

女孩子像是被伤了自尊心，语气强悍。

“大崎太太不是你们店里的常客吗？”

“我们店里没有一位叫作大崎的客人。”

“大崎太太，就是住在奥泽，丈夫是公司高层的那一位啊。”

“没有，这位客人没有来过我们店里，您是不是找错地方了？”

这下，道夫的谎言被戳破了，大崎只是他捏造出来的熟客。

仔细想想，和设计师吃饭，然后到电影院，这一连串的行动都令人存疑。在电影院前等出租车时，正好遇到“大崎夫妇”开车经过，这未免过于巧合。

道夫谎称打了三个小时麻将，这正是制造不在场证明时常用的手法。如果他是上麻将馆，或是到身份明确的朋友家里，还能有人提供证明；而到一个不存在的人家里，没有人可以出面作证，唯一只能仰赖本人提出解释。

他不在路上拦出租车，也没有请车行派车。他搭的不是这些营业车，而是“大崎先生的车”。这谎言简直是天衣无缝。

车子。

幸子想知道十日那天道夫是不是自己开车出门。去年春天，他到驾校学开车，并且取得驾照，买了辆中型车，兴高采烈地开车到处跑。除了一些特殊场合，他都会开那辆车出门。

他们如果一同前往御岳，搭电车难免引人注目，搭出租车则要担心出租车司机走漏消息。道夫如打算与雅子假殉情，确认她死后就要逃回东京，就绝不能让人瞧见他与女人同行。雅子体胖，而肥女特别容易让人留下印象，若是有人回想起，这位决心独自走上绝路的女人身边有位男伴，后果可不堪设想。

假使自己开车，风险便可降低不少。道夫在下午四点左右离开店里，走上这么一趟遥远路途，抵达现场时想必天色也黑了。

幸子想搞清楚，道夫当天出门是否为自己开车。如果他开车出门，搭上“大崎先生”的顺风车这个解释将彻底瓦解。

她烦恼着该怎么做，才能确认这件事情。

最快的方法是询问店里员工，然而这么做只是白费心力。店员受雇于道夫，如果他编出其他理由堵住他们的嘴，这些人即使回答也不是事实。最重要的是如何提问，才不会问到店员们起了疑心，立刻转告道夫。不能让他察觉，这得进行得让他浑然不知。

幸子正要放弃从道夫身边问出蛛丝马迹时，想到了个好点子。道夫派来的冈野正一，可以帮她这个忙。

那个憨直的男人说不定会泄漏事实真相，只要她精心设下圈套，难保他不会自投罗网。即使他存有戒心，也只需随便找些借口含混过去就行了。

之前，道夫派冈野来的时候，幸子曾对他说过："冈野先生，您愿意跟我站在同一边吗？"

冈野那时困扰又迷乱的神情历历在目。她决定勾引这个男人，让他掉落陷阱。

幸子试图经由村濑美容室取得冈野的联络方式，电话号码就记在手册里。回想起来，她最近常需要村濑的帮忙。

"我想请问，佐山先生在你们店里工作时住的公寓名称。"幸子去电传达来意，没报上自己的名号。村濑店里的员工请她稍等，便去向店长确认。老板娘觉得没有说的必要，店长认为无妨，一阵小吵全传进了听筒。那对夫妻依然对道夫抱持反感，店长的态度反倒较为宽容。最后，店员告诉她，公寓名为"藤花庄"。

她翻阅电话簿，"藤花庄"位于四谷左门町××号地。就是这个地址没错。她记得道夫曾说过，他那时候住在四谷一个杂乱拥挤的小巷内。

她拨了电话号码，有个像是管理员的男人来接电话。等了一会儿，对方回答，冈野夫妇都不在家，先生大概再过一个小时就会回来了。

她算准时间，在一个小时后走出家门。昨晚半夜下起了雨，今天一大早才停，短暂阵雨过后，阳光更为猛烈。

她搭上出租车，请司机到四谷左门町××号地。司机频频问道，要在四谷三丁目前往南转吗，还是往前再转，并对不熟路的客人显得颇有怨言。

昨天晚上，她听着雨声，翻来覆去，未能成眠。退稿这件事让她越来越气愤，无法原谅早已夸口向她保证的福地藤子。她总对外宣称自己在编辑部里有权有势，实际上根本不是那么一回事。幸子后悔请福地藤子吃饭，并且极尽阿谀奉承，这简直是场骗局，是福地藤子心怀恶意，将她玩弄于股掌之间。

这件事为她的重新出发蒙上阴影，即使受福地藤子欺瞒，退稿却是无可动摇的事实。这个事实撼动她的信心，连带唤起对生活的不安。

心烦的事情不止这一桩，还有道夫的嫌疑。她想着，暂时忘却前途堪忧。道夫无疑是波多野雅子上吊自杀的推手，但她无法断定那究竟是假殉情真脱逃，又或是涉嫌更深，由他亲自动手布局。前者是协助自杀，后者则为凶杀。

不管道夫是协助雅子自杀，还是亲手将她杀害，都是出于相同的理由与动机。那就是，雅子的存在成了绊脚石，妨碍他的去路。

道夫这举动如果是为了幸子而做，她会高兴到无法呼吸，然而道夫不会为了守护与她的爱，使雅子消失在这世上。他这么做，纯粹只是为了本身的利益。幸子深爱道夫，也知道他对自己的薄情。她逐渐看穿了他的本性。

她在大马路往南的转角处下车，司机告诉她，车子开不进窄巷，其实是不愿驶进这条人多拥挤的小巷。

她无可奈何，只得步行前往。沿着缓坡向下，两旁小店林立，随处可见石墙围起的豪宅。她循着地址，找到了坡道尽头仿佛位于谷底的街道。

这里公寓密集，举目所见皆是同样的建筑物，一栋又一栋老旧的廉价公寓。窗外晾着衣物，但不像高级公寓那样顾及观瞻，就是女人的贴身衣物也大剌剌地晒在外面。“藤花庄”也是其中之一。

道夫曾住过这地方，犹如成功故事自此揭开序幕的起点。在道夫累积名声与财富之后，这间廉价公寓的照片将会安插成为故事开头。也就是在这里，还可以找到他当时的友人。

幸子走回窄巷。大批女人聚在鱼店或蔬果店前采买，路上也有许多小孩子。

她走到车水马龙的大马路，进咖啡店点了杯柳橙汁，又打了通电话。冈野正一回到公寓了。

“我有点事要找你，你现在忙吗？”幸子亲昵地说。

“不，还好……”这通突如其来的电话似乎吓到了冈野，听得出他语气里的惊慌失措。

“我就在旁边的咖啡店。”

她看着门，说出店名。嵌在店门上的蓝色玻璃映出公交车的倒影。

“好，我知道了。我马上过去。”冈野结结巴巴地回答。

不到十分钟，就见到冈野匆忙走进咖啡店。他戴着深度数的眼镜，汗水淋漓，而且像是换过衣服才来，艳阳在短袖衬衫上留下热气。“上次打扰到您晚上休息了，真对不起。”

冈野不顾眼镜因为店里的冷气而起雾，恭恭敬敬地鞠了个躬，以礼对待与道夫关系特殊的女人。

“你真的不忙吗？”

“不忙，我才刚从外面回来。”

“对不起，麻烦你出来一趟，要喝点什么？”

“我也是果汁就行了。”

“哎呀，十二点多了呢，我们去找个地方吃饭好吗？”

幸子尽力表现亲密，甚至带有几分娇媚。

“不用了，我还不饿。”

“那就在这里吃一点，来个吐司好吗？”

“好，那我就不客气了。”

幸子想尽量拖延时间，让冈野久留。她要拜托他的不是件可以公事公办的差事。

“之前你来得突然，没能好好招待，改天我再重新约你来我家，到时请你务必要到哦。”

“噢，谢谢……上次实在很抱歉，那么晚还去打扰您。”

冈野似乎回想起在大半夜进入单身女子家中，脸颊微微泛红。

“那是因为佐山拜托你帮忙传话，不能怪你。”

“不，他早就请我来跟您说了，是我自己忙着工作，才会拖到那么晚。”冈野语气坚定，像是在为佐山辩护。

“他大概几点交代的呢？”

“我想是三点过没多久，三点十分左右。”

他努力记起准确的时间，以强调错在自己。

“那时候他正准备外出吧？”

“对，他说有件事等着他去处理，请我转告枝村小姐。”

冈野头一次将枝村小姐挂在嘴边，讲得不甚流利。

“他有说他要去哪里吗？”

“他说要到银座讨论青山店的设计，没告诉我确切地点。”

“他是坐车出去的吗？”

“可能吧，我没看到他出门的样子，没办法确定。”

“他不都是自己开车出门的吗？”

“他是常坐车，可是不一定都是自己开车，也会有人来接他。”

“既然是跟设计师开会，他应该会自己开车过去吧？”

“您说得有理，只是我没亲眼看着他出门。”

前往银座与设计师开会，这点与佐山告诉她的话没有冲突。然而，他也可能早已编好了这一套说辞。

“我之前问过他那时候穿什么衣服，可以再告诉我一次吗？”

“好……他穿的不是正式西装，是灰色薄毛衣搭配一条斜纹布料的深蓝色长裤，毛衣里有一件蓝条纹的运动衫。”

幸子想象着他的穿着。那一身打扮正好适合登山，而他也就是为了这个目的，刻意打扮轻便。长裤为斜纹布料，材质坚韧，不怕撕裂或破损。这身装扮全是为了方便活动。

她明白了，这不可能是假殉情。没有人会以运动休闲的打扮与情人共赴黄泉。如果这是殉情，他应该会依女人要求，穿上更为体面的服装。那是庄严浪漫的死亡仪式，以登山的装扮前往，难免令对方怀疑他的心意。

那么，雅子又如何呢？她真是为“殉情”离家的吗？幸子注意到这是个关键。雅子如果是为了和道夫约会，特地梳妆打扮后才出门，可见她无意殉情。既然她没那个念头，便推翻了道夫在假殉情后独自逃亡的假设。也就是说，这是蓄意谋杀。

幸子面对眼前的冈野盘算着，需要再针对雅子方面详加调查。

冈野似乎正在寻思为什么事到如今，幸子又问起了这件事，却没有露出疑惑的神情。他以自己的方式下了结论，这件事起因于道夫与幸子争吵，幸子由于嫉妒，调查起道夫那天的行动。他这么自我解释，幸子从冈野的表情也看出了他的想法。

这样也好，她打算将错就错，顺水推舟。

“我要拜托你一件事。”她的神色凝重，“你可以帮我查查他那天是不是自己开车出门吗？”

她神情肃穆，一双媚眼却直瞧着冈野。

“呃……”冈野像是禁不住诱惑，垂下了眼。

“喏，拜托嘛，我能拜托的只有你了。”

“……”

“我想你也发现了，我和佐山不只是朋友关系。虽然不好意思，我就跟你招了吧，这事没有人知道，我们已经交往三年多了。”

冈野低着头，满脸为难。厚重的眼镜顺着鼻梁一路往下滑。

“可是我们最近的关系不太好，他好像有别的女人了。你们是老朋友，你应该知道发生什么事了吧？”

“不，我不知道。”冈野满脸通红，摇头直称不知。

“他这秘密行事的作风从以前到现在都没变呢。”

“我很早就认识他了，不过，是最近才因为工作的关系熟了起来。”冈野这借口是为了佐山，也是为了替自己解套。

“我刚才拜托你的事，你愿意帮忙吗？”

“……嗯，这么点小事应该没问题。”冈野像是被强迫似的点了头。

“太好了。其实上次你到我家来的时候，我有好多关于佐山的事想跟你商量。那时我有说过，请你帮我。”

冈野困惑地点着头。

“那句话就这么自然而然地冒了出来。我一个人闷在心里，又没办法找人商量，老是心神不宁。见到你的时候，我觉得好像不管发生什么事，都可以找你商量。我这么一厢情愿，给你带来困扰了吧。”

“……不会。”冈野小声回应，额头滴下了汗水。

没有人动手取用桌上的吐司。

“我真是太高兴了。”

冈野词穷，不知该如何回应，幸子则显得十分激动。

“那么车子的事就拜托你了……不只是车子，以后我还有很多事要拜托你，找你商量。不过你放心，我绝对不会让他发现，增添你的麻烦。”

冈野一句话也没说，只是轻轻地点点头。

两人之间的秘密。这秘密关系的成立，恐怕已使得纯朴的冈野内心躁动不已。

“那天是六月十日对吧？”幸子问。

“嗯。”冈野歪着头，仿佛不记得日期。

“是十日没错，看来这一点我记得比你清楚多了。”

幸子嫣然一笑。看在冈野眼中，她那份固执说明她是因嫉妒而发狂的女人。

“佐山在十日下午四点有没有开车出门，这件事要问谁才知道？”

“店经理长谷川，或是柳田吧。”

“对，问柳田，他就像是佐山的跟班。你可要问得不着痕迹，不能让对方起疑。”

“好。”

“还有，佐山是不是真的到银座跟设计师吃饭，可以帮我跟设计师打听一下吗？你认识那位设计师吧？”

“认识。我负责青山店的室内设计，我们开过好几次会了。”

冈野似乎也越来越投入了。

“好，你要顺利问出来，不能让对方起疑……对了，还有一件事，我想知道车子在十一日那天有没有加油。”

佐山如果在十日当天往返御岳，势必会耗掉不少油。

山根设计事务所位于新桥某栋大楼的二楼。这间事务所共租下三间办公室，一间作为办公室与会客室，所长山根及其他员工则各有一间工作室。

“请问所长在吗？”

冈野拿下眼镜擦拭，向负责接待同时身兼杂务的年轻女子传达来意。

“他刚好出门了。”

她的身形娇小，胸部丰满，一张下巴略长的脸从账簿里抬起，对前一阵子才开始出入事务所的冈野怀有戒心。

“噢，这样啊，他什么时候回来？”

“他说要出去一个小时，差不多快回来了吧。”

“他是去自由之丘吗？”

道夫委托山根负责青山店的设计。

“不，是其他客户。”

他戴起眼镜，拭去脖子上的汗水。

“有什么事吗？”

她待在冷气房里，一脸凉爽。

“唔，有些设计方面的事，要跟他讨论一下。”

“很赶吗？”

“也没那么急。”

“可以和其他人讨论吗？譬如工藤先生。”

“工藤先生？噢，设计主任啊。好，工藤先生也行。”

“我现在去请他过来……您汗流浃背呢。”

“我很会流汗。”

“那里很凉，请进。”

她指向一旁的会客室，转身走进了办公室。

他才刚坐下，身材高大、脸色白皙、穿着短袖衬衫的工藤，就急忙走了进来。

“有什么事吗？”工藤劈头就问。负责部分室内装潢的冈野在他眼中就像委托施工的油漆工人。

“听说山根所长不在。”冈野毫不介意。

“他外出了。”

“您听他提过关于青山店橱窗设计的事吗？”

“橱窗？没听过。”工藤回答的态度仿佛这件事与设计无关。

“您不知道啊，那就糟了。十日傍晚，我跟佐山还有山根所长三个人讨论，大致定出了具体规划，就是细节还有点问题，才想来问一下山根先生。依这情形看来，店面的部分设计可能要跟着调整。”

“更改部分店面设计吗？”工藤盯着冈野，“所长没提过这件事。”

“也不是非改不可，只是可能要改，希望他能重新斟酌一下。”

“你们什么时候谈到这件事的？”

“我刚才也说了，十日下午五点，就在这里。”

“十日？”

他正苦思不得其解时，刚才的女职员端了冰红茶进来。

“我问你，十日那天所长在吗？”工藤仰头看着她。

“十日……”她稍微抬起了下巴，像是在回想，“所长那天早上就去横滨了。”

“嗯，他那天确实是到了横滨的森田先生家里讨论新居装潢，一直到晚上都没回来。”

“对，我记得所长一直没回来，那天我比平常还早走，五点半就下班了。那时候刚好住在千叶的姐姐到我家来玩。”

“你是不是记错日期了，不是十日，是九或十一日。算了，那不重要。”工藤说。

“我记得是十日没错，这很重要。”

冈野强调说，这件事很重要，工藤和女子的眼神露出些许惊愕。

“我们在十日谈到这件事，我跟山根所长约好，之后再讨论这件事情，所以我才会到这里来。”

冈野解释着自己是为遵守约定前来。这两个人都很清楚，他是个生性耿直的人。

“真奇怪，十日所长去了横滨啊。”

她又重复说了一次，冈野专心听着，工藤却没这耐心。

“反正所长没告诉过我，我也不知道，请你直接跟所长谈。”

他只喝了一口红茶，便匆匆离去。

“工藤先生好像很忙。”冈野拿起茶杯。

“他的个性就是那么急。”体型娇小的女职员眼角含笑，试图缓和气氛，“所长快回来了，再等一下好吗？”

“我是想等，可是我待会儿跟别人有约。”他不解地瞄了一眼手上的那只大表，突然怀疑起自己的记性，“难道说那天不是十日吗？”

“应该不是吧。所长十日早上就去横滨了，我想他是晚上才回来的。”

“呃，所以是我记错喽……等等，难道是我搞错了跟其他设计师的约定，跟我约的人不是山根所长。”

“冈野先生真是的。”

他那副傻样惹得她发笑。

“啊，对了，一定是这样，我一定是搞混了。”冈野回答的语气十分肯定。

“您振作点啊，冈野先生，就算外头再热，也别被太阳晒昏头了。”

“对不起，是我的错。唉，真是太丢脸了，请别告诉山根所长，拜托。”冈野低下了头。

傍晚，冈野搭上汗臭味弥漫的拥挤电车，前往自由之丘。道夫不在店里。

“冈野先生，有什么事吗？”

温文的柳田前来接待。即使店长道夫不在，店里依然高朋满座，还有客人坐在一旁等待。

“我有点事要找佐山。”

“老师去银座了，不在店里。需要我帮忙传话吗？”柳田迅速答道。

“不，不用了，也不是什么重要大事，我改天再来找他。他是自己开车出去的吗？”

“车子在车库里……您怎么突然问起车子了呢？”

“老实说，我想买车，一辆二手车。”

“您会开车吗？”

“我想差不多该学了。没车到哪里都不方便，只怕油钱会是一大笔开销。”

“油钱可以自己掌控。”

“佐山是一次性付一个月的油钱吗？”

“对，老师加油不是一次次付现。”

“他常开车，累积的金额很可观吧。大概会花多少？”

冈野那张黑脸堆满了笑容。

“我也不清楚，要看发票才知道。”柳田似乎嫌麻烦地说，“老师常去的加油站就在前面的车站附近，您到那里问比较快吧。”

“车站附近啊。好，谢谢你告诉我这个消息。加油最好是去固定的加油站吗？”

“能那么做最好，跟加油站里的人混熟了，他们会提供很多像是洗车之类的额外服务……您的预算多少呢？”

“我想先买辆三十万左右的车。”

既然是买便宜的二手车，也难怪从现在就开始在担心油钱了，柳田讪笑着目送冈野的背影离去。

加油站里有个十八九岁的女店员，另有两名店员忙着帮前来的汽车加油。加油站里飘散着汽油味。

“佐山先生一个月的油钱大约一万元。”女店员站在摆设汽车蜡等瓶罐的架子前说。

“嗯，果然是不少钱。”

“可是跟搭出租车比起来，便宜多喽。”

“说得也是，不过要是开那么长的路，不就得常常到这里来加油吗？”

“佐山先生不太开车，也没那么常来。”

“他最近一次来加油是什么时候？”

“最近吗？大概一个礼拜前。我去看一下发票。”

她手里翻着发票，指尖在其中一张停下。

“有了，是十一日。”

“十一日？”冈野不自觉地身体前倾。

"他加了多少油？"

"三十二升，四十升就加满了，所以来的时候只剩下八升。"

"三十二升可以跑多少公里？"

"三百公里左右，不过，这可是十天的量哦。咦，不对，他在四天前加过油了。应该是开了趟长途旅程，到什么地方去了吧。"

结束工作的店员走进来，女店员描述了一下事情始末。

"对啊，那次油少的速度比平常还快，而且整台车子脏兮兮的，好像是从很偏远的地方回来，轮胎上沾满红土跟杂草，我还帮他把整台车子洗了一遍。"店员跟冈野说。

"红土跟杂草？"冈野瞪大了眼，"他那天几点来的？"

"蛮早的，大概是九点半吧。"

"他有说去了哪里吗？"

"因为车实在太脏，我顺口问了一下，他说是前一天开车到多摩川去了。"

"那会一下子耗掉这么多油吗？"

"要看路线怎么安排喽。"

冈野走向车站。

十日下午三点，佐山道夫声称要与山根设计师到青山店，请他帮忙传话给枝村幸子。然而，山根的事务所方面却表示，山根当天去了横滨。双方各执一词。另一方面，加油站店员说，佐山似乎开车到了一个有红土跟杂草的地方，油会少得比平常还快，就是因为他十日开车出了趟远门。只不过他怀疑，光沿着多摩川开上一趟，真的会消耗那么多油吗？

道夫那天去了一个遥远的地方，却推说是和山根设计师一起出门。这究竟是怎么一回事？

他不清楚其中缘由，或许这件事和枝村幸子的猜疑有莫大关联。

冈野同情着即将遭道夫抛弃的女人，为了她，他希望他的“调查”多少可以派上用场，让她开心。

枝村幸子在咖啡店前与冈野正一道别，便搭上出租车前往日本桥。她不是临时起意，而是在与冈野谈过话后决定采取行动。与冈野的一席话，激起了她的动力。

波多野证券股份有限公司开在蛎壳町的大厦里。幸子在前台递出名片，要求与社长会面。她递出仍印有《女性回廊》头衔的名片，她在独立之后订制了标示“记者”身份的名片，权威却远远不及以往。那些见到她的人，注重的不是她的名字，而是她是否来自一间具有高知名度的杂志社。尤其第一篇稿子被福地藤子退回，更让她失去自信，没有脸拿出自己的名片。

等了三十分钟，她被带到一间豪华会客室。著名画家的大作，金碧辉煌的摆设，令人不敢随意入座的高级座椅，暴发户的喜好打造出这么一间证券公司的会客室，这样的装潢同时具有带给疯狂追逐金钱的客人幻想，以及让他们相信这一家公司稳定可靠的效果。

波多野伍一郎社长面宽体胖，精力十足，在现身时，以和蔼的笑容化解全身上下散发出的威严。他微笑，是因为对女杂志记者前来采访感到志得意满。

实业家总是欢迎任何可以在媒体上公开露面的机会。

貌美的女秘书端来冰凉水果与冰淇淋，这似乎是特别待遇。

“有什么事吗？”伍一郎将名片递给幸子后，平静地问。他的眼睛很圆，鼻子扁平，嘴唇厚实，下巴饱满，就算是一般人也能看出那是一张富贵脸。原来这就是雅子的丈夫啊，真是极为登对的一对夫妻……

“其实我这次来，是想访问最近丧妻的名人，请他们说说心中的悲恸之情。”

幸子不动声色地提出来访目的。她以“名人”为饵，只要是稍微有点名气的“名人”都会上钩。

“丧妻的感想？这话题也太残忍了吧，我老婆才刚过世没多久。”

伍一郎眉头紧蹙，神色却不怎么沉痛，甚至可以见到他的厚唇微微上扬。他没有为了表现出身为日本人的拘谨，不在人前表露悲伤，那明显是个开朗的笑容。

“我能理解您的心情。向您提出这话题，我也觉得很难受。但是这世上有许多人与您同样经历了丧妻之痛，希望您能分享自身的经验，安慰他们。”幸子一脸同情地说，并且公式化地拿出笔记本。

“该怎么说呢，我老婆的情形跟其他人不太一样。”伍一郎警戒地盯着幸子的手。

“对了，我在报纸上看过，夫人是……”

“没错，是自杀。”伍一郎接完话，肯定地点点头。

“请恕我词穷。”

“那个蠢女人，完全没考虑到我的立场。我要是个承受不了打击的男人，恐怕会有好一段时间走不出家门，幸好我的心脏够强……”伍一郎笑着。

“夫人不幸丧生，请问有什么征兆吗？”

她此时所说的“不幸”，指的当然是“自杀”，对方也懂她这话的意思。伍一郎才刚说：“她自杀了，完全没考虑到我的立场。”

即使如此，一个局外人毕竟不适合露骨地提出这种问题，这也算是“杂志记者”的特权，可以理直气壮地假借“读者代表”名义发问。

“征兆？”伍一郎一手托着肥胖的下巴，一时间默不作声，眼神低垂，“嗯，那倒也不是没有。”他脸上带着浅笑说。

“这么说来是有吗？虽然难以启齿，如果您不介意的话……”

“我告诉你，跟一个女人结婚生活了二十年，总是会发现很多蛛丝马迹。这件事不单纯，有很多原因让她选择了自杀。”

他的回答抽象，却又意有所指。

“请问有遗书吗？”

“有，我也告诉过警察，他们知道后，才终于放心断定这是一起自杀案。”

放心断定这是一起自杀案，这说法听来奇怪，伍一郎似乎也有所察觉。

“警方办案的时候，得要找到决定性的物证，证实判断正确无误。内人是吊死的，只不过发现得晚，尸体不只腐烂，还因为用来上吊的绳子断裂摔到地上，导致没有明确证据显示她是自己上吊，只能由现场状况判断死因为自杀。不过这也只是推测，所以当警方听到我说内人有留下遗书，才松了一口气。”他补充说明。

“遗书上写了自杀的理由吗？”

“女人啊，”伍一郎苦笑，“就是死到临头，也不会表明自己的真心。里头没提到任何具体的事情，只有承蒙诸多照料，还有对不起做出这么任性的行为，这一类告别人世前的忏悔罢了。”

“警方读完那封遗书之后，就接受这个结果了吗？”

“没有，我把遗书烧了，没交给警察，还因为这样被盘问了一番。”

“……”

“我现在后悔了。可是老实说，我读到那封遗书的时候，简直是气疯了，一时冲动就撕了信。”

他看起来有些不好意思，叼着烟，将打火机凑近嘴边。

“一直到最后一刻，她还是那么为所欲为。”他说，空气中烟雾弥漫。

“请问您这话是指？”

“她活着的时候享尽了人生乐趣，既然她自己选择了死这条路，我一点也不觉得哀伤。”

“……”

“我不是不服气，也不是在找借口。真要说起来，她在世的时候比别人家的夫人还要享受人生，发生这种事我也不认为悲惨。你可能觉得稀奇，不过我也只是实话实说。”

“您刚才说夫人走上绝路有很多因素，这跟夫人生前的生活态度有关吗？”

“我没办法断定，或许也算是其中一个原因吧……倒是你，冒昧问一句，你结婚了吗，还是单身？”

“我还没结婚。”

“等你结婚就会明白了。夫妻或是家庭生活里存在许多细微的裂痕，而且一个个都是些微不足道的小事，当累积得越来越多，将会造成空前的危机。就像一栋歪七扭八的房屋，门窗没办法开关，懒得处理就放着不管，或是门窗可以顺利挪动，却将把手装反了。起先虽然在意也束手无策，只好放弃，久了，也就不在乎了。在外观上，门窗都有关好，看不出其实是一栋歪斜的房子，这就是家庭生活。”

幸子手中握住铅笔，眼神朝向拿来记录的纸张，思考接下来要提出的问题。

“夫人常造访美容院吗？”当问题难以启齿时，最好是不看对方的脸，她眼神朝下盯着笔记本发问。

侃侃而谈的伍一郎过了好一阵子才回答。“女人嘛，应该有吧。”

“我听人说，夫人的发型总是非常完美。”

“这我就不清楚了，丈夫很少会留意到妻子的头发。”

“夫人的发型极具个性，富有美感，一定是有间中意的美容院帮忙设计的吧？”

“哈，哈哈哈。”

伍一郎突然大笑出声。肯定与否定，以及他的情感，都消失在这阵洪亮的笑声当中。

幸子离开后想着，波多野伍一郎对妻子的行为了如指掌，那阵快活的笑声正是暗示。商人借由笑，阻止对方踏进雷池。

伍一郎表示妻子自杀的原因很多，其中最大的原因即与美发师佐山道夫相关，不过，他大概不曾为此当面责骂妻子。他将自己的家庭比喻为歪斜的建筑物，门窗紧闭，但方向全部相反。伍一郎自己也有情妇。

夕阳正在街道的屋顶上燃烧赤色火焰。幸子站在人行道上，迷惘不知去向，伸手招了辆出租车。

在回家的出租车里，幸子又反复思索。

伍一郎在外面也有女人，因此从没当面指责过妻子的行为，但是当雅子掏出一大笔钱给男人这事曝光之后，他便开始穷追猛打。道夫在自由之丘开店以及青山店成立的资金，多由雅子出资，这一点毋庸置疑，没有其他的可能性，只有证券商的妻子才可能筹出这么一大笔钱。

伍一郎发现这漏洞，抓住机会斥骂妻子，毫不留情地追究她的责任。对钱斤斤计较的商人，因为失去金钱的执念，激起了他的怒火。即使这是为逼死妻子，将情妇扶正的计谋，他那商人的性格仍自然流露出苛责的态度。

她想起伍一郎那句不寻常的话。警方因为妻子留下遗书而感到心安。然而，警方并未实际见过那封遗书，那只是丈夫的片面之词。况且，他还将遗书烧成了灰。警方厘清真相后，便不会再深入了解夫妻生活。

妻子的死因“确定”为自杀，为此感到安心的人不是警察，而是他自己。

排除与妻子自杀相关的一切疑点后，伍一郎所得到的是这社会对“鳏夫”的同情。世人不仅不责难他迎娶新妻，不在乎他与这情妇交往已久，甚至还会送上一声祝福。不能不说，伍一郎从一开始就打着这如意算盘。

伍一郎响亮的笑声还回荡在她耳边。

回到家，她在一楼餐厅简单地吃了顿饭，然后回房冲澡。这段时间，她满脑子都是伍一郎的笑声。

幸子思考着如果事实是道夫假意殉情，协助雅子自杀后逃走，后续将会如何发展。伍一郎与道夫有着共同利益，假设伍一郎不是个心胸宽大的男人，如果他怀疑妻子不是死于自杀，而追究其死因，道夫也无法安然逃过。伍一郎知道，妻子的外遇对象就是道夫。

由于尸体腐烂，因此没有决定性的证据来证明雅子是否真为自杀，只能依现场状况推断，警方因此为了遗书的出现而“心安”。如果伍一郎没说出遗书的事，反而针对暧昧不明的自杀真相质疑警方，并且明确告知妻子生前的行为举止，事情发展应会有所转变。

伍一郎即将迎娶新妻，为了本身利益，他收起将妻子逼上绝路的凌厉攻势，藏起妻子是否真为自杀的疑惑，无意间帮助道夫逃脱了罪嫌。

幸子推论至此，却只厘清了脉络。她所做的只有推测伍一郎的心理以及道夫的行为，依此获得初步结论。她的思绪遇到瓶颈，见不到往后发展，只有一路绕着刚才推理的过程兜圈。

不知不觉过了三四个小时，街道上的霓虹灯在窗户上不停闪烁。

电话声响起，她回过神来。

“我是冈野。”他的呼吸声也一并传进了话筒，“关于佐山十日那天的行动……”

“你查出来了吗？”

“嗯，虽然只是大致情形。”

“你到我家来说吧。”

她有意避人耳目，脱口说出不要在电话里讲，请他来家里一趟。

“这么做方便吗？”冈野有点迟疑，声音中却听得出期待。

“不要紧，你来吧。”

不到三十分钟，冈野正一就敲了门。他似乎期盼能够亲自走访，特地在附近打了那通电话。他的脸上渗出汗水。

幸子急忙前来应门。

“外头很热吧。来，快请进。”

她关上门，温柔地看着冈野。

“好。”

冈野从长裤口袋拿出手帕，摘下眼镜，擦了把脸，手帕也因为他的汗水湿透了。

“我马上去拿条毛巾来。”

“别客气，不用了。”

冈野像是目眩神迷，拿下眼镜的双眼眯成了一条线。

幸子从冰箱拿出毛巾，递给冈野。两人指尖触碰的那一刹那，他紧张到表情僵硬。

他赶紧拿毛巾擦脸。他意识到幸子就站在面前等他擦完脸，这让他慌了手脚。

“怎么样，很舒服吧？”

“是，谢谢。”

他将用完的毛巾还给幸子，小心地不敢再碰到她的手指。

直到坐下前，他都没正视过幸子，他需要一点时间让自己镇定下来。

“你查到了什么？”幸子大胆地看着他。

“我只查出了个大概……”

十日，山根设计师一早便去了横滨，不在办公室，直到晚上很晚才回来。冈野一五一十地向幸子报告他打听到的消息。

“所以佐山去设计师那里是骗人的喽。”

这正如她所预料，她不觉得意外，却刻意表现出惊讶。

“对，佐山可能以为设计师在才出门，而且告诉我这个理由，交代我来向您转达，他晚上没空。”冈野生硬地说。他明了自己与幸子之间的关系特别，恭敬地以“您”来称呼她。

“如果是这样，他至少会去山根的事务所一趟，事务所的人怎么说？”

“这我就不清楚了。”

“他没去。他如果去过，他们就会告诉你了。听起来你像是想帮佐山圆谎，不过，我手上可是握有确切证据哦。”

“……”

“他说，他跟山根先生一起去日比谷看电影，可是他没进电影院，而是到了住在奥泽的熟客家里打麻将。那个人根本就不存在，这件事从头到尾都是虚构的。”幸子说着，愤怒之情溢于言表，“对了，你知道那天他是自己开车出门，还是把车停在车库里吗？”

冈野越来越不知所措。他吞吞吐吐地告诉幸子，道夫是自己开车出门。

“我果然被他骗了。他那天油少了多少？”

“听说油消耗得很厉害。隔天他去加油，比平常早很多天，而且整台车脏兮兮的，他还洗了车。”

“你这是听谁说的？柳田告诉你的吗？”

“这事我没办法问柳田，我是去佐山常去加油的加油站问出来的。”

“你这么尽心，我真是太感动了……他一天花掉那么多油，会是去哪里了呢？”

“佐山告诉加油站店员，他开车去了多摩川，轮胎上还沾上了红土跟杂草。”

“红土跟杂草吗？”

“对，多摩川沿岸几乎都是红土。”

他不是去多摩川下游，而是把车子开到了上游，那里正是御岳。总算掌握到证据了，她的神情非常激动。

冈野两眼直盯着幸子激动的脸。他一脸同情，以为那是女人受男人欺瞒，悲伤难耐的反应。

幸子流下眼泪，道夫终于成了她的囊中物。偏激的女人只要情绪有些起伏，便潸然泪下……冈野误解了她的情绪。

第二十章

逆向追查

佐山道夫进入了加油站。

“您好，今天天气真不错。”

熟识的店员将油枪放入车子的油箱，开启加油开关。

“您好像很忙呢？”

“对啊。”

“听说您的店要搬到青山去了，什么时候搬？”

“今年年底吧。”

“您搬走之后，现在的店怎么办？”

“就让给别人喽。”

“真遗憾啊。事业扩大经营是好事，可惜的就是我们要痛失一个老主顾了。”

“不会的，我常开车到处跑，也会尽量过来这里加油。”

“请您务必在工作空当开车来这里绕绕……对了，说到开车，大前天有人到这里来问您开车去多摩川，耗了多少油。”

“多摩川？”

“您开车出去的隔天到我们这里来，车子弄得很脏，我还帮您洗了车……那是哪一天呢？十一日吗？”

道夫紧盯着他的脸。

“来问的人是谁？”

“长发，戴眼镜，有三十四五岁，很邋遢的一个人。”

“到底是谁呢？”

加油站员工叫来一开始招呼那位客人的女店员。

“我会告诉他那些事，是因为他说他是柳田先生介绍来的。”

“柳田介绍来的？”

女店员看他皱起眉头，担心地问：“不可以说吗？”

“不，我大概知道是谁了，只不过我还得跟柳田确认一下。然后呢，那个戴眼镜的男人问了什么？”

“他说他要买车，想参考您一个月的油钱。我告诉他，将近一万日元左右。他回说，果然需要不少钱。他还问您最近一次加油是什么时候，我说发票上登记是十一日，他又问加了多少油，我说加了三十二升，他再问，三十二升可以跑几公里……我想他才刚接触车子，又是柳田先生介绍来的，以为他是您的朋友。”

也就是说虽然是不认识的人，但出于好意，都告诉他了。

刚才的员工插话说：“然后我就来了。我对他说，您平常车子的油不会少这么快，都是因为前一天开去了多摩川。这是您告诉我的。”

道夫双手交叉放在背后。

“车子弄脏的事也说了吗？”

“说了，因为讲到可能是开了很长的路，顺口连轮胎弄脏都说了。”

“轮胎？”

“对，轮胎上沾满了红土，还有杂草在上面。”

“你说得这么仔细啊？”

“嗯，随口就说了出来……我说了什么不该说的话吗？”

他搔着头，担心自己的行为是否过于草率。

“没关系啦。”

“对不起，因为听说是柳田先生介绍，才讲了这么多。”

“你不用太在意……我已经知道是谁了。那个男的眼镜度数很深，皮肤黝黑，土里土气的，对吧？”

“对，而且他的脸上很多汗。”

“没错，他总是在流汗。”

道夫笑着开车离去。

他变更预定行程，回到店里。他的神情严肃，但并非因为专注于开车，他的注意力甚至不在方向盘上，而是被他满心的疑问拉走了。

冈野正一为什么会去加油站问那些事情？他为什么要问十一日加了多少油，关心车子在十日的状态？

车子开在御岳的山中小径，轮胎沾到红土，粘住了被人踩断的杂草。加油站的员工在洗车的时候问起，他随口说沿着多摩川兜了一圈，这答案似乎引起了冈野的好奇。

不过，冈野竟然……

怎么可能是冈野，这简直叫人难以置信。那个人也许不是冈野，而是一样戴着眼镜，汗流满面，呆头呆脑的人。

他下车，走进自己的店。

“欢迎，欢迎。”

道夫四处招呼客人，脸上挂着爽朗的笑容，举止亲切且稳重。

“夫人，您是不是瘦了啊。噢，是去蒸桑拿了吗？别这么说，您可是越瘦越美了呢。既然脸型变了，发型也要跟着改才行，请交给我吧。”

在招呼客人的同时，他随口交代身边经过的弟子。

“你叫柳田来找我一下。”

他笑容满面，毕恭毕敬地向客人弯腰鞠躬。

“那么，我们待会儿见……”

店里有一小间道夫专属的休息室，柳田走了进去。

道夫交代了下店里的工作，接着提起新的话题。

“我问你，大前天冈野来过吗？”

“是，他是傍晚来的，那时候您刚好去银座，不在店里。”

“他说了什么吗？”

“他没谈到工作……对了，他说要买车，问了一些问题。”

他心想，果然是冈野，只是不晓得他的目的何在。

“他问什么？”

“他问了一堆跟加油有关的问题，我也应付不来，只好告诉他车站前的加油站，跟他说加油的事还是去那里问比较快。”

没错，就是他。他无法斥责柳田多管闲事，怕他也起了疑心。

然而，他不由自主地绷紧了脸，柳田忧心忡忡地问："请问我是不是不应该告诉他加油站的事？"

"没那回事，不要紧。"道夫连忙装出笑脸，"我只是在想冈野也太小家子气了，还没买车就在担心油钱，很像他的作风。"

"对啊，而且他不是要买新车，他说他要买辆三十万左右的二手车。"柳田放下心，一同笑了起来。

"他真的会买车吗？"

"谁知道呢，他应该会是个慎重的买家。"

"等等，他会开车吗？"

"这我也问了，他说打算最近到驾校学。会决定买车，是因为工作没车不方便，真像是他会下的决定。"

"你别跟冈野说我知道这件事了。"

"是。"

"我怕冈野生气，觉得我们在背后嘲笑他。"

"好，我不会告诉他的。"

他要冈野以为自己被蒙在鼓里，免得因为他心生警戒，让调查受阻。

"我去找一下山根，青山店的工程也得兼顾。"

"真让人期待，希望可以早点完成。客人们都在讨论，开店前的风评很不错呢。"

冈野问起油量，是否与那件事相关，在前往青山的施工现场途中，这问题仍不断困扰着他。

说不定冈野真的在考虑买车，并且为了买车在意起油量。这的确符合他一板一眼、心思缜密的个性。

这一切或许只是他的疑心病过重。弄脏车子跟轮胎上沾了红土跟杂草的事，都不是由冈野询问，而是加油站的店员多嘴，主动告知，根本不需要担心。

冈野为什么要这样到处问人？无缘无故，不可能像这样到处打听，他的行动缺乏动机。在御岳死去的波多野雅子和冈野之间有何关联？没有。冈野甚至不知道有波多野雅子这个人。

既然如此，他调查十日的耗油量，不可能是为了在御岳山中吊死的女人。不行，我太激动了，道夫提醒自己，不能太过敏感，在危机四伏的状态下，必须谨慎行事。青山店的工程进展顺利，他的梦想正逐步实现，不能出任何差错。道夫为了呼吸外头的新鲜空气，打开了车窗。

山根先到了青山店的工地，与工头讨论现场状况，工程正在顺利进行。

三人讨论过后，工头先行离开。山根所长年轻又有实力，道夫便是看中他的直觉。

"对了……"山根说，"在你面前实在很难开口，关于冈野……"

"他怎么了吗？"听到冈野的名字，道夫的心头一惊。

"不，也没什么，只是他的设计风格古板，我本来想既然是你推荐来的，退一步跟他妥协算了，可是啊……"山根苦笑了一下。

"这样啊，那该怎么办才好？"不是那件事，他虽然如释重负，设计师的话又让他板起了脸，"我跟冈野认识很久了。我以前住在四谷的公寓时，他们夫妇就住在隔壁，很照顾我。他一路努力过来，都没有机会崭露头角，我才想拉他一把。我知道他的设计跟不上潮流，这也是他到现在都还默默无闻的原因。本来我以为只是一小部分的设计应该不成问题……他还是做不来啊。”

“我就是听你这么说，所以尽量容忍了下来。不过，要我迁就入口旁的橱窗设计，我办不到。就算那只是个不起眼的小地方，我也不会让步。我之前已经请他重新修改好几次了，怎么改都不对……大前天我不在办公室，他来找我商量，莫名其妙地说什么要变更一部分的设计。”

设计师最后那一句话令道夫竖直了耳朵。大前天，不正是冈野来打听油量的那一天吗？

“你不在的时候他去找你？他说了什么？”

“因为没找到我，他说下次再来就走了……噢，对了，这可能是我太多管闲事了，听留在办公室的人说，他坚持十日那天跟我还有你三个人一起开过会。”

“……”

十日——正是那一天。

“我那天早上到横滨跟客户讨论设计去了，他听到后，又问我什么时候回来。我以为他急着要跟我讨论，从前天就留在事务所等他，结果他再也没出现，这人还真有点古怪。”

曾经闪过道夫眼前的漆黑动物身影，再度现身。

冈野的企图非常清楚。

十日下午四点三十分，他为到涩谷与波多野雅子见面，请冈野转告枝村幸子他无法前往一事。那时，他的借口就是要与设计师碰面。冈野打探山根所长十日的行动，为的是查证他的话是否属实。道夫觉得坐立难安。

“我会再去问清楚。”

道夫知道他的声音变了调。

“不用了，你别在意。冈野是个好人，不惹人厌，不好意思竟然跟你抱怨这种事。”山根一脸懊悔。

冈野算是好人吗？他不惹人厌吗？

道夫坐在车上呢喃，道出内心的话。

波多野雅子与冈野之间“毫无关联”，却被牵扯在一起。十日，冈野带着自己与山根会面的讯息，前往告知枝村幸子。枝村幸子正是将他们绑在一起的那条线。

既然对手是那女人，会注意到十日的耗油量也不足为奇。

冈野正一当时被派去传话，正好让幸子逮住，并且控制他的行动。

原来是这么一回事，冈野那家伙被幸子……

道夫将车停在路旁，拿出了香烟。

道夫走出车外，在烟摊前打了通电话给竹崎弓子，赤坂日式料理店的老板娘。他没有打到店里，而是拨打专线，电话簿里也找不到这号码。

电话忙线中，也许她正在和金主讲电话。他看了一下手表，一点多了。这位金主每个月会来东京两次，不在东京的时候常打电话给她，真正的目的是要确认她在不在家，弓子笑说。

既然打了电话来，就表示他人不在东京，弓子随时可以外出。三分钟过后，他又打了一次电话，还是电话中。老人家讲电话又臭又长。男人六十五岁，不盯紧三十二岁的女人，总是会不安。

第三次终于打通了。即使是专线，竹崎弓子也不会直接接起电话，而是由伺候她的女佣代接。她的戒心强，经营生意有声有色。

“三点可以出来吗？你还没吃饭吧？”道夫问。弓子因为工作性质，常睡到很晚。

“我才正想去吃点什么呢。”女人娇声细语地说。

“你再忍耐一下，我们一起吃吧。我也还没吃午餐，忙着在自由之丘跟青山两地跑。”

“我连早餐都还没吃呢。”

“你可别拿我跟一个早上都在睡觉的人比。”

“呵呵……青山店的工程有进展吗？”

她也是其中一位出资者。而这位“出资者”的资金来源是一个大阪老头。

“一切顺利。吃完饭后，我再带你去看看。”

“要去哪里呢？”

“虎之门的兰亭餐厅好吗？”

“好啊，我喜欢中华料理，那就三点见。”

“你们电话讲了很久哦。”

“咦，你之前打过电话来了吗？”

“我从十分钟前开始打，打了五通电话。”

“骗人……呵，做生意有很多事情要应付嘛。”

挂断电话后，他又放进一枚铜币。“藤花庄”的管理员依然是以前那对夫妻。管理员太太亲切地打了声招呼，帮忙叫冈野来听电话。

“您好。”不久，冈野的声音伴随着喘息出现在耳边。听到道夫打电话来，他急忙走出房间下楼。

“我想跟你讨论一下设计的事，你现在忙吗？”道夫问。

“现在手边是有工作，不过还是可以出门，去自由之丘吗？”冈野的声音开朗，丝毫没有察觉异状。

“我三点跟人有约，想在那之前先跟你讨论个十分钟。地点在虎之门的兰亭餐厅，一间中华餐馆。”

“噢，我知道那地方。两点四十分到就可以了吗？我知道了。”

冈野的语气谦恭有礼。他们现在不再是住在同一栋公寓的邻居，立场不同了，现在是年长的冈野受雇于道夫。

他的生意虽然不同于竹崎弓子，也有不少事情需要应付。他从没想过冈野会被枝村幸子利用。这仍在假设阶段，当务之急是确认这推测是否无误。要查证这件事很费时，不过，既然可同时取悦竹崎弓子，也不算白白浪费时间。

道夫在两点四十分走进虎之门的中华餐馆，冈野已经先到一步，坐在角落等候。

“噢，你好。”道夫笑容洋溢，看向从椅子上起身的冈野正一，“这么热的天气，还劳烦你专程来一趟。”

“不会。”

“喝点饮料吗？”

“好，果汁就可以了。”

“我很想跟你一起吃个东西，可惜我约的人马上就要到了。”

“您很忙啊。”

“时间不多，我们就赶快讲一讲吧。”

“是跟橱窗设计有关吧。”

你受到幸子指使，像个侦探一样到处调查，道夫猜想，他听到不晓得会做何反应，不过，这话需谨慎留待日后使用，现在只能按兵不动。

“对，你跟山根沟通得还顺利吗？”

他没说，他三个小时前才跟山根见过面。

“他大致同意，只剩下一小部分了。”

冈野藏在眼镜后的双眼蒙眬，和以往不同，甚少与他正面相对。

“他说了什么？”

“该怎么说呢，他的风格很前卫。前卫是不错，可是太新潮的话，一般人反而没办法接受，我觉得还是该跟顾客保持一种亲近感。”

“你说得也没错。”

“您也这么觉得吧。我这么设计之后，山根怎么看都不满意，草图就重画了好几次。难道他觉得我的设计太落伍了吗？”

他这想法与山根的说法一致。

穿着和服的女人走了进来。淡鹅黄色的盐泽绸上染着交相重叠而细碎的褐色龟甲花纹，绢帛晕染为橘红色织成腰带，这些说明是上次见面时，道夫从熟稔和服的竹崎弓子口中听来的。弓子见到道夫正在和冈野谈话，微笑着伫立在远处。她有一张艳丽的脸庞。

“我等你好久了。”道夫不顾冈野就在身旁，起身面向弓子，说话态度亲昵。

“您好。”弓子因为介意素昧平生的冈野，语气含糊。

“对不起，上次把你留晚了，家人没说什么吧？”

“嗯，没有。”弓子不知该如何回应。

“我今天很想见你，跟你吃吃饭，聊聊天。”

道夫和弓子表现亲热，惹得弓子手足无措，朝冈野瞄了一眼。

冈野急忙起身。“对不起，我要先走了。”他搔着头说。

“噢，这样啊。”道夫回望，优哉地说，“大概就这样了，再麻烦你啦。”

“好，谢谢。”

冈野以目光向弓子致意，匆匆忙忙走了出去。

“吓死我了呢。”冈野走后，弓子朝道夫露出皓齿，笑逐颜开。

“怎么了？”

“怎么了？还不都是你在别人面前讲那些不要脸的话，我真不知道该怎么回答。”

“你可是个中高手啊。”

“就算我是高手，一时间也反应不过来啊。你在他面前讲那些话好吗？”

“有什么不好？我请他帮忙新店设计，合作往来还蛮密切的啊。”

“我是怕他误会。你那么说，不管谁听到，都会以为你跟我有特殊交情。”

“你是要我再低调一点啊。”

“对啊，你看他都逃走了呢，一定会到处乱讲的。”

冈野正一不一定会告诉别人，但肯定会通报枝村幸子。他既然在为幸子办事，绝不会放过这最令她在意的女性问题。

幸子善嫉，不可能默不吭声。她会逼问他，他约在餐厅见面的那个女人是谁，是从哪里冒出来的，他们是什么关系。幸子出于异常心理，拐骗冈野为她效力，调查他六月十日的行动，企图借由波多野雅子抓住他的弱点，控制他的一举一动。她那不知足的自我，衍生出将所有女人从他身边排除的强烈占有欲，听到冈野传来的消息，她怎么可能容忍他身边又出现了个“新的女人”。

没有人知道他与竹崎弓子的关系，这件事也没传开来。即使枝村幸子不知道弓子的名字，只要她问起那个在“兰亭餐厅”里跟他态度亲热的女人，便能一举揭穿幸子与冈野的关系。

依幸子的行事作风，她会小心不提到中华餐馆，但就算她假装听到谣言，强行追问，他还是可以借此确认两人互有往来。

“你在这地方偷闲好吗？”竹崎弓子从放在桌上的菜单里抬起头，问道夫。

她从早就戴上假睫毛，画上艳丽眼影。她原本五官扁平，不化妆不能见人，而道夫也下了一番工夫将她的头发高高盘起，尽量展现出立体感。

“店里是忙了点，而且我只要一动手就停不下来。”

“你总是做得很漂亮。”

“别说这个了，刚才那通电话是怎么回事？讲那么久，讲得我都不耐烦了。”

“对不起嘛。”

“他下次什么时候来？”

他意指金主从大阪到东京的日子。

“月底喽。”

“哦，所以你还有一个星期可以自由活动。”

弓子露齿浅笑，含情脉脉地注视着他，又发觉服务生还站在后面等候点餐，在菜单上指了几道菜。

她转头向站着的服务生点餐，伸长的白色颈项毫无防备地暴露在眼前。道夫感到一股诱人的力量。这种诱惑出于弓子的经验。

幸子不管派谁来查，那件事根本没留下证据。她光是怀疑我的行动，还不足以逮住我的把柄。

道夫朝绕到他背后的服务生点了道菜。指向菜单的那只手，曾经紧紧勒住女人的咽喉。人的预感大多与实际情形相符。冈野正一离开餐厅后，就如同道夫所料，他打了通电话到枝村幸子家里，只是幸子不在家。

冈野没找到幸子，虽然失望，也松了口气。向幸子告密绝非好事，或许她不在家是神的启示，指引他勿管他人家务事。他既受道夫照料，两人自是没有芥蒂。

冈野回公寓，继续被道夫打断的工作，却总是不顺，无法专心。

过了一会儿，天黑了，闷热的夜晚降临。他食不知味地吃完妻子做的晚饭，又立刻回到画板前。

白蚁飞进打开的窗户，群聚灯下。蚊子叮着他的手臂、小腿和脚掌。电风扇悠悠送来暖风。他撕破三张画纸，其中一张因为额头上的汗水滴落在好不容易画好的线上，渗进墨汁，晕了开来。

冈野怀念大厦里开有冷气的房间，枝村幸子不知是否已经回到了那间房。冷气不重要，他期待的是看见她脸上的感激，听着她富有知性且优雅的声音，找到妻子缺少的风采与谈吐。

“怎么画都画不好，我出去转换一下心情。”

他仔细地将脸洗干净，妻子取出刚送洗回来的开襟衬衫。

“慢走。”

她没有怀疑，在门口送他出门。

此时，神的指示在冈野的心中摇摆不定。要做“坏事”，就拖延到明天。而明天之后还有明天，尽量往后拖过一天又一天，直到决定放弃，这才是最明智的抉择。这念头虽一再出现，他却像是受到某种力量牵引，无法停止动作。

后来的发展也和道夫料想的一样。枝村幸子在密闭的精美房间里开着冷气，身穿美艳诱人的家居服（为道夫订制的衣服），先让冈野在电话里阐述来意。

“你可以等我一下吗？我想在外头慢慢聊。我马上出去，你现在人在哪里？”

今天晚上道夫可能来访，不能随便让冈野进屋。她不确定，却也不敢大意。尤其是他有可能为了跟其他女人约会而来哄她，探一下情形。

她才舒舒服服地洗完澡，换上家居服，这下又得更衣走向炎热的户外。她心不甘情不愿，但冈野那通电话又叫她无法置之不理。

冈野告诉她的地点就在附近，他的身影正在灯光全暗的大楼一角等候。

“久等了。”

幸子前后张望，走向他身边，在黑暗中朝他投以温暖微笑，宛如情侣约会，漫步在鲜少有行人经过的住宅区街道。冈野一路踩着凌乱的步伐。

“事情就只有这样而已，我不知道他跟那位女性实际上到底是什么关系，只是提供您作为参考，请不要误会。”冈野在详述事情经过后，又补充说明。

“既然他都那么说了，应该不会有错。”幸子刻意贴近冈野身旁，放慢脚步。

“他们看起来是很亲热，至于发展到什么程度，这我就……”

他害怕幸子与他并肩行走，也恐惧自己这“告密”的行为。

“你说那女人身上穿的是一套高雅的和服？”

“对，她身上的和服就连我看了都觉得精致讲究，呃，这只是我个人的感想……”

“我很冷静，你尽管说没关系。”

“是……”

“三十二三岁，会是艺人吗？”

“我也不太清楚。”

“三点在中华餐馆约会吃饭，还真有点奇怪。虽然说他本来就喜欢中华料理……”

幸子话说到一半，像是感受到上天指示般的灵光乍现。

六月十日，道夫在下午四点开车离开自由之丘，之后和波多野雅子碰面，载着她前往青梅。他们很晚才到青梅，旅途中是否共进过晚餐？

第二十一章

搜　证

枝村幸子带着《女性回廊》的名片，前往西多摩郡青梅市内的辖区警局。昨晚与冈野正一在大厦附近的夜路上边走边聊得到的启发，促使她在今天采取行动。

《女性回廊》的名声果真是无人不晓，编辑部的名片有着如同咒语般的效果，一般平民被拒于门外的地方，她不费吹灰之力便能轻易进入。警局的搜查部长乐于拨出一个小时与她会面，并且积极提供情报。

这一张名片可以让她见遍所有“名人”，即使对方再难搞定，也不需要请人居中介绍，名片就是最有力的介绍者。实际上，波多野伍一郎答应与她会面，就是通过这张名片安排。

好险没撕毁《女性回廊》的名片，幸子想。那样吝啬的杂志社却带给外界光鲜亮丽的假象，组织内部与外界对杂志的幻想不同，其中最不可思议的是，内部员工即使再差劲，组织的光芒也能让他们独挑大梁。她此时拿出的如果是“记者”的名片，搜查部长大概只会随便瞄一眼上面的文字，然后将她扫地出门。

幸子打算善加利用手边的名片。即使《女性回廊》编辑部可能会在事后提出抗议，她也不在乎，反正这不是拿来滥用在不正当的行为上。

青梅往西是一片广阔山林，听说有许多人选择在此自杀或是殉情，实情又是如何？《女性回廊》记者枝村幸子为报道前来取材，向搜查部长提出了个寻常问题。她今天特地穿上一身简单利落的打扮。

发丝稀少的搜查部长以为自己的发言将会刊登在畅销女性杂志上，没料到自己正一步步走入陷阱。他拿出统计表格之类的资料，讲得口沫横飞。

“自杀者以男性还是女性居多？”

幸子边记录，边继续提问。部长的座位旁围绕着身穿便服或制服的警员，他们热不可耐似的埋头工作，眼神不时瞄向幸子。

“由性别区分的话，男性占有压倒性多数。”部长报出统计表格上的数字。

“这是为什么？我以为女性因为性格软弱，自杀的比例会高于男性。”

“一般人都会这么想，但是女性自杀的比例甚至不及男性的三分之一。女性动不动就把死挂在嘴上，真正付诸实行的却是少之又少。从国外的统计数字也可以看到同样的倾向。再说，女性很少有勇气自己一个人进入这一带的山林自杀，她们的胆子比较小，常用的手段还是在室内，像是在自家或是旅馆里含着瓦斯管自杀，不然就是服毒、自缢。”

“女性常以上吊自杀吗？”

“上吊的女性很多，另外就是开瓦斯，导致窒息死亡。服毒的话，因为还要到药房买药，实行上较为麻烦，比例就少多了。”

“女性自杀的原因呢？”

“年轻女性是因为感情因素，中年女性则是家庭问题。不过，近来女性的心理问题在现实层面获得解决的情形越来越普遍，这一类的困扰相对减少。如同女性自杀多发生在生理期，以突发性的状况较为常见。”

波多野雅子的生理状况又是如何？

“……另一方面，男性多是因为金钱问题，以中年以上的男性自杀比例最高，倾向于先做好自杀的准备。”

男性的情形并不在她关心的范围内。

“您刚才表示，中年女性多是因为家庭因素自杀，请问在这辖区内有这一类的案例吗？最近的例子就行了。”

“有，就在半个月前，再过去有座御岳山，一位东京来的社长夫人在山里上吊自杀。原因似乎是为先生外遇苦恼。那位夫人就是一个人入山。”

上钩了。

“有立即发现尸体吗？”

“不，那地方没什么人走动，尸体在一个礼拜后才被村里的人发现。”

“尸体的腐烂情形应该很严重吧？”

“对，而且尸体还因为脖子上的绳子断裂，从树枝上掉了下来。”

“在那种状态下，不会很难分辨出究竟是不是上吊自杀吗？毕竟脖子的皮肤也产生变化了吧？”

“腐烂到那种程度还不成问题，因为脖子上会留有‘ikou[1]’。”

“‘ikou’？”

“字写作‘缢痕’。绞杀时大多会在脖子上留下水平的索痕，绳结打在脖子后面而留下的缢痕，则会朝向斜后方。另外，绞杀跟扼杀时被害人一定会出力抵抗，在脖子上抓出伤痕，缢死则见不到这样的痕迹。大致上可以以这些方式区分。”

幸子推测，凶手的手臂从背后架住波多野雅子的颈项，抱着将她勒毙。她的脖子上没有发现伤痕，那是因为凶手不是以手，而是将她牢牢搂在臂膀里绞死。幸子将这想法作为一种合理推断，请教搜查部长。

“嗯，这样的确不会造成脖子上的皮肤剥落，不过，要用这种方式让对方窒息致死，凶手必须有很强的臂力。听说国外有人以这种方式将人扼杀，但我认为依日本人的力气很难办到。”

“被害人即使不死，也会出现假死状态吧？”

“假死？没错，这么做是会不省人事。一旦把血液运送到大脑的颈动脉受到压迫，就会发生意识不清的现象。”

1　原文为“イコウ”，意为缢痕。

“那样很快就会失去意识了吗？”

“非常快。上吊也是在脚离开地面，脖子承受全身重量，造成颈动脉受到压迫的那一瞬间就马上失去意识了。”

“那位女性的尸体有进行解剖吗？”幸子持续朝核心提问。

“原则上，横死的尸体必须进行行政解剖[1]。”

“解剖可以查出胃里的东西吗？”

“如果刚吃完东西没多久，胃里还会有食物残留，时间久了，这些食物就会被送往肠道。”

“那这位女士的情形呢？”幸子不着痕迹地问。

“这个嘛，你等等，我去查一下资料。”部长十分热情配合。

由于附近发生交通意外，有人受伤，数名警察接到通报后急忙赶往现场。

部长在远处调阅资料，并说：“食物有一半在胃里，一半在十二指肠。死亡时间为餐后两三个小时。”

“在这样的状态下，有办法查出她吃了什么吗？”

“没问题，就算是化成粥也能通过科学鉴定检查出来。”

“知道她吃了什么吗？”她平静地问，胸口却激烈跳动。

“知道，有香菇、小虾米、竹笋、猪肉，还有豌豆。”

“她吃的是中华料理吗？”幸子不由自主地拉高了声音。

“没错，竹笋和虾子这一类食物不容易消化，可以很清楚地

1 行政解剖为基于刑事诉讼法以外的法律规定，由检察机关法医针对死因不明亦无他杀嫌疑之尸体进行解剖，以厘清死因。如经检验有他杀嫌疑者，则须依刑事诉讼法进行司法解剖。

检查出来。对了，解剖报告上写到她吃的是炒面。”

波多野雅子吃了炒面，她和喜欢中华料理的道夫一起吃了炒面。这证明了昨晚与冈野散步时得到的推测正确。雅子的死亡时间不明，无法得知她于几点进食，但他们两人确实共享了晚餐。

依冈野的说法，道夫在四点离开自由之丘，如果他马上与雅子见面吃饭，时间还太早。由东京都内到御岳的车程将近两个小时，这么算起来抵达时间约为六点半。

六点半天还亮着，道夫要等到天黑之后，大概八九点动手。这中间有两至三个小时的空当，他们就是在这时候吃了炒面。

他们到底是在哪里吃饭？如果是在前往御岳的途中，那就是青梅公路，而且还是在开车时偶然看到了那家餐厅，因此他们用餐的地点不会在小巷弄内，而是开车经过的大马路旁。

“噢，对了，还有一个东西。”搜查部长看着记录说，“有一颗樱桃籽……”

“樱桃籽？”幸子才问出口，答案呼之欲出，“她吃了冰淇淋吧，那是冰淇淋上的樱桃。”

“对，没错。”部长笑着点头。

“能再请问您一件事吗？”

“请。”

“您刚才说很少有女性独自进入僻静的山林，这一路上应该也有不少人家，她如果是孤身前往当地，想必会非常显眼。您认为呢？”

“嗯，这倒是没有发现目击者。”

“假设她搭电车在御岳车站下车，总会经过站员面前。站员也没看到吗？”

“没问过，其实根本没特别找过目击者，因为那显然是自杀，不是凶杀案。她的丈夫也表示在家里发现了遗书。”

幸子抿嘴一笑，已经没有继续深入追究的必要了。没有目击者见到雅子步行，那是因为她坐在车里。

“我想看一下女性会选择什么地方作为人生的最后一程，可以麻烦您画一张地图，大致标示出那位女士上吊的地点吗？”

“好啊。”

部长当场画下一张简略的地图，以×标记上吊地点。

“杂志记者还得清楚这么多事情啊。”他将地图交给她时说。

“这些都是参考资料。工作嘛，没办法啊。”

幸子再微微一笑，向部长低头致意。

幸子离开警察局，走向车站。出租车在车站前排列候客，所幸驾驶最前面一辆车的是位外表和善的老司机。

车子开往御岳，停在多摩川上的一座桥边。桥附近有平价餐厅及小吃店，没见到中华餐馆。她想，餐厅里应该有卖拉面，但不会有炒面。她请司机帮忙询问店家，确定了不卖炒面。

“我接下来要到这地方看一下。”

她将在警察局拿到的地图交给司机。

跨过桥，车子驶向他村。右侧为山，左边是低矮的丘陵田地，森林茂密。司机将地图拿在手上，在离桥三百米的地方停车。

“就是这条山路了。”

他指向右侧那座山，两旁野草丛生的小径直通往山林深处。

“车子开得进去吗？”

“开进去？”司机瞪大了眼，“这条路再往里面走还是山，到不了任何地方。”

“我想往山里看看。”

“不可能，再往前走就是斜坡了。”

“车子能开到哪里尽量开，除了车钱，我还会再添上谢礼。而且我希望你可以跟我一起走过去。”

这句话打动了司机。既有小费，又可以与女子两人漫步山中，即使他年事已高，这交易条件依然诱人。

杂草及腰，散发出腾腾热气，脚下是红土山路。

司机走在前头，地图交还给幸子。蝉鸣喧嚣，鸟儿振落树叶，展翅翱翔。

距马路约一百五十米处的山路下方出现陡峭斜坡。

“请您在这里等一下。”

幸子朝下凝视着斜坡，斜坡的上头是杂乱的树林，无数的树枝朝斜坡伸展，任何一根树枝都适合绑上绳子。

看着眼前的地形，幸子豁然开朗。她原本想不透，一个男人如何独自将意识不清的波多野雅子那肥胖又笨重的身躯抱上系在树枝上的绳子，但是只要利用这个斜坡，拿绳子套住她的脖子后，再轻轻往下一推就成了。只要这么做，就能使她的双脚离开地面，重心移至套在颈间的绳子上头，直接压迫颈动脉，在失去意识的状态下窒息致死。

终于解开了杀人手法。幸子望着眼前，在杂草中发现小颗的紫色种子。

“司机先生，那是什么草的种子？”

站在幸子身旁的司机瞧了一眼。

“这地方管那叫作八重葎，茎上有倒钩状的刺，秋天会开紫色小花。”

“什么时候结成种子呢？”

“六月初。”

六月十日时，已经有八重葎的种子了。

“这种子会粘在衣服上吗？”

“嗯，很会粘衣服。”

幸子请司机帮忙采集种子。司机沿着斜坡稍微往下，采来十二三颗种子。幸子将种子用白纸包好，收进皮包。

“瞧，种子也粘在我的裤子上了，啊，刺还钩住裤子了。”

司机让幸子瞧他那条深蓝色长裤的膝盖下方粘满了紫色种子。

“真的哎。”

幸子表现出兴致盎然的样子。

他们离开那地方，回到车子停放的场所。

“接着要去哪里？”

“我要回青梅。”

上车前，她看了轮胎一眼。车子勉强开进山路，轮胎上沾满了红土，上面粘着杂草。不过，这一带没有八重葎。

“对不起，弄脏了你的车子。”

“不会，不要紧的，反正我本来就打算要洗车了。”

她坐上车。

“请问要到青梅车站吗？”

“这个嘛……司机先生，可以请你沿着青梅公路找一下有没有中华餐馆吗？从青梅到立川一带就可以了。”

出租车没有开到八王子及立川。从御岳回到公路向东行，过没多久就到了青梅市。他们在接近青梅市边境上的东青梅车站，发现了一间中华餐馆。

“司机先生，停车。”

车子在超过店家十米的地方停下。

“怎么了？”

“我要到那家馆子。”

中年司机往后倒车，车子及卡车从后方接踵而至，没办法立即倒回店门口。

那间中华餐馆是间乡下小店，正位于朝御岳方向的车道上，屋顶上的招牌写着“和来轩”，门口挂着印有店名的大型门帘。

幸子从车上望着店外的橱窗。橱窗里摆着塑料制的中华料理，她在这些样品当中发现了炒面。色彩鲜艳的香菇、竹笋、虾子与猪肉盛在褐色的炒面上头，和搜查部长所描述的波多野雅子胃中残留的食物如出一辙。

但是，光凭这点还不能断定，到处都有这种现成的炒面，而且大同小异。不过，当她看到最下面一层时，便确定就是这家餐馆。那一层摆有冰淇淋的样品，雪白的冰淇淋上头有一颗樱桃。

“司机先生，你要吃炒面吗？”

幸子约他一起吃。

“好啊，老实说，我正好有点饿了。”

司机虽然开心，却烦恼找不到地方停车。这里的路面狭窄，上下两车道都挤满了车。

一位年约四十、塌鼻、身材娇小的女人从门帘中露面，指向右边。

“司机先生，你要停车的话，倒回去十米左右的地方有个空地可以停车。”

幸子下车后，司机费力地将车子往后倒。

（对了，道夫也是开车来的。）

她看着司机的样子想。

（道夫开往御岳，在反方向，不过，还是需要右转才能把车停到空地上，如果路上车多，停车可不容易。）

司机将车停到空地，再走进店里，总共花了七分钟。

“先上两杯果汁，再来两份炒面。”

店里只有一位像是家庭主妇的四十岁女性，一对情侣在角落吃凉面，这样的情形正适合打听消息。

司机战战兢兢地坐在对面，用吸管大口喝着果汁。

“司机先生，从御岳到涩谷大约有几公里？”

她趁着等餐的时间发问。

“大概六十公里吧……”

“六十公里的话，来回就是一百二十公里，这样会用掉多少油呢？”

“耗油量吗？大约十五升吧。如果遇到塞车，需要不时停下车子，那就更耗油了。”

一口气少了十五升的油，也难怪隔天需要加油。冈野的调查结果正好符合她的推测。既然冈野可以派上用场，今后也得多加利用。

她想起昨天夜里走在暗巷时，他那莫名的兴奋。他的脸和身体僵硬，手指仿佛在颤抖。她决定顺其自然。冈野的动力来自情欲，他的“青春”晚至，自年轻便与贫穷交手，那方面受到压抑，再加上不受女性青睐的自卑感，使得他将自己封锁在灰暗之中。

如今，冈野心中潜进了一丝淡粉红色，使灰色的外膜随之崩裂，天摇地动。冈野这非一般的心理必须好好利用。

炒面来了，和橱窗里的一模一样，有香菇、竹笋、虾子和猪肉。司机津津有味地吃了起来。

“我要加点冰淇淋。”

老板娘送来雪白小山上装饰着鲜红罐装樱桃的冰淇淋。

“炒面很好吃呢。”

幸子巴结着老板娘。或许因为是乡下地方，炒面的味道较重。

“这样啊，谢谢。”

塌鼻的老板娘露出金牙。

“这里客人多吗？”

“还过得去。”

“常有人开车经过吧？”

“对，特别是因为这里就在马路旁边。”

“我有个认识的朋友去御岳的时候，到这家店吃过炒面，我听说好吃就跟着来了。”

“那可真谢谢了。”

老板娘一口金牙笑得合不拢嘴。

“他们两个人，男的快三十岁，女的四十岁左右，身材肥胖。他们大概是半个月前来的，您还记得吗？”

老板娘思考着幸子的问题。

“从东京开车到多摩川溪谷游玩的客人不少，我记不得了。”

“这样啊。”

不能就此退缩。

“那天是六月十日傍晚，女方很胖，身上穿着一件浅绿色洋装。”

既然是要唤起对自己朋友的印象，这样的方式并不会引起他人的疑心。

“听您这么一说，我好像见过那位客人。”

老板娘似乎在模糊的记忆中搜寻到了目标。

“男的就是这一位。”

幸子从皮包里拿出道夫的照片。那是她拍下的照片，道夫站在公园树下。

她拿出照片，装得像是出于好奇，而不是前来调查。

“哦，我想起来了，他之前来过。”老板娘将照片拿在手上仔细端详后说。

“真的吗？”

她的心里在一瞬间照进了曙光。

“对，半个月前，我记得是傍晚，他的确是跟个富态的女人一起来店里。我会记得是因为那位客人在把车子开进空地的时候，挡住了对面开来的卡车，卡车司机还下车跟他吵了一架。”

“有这回事？”

这正好验证了，她刚才看着出租车司机费尽千辛万苦才停好车而衍生的想法。

“那位卡车司机负责载运冰川的木材，常来我店里吃拉面。我出去制止了正要冲上去打人的司机，那位客人跟我道了谢，车上的女士还吓到脸色发青呢。”

“哎呀，竟然发生了这种事。”

“这一带年轻的卡车司机脾气都很火爆呢。”

她瞥了一眼正在吃冰淇淋的出租车司机。

“他们在这里吃了炒面吧？”

“对，他们可能饿了，两个人都吃得干干净净。”

她似乎完全恢复了记忆。

“他们吃的炒面跟这一样吗？”

“对。”

“他们后来又吃了什么呢？冰淇淋或是……”

“他们吃了冰淇淋，跟您现在吃的一样，哎呀，真的一模一样呢，炒面、冰淇淋都有。”她笑着。

“他们有说什么吗？”

“他们说话的声音很小，因为还有其他客人在，我也没听清楚。”

“他们没说要去哪里吗？”

“没有，他们看来像是从东京来的，应该是去多摩川溪谷了吧。常有情侣趁着来避暑，晚上在御岳一带做些见不得人的事，那附近甚至还为他们开了温泉旅馆呢。”

她的塌鼻上布满了鄙夷的纹路。

“真糟糕。”

“我记得，那位女士的年纪大很多。”

连这都记得，显然她的记忆正确无误。

“对啊，他们之间的关系比较特别。”

幸子谨守着朋友的立场。

“这样的啊，最近那种情侣也多了呢。”

她鼻头的皱纹仍未平复。

“卡车司机那么生气，难道是在吃醋吗？”

“这倒是有可能。听说小黑被女人甩了，火气正大。”

“他叫作小黑吗？”

“他的名字叫作黑原三郎，皮肤又黑，所以大家都叫他小黑。”

“他是这附近的人吗？”

“他在青梅车站后面的青梅林业工作。”

青梅林业的黑原三郎，这得记住才行，幸子想。

“他们回程的时候有再来吗？”

“没有，可能是时间晚了，也可能是留下来住了。我们这家店九点就关门喽。”

老板娘似乎没联想到在御岳山中自杀的就是当时的那位女士，她没提起，可见没有传出风声。这里发生的事推翻了搜查部长认为雅子独自进入御岳山的想法，而且警察没让这位老板娘指认过自杀者的照片。

“谢谢，非常美味。”

幸子添上小费。

她由残留在雅子尸体胃中的食物，幸运地寻得餐馆，没想到事情进展得如此顺利。

“请到青梅车站。”她吩咐出租车司机。

“好，到青梅林业对吧。”

司机也听到了刚才的对话。

幸子坐在车上，看向驾驶座上方。车行为“北多摩运输”，司机名为铃木金次。他可以为“和来轩”的老板娘“作证”。

车子驶上斜坡，在车站前右转，车站后面有货车场与储木场。

“青梅林业”公司位于储木场附近，一栋外墙涂上蓝色油漆的两层木造建筑物，旁边广场上有三辆空卡车。

“到这里就可以了，我坐电车回去。”

幸子也给了司机小费。

“谢谢，还让您请了一顿。”

司机频频点头。

“刚才你也听到餐馆老板娘的话了吧？”

“听到了，很有意思，您也要向这里的卡车司机打听消息吗？”

“我因为某些缘故要调查一下朋友的事，也请你牢牢记住刚才听到的话哦。”

“知道了，只要我能帮上忙，请尽管开口。”

“谢谢你。”

即使不清楚实情，司机仍充满兴致。

同样的情形也出现在“青梅林业”的卡车司机黑原三郎身上。

她通过办公室里的员工见到黑原三郎，那是一位年纪二十二三岁，皮肤黝黑的年轻人，天生一副被女人抛弃也无可奈何的长相。

"我是在和来轩前面跟人吵了起来，因为下车道的车硬要右转，挡住我的路，把我惹恼了，我才会气冲冲地教训那个带女人来的男人，后来和来轩老板娘过来劝阻……"黑原三郎想起那件事，露出冷笑。

"那台车是什么款式？"

"最新的T型豪华轿车，灰色车身。"

那正是道夫的车。不愧是司机，跟车子有关的事记得特别精确。

"你说有女人坐在里面？"

"对，就坐在后座。她因为太胖了，才没坐在副驾驶座吧。她那么肥，坐在副驾驶座肯定很不舒服。"

波多野雅子不坐在副驾驶座不只是这个原因，她是怕惹人注意，后座则可以掩人耳目。或许这是道夫的主意。

"你还记得是什么时候发生的事吗？"

"差不多半个月前吧。"

"应该是六月十日傍晚。"

黑原听见幸子的话像是想起什么似的拍了一下手。

"等等，我记得我那时候会那么烦躁，是因为要去深川。我去看一下工作记录。"

黑原跑进办公室。

"证据"正朝她走来，她深吸了一口气。

黑原特地单手拿着"工作记录"走回来。

"就是你说的那一天没错。"

黑原翻开六月份的记录，"六月十日"那一天记载的是"下午五点十分，由冰川木材集散场出发，晚间九点零五分抵达深川的山口木材行，十一点二十分回公司。”

“就是六月十日。我在五点十分离开冰川，到和来轩的时间应该是六点半，那时候刚好是高峰时间，我会那么不耐烦也是情有可原。”黑原强调。

“你说得对。”

道夫在下午四点离开自由之丘，那时间正好经过青梅。所有线索都与她的推测一致。

“而且啊，我在为工作赶路，他竟然带着女人兜风，真是太过分了。”

“我了解。”

“那对情侣，肥女年纪比男人大很多。那个男的又高，皮肤又白，看来是阔太太的小白脸，没什么男子气概。”

幸子心想，这下总算掐紧了道夫的命脉。

第二十二章
套　牢

佐山道夫在幸子前往青梅与御岳过后三天，于晚上九点来了她家。

道夫摆着一张臭脸走过前来开门的幸子面前，粗鲁地在房里的沙发上坐下。

她关上门，站在原地望向道夫。道夫没转过头，兀自拿烟抽了起来。她瞧着他那副讨人厌的模样，当她的视线落在他的长裤上时，眼眸闪过一丝光彩。

上半身的衣服与那一天不同，下半身却是同一件斜纹布料的深蓝色长裤。

（佐山穿着外出服，他没有穿上正式西装，而是灰色薄毛衣，配上一条斜纹布料的深蓝色长裤。）

冈野正一来替道夫传话的时候，描述了道夫于六月十日的打扮。他现在身上穿的正是那件长裤。

幸子心中油然生起胜利感，仿佛猎物已经到手。当然，她没有将这情绪外露。

“你又去哪里了？”

幸子刻意坐在离他稍远的椅子上，嘴角泛起讥讽的笑容。

“我去青山的工地啊。”道夫看向他处回答。

“穿成这个样子？”

“就是去工地才会穿这样，工程终于要上轨道了，我得好好盯着。”

“那种事交给设计师或工头不就得了。”

“天啊，怎么可以交给他们。我把前途赌在青山店上，得亲自看着才能放心。”

“你就是这样爱操心，老是想着要面面俱到。”

道夫听出她话中有话，没有回应。他皱着眉头，默默抽烟，进门后第一次看向幸子。

“你找我有什么事？”他语气敷衍地问。

“一定要我打好几次电话给你，你才肯来吗？”幸子抱怨。

“怎么可能，只是有工作在身，要来也没办法。”

“以前可不是这样。”

“我有时间就会来，不过现在很忙，店要顾，工程也不能放着，几乎没有自己的时间。”

“以前你不管再怎么忙，都会抽出时间来见我。”

“现在我没那时间了。”

“真是大忙人呢。”

“哼。”道夫用鼻子哼了一声，“你这话什么意思。”

“你问我什么意思，问问你自己吧！”

“我不懂你在说什么。”

“别装傻了。”

“你想说什么？”

“……你最近有新欢啦？”

道夫的眼神动摇了一下，但没有将眼神移开。他凝视着幸子，心想，她这是猜想，还是听说。如果是听来的，那便是现正为她效命的冈野传出的消息。这真的是冈野所为吗？他把竹崎弓子的事告诉幸子了吗？

“你从哪里听来这谣言的？”

思绪如云朵快速飘过脑海，他又恢复了平常的冷静。

“这真的是谣言吗？”

“那算中伤了。竟然有人拿这种事取乐，快告诉我是谁？”

“我没听人说，谣言自然会传进耳里。”

道夫差点脱口说出冈野的名字，又把话吞了下去。现在挑明只会适得其反，还是暂且按兵不动，静观其变，等待时机。

“谣言都是空穴来风。”道夫不置可否地说。

“呵，无风不起浪。”

“我可没那把柄让人抓住。”

幸子站起身，坐在道夫身旁。

“你喜欢的只有我吗？”

“对，我现在眼里只有工作，顾不了那么多。”

“真的吗？”

幸子的表情和声音都变了，突然握住道夫的手。

“我可以相信你吗？”

“当然。”道夫厌烦地说。

“那么……”

她的手缠上道夫的脖子，吻上他的双唇。

“嗯，你怎么没反应呢？”她离开他的唇，靠近他的脸，不满地埋怨，“喏，吻我，如果你的话没有一丝虚假……”

“今天晚上可以住下来吗？”不久后，幸子问。

“我想尽量赶回家。”

“你最近满脑子只想着回家，好像有人在家等你一样。”

“别乱说了，我家里根本没人，我回去是要写一篇跟最新流行发型相关的稿子，给女性杂志。”

“你的名声越来越响亮了呢。”

“这都要感谢你的帮忙。我好不容易拼到这地位，以后还会更辛苦。”道夫说完，像是想起什么似的看向幸子，“说到这儿，你的工作怎样？还顺利吗？”

“我？嗯，很好啊。”幸子开朗地说。

“那就好，这么说来你也很忙吧？”

“有很多家杂志社来跟我邀稿，我还在审慎评估。如果一开始就帮二流杂志写稿，只会毁了我的名声。”

“没有一流杂志来邀稿吗？”

“有是有……”幸子连忙解释，“我们还在讨论主题。对方提来的主题我不满意，而且我也不想勉强自己写没兴趣的题材。这么说可能有点直接，论编辑能力还是我比较强，为什么现在年轻编辑的想法都那么粗浅？”

人在辩解的时候最是多嘴，现在的幸子就是这样。她才刚起步，就将自己定位成可以选择工作内容、随心所欲的记者。

道夫沉默不语。门外汉的他不懂杂志编辑的世界，不过，幸子解释得越是卖力，他越不认为她的工作顺遂。她到现在还没接到工作，便是最有力的证据。

他了解幸子的个性，直觉听出她的话不切实际，但没有提出质疑，或当面戳破她的谎言。

该是时候与幸子断绝往来了，道夫在心中呢喃。他从幸子身上感受不到女性魅力，愿意与她再多交往一段时间，是因为她还有利用价值。

“等我独立之后，可以到处写稿，帮你大肆宣扬。”

他对这话的期待在此时也幻化成了泡影。

分手时必须好聚好散。

平常看不出来，其实幸子的个性偏激，如果贸然分手，惹恼了她，不晓得她会以何种凶残的手段报复。她不像是个可以用钱打发的女人。

她对这份工作的期望甚高，如果落得无疾而终的下场，她势必会较以往更加紧迫地盯着他。她对工作越是失望，感情投入越深，这同时也意味着他必须提供金钱上的援助。她丢了工作，没有收入。

在一切成定局前，必须尽早离开这个女人，而且是在不激怒她的情形下，妥善又圆满地脱离那肉体枷锁。

他若是陷入不得不彻底接受幸子的困境，带给他的将只有种种不利的条件。他单身，随时可能被女人逼婚，这也成了女人不轻易离他而去的原因。不只幸子，现在围绕在他身边的所有女人都为这一点深深着迷。

没有必要为幸子舍弃自己最有利的条件，世上没这种傻子。

最难的是如何提出分手。她的优势在于，她没有什么好失去的，可以不顾一切，但他却有太多事物不能失去。终于走到了这一步，回首过往，他满足于现在的地位。好不容易有了发展，不能因为幸子滋生事端，毁于一旦。

幸子潜藏着扭曲的人格，一受到激情驱使便奋不顾身，即使刀锋相对也在所不惜。她一无所有，一无所惧，甚至可能认真考虑杀了他之后，再自杀，而不只是一时的玩笑。

“你在想什么？”

危险的女人眼中充满媚意。

“没想什么，只是在发呆而已。”

“不是在想别的女人吗？”

“才不是。”

“你刚才说你的女人只有我哦。”

“所以喽，跟女人无关。”

“那就原谅你。”幸子亲吻道夫的脸颊，“哎呀，你的脸好咸哦。去洗个澡，流流汗好吗？”

“洗澡？”

“我说要你洗澡，又没逼你留下来。你要是想回家，我不会硬留住你的。”

她这番话讲得合情合理。

房里的浴缸小巧精致，要容下两个人则显得拥挤，没有地方可以放脚。浴缸不是以瓷砖砌成，而是粉红色的塑料浴缸，宛如一脚踏进塑料制的玩具。

道夫独自泡澡。幸子说稍后再洗，测了一下水温，就回到房间，似乎在整理他脱下的衣物。

与女人分手的方法有两种，一是协议分手，另外就是吵架。协议分手适用于双方都有意分手的情形，无法套用于现在的幸子身上。他不认为可以靠钱解决，更何况就算可以拿一笔大钱，让事情朝不同的方向发展，他也吝于出钱。她不值得他付出这么一大笔钱。

如硬要分手只会惹来争吵，他不想节外生枝，只得尽量避免发生这样的局面。若幸子勃然大怒，衍生风波地闹上警局，成为新闻话题，好不容易才“攀上”的位置随即瓦解。即使能保住地位，一向嫉妒他的同行正好逮住机会，可以痛批他一顿。他不想落人口实，被说是栽在女人手上。如果那是个令他粉身碎骨也无怨无悔的对象也就算了，为枝村幸子赔上前途，未免太不划算。

既不可能协议分手，他又不想拿钱出来摆平，那么就只剩下设法让她无从抗议一途。这只有一个机会，那便是瞄准她露出破绽的时候。

想到这里，他的嘴角自然扬起，露出微笑，满脑子都是冈野那张黝黑的脸孔。

泡澡似乎有助思考。对，就这么做，得要再进一步规划如何利用冈野，这方法说不定可行。

幸子一直没从房间进到浴室。平常她总是立刻脱光衣服跟着进来，此时却迟迟未现身。刚才还听得到收拾东西的声音，现在整间房悄然无声。

道夫泡在浴缸里，对幸子的举动浑然不知。

幸子准备进入浴室，褪去身上的衣服，只剩下贴身内衣。

穿着内衣，她从皮包里拿出包在白纸里的种子，从中取出三粒左右，藏进道夫的裤管，接着将白纸里头剩下的种子重新包好，再放回皮包。

她原本打算将长裤收进衣柜，但考虑到演出效果，又改变了主意，将长裤随手一扔，自己则穿着内衣坐在椅子上抽烟。

道夫洗完澡，走出浴室。

“你怎么还没洗？”

道夫意外地望着坐在椅子上的幸子。

幸子没有回应，气呼呼地吐着烟。细长的衬衣肩带下，露出她的肩膀、锁骨，锁骨间的凹陷形成阴影。她的双腿交叉，撩起衬衣下摆，大腿肌肉却不见紧绷。她原本就瘦骨嶙峋，缺乏女人成熟肉体的美感。

“你还不去洗澡吗？”

道夫坐在椅子上，嘴里也叼了根烟。他完全不懂她为什么顿时心情恶劣，也看到了丢在一旁的长裤，猜到那大概是令她态度突变的原因，却无法准确做出判断。

“你这个样子要坐到什么时候？”他轻浮地说，实则为试探她为何变了脸色。

“你最近穿着这件长裤跑到乡下去了吧？”

幸子将烟捻熄在烟灰缸里，瞪着他，语气尖锐。

长裤？到底是怎么回事？他反射性地瞥向随便被扔在一旁的长裤，没有发现异状。

“没有啊。”

他才回答，就想起冈野曾到加油站打听消息。原来如此，这其实是个陷阱。

“骗人。你不用瞒了，既然去了山上，明说不就得了？”

“山上？”

他心头一惊。

“你还想装傻，这是什么？”

幸子抓起长裤，在他面前摊开裤管，里面藏了三颗八重葎的种子。

道夫不知道幸子指出的种子叫作八重葎，却知道这三颗小种子来自何处。他第一次亲眼见到，但是对这些种子如何进到长裤里了然于心。

你还想装傻，打从幸子这么说，丢出“证据”时，他就打算不加以理会。

“那又怎样？”

“你还问我怎样，这是在哪里沾到长裤上的？”幸子怒目瞪着道夫。

“嗯，不记得了。”

“哼，自由之丘附近有这种草吗？”

“那一带还有些草地，贪婪的地主坚持等到地价上涨才肯卖，宁愿放着长草。那可能就是在散步的时候掉进来的吧。”

“你什么时候跑去散步了？”

“临时起意，想不起来什么时候了。”

“这种子是哪天跑进长裤里的？”

“我怎么可能知道哪一天。你不要再问这些无聊问题了，还是赶快去洗澡，你打算一直穿成那样吗？”

瘦弱的肩膀撑着衬裙肩带，下面露出一双没有弹性的大腿。幸子的身材虽然瘦削，以前不论肩膀或脚仍光滑如瓷器般光泽艳丽。如今，那柔顺的光泽感褪了色，她肉体比年龄更早迎接衰老。即使看着这身裸体，也无法唤起他的男性欲望。

“不用了，我不洗。你不说清楚这种子是从哪里来的，我就不动。”

“你别小孩子气了，又没有人会故意把那种东西放到长裤里，那是自己沾上的，我没印象。”

刚才幸子提到“山”这个字，还回荡在道夫耳边，令他耿耿于怀。又认为她猜想的是一般的山，她或许以为他带女人在山里闲晃。

他同时察觉到，幸子将这与他在六月十日下午四点之后的行动联想在一起，冈野正是为此到加油站跟设计事务所，四处探听消息，并将收集来的情报转告幸子。加油站员工说出他在傍晚开车前往多摩川，幸子应该已经从冈野口中得知这项情报。然而，幸子聪明绝顶，不会轻易接受这解释，反会认为多摩川只是个障眼法。

况且她如果随口说出开车到多摩川一事，便能证实消息来源为冈野，发言自是小心谨慎。

他推测，幸子就是基于这两种考量，才会将种子的出处以

“山”含糊带过。

“是这样吗？你其实是在山里跟女人打得火热吧。”

幸子的发言如他所料，她似乎以为他在和女人亲热，而且还是跟新的对象。

“你别乱说。”道夫不将她的胡乱猜想当一回事，轻蔑地笑着。

“哎呀，我才没乱说呢，想胡乱混过去的人是你。”

“怎么说？”

“你十一日晚上有到我这里来吧？”

“嗯，对啊。”

“那时候你的手背被指甲抓得肿了，还贴上创可贴，你说那是在青山店的施工现场被木材擦伤的。”

“确实是这样没错。”

“那你上臂的抓痕又是怎么回事？我那天晚上逼问你，你只是随便讲个两三句话搪塞，又抱住我敷衍了事。今天晚上我可不会让你称心如意，说，你身上怎么会有抓痕，快从实招来。”

“那才不是什么抓痕，那也是在青山店的工地擦撞到木材……对了，我想起来了，木头倒下来，撞上了我的手臂。我那时候没在意，回家脱了衬衫才发现伤痕。”

“你自己动手搬运木材吗？”

“不是我搬，我是在挑选那些被立起来的木材。”

“那是什么时候的事？”

“什么时候？……嗯，到这里来的前两天吧。”

“骗人，那不是旧伤，那是前一天才抓出来的伤痕。你看，还有一点疤痕没消呢。”

道夫上半身赤裸，幸子指向他的上臂，出其不意，让他无处可藏。

“这次你总藏不住了吧？”

“你怎么一直纠缠不清？”

“上次你叫我早点关灯，就是不想让我看到那些伤痕吧？”

“你想太多了。”

“你就是做了坏事，才怕我看。”

幸子随手扔出长裤，紫色种子滚落地面。

道夫还没悟出幸子这话的真正含意。

“我告诉你，这种子是八重葎的种子，你知道它的生长地在哪里吗？”幸子不疾不徐地说。

“这我就不知道了。”

“至少不是自由之丘的空地，这可是生长在深山里的植物。”她的嘴角泛起一抹浅笑。

“这样啊。”道夫穿起衬衫。

“六月十日那天你不顾跟我有约，竟然跟女人跑到山上。”

“没这回事，我之前也解释过了，我在青山店跟山根设计师碰面，一起去了日比谷的电影院，可是我没进去，本来想搭出租车回家……”

“结果碰到熟客大崎夫人，上车去了奥泽，在他家待到很晚才走，对吧？”

“没错，你记得真清楚。”

“你的主顾里没有个住在奥泽的大崎夫人。”

“……”

“你就是说谎也瞒不过我。我问了你店里的员工，就是收银台的女孩子，她对你店里有哪些主顾一清二楚。”

“哼，她也不是每个主顾都认识。”

“那可是你得陪着打麻将的老主顾，她不可能不认得。”

“那又怎样，没差别吧。”

“你那天下午自己开车出门，不可能麻烦大崎先生载你一程。”

“你怎么知道？”

道夫犹豫着要不要摊出冈野这张牌，不过，既然要促使冈野跟幸子的关系更加密切，还是暂且观望不提为妙。

“你那些借口全都是谎话。六月十日傍晚，你跟交往中的女人一起到郊外山上，抓痕就是那时候女人用指甲抓出来的，我有证据。”

“证据？”

“你们翻云覆雨得可真激烈啊，在你的手上跟上臂都留下了抓痕，那里正是八重葎生长的地方。快说吧，不要再撒谎了。”

“不记得的事要怎么说，别逼我了。”

“你摸着良心问问自己……我要去洗澡了，你就趁这时间想个仔细，不准走哦。”

幸子起身，朝道夫投以冷笑。

穿着衬衫的道夫将丢在一旁的长裤拿起穿上，眼神不自觉地望向掉在地上的三颗种子。

“八重葎这种草呢……”幸子在浴室前脱下衬裙，对着道夫说，“生长在青梅西边的山里，一个叫作御岳的地方。”

打开门，她走进了雾气氤氲的浴室。

她将热水淋在肩上，心想道夫这下可动弹不得了，他僵在原地的身影仍映在眼帘。

道夫不会逃走。他就是想趁着她洗澡的时候离开，她抛下的这句话，却牢牢地钉住了他的双脚。接下来换道夫来问她了。他为了消除内心不安，势必会追根究底，不问个水落石出，不会甘心逃离。

幸子一面从脖子以下，将肥皂泡沫抹上肩膀、手臂、胸前、腹部与双脚，一面侧耳留意门外的动静。门外静悄悄的，道夫伫立不解的模样仿佛就在眼前。

倏地响起脚步声，道夫将门打开一条细缝。他的眼里含笑，耿耿于怀的表情却显而易见。

“你怎么会提到御岳山呢？”

雾气朦胧了他的脸庞，他半开玩笑地说，语气中潜藏着担忧。

幸子单脚立着，仔细地搓洗脚趾趾间。

“目前呢，八重葎这种植物只有御岳山才有。”

幸子往道夫的无知抛出绳索。道夫认为她见多识广，她则利用了他自认低人一等的心态。她压根不知道八重葎是不是只生长在御岳山里的野草，但波多野雅子死亡的现场确实长有八重葎。

道夫静立不语。宛如云雾散去，雾气中可见道夫一脸迷茫，那眼神仿佛是撞见了一个恐怖女人。

“还有。”幸子换洗另一只脚，“十日傍晚，有一对男女开着灰色的中型车，到青梅的中华餐馆点了炒面。和来轩的老板娘记得很清楚，女人的身形臃肿，男人比女人年轻许多，而且男人要把车子停在店门口的时候，跟卡车司机吵了一架，还是她出面劝解的呢。”

道夫无路可逃，在幸子抛出的绳索中失去了自由。她猜对了。一分钟过后，脖子上套着绳索的男人犹如受绳索牵引，开门走进浴室。他脱掉刚穿上的衬衫，全身赤裸。

“咦，你还要再洗一次澡吗？”幸子讥笑他。

道夫绕到幸子身后，两手从后面环抱在她胸前。

“你在想什么？别乱来，你是存心这么做的吧。”幸子试图脱身，却没有成功，只能任他摆布。

“这些话你从哪里听来的？”道夫在她耳边轻声呢喃。

“哪里听来的不重要吧，你在意吗？”

幸子倚在他的臂弯里浅笑着。道夫不发一语。

道夫思考这或许是冈野正一所为，但从谈话内容听来，又像是幸子自行前往调查。她走访御岳，亲眼确认种子的存在。

这件事既然只有幸子知道，道夫还有计可施。

“你什么时候知道的？”他温柔地问。

“什么时候都一样，这不是跟你无关吗？”

道夫的嘴忽然吻住幸子的颈项，苦涩的肥皂泡直接吸进嘴里。

“你这么做也没用。”幸子毫无反应，冷冷地说。

道夫心中涌起一股近于愤怒的冲动，他想将这肉体，将这干瘪的肉体紧紧抱在怀中，直至粉身碎骨。他不由自主地一口咬了下去。

“好痛！”

幸子将头一扭，道夫的嘴随着惨叫声抽离，手也跟着松开。

她顺势一溜烟地逃进浴缸。

“我见过青梅警察局的搜查部长了。”她从浴缸里望向道夫，“波多野雅子的尸体经过解剖，在胃里面发现炒面，还有一颗樱桃籽。对了，和来轩的老板娘说那一对开车来的男女除了炒面，还吃了上面摆了颗樱桃的冰淇淋。”

道夫的脸色大变，像是生气，又像是悲伤，神情复杂。

他盯着幸子，猛然跳进浴缸。热水在狭小的浴缸里如怒涛般汹涌，溢向外头的瓷砖。塑料肥皂盒受到这一阵洪水冲击，剧烈晃荡。

澎湃的水面未曾平静，道夫跨坐在幸子膝上，发狂似的抓住她的肩膀摇晃，吻遍她的脸。

身体在热水里失去重量，他的臀部浮起坐在她的膝上，这样的姿势带给她快感，如同在无重力的状态下感受他那凶猛的动作。

“你不用担心。”

幸子用手指掏出耳朵里的水，语声沉稳。她就近凝视道夫，干瘦的手缓缓地缠上他的脖子。

“知道这件事的人只有我，我没告诉警察关于餐厅的事。店里的老板娘也不晓得，那位肥胖的女客人就是在御岳山的树林里上吊的女人。她只是因为男人跟卡车司机之间发生口角，出面调解纠纷，对男人的长相还记得很清楚。”

道夫没有说话，幸子将自己的脸颊贴在他的脸上。她发现水面已恢复平静，泪水正淌过他的面颊。

“真可怜。”

她湿淋淋的掌心抚摸着他的头。

“你也很难受吧。没关系，我会保护你。”

她轻柔地将水泼在男人肩上。

“你好不容易才闯出一番名堂，栽在这里太可惜了。你接下来就放心地努力往上爬吧……我会帮你，我会放弃工作，专心陪在你身边，寸步不离。你需要我，我会全权负责店里的营运，你只需要让手艺更加精进。所谓的艺术家就是这个样子，很多名画家的夫人同时也都是画家的经纪人……喏，我们结婚吧。”

幸子轻轻搂着他的头，拉紧套在他脖子上的“绳索”。

第二十三章
婚　讯

新的一年来临。

政府机关由于四日“开工”的习惯适逢周六，少有人配合，一月五日又碰上假日，自六日才开始正常上班。经济相关部门前车水马龙，挤满前来道贺的经营者，检察院门口则是门可罗雀。

桑山在六日早上九点多到检察院，新年第一天上班，他向检察长及副检察长拜了个晚年。上午在闲暇中度过，工作尚未正式进入轨道，新年的气氛将会持续到八日左右。

接近中午时分，樱田事务官从楼下的地方检察院上楼。

“新年快乐，今年也请您多多指教。”樱田恭敬地低下他那发丝稀疏的头顶致意。

“新年快乐，今年也麻烦你了……放假去了哪里走走吗？”

“整个过年都在家睡觉。反正不管去哪里，搭车挤，旅馆也不好订，光想就懒得出门了。您呢？”

“唉，我跟你一样。”

樱田将手上的周刊递给桑山过目。

“您看，佐山道夫要结婚了。”

“结婚？”

“对。我上班前在车站买了本杂志，后来在车上随手乱翻的时候，正好翻到这篇报道。”

樱田翻开的不是大篇幅的单篇报道，而是占半页左右的“新闻焦点”专栏，其中一个标题写着“新锐设计师双喜临门”。

桑山首先注意到一小张照片，在雅致的房间里，一名瘠瘦女子与戴着太阳眼镜的男人并肩微笑，照片文字说明他们是“喜上眉梢的佐山道夫先生与枝村幸子小姐”。

桑山立即读起这短篇报道。

“近来美发界当红的佐山道夫（二十九）继去年底于青山三丁目成立‘佐山美发沙龙’，受到高度关注，又宣布与前杂志编辑枝村幸子小姐（三十）的喜讯。佐山氏自三年前于自由之丘开设美容院后，便以发型设计风格新颖大受好评，随即于美发界刮起旋风，其独创性更是掳获不少知名女星。而向来以严厉批评著称的美发界权威及先进人士，亦认同佐山氏的才能，甚至有部分人士将他誉为天才发型师。去年底新开幕的‘佐山美发沙龙’亦为佐山氏构思设计，‘兼具豪华与高雅，以打造舒适的空间为主轴’，未来必将引起一阵模仿风潮。开幕派对于××饭店举行，现场聚集近千位喜爱佐山氏的女性争芳斗艳，其中藤浪龙子、草香田鹤子、星月光子及三笠月子等知名艺人亦前来共襄盛举。

“佐山氏的婚约对象，枝村幸子小姐为一位才气过人的美丽女性，长年担任女性杂志记者，于文艺界交游广阔，今后势必会成为佐山氏的得力助手，以致嫉妒佐山氏过于幸运的声音不绝于耳。结婚典礼定于半年后举行，面对心急的记者询问是否会至海外蜜月旅行，顺道考察美发界现况，佐山氏的回应野心勃勃，又不忘顾及幸子小姐。‘巴黎和纽约都不足以作为我的参考对象，如果是要请我过去当讲师，倒是可以考虑一下。’

“幸子小姐则展现出高昂的斗志表示，‘婚后为了让他专注于追求艺术，营运方面的杂务将全权由我负责’。”

桑山将杂志还给樱田，瞄了一眼手表，说：“走吧。”

公园里的餐厅生意比平常好，他们坐在挂着年节摆饰的柜台附近，点了份牛排。年节料理吃腻了，难免想改吃西餐。

“佐山终于要结婚啦。”桑山点着烟说。只有他们两人明白，终于这两个字意味深长，有道不尽的感慨。

“你知道跟他订婚的这个女人是谁吗？”

“您说枝村幸子啊，不知道。既然她原本是杂志记者，会不会是在采访佐山的时候擦出了火花呢？”

“嗯。”桑山眺望远处，“这让我想起了一件事。去年四月十一日佐山前往博多，波多野雅子在十二日也到了博多，这分明是追随佐山的脚步，却找不到相关迹象。另外，我记得你在信里提过，平尾山庄的女侍表示跟佐山一起的是一位二十七八岁，身材修长的女人。”

“对，没错。”樱田说，牛排正好送到两人面前。

“那女人该不会正好是枝村幸子吧？从这张照片看来，她身材挺高的，年龄也符合。”

桑山和樱田一同看向杂志上的照片。

“可能，不，一定是她。”樱田点头，“她和女服务生描述的特征一模一样。”他停下切肉的手，凝视着盘里的肉，“您看，这张照片里的佐山戴着太阳眼镜，既然是对外公布喜讯，他这样子稍嫌不够正式。”

“现在就流行这样的打扮，他大概自以为是艺术家吧。”

“我不是因为佐山这一身打扮才这么说，他们感觉上已经交往很久了。去年四月到博多旅行，现在才发表婚讯，这未免太晚了点，而且还不是结婚，结婚典礼要等到六月才举行。”

“这就是时下年轻人的作风喽。”

“真的是这样的吗？佐山没有立即公布结婚喜讯，总让人觉得事有蹊跷。”

“怎么说？”

“佐山靠女人赚钱，这本杂志的报道里也提到他的女性支持者众多。以后就算总有一天会结婚，现在还只是订婚，他为自己留了个转圜的余地。”

“考虑到结婚就被绑死了，订婚还有取消的可能性，他留给了那些支持者一线希望，这简直自以为是名人了。”

“对啊，最近的年轻人未免太狂妄自大了。”

樱田使力地切牛排，切得盘子吱嘎作响，切开的牛肉渗出血汁。

“佐山可能因为正在陪枝村幸子，没有和随后跟来的波多野雅子见面，避免两人碰在一起……于是，被抛在一边的雅子回到东京后责怪佐山，发生争执。这么一来，佐山动手杀害雅子的可能性便大大提升。”

“你这判断未免下得太快了。”

“我猜，佐山将雅子的死伪装成自杀，不只是为解决金钱问题，也是夹在两个女人之间，在穷途末路的情况下做出的决定。说不定幸子知道雅子随后跟来博多，阻止他们两人见面。她的外表强势，看起来就像是个为达目的不择手段的女人。”

“你可以把杂志寄到平尾山庄，请他们确认照片上的女人吗？”

“我马上处理。”

“这篇报道里，”桑山再看向报道内容，“提到枝村幸子的口吻比佐山还来得亲近，幸子也曾担任杂志编辑，他们可能彼此认识，而且报道这个消息的大概也只有这本杂志吧。”

“等一下。”樱田翻到杂志封面，“我认识这里面一位打扮中性的女记者，她的资历很深，这篇报道很有可能就是她写的。”

“你怎么会认识她？”

“也称不上认识，以前她来访问过我，说是有位小说家想以某件案子为主题，在杂志上连载小说，我于是私下让她把相关资料抄了回去。那已经是四五年前的事情了。她或许清楚佐山跟枝村幸子之间的关系。那时候她欠我一个人情，只要我开口，她应该不至于保持沉默。”

“这是个好办法，那么就去问问，当作参考吧。”

“了解。那是位率性的女记者，也许会毫不保留地全讲了出来。”

波多野雅子的丈夫伍一郎于去年十一月迎娶新妻，桑山碰巧遇见他们在饭店举行的那场结婚典礼。这回，轮到佐山道夫公布喜讯。他感觉到佐山的过往潜伏着“杀人”的黑影，那黑影同样笼盖着雅子“自杀”的真相。

雅子“缢死”后半年，新的舞台揭起了序幕。

樱田事务官下班后，前往有乐町的咖啡店。

福地藤子在电话里约在这家咖啡店见面，而她早已依约在店里选了个最里面的位子坐下。

“噢，樱田先生，您好，好久不见。”

外表跟男人没两样的福地藤子站起身，以男性般的爽朗笑声迎接樱田。她笑容满面，殷勤地招呼。

“你好，抱歉这么忙还找你出来。”樱田的态度也像是在对待男性友人。

“上次您真是帮了我一个大忙。”福地藤子垂下一头短发，点头道谢。

“别这么说，那些资料好像没派上什么用场，我在杂志上拜读过那篇小说了。”

“您特地提供了重要资料，就坏在那个作家的文笔实在太差劲了，写出来的小说简直无聊透顶。纵然有好的食材，如果师傅的手艺不精，就烹调不出美味的料理。拜托那样的作家写作是编辑部的疏失，对不起。”

“不，还蛮有意思的。”樱田说。

其实他根本没看过那篇小说。

服务生送来咖啡，樱田从公文包里拿出杂志。

“我今天读过贵社的杂志了。”

“这样啊，谢谢。”

“其实是关于这里面的一篇报道，有点事想请问一下。”

“哦，有什么不当的内容吗？”

她的脸色一沉，担心被警告内有色情的描写。

“不，不是这么回事，我刚才在电话里头没提到，是为了这件事。”

樱田摊开佐山道夫“公布婚讯”一文。

“啊，这是佐山先生的……”

福地藤子只看了一眼，便脱口惊呼。樱田立刻从她的表情读出，这篇报道出自她的手笔。

“这篇报道是你写的吗？”

“对。”

她点头，神情讶异，不解这篇报道内容有何不妥。

“我个人有些问题想请教你，请别误会，这绝对不是地方检察院在进行调查，跟什么案子都没有关系，完全是出自个人兴趣。”樱田笑说。

福地藤子听完才放下心中大石。

“我想请问，你跟佐山道夫很熟吗？”

“不，我不认识佐山先生，我跟枝村幸子小姐的交情比较深。”

果然没错。

“这篇算是独家内幕消息吗？”

“也说不上内幕，佐山先生是备受瞩目的美发界新星，就这层意义上来说，也可以算是有点重要的独家报道吧。”

“你是从枝村幸子小姐那里听到订婚消息的吗？”

“对，我们是朋友。”

“你们在工作上也有往来吗？”

“对，除此以外我们没有过深的交情。不过，我之前帮过她一点小忙。”

“这样啊。”

“她在女性杂志《女性回廊》工作很久了。正当她想自己出来跑新闻、成为独立记者的时候，刚好被总编辑口头告诫，结果双方大吵一架，她就辞职了。”

“你知道她被告诫的原因吗？”

“不太清楚。最直接的原因是她请假去九州，因为回来比预定时间晚，被总编辑骂了两句，两个人才会吵了起来。”

“九州？”樱田克制激昂的语调，“那是什么时候发生的事？”

“什么时候啊……去年四月左右吧，问《女性回廊》就知道了。”

“你说你帮了枝村幸子一个忙，是什么事呢？方便告诉我吗？”

“她想独立，希望我能介绍几个客户给她。我请她写稿，打算刊在杂志上，可是写出来的稿子不怎么理想，被主编退了，根本送不到总编辑那关。我觉得很失望，原本以为她的文笔还不错，何况她平常就是那副自信满满的模样。我想就是因为那些稿子拿到其他地方也没人要，她才会绝望地想早点跟佐山先生订婚。”

福地藤子一张大嘴凑在咖啡杯边缘。

樱田检察事务官将听到的消息，向桑山检察官报告。

“如您推测，撰写那篇报道的是和枝村幸子关系不错的女记者，而且就是我认识的那位福地小姐。”

福地藤子的话只有一个重点。

枝村幸子于去年四月请假到九州，由于回东京的时间较预定行程晚，上班迟到，总编辑因此教训了她一顿，幸子忍无可忍，双方爆发口角，这便成了她辞去杂志社工作的导火线。

“她去年四月果然去了九州。”

桑山想起在前往福冈的飞机里，佐山神态自若地在走廊上短暂交谈的女子背影。

“对，这么听来可以确定和佐山一起待在福冈的女人就是枝村幸子，为了确认她到九州的日期，我还是去了杂志社一趟。”

樱田走访《女性回廊》，总编辑调阅员工出缺勤记录，查出枝村幸子于去年四月十一、十二日请假两天，十三日下午三点才来上班。由于她平时个性高傲，他也就乘机严厉指责，自那之后，她便顽强抵抗，后来又说要辞职，他没有挽留，甚至觉得走运……

“我原本只想确认枝村幸子在四月十一日请假没去上班，可是那位总编辑看过杂志报道，感叹难怪枝村当时会那么强势。他知道她打算辞职，以为她是想独立成为自由撰稿记者。还担心她的才能平庸，闯不出名堂，没想到她竟然要结婚了，而且对象还是现在红透半边天的佐山道夫，也难怪她义无反顾。说得夸张点，这算是麻雀飞上枝头变凤凰了。”

“他知道他们在交往吗？”

桑山看了一眼窗外降下的细雪。

“听起来似乎不知情。他表示，枝村幸子行事机警，不让人介入她的私生活，在公司里也没有朋友，从杂志上看到佐山公布婚讯，以及她的谈话内容，他才惊觉他们交往已久……

又说佐山道夫因为职业关系，绯闻不断，没想到竟然会跟像枝村这样的女人结婚。”

“绯闻？”

“他单身又有名气，很受女人欢迎。外界谣传他跟到沙龙来的贵妇们过从甚密，总编辑举了个名字，噢，我记在本子上了，叫作竹崎，好像是日式料理店的老板娘。”

“嗯。他打算在杂志上报道这个题材吗？”

“现在这种事司空见惯，一点也不特别。目前没有刊登的计划，也没进行采访，这在艺人的世界可说是家常便饭。”

由于他的目的只有确认枝村幸子在去年四月十一日与佐山前往福冈，没有再与总编辑多谈。

“波多野雅子确实在十二日前往福冈，也见到了佐山。那天晚上枝村幸子和雅子两人都在福冈，其中只有雅子一个人住在别间旅馆。我们之前就是没搞清楚这点，才会乱了方寸，不知道跟佐山一起住在平尾山庄的女人到底是谁。”桑山听完报告后说。

“没错，佐山的确像是会做出这种事的人，这么一来之前的假设就成立了。佐山因为跟幸子交往，嫌雅子碍事，把她杀了。”

樱田曾向桑山提出此一假设。

佐山因为另有新欢，雅子成了阻碍，她又死缠烂打，他不胜其烦，便将她杀害，还可因此得利，不需偿还债务。

“不过，有验尸报告和解剖报告证明雅子是自杀身亡，我们不能违背这些报告内容。”桑山打断了他的话。

“您说得是，可是如果有人帮助雅子自杀，那就是他杀了。”樱田主张。

“你是指枝村幸子吗？”

“对，她是个精明人，不知道会要什么手段，所谓的帮忙，就是用计帮她自杀。”

“这样得调查去年六月十日晚上雅子在御岳上吊时，幸子的不在场证明，只是现在再查也很难查到了吧。”

“事隔七个月，白天她在杂志社上班，事情又发生在夜里，要从其他渠道追查也有困难。”

“她白天还去上班吗？”

“她就是在那天跟总编辑大吵后递出辞呈，总编辑记得这事，也确认过出缺勤记录。”

“原来是这样。”

樱田还真是心思缜密，桑山由衷佩服。

“打卡的记录是下午五点。”

“下午五点啊。”

“她很有可能接着去了御岳。虽然难，我会再试试看能查出什么。”

平尾山庄的回信在寄出信件询问的一周后抵达。照片中的女人已经知道是枝村幸子，这封回信的效果不大，但仍可作为再次确认。

“——已拜读信中杂志，照片中的女性确实曾于去年四月十一日与十二日住宿于此，男性由于戴着太阳眼镜，没有立即认出，但确为同行人士。两人同于十三日早上九点过后离开。”

樱田事务官将信交由桑山过目，信中所述与樱田亲自至平尾山庄打探到的消息相符。

“十三日早上九点从旅馆出发，正好符合枝村幸子当天下午三点上班的时间。我查过福冈飞往东京的班机时间，有一班早上十一点从板付出发的班机，她就是搭这一班回东京的吧。”

“十二日晚上，波多野雅子一个人住在福冈，佐山送走枝村幸子之后，再赶去跟雅子见面。”

“我想是这样没错。”

“可是，佐山怎么会安排波多野雅子在十二日到福冈？雅子如果十三日来，枝村幸子已经回到东京，她也就不需要一个人另外住在别的地方了。”

“我想雅子是自己追来的。她知道草香田鹤子十一、十二日在博多开演唱会，十二日晚上结束。她满心期待和佐山在演唱会后四处游玩，在发了通电报或以其他方式通知人在剧场的佐山后，就迫不及待地赶了过去。佐山深受其扰，于是派助手柳田帮忙解决问题。关于这件事问柳田本人最清楚了，只可惜他不会走漏任何一个字。”

“事情应该跟你料想的一样。根据你的调查，雅子十二、十三、十四日这三天不在东京，佐山又是十五日回到东京。波多野雅子在四月十二日飞往福冈，仅仅相隔两个月，六月十日就在御岳上吊，假使她上吊自杀是有人在幕后操弄，应该可以从在福冈的行动看出端倪。”

“是，您说得没错。这两个月对波多野雅子特别重要，我在调查的时候也是格外用心。”

樱田以调查代替侦查，这究竟是不是一起凶杀案，尚未能断定。

四天后。

桑山回家时不见妻子的身影，她今天前往水户拜访亲戚，预计傍晚回来，但真正回到家的时间却是晚上八点半。

“对不起，回来的时候车子发生意外，延误了一个小时。”

妻子的神情仍有些激动。

“意外？发生什么事了？”

“大概六点左右，在金町跟龟有站之间有人跳轨自杀。那时候窗外天色已经暗了，站务员拿着手电筒在铁轨上忙进忙出，还有男乘客跳下车去看发生了什么事。想到自己坐的车碾到了人，就觉得很不舒服。”

她皱起眉头。

“自杀的是男人还是女人？”

“听出去探情形的乘客说，那是个穿着打扮讲究，从服装判断三十来岁的女人，而且她的脸跟身体都被碾得支离破碎，没办法辨识了。”

她的眼神惊恐，即使早已过了晚餐时间，依然迟迟未动筷。

隔天早上，桑山正在洗脸时，妻子靠过来说：“早报刊登了昨天晚上跳轨自杀的消息，跳轨的是日式料理店的老板娘。”

妻子似乎因为自己当时正坐在车上，阅读早报时最先注意到这条新闻。如果不是她亲身经历，在铁轨上自杀的案件可说是层出不穷。

桑山在餐桌上看着妻子所说的新闻，那只是社会版下方一小段不起眼的报道。

“日式料理店老板娘跳轨自杀。一月十八日下午六点，一名女子于常磐线的龟有与金町站之间跳轨自杀。依现场遗留物品确认女子为赤坂×丁目日式料理店‘弓’的经营者竹崎弓子，没有发现遗书。根据了解，该店生意兴隆，推测自杀主因为，与她关系匪浅的大阪某公司社长于最近提出分手，她不堪痛苦折磨，决定走上绝路。常磐线因此事故影响，上行列车延误一小时，于八点恢复正常行驶。”

这世上每一件事环环相扣，看似无关的细节也会在因缘际会之下相互交集。

桑山读完这篇报道，却没有马上察觉到这一点。

搭电车上班的途中，他脑中无来由地冒出“竹崎”这名字，觉得似曾相识，而且最近才听过。

竹崎这姓并不普遍，至少不是大姓。究竟是在哪里听到的？他没多久就联想到樱田。

桑山唤来楼下的樱田，递出装订成册的报纸，樱田似乎是第一次读到这篇报道。

“没错。”

樱田马上翻开本子，《女性回廊》的总编辑曾提到，“竹崎弓子”便是其中一位与佐山道夫传出绯闻的女人。

“前几天才打听到消息，没想到竟然落得这种下场。”樱田再读了一遍报道，“这起自杀跟佐山脱离不了关系。”他抬头注视着桑山。

“你为什么这么认为？”

“从总编辑的话可以证实竹崎弓子和佐山正在交往，而报道里提到这位与竹崎弓子关系密切的社长，推测应该是她的金主。因为金主发现她跟佐山私通后抛弃她，她悲从中来。况且她和佐山不过是儿戏，佐山也不可能负起责任善后。”

“这也有道理。”

房里的暖气闷热，桑山脱掉了外套。

“可是这理由难道不会过于薄弱吗？她肯定有些姿色，三十二岁又正是女人的巅峰，报纸上也写到店里的生意不错，就算跟大阪的社长分手，金主以后再找就有了。如果她喜欢社长却被迫分开，那倒是有可能因为绝望自杀，可是这么一来，她又怎么会跟佐山暗通款曲。”

“金主平常人在大阪，她则在东京和佐山寻欢作乐……好，这篇报道的消息来源是警方，我马上询问辖区警局。佐山身边怎么陆续有女人自杀啊。”

樱田苦笑着离开，当天就带回了结果。

“辖区警察肯定竹崎弓子的死因是自杀。”

樱田事务官向桑山报告。

“列车驾驶员在接受调查时说明，那一班常磐上行列车，准时于下午五点三十二分自金町站发车，在开到下一站的龟有站中间约一点二公里处时，前方蹲坐在铁轨旁的女子突然冲了出来，背向列车，坐在铁轨正中央。他见状赶紧刹车，可惜为时已晚。她身边没有其他人，车头灯又清楚照出女子坐在铁轨上的样子，无疑是早已有了寻短的念头。”

而且女子还留下了遗书。

“遗书在哪里发现的？”桑山问。

“她在赤坂经营的日式料理店，遗书就放在她的房间里，收信人是大阪的添岛。添岛是某机械贸易公司的社长。遗书里写道，承蒙您的照顾，又给您添了麻烦，我选择以死谢罪，嗯，反正就是遗书里常见的内容。”

“添麻烦？”

“这就跟佐山道夫有关了。”

樱田喝下热茶润口。

“竹崎弓子原本是日本桥出身的艺伎，添岛迷上她，为她赎身，出资让她在赤坂开店。她的经营能力出色，店的生意好到扩大营业，因此添岛除了开店的资金，又给了她一笔钱，大约两千万。”

“钱就从竹崎弓子的手中流到佐山的口袋里了吗？”

“没有全部，约一千万日元。弓子把一半的钱交给佐山，这一千万后来就成了在青山开店的资金。”

“添岛社长发现了这件事吗？”

“他不是自己察觉的，枝村幸子写了封信给添岛。”

“枝村幸子写信？”

由于竹崎弓子的妹妹也在同一家日式料理店帮忙，了解前后经过，加快了警方的调查动作。

枝村幸子没有立即寄出密函给大阪的添岛社长，她先致电给竹崎弓子，请她和佐山断绝往来。

“姐姐脸色惨白地回来了。”竹崎弓子的妹妹向辖区警察表示，“我不管怎么追问，姐姐就是不肯说，后来我总算知道，枝村幸子小姐气冲冲地直接跑来店里。”

以下为妹妹转述幸子与弓子的对话。

幸子：我就要跟佐山结婚了，在那之前得先解决你的问题。上次说的那件事你还没回复呢，你究竟考虑得如何？我想尽快做个了断。

弓子：你突然这么说，我也不知道该怎么回答。请让我见佐山先生，我要先了解他的想法。我打了好几通电话，他都没接，是你故意不让他接的吧。

幸子：你没有必要见佐山。我们快要结婚了，我就是他的代理人，他说他不想再见到你了。

弓子：我不相信，我要亲口听他说，否则我不接受。

幸子：我是他的妻子，我说的话千真万确。再说当事人容易受感情左右，为了避免这样的情形，就由我来居中协调。

弓子：我从来没听他提过你的名字。

幸子：男人外遇的时候怎么可能把其他女人的事挂在嘴边。你也不是黄毛丫头了，又是从日本桥出来的，难道还不清楚男人在想什么吗？

弓子：我不认为我们是外遇。我喜欢他。

幸子：他告诉我的可是外遇呢。

弓子：我不信。

幸子：既然你们的关系不是外遇，难不成你打算跟他结婚吗？

弓子：……

幸子：你说啊。

弓子：我们总有一天会结婚，他也说会继续等下去。

幸子：等到你跟大阪金主分手的那一天吗？

弓子：……

幸子：你不用怀疑，我全都知道了。我还知道，你的金主是一位在大阪从事贸易的社长，名字是添岛。而且，你没把跟佐山之间的关系告诉这位添岛社长，对吧？

弓子：……

幸子：这叫你怎么说得出口呢。不管是开这家店，还是后来的营运，添岛社长都拿了不少钱出来嘛。我之前帮女性杂志工作，采访过像你这样的情形，大致清楚状况，难道你想当个忘恩负义的人吗？

弓子：我以后会再跟添岛先生讲清楚，请求他的谅解。

幸子：你认为他会原谅你吗？

弓子：他是个明白事理的人。

幸子：我们一般人觉得自私自利的行为，到了你那个世界又是另外一回事。你们花柳界的人对这种事好像习以为常，但是，那种不仁不义的行为我们可做不出来。

弓子：这我也清楚。

幸子：我可不会轻易放过你，你跟你那位金主是你们的事，不过，只要牵扯到佐山，我就不能坐视不管。请你跟佐山断绝往来，我没办法忍受结婚对象在外面有其他女人，你也能理解吧？

弓子：我也有我的立场啊。

幸子：立场？要谈立场，我跟佐山在一起的时间比你久，从他还在四谷的村濑美容室工作的时候，我们就开始交往了。他可以在自由之丘开店，也是靠我出资援助。我出我自己的钱，不像你，还跑去跟金主要钱。

弓子：你这话太过分了。

幸子：不，我只是有话直说。你哭也没用，该说的话就是要说清楚，感情用事解决不了问题。你愿意跟佐山分手吗？

弓子：我要跟佐山先生谈谈，了解他的想法后再决定。

幸子：你还真固执呢。既然好言相劝不听，再说下去也只是浪费唇舌，你别怪我用其他方法。

弓子：其他方法？

幸子：你为了钱坚持不肯分手，这问题也得解决才行。

弓子：我没这么想过，我在意的不是钱，最重要的是爱。

幸子：你还真会说场面话，听你说什么爱，我就觉得厌烦。虽然会带给你困扰，我也只能循其他渠道解决了。

“姐姐当时听不懂枝村小姐抛下这话是什么意思，没想到那竟然是指写信向添岛先生告状，揭穿姐姐和佐山先生来往还有给钱的事情，她的做法简直是卑鄙下流。”竹崎弓子的妹妹说。

一周后，弓子的金主添岛一声不响地从大阪跑到东京，逼问弓子关于佐山的事，又追问她钱的用途。她逼不得已，只得据实以告。

添岛听完，放话要与弓子断绝关系，一切过错由她承担。他不付分手费，现在这间店则让给她，但是，她必须归还不当使用的一千万日元。添岛惨遭背叛，心中更添怨恨。

“姐姐因为这样走投无路。她是当过艺伎，现在经营的又是风俗业，其实她本性纯朴，不会说谎骗人。她是真心喜欢佐山先生，也觉得对不起添岛先生。我恨枝村小姐，是她让事情走上这一步，我恨她竟然写信给添岛先生，将姐姐逼到无路可退。”

上述为竹崎弓子的妹妹在接受调查时说明的情形。语毕，樱田事务官叹了口气。

“唉，枝村幸子这女人的作风还真强悍。”

“嗯，甚至有点残忍了……”

桑山吐着烟，半晌说不出话。

“我想，既然竹崎弓子是被枝村幸子逼上绝路，波多野雅子或许也是一样的情形。”

“嗯。”

桑山自信尽失。他原本以为雅子缢死与佐山相关，弓子的死却使这一切怀疑分崩离析。

“等一下。”

桑山突然注意到一件事。

“你说竹崎弓子打了好几通电话给佐山，他都故意不接。”

“对，这是弓子妹妹说的。”

“既然妹妹是从姐姐那里听来的，也就是确有其事，枝村幸子在跟弓子谈判的这段期间内，佐山完全没和弓子联络。”

“应该是幸子不准他们联络吧。”

“幸子就算阻止，也没办法随时随地守在佐山身边。他如果有心想打电话，不怕找不到机会，更不可能见不到弓子，当面与她沟通。”

“您说得没错，可见佐山非常害怕枝村幸子。他怕要是曾和弓子联络的事情曝光，后果堪忧。幸子的个性偏激，多么疯狂的举动都做得出来，他就是怕这一点吧。”

“佐山这也未免怕得过火了点。难道像他这样擅长逢场作戏的男人，会连区区一个幸子都没办法摆平吗？”

“女人一发起火来六亲不认，佐山应该也拿她没辙。幸子还没跟佐山结婚，竟然就以老婆自居，摆起架子来了。”

竹崎弓子自杀的话题就这么结束了。

可是，尚有桑山和樱田未知的事实。

枝村幸子察觉另外还有一个叫作滨野菊子的女人，和佐山道夫有金钱往来，那是名二流制药公司的社长夫人，恣情纵欲，生活奢侈无度。她给了佐山五百万。

其他女人不足以构成威胁。佐山不管和三个还是五个女人交往，顶多只是外遇对象，但遇上牵扯到金钱关系的女人，则不能袖手旁观，那正表示他们之间的交情特别深厚。

枝村幸子约出滨野菊子，威胁她如不与佐山分手，就向她先生说出全部实情。滨野菊子的老公风流成性，在外面也有情妇，但老婆外遇肯定会让他气得火冒三丈。菊子害怕离婚，这样奢靡的生活，任谁都不忍松手。

枝村幸子又说，我曾担任女性杂志的编辑，在传播界交游广阔，你的话题肯定会受到女性周刊欢迎。男发型师就像艺人，绯闻反而可以炒高人气，到时候受伤的可是你啊。无法面对世人的舆论，整天只能躲在家里，这样的例子实在是多不可数呢。这番话彻底击溃了滨野菊子。

“你身边的女人我一个个全收拾好啦。”

枝村幸子将滨野菊子屈服一事告诉道夫，眉飞色舞地笑着。

“没想到你有这么大的能耐。”道夫无精打采地说。

“当然喽，我是你的老婆嘛。我会在结婚前清光你身边所有的女人，婚后也不许你在外面胡来，你别想瞒我，我一下就可以揪出你的狐狸尾巴。再说，店由我掌管，你也没钱玩女人。为了把店管好，我得抓紧财务。你爱玩女人，花钱又不知节制，以后我会给你零用钱，不过，只限于那些账目清楚的支出，你只要专心工作就行了。”

“我只管工作吗？”

“对啊，你想成为知名发型师就得忍耐，以后你的事全交由我管理……你不会拒绝吧，这毕竟比只能藏身在黑暗中的杀人凶手还要幸福多了呢。”

第二十四章

冈野的转变

冈野正一这阵子几乎无心工作。

他的工作量比以前增加许多，却无意工作。他在夜里辗转难眠，白天昏昏沉沉，脸色难看。

桌上堆积着一张张无人理睬的纸条，上头记录着海报、手册设计、插画等来自各方委托的工作，即使面对交件期限逼近而前来催稿的广告公司和印刷厂，他也无动于衷。他坐在桌前，手抵着头沉思，烟一根接着一根抽。

妻子和子担心丈夫，又不敢在他心情低落的时候随便开口。

冈野的工作增加，收入好转，和子辞去了酒吧的工作。刚好公寓隔壁空出房间，冈野便租下作为工作室，由和子接待络绎不绝的访客。冈野工作时，她又充当助手，帮忙整理资料。

设计师的资料整理与文字工作者不同，非常琐碎。大至全开海报，小至标签、贴纸，另须依报纸杂志的广告内页、画册、写真集分门别类保存，并按照风景、人物、风俗、动物、鸟类、建筑物、家具等分类再细分，剪贴上需要耗费不少心力。

他算是大器晚成，才华终于受到业界肯定，成为独立接案的设计师，不再需要依靠神田的友人介绍工作。他乐于工作，奋发向上。外界的肯定让他充满自信，工作表现也较以往优秀。

参与佐山道夫在青山开设的美发沙龙设计，更打响了他的名气。与当红人物合作有莫大好处，连他也能沾光。女性杂志与周刊大肆报道佐山的新店，除提及以建筑设计闻名的山根事务所，也以设计师身份介绍冈野正一。报道的宣传效果极佳，即使没有因此知名度大开，至少也让他打进了设计师的世界。在专业的世界里，能占有一席之地极为重要，工作量递增便足以证实。

工作多，他也更加勤奋，但就在佐山成立的青山店接近落成之际，他陷入了萎靡不振。和子大概知道原因，问题出在他和山根设计师不和。

“山根不懂我的设计概念。”冈野常抱怨。

当他和山根意见分歧时，他总会回家发泄不满。

“他还以为我是街头上的画家，看不起我的能力。他自己才是风格过于前卫，自以为是，自我意识强烈。”

他每天都在与修改设计奋战，艰辛的程度连和子看着都觉得于心不忍。

“我总算跟山根达成共识了。”冈野改到最后，眉开眼笑地回到家里，“佐山说服顽固的山根，才终于让他折服。”

“佐山先生还是那么亲切，真是好人。”

听和子这么一说，冈野的唇边泛起怪异的笑容，问起奇怪的问题。

“女人都这么认为吗？”

“哎呀，不只是女人，一般人都会这么想啊。何况他又是你的朋友，从他住在这间公寓的时候就有往来了。”

“嗯，说得也是……不过，名声会改变一个人，佐山也不例外。那时候他还很单纯的啊。”

和子不明所以，问了冈野也没回答。

“女人都觉得佐山亲切吗？”

丈夫的这句话令和子耿耿于怀。

她不懂这句话究竟有何含意，却依稀听出话中有话，或许是在影射佐山道夫的性格改变。

“人一出名，过去的纯真也就跟着消失了。”

他也曾说出这样的话。也许在他心中，伴随佐山名声日渐响亮而来的是人性丑恶的一面。

她不知道丈夫是否受此影响。总之，他的行为举止从那时候开始，出现细微的变化，只是当时并不明显，事后回想才觉得不对劲。

例如他晚上常工作到一半，说要出去散步就抛下工作不管。这是稀松平常的小事，只是他偶尔会散步到很晚，半夜才回家。

他的理由是为了找灵感忘记时间，或是不小心走远了，有时候回来又说，他去银座跟赤坂一带收集最新的时尚流行趋势。

以前他总是埋首桌前，不常在夜晚出门，纵使外出，顶多也只是到神田的朋友那里洽谈工作，每次出门都有明确目的。和子赞成他出去散散心，就是不忍看他像过去那样整日为工作忙得不可开交。

她唯一只有一点不解，丈夫每次晚上回家，衣服总会散发出淡淡的香水味。

和子曾在酒吧兼差，一闻便知那是十分高级的香水。浓郁的香味残留在他身上，但不是来自与女人的亲密接触，而是坐在女人身旁，香味自然飘进了衣服。由此可知，这一丝香水味来自室内。

冈野从年轻时起便对自己的长相缺乏自信，更因为自卑，对女人提不起兴趣。与他结婚的和子非常清楚这情形，甚至颇为怜惜。

面对带着香水味回家的丈夫，她总是一笑置之。他就算是铸下大错，也绝不可能跟女人发生关系。

一天晚上，和子终究还是问了。

“这件事我一直想告诉你……”

冈野满脸通红。

“老实说，我认识了一位模特儿出身的年轻女设计师。她帮忙青山那边一间咖啡店的室内装潢，我看菜单封面跟火柴盒的标签设计都蛮有意思的，跟店里的人称赞了两句。她知道之后，到店里来跟我道谢，我们聊了一下，她的想法很特别，不过，那张脸还真是丑得不像话。”

冈野怕妻子介意，强调对方是位丑女。和子明白他的用心，只觉得可笑。

他后来又与女设计师在咖啡店聊了几次。年轻人掌握现代潮流的尖端，有各种新奇的想法。他听了有趣，请她介绍她的朋友，结果来了四五个女人，组成一个同好会。

“所以说，我跟她不是单独碰面，她们每次都会来三四个人。听她们说话不只好玩，对工作也有帮助，好像接触到了新的领域，让我受益良多……现在想想，也不能老怪山根先生，可能我真的落伍了。”

“既然对你的工作有帮助，你就多和她们往来吧。”

和子由衷鼓励，冈野却曲解了她的意思，神色紧张。

“你别误会了。”他窥视着和子的反应说。

“我怎么可能误会呢。我很高兴看到你没有把自己关在家里，出去找人聊天，而且这么做不只可以放松心情，还有助工作，实在是再好不过了。再说你没有女人缘，我也不担心，只是有点在意你总是带着香水味回来而已。”

丈夫听到这话，一时乱了手脚。

“那个女孩子，不，我一开始认识的那位女设计师身上香水味很浓，我们大家在讨论的时候，她就像主持人一样，提醒大家上次的讨论内容。因为她每次都坐在我旁边，味道就是这样传过来的。”

丈夫的辩解听起来既幼稚又慌乱。和子知道，这是因为他缺乏与女人来往的经验，深谙此道的男人解释起来从容不迫，她的丈夫没有这本领。

和子以为他的烦恼来自工作不顺遂，实际一问，只见他搔着头发说：“我没有灵感，一想到大家关注的焦点都在我身上，我就没了斗志。惨了，我惨啦。”然后又叫着，“啊啊，我果然是没有才华。”在榻榻米上翻来滚去。

和子原本认为丈夫是苦恼于工作受阻。他拼命努力，好不容易获得的成就却绑住他的手脚，使他无法尽情挥洒。恐惧占领了他的心灵，让他变得神经质。

“你要不要暂时停下工作，静养一阵子？”她提议。

“白痴！你知道现在推掉工作会导致什么下场吗？他们会骂我，说我有了点名气就要大牌，我好不容易才要开始走运，这么做一切就完啦。”他怒声驳斥。

“但是你如果工作进度落后，带给对方困扰，结果不是更糟吗？”

“不是赶在期限内交出作品就行了。现在跟以前不一样，所有人都带着严格的目光审视我的作品，作品一定要优秀。我为了想出好点子，绞尽脑汁，才会需要这么多时间。”他解释着。

“你可能觉得我无所事事，到处闲晃，其实我都快想破头了，拜托你少讲几句，安静一点，我耳朵快冲出血来了。”他生气地说。

他一说要找灵感就出门，晚上更是一溜烟地跑出去思考构图，每次回来，不是坐在桌前工作，而是躺在地上叹息。他凝视着天花板，烟不离手，对和子不理不睬。并且开始服用安眠药，不论和子再怎么劝阻，他也不理。

在无法如期交件的状态下，工作量也跟着减少。

神田的朋友出于担心，跑来问和子：“冈野怎么了？”

那时候，丈夫正好外出，说是要去参观画展，作为工作上的参考。

“他的个性软弱，我看他是不敢面对工作吧。”和子笑说。

“我能体会他的心情……可是再这么下去，他的前途就毁了。好不容易有机会一展长才，我们这些做朋友的也在旁边帮他紧张……难不成是有其他原因？”

他暗指外遇。

这么说来，最近他出门回来，衣服上没有之前的香水味了。

“怎么可能呢，他满脑子只有工作啊。”

和子刻意敷衍，即使可以透过这位友人得知丈夫是否偷腥，她也没兴趣。

丈夫就算谈恋爱，也不可能顺利。况且，他似乎失恋了。对方疑似他之前提到的“年轻女设计师”，不论是谁，这段恋情已经在单恋中画下了句点。

这件事就年龄来看或许有些奇怪，然而没有恋爱经验的丈夫与一般男人不同，仍保有一颗赤子之心。

他失恋了，可以说是解除了危机。这段感情如果继续加温，只会带来伤害，如今，遇挫的丈夫反而显得可怜。

和子以大姐的心态安慰丈夫，失恋带来的打击应该不会长久。再怎么说，他的年纪也老大不小了，不久便能东山再起，比以往更加热衷于工作。

她的期待成真了。

丈夫突然容光焕发，精神抖擞。

“好，我接下来要更努力工作。”他边说边挥舞着手臂。

变化来得令人措手不及。

枝村幸子在与道夫商量过后，将婚期定于六月中旬，没有刻意挑选好日子。蜜月旅行以巴黎为中心，长达三周。这一切都是由幸子主导。

离结婚典礼还有三个月。

举行结婚典礼及宴客会场的饭店由幸子决定，饭店的等级远远不及佐山道夫现在当红的地位。

“外界一定以为我们结婚会挑最高级的豪华饭店，”幸子说，“而我就是要让他们跌破眼镜。你这一行最重要的就是不按常理出牌，让人们惊讶。现在就连普通上班族都会在高级饭店举行结婚典礼，根本达不到宣传效果。”

道夫刚知道场地时也有些许不满，但幸子的话也非强词夺理。

他于是赞成道：“你说得也有道理。”

“至于邀请的宾客可就要慎选了。把一些乱七八糟的人全请到高级饭店，不如将名流聚集在普通饭店的效果来得大。受邀的宾客因为经过精挑细选，他们自然会产生一种优越感，而且这场婚礼与众不同，媒体一定会争相报道。”

其实，幸子的目的只是要节省不必要的开销。婚礼由道夫出钱，至于这些钱过没多久就会变成她的财产。她希望他的钱在成为夫妻共同财产前，可以尽量减少支出。

“巴黎只要待四天就好了。”

“只待四天吗？”

“四天就够啦，不过，对外得宣称这次蜜月旅行只到巴黎。反正你又没有去那边长期学艺的打算，依你的手艺也没那必要。你只需要观察个两三家美容院，了解最新流行趋势，就是街上的女孩子们也够你参考的了。只是为了磨亮你的光环，得让大家以为我们一直待在巴黎。”

“巴黎之后要去哪里？”

“我想到荷兰、比利时、西班牙、瑞士，还有到希腊走走。”

幸子想进行一趟古典艺术之旅。第一次到欧洲旅行，她选择避开一般路线，而是以自己丰富的知识涵养及虚荣，带领道夫前进。不只海外旅行，今后的生活方式也将依循相同规则。

她亲自走访旅行社，请她们提供多种行程规划，尽可能选择便宜饭店。距离出发时间，还有三个月。

考虑到道夫在当地无法沟通，她于是利用旅行前的时间，到一对一的家教班上课，快速学会英语与法语会话。这行为让道夫感到极度自卑，她企图养成他将来凡事依赖的习性。

有一天，道夫说：“有人跟我说，你挑的日子不是大吉，而且日子也不好。”

“你听谁说的？”

“店里的客人。”

“反正一定是上了年纪的老太婆吧？我们不相信那些迷信，难道结婚日子不好会出事吗？”

“嗯，我也不清楚，只是听说会影响婚姻生活，不是离婚，就是其中一方早死。”

“这两种情形都跟我们无关嘛。”幸子的口吻充满自信，“我们不可能离婚，我也不允许这种事情发生。等我们结婚之后，你就会渐渐发现你有多么需要我。你需要我在后面盯着，不，不只是在背后，我得要出来掌控大局，你才有成名的机会，并且在将来成为日本发型界的代表人物。光有手艺不代表成功，你瞧，不是有很多技艺高超的高手，最后都陨落了嘛，可是也有些人没有实力，却能站上大师的地位。成败的关键在于如何规划，在这个世界，规划就是力量。这你做不到，得靠我出面才行。”

她稍微换了下语气。

“其中一个人会早死啊，这也跟迷信没有关系。你的身体健壮，而我又健康。我从来没生过大病，也有医学常识，你的健康管理就交由我负责。我在《女性回廊》的时候，因为工作关系常拜访T大的有吉教授……喏，就是T大医院里那个著名的有吉内科啊，我们的交情不错。你如果生了什么重病，我可以找他商量，他应该会提供最诚恳的建议。”

幸子说到这里，口气又变了，连表情也和刚才截然不同。

“可是呢，人不只会因为生病而死，还有可能发生意外丧生，像是交通意外，这就得好好注意了呢。”

“该怎么注意？”

“这个嘛。”幸子的眼神里带着讥讽的笑意，“你只要眼睛不看其他女人就行了，外遇很有可能导致意外发生的哦。”

枝村幸子仍住在以前的大厦，道夫的起居则在青山店里自己的房间。近来新大厦林立，幸子住的地方也不再值得她引以为傲。

“我是个有操守的女人。”幸子说，“我不做伤风败俗的事，最近流行婚前同居，我讨厌那样。”

她对操守的坚持来自她高傲的自尊，所谓矜持注重的也只是形式。幸子常到道夫店里，在他的房间过夜，或是叫他来家里住个一晚。不在同一张床上长期逗留，就是她对操守的定义。周遭的人，譬如道夫店里的员工，对还有三个月就要与道夫结婚的未婚妻到经营者的房里共度春宵，他们不觉得稀奇。他们的关系已长达三年之久，并非最近才刚开始交往的情侣。

幸子到青山店的目的不只是在道夫的房里过夜。白天，她坐进他的办公室，在长谷川经理和会计面前翻阅账簿。

“结婚之后，为了让佐山先生专心磨炼手艺，由我负责沙龙营运。不过，不能等到婚后再学看账、记账的方式，那样太迟了，从现在起就要打好基础。”

她没告诉道夫，她打算在结婚的同时，将自己登记为青山店这间股份有限公司的董事。

依法人组织规定，社长每月领固定薪资。

“这些是佐山先生的薪水，交际费不需要太多，剩下盈余提作公司的公积金。基础要稳固，才能预防将来受到经济不景气冲击，以后就由我负责公司决策。”

她事先告知长谷川，经理的权限也遭她缩减。

“你用不着担心公司管理，你要成名，就得配合我的方针，不要以为结婚之后，你就能当个独揽大权的丈夫。男人只要有点能力，特别容易得意忘形，把赚来的钱随便乱花，现代经营管理不容许这样松散的行为。另外还要预先做好完整的税务规划。”她这么向道夫解释，“你知道要储备秘密资金吗？”

“当然知道喽，我已经交代长谷川要妥善处理。”道夫答。

“不行，不行，不能太信赖外人，说不定你什么时候被背叛了都不晓得呢。”

“一直以来都是由长谷川担任经理，他非常尽忠职守。”

“我不是说他不好，只不过人是感情的动物，不知道什么时候，会为了什么事跟你翻脸。到时候难保他不会向税务署告密，揭发内幕，要是因为那样被追缴庞大的税金，我们就完了。报纸上不是常有公司逃税曝光的新闻吗？那些都是内部的人，起内讧而跑去向税务署告密，我曾在《女性回廊》做过采访，对这一方面的情形，可是知道得非常清楚。”

一提及在《女性回廊》工作时的经验与知识，幸子的脸上立即绽放光彩。

“不能相信别人吗？”

“我是要你别把重要大事交代出去，他人毕竟是他人，只有自己的妻子可靠。”

“你会处理吗？”

“对，秘密资金的事也由我负责，我准备找个专业会计师来处理。”

简而言之，她一手掌控所有会计事务。

幸子每到店里，都会一一向客人寒暄问候。

“欢迎光临，您好。”

她弯腰鞠躬，展现十足的亲和力。

“您的发质真好，真让人羡慕呢。”

遇到无法称赞发质的客人时，她则改为赞赏对方的容貌，或是在服装打扮中找出特色，而大肆夸赞对方“年轻”绝不会出错。

然而，她的眼神却隐藏着几分冷淡。女性顾客的反应特别敏锐，清楚她这是自以为高人一等，对来店的顾客品头论足。

“她是谁？”不明详情的客人偷偷向店员打听。

“她是即将要与老师结婚的女性。”

“哎呀，是未婚妻啊。”

未婚妻却以女主人自居，四下招呼客人，幸子将这奇怪的举动解释为，她想尽快和店里的客人建立良好关系。她这份热心待客的“好意”，却招来客人私下反对。

“老师，还是别让枝村小姐常到店里来比较好……”柳田察觉气氛有异，战战兢兢地向道夫诉苦。

“嗯，我尽量劝她。”

幸子甚至会就每一位客人的发型向道夫提出建议，不可能轻易听他劝告。

结婚的日子正一天一天逼近。

道夫处心积虑要逃避与幸子结婚。一旦结婚，他得一辈子受恶女纠缠，遭受监控。

幸子将他和他的“女人们”一个个拆散，要弄的手段比任何一位律师还巧妙且“狠毒”，将来也绝不容许他结交新欢。身为一个男人，这样的生活有何乐趣可言。她至今仍心存怀疑，一一清查他的交友关系。

她对金钱的执着异于常人，简直到了令人惊骇的地步。为使公司稳健经营，她一手掌控财务，并借此看紧他的零用钱，以防他在外偷腥。要与女人来往并且维持关系，都少不了钱。他的收入需由会计“负责人”幸子检视，就连每一笔钱的用途也都要经过详细审核。

长谷川经理受幸子指示，交出全部账本，她因此查出这家店的资金高达两亿日元以上，其中包括变卖自由之丘那块土地所得、银行贷款与个人资产，另有将近一亿日元来源不明。她知道，出资者是波多野雅子、竹崎弓子，以及滨野菊子。

“快讲清楚，你还有从别的女人那里拿钱吗？”

除了银行，借钱给他的全是和他有关系的女人。道夫矢口否认。

“算了，雅子跟弓子都不在这世上，菊子也逃了……既然不用还，这些钱就全收下喽。”幸子揶揄笑道，“得在账本上动手脚，想办法把这笔钱转成秘密资金才行。”

道夫惊觉，所有的钱都握在幸子手中，他一年只能领两百四十万，换算成月便是每个月二十万日元的“社长交际费”。他凭借一己之力一年赚进好几千万，却只能和同年纪的上班族领相同月薪，任由幸子坐享其成。而且，这样的关系将会持续一辈子。

——难道我这一生都要成为任她榨取的劳工了吗？

她借由稳健经营及长期资本管理的美名，套牢他所有工作所得利润，并以夫妻的名义，光明正大地将所有财产占为己有。至于他，不过是宛如行尸走肉般活着。

如拒绝配合，将导致杀害波多野雅子一事曝光。现在的生活总好过被判处死刑或在阴暗的监狱终老，这里比监狱自由，又有我这女人，监狱里可没办法跟女人缠绵呢，幸子说。

“你想从我身边逃离。”某天晚上，两人共枕时，幸子轻抚着道夫的头发说，“不过，我绝不会放手，而且你也很清楚，逃走等于是自毁前程。你的脖子上缠着一条肉眼看不见的绳索，而绳头就握在我的手中，长短由我调节。你要是胆敢逃走，绳子自然会拉紧，勒住你的脖子。”

“真恐怖。”

道夫挤出违心一笑。

“很恐怖的呢，像我这种女人……”幸子说，“我清楚你的一举一动，没有一件事瞒得过我。你别再喜欢上外面那些怪女人了，你这毛病由我来治。”

正因为有冈野正一搜集情报，才让他瞒无可瞒，道夫心想。其实你是靠冈野打听的吧，他一句话到了嘴边又咽了回去。必须谨慎，不能随便亮出底牌。虽然还不是十分肯定，但佯装不知她与冈野的关系，总有一天能派上用场。人在当下找不到明确理由的举动，往往已隐约预告了将来的发展。

——对了，我也利用冈野不就得了。既然冈野在那之后避不和我见面，那就由我来主动接近他。

“喂。”道夫说，“关于冈野，我是说冈野正一。”

“……”

幸子心惊，以为道夫发现她利用冈野，然而他的语气开朗，甚至神情愉快地泛起微笑：“我想帮他的事业更上层楼。”

“更上层楼？”

“嗯，我们是认识很久的朋友了。我算是幸运，有了点成就，可惜的是他一直没有机会发挥，我想帮忙推他一把。”

“好是好……”

疑云仍盘踞在幸子的心底。道夫这提议来得过于突兀，或许是知道她和冈野之间有联系，借此试探她的反应。

冈野今后依然是侦察道夫行动的重要人物，不能轻易据实以告，只有尽量装糊涂。

“我在学艺的时候，受到冈野夫妻诸多照顾，冈野太太尤其亲切。我不会忘记在那段艰苦的日子里，曾经接受人家的好意。”

“……”

“冈野太太那时候在新宿的酒吧上班，回家的时间晚，总会帮冈野和我买份猪排三明治。当时我还只是个穷小子，半夜常饿肚子，特别高兴。虽然便宜，但那真是世界上最美味的猪排三明治了。不止猪排三明治，还有馒头或章鱼烧，总之她非常照顾我。”

在成功大道上阔步前行的男人，中途停下歇息，回首来时路，谈起过往的困苦。在现今的辉煌成就映照下，这么一段过去显得格外不切实际。

——那时候，他晚归是因为和波多野雅子在饭店幽会，有时亦将幸子搂在怀中。这些记忆已随风消逝，就是在本人面前也不愿想起，最终留下的只有“痛苦而美好的过去”。

幸子放下戒心，他要说的事情似乎与她料想的不同。面对这突如其来的话题，她一时不知该如何应对。

“你把这家店的设计交给他，就是为了报答那时候的恩情吧？”

“对，我想尽点微薄之力。”

“他不正因为这样有了点名气，工作也变忙了吗？”

“多少是收到了一点成效，不过，还有很大的进步空间。现在这只是基础，我希望他将来能飞黄腾达。”

“怎么做呢？”

这话题正投幸子所好，她也欠冈野一份人情。

“他需要的是在媒体上大量曝光的机会，不只是属于我领域内的美发专业杂志，还得通过一般大众杂志宣传，将他打造成一流设计师。”

“……可是，他有这才能吗？”

“他没什么本事，才能平庸，最大的优点就是认真、有毅力。”

“嗯，这种人放在媒体上宣传好吗？”

“没问题的，他本人如果有身为一流设计师的自觉，自然能激发出潜力，大案子也会源源不绝地找上门来。提升地位后才能获得发挥机会，有好的舞台才衬托得出好的本领。”

“这么宣传会不会操之过急了？”

“你怕他没实力吗？”道夫摆出自信的笑容，“刚起步总是困难了点，可是宣传的力量不容小觑，再差劲的作品通过宣传都能达到美化的效果，画坛里就有些画家在媒体炒作下，摆出大师的架势。宣传可以蛊惑大众，他如果有决心，就不会放过这个机会。他总有一天会建立起自信，成为名副其实的一流设计师。”

“可是他有这气度吗？他那么懦弱，我还真有点担心。”

他差点没冲着她说，既然担心，你可以去鼓励他啊。

“我不只要杂志介绍他，接下来还会视外界的反应，帮他接工作。”

幸子完全不明白，道夫为何会一时兴起，如此热心地为冈野的前途打算，但看他那样子又不像是心怀诡计，于是她将他刚才的发言，解释成他想帮助怀才不遇的友人，男人常有这样出其不意的想法。

“你也拜托一下认识的杂志编辑吧，而且最好是周刊，效果最快。”

幸子想到了福地藤子。之前她因为退稿的事不快，这一笔账就记在藤子身上。

她想，这件事需要先跟冈野正一讨论，便打了通电话到他的公寓，报上常委托冈野工作的一家小广告公司女职员的名字。

她很久没请冈野到家里。她传达了道夫的话。

“我没那能力，怕辜负了期望。”冈野一开始就表现出退缩的态度。

“没关系嘛，这可是难得的机会呢。”幸子劝他接下。

“这的确是个大好机会，不过，实在是太遥不可及了，我只要能有一点小成就，就很感激了……”

“反正佐山会再找你，你到时候再考虑吧。”

“好。”

“我要提醒你一点，拜托你帮忙调查的事别说出去了。”

“知道了。”冈野点头。

“我怕他听了不高兴。”

“是。”

“我跟佐山就快结婚了……”

冈野低下头，由正面只看到一张憔悴的脸。

“都到了这关头，我还是没把握。”

她以对结婚生活的担忧为诱饵，而这担忧正指向破碎的婚姻。佐山今后还是会在外面乱搞男女关系，她已经能预见这场婚姻将以离婚收场，希望到时候，他还能像现在这样助她一臂之力。

“他怎么会想提拔我呢？”

冈野也觉得这举止可疑。

“他可能是事业顺利，心有余力可以帮人了吧。他说想报答你过去的好意，其实是想炫耀自己的能力，你就默默接受，也不用挂在心上了。”

“是……”

“我也会为你加油，希望你能成功。”

幸子这话听在冈野耳里，像是暗示成功是她离开佐山后投靠他的条件之一，给了踌躇不决的冈野莫大的勇气。

或许就像幸子说的，每向上登一级阶梯，就能获得新的力量。光站在阶梯下往上观望，只会心生畏怯，裹足不前。——冈野因此相信自己的才能将会觉醒，这带给了他更为坚定的决心。

“我会帮你的。”见到冈野心志动摇，幸子又推了一把。

“我对自己没信心，可是既然有这机会，我会好好把握。只不过，我还是觉得害怕。”

“没问题的，打起精神来。”

“说不定还没成功，我就精疲力尽了。”

“别说这么没出息的话，丧失斗志就是自愿服输。我支持你，以后也会再跟你见面，帮你打气。”

“您还愿意再见我吗？”

“对不起，最近忙到没时间找你，以后我还是会常约你出来见面。”

“这肯定能让我勇气倍增。”

“我一定要见你，结婚之后，我还得拜托你像现在一样帮我盯着佐山。”

婚后，她仍希望能暗中掌握佐山的一举一动。冈野则自以为，幸子想得知佐山的出轨行为，不是为维持婚姻长久，而是想与他尽早离婚。

后来，佐山在酒吧说出要帮他成名的时候，他装出初次听闻的模样，万分感激，完全不提早已从幸子口中得知这消息。唯一真诚的，只有他心中的那份谢意。

“我跟两三家杂志社谈过了。”佐山手拿酒杯，兴冲冲地说，“说不定改天会有编辑跟你接洽。什么嘛，别担心，现在什么都要靠宣传，大家看你的眼光不同，你的能力也会跟着提升。过去你受人左右，以后就换你左右别人啦。在艺术的世界里，被动跟主动的立场有如天壤之别，一边走向日渐凋谢，另一边则是大放异彩。自信可以帮你下笔有如神助，进步飞快。”

“我不知道自己有没有那能耐，总之拜托您了，我会尽我最大的努力。”冈野低头致意。

“你答应啦，我也会尽量帮忙。对了，有别人跟你提过这件事吗？”

“没有，我没听过，您是第一个跟我提起的人。”

冈野极力掩饰内心慌乱。

“那就好，我也还没对任何人提过这个计划。这种事如果太早泄漏出去，影响到接下来的安排就麻烦了。”佐山以像是在嘲笑冈野的表情说。

事后回想起来，冈野正一正是从答应佐山这件事之后，便意志消沉。

自从枝村幸子决定与佐山结婚，不再和他见面后，他便情绪低迷，工作上一事无成，妻子和子与友人都为此忧心不已，后来与幸子恢复来往又使他重振精神，没有人知道他心境转折的真正原因，和子只高兴能看到丈夫再度提振精神。

即使同样是情绪萎靡，前后的原因及本质却各有不同。

后来果真有杂志记者前来采访冈野，杂志本身的名气不高，报道亦不醒目，却总归是让冈野正一这位新秀首度正式公开亮相。

杂志的报道引起关注，就连周刊杂志的女编辑也亲自来访。

这位外表难辨男女的编辑递出一张写有福地藤子的名片，指挥随行摄影师拍下冈野和狭窄公寓房间里的工作室，流畅地询问冈野的意见，并频频记录。

“冈野先生，请问你认识枝村幸子小姐吗？”全身散发出男人味的女编辑最后问道。

“……嗯，算认识吧。”冈野答得胆战心惊。

“请问你们是什么关系？”

“也没什么关系……我跟佐山有交情，幸子小姐又是他的未婚妻，他曾介绍过我们认识，就是这样而已。”

“这样啊……其实这次请我在杂志上推荐你的是幸子小姐。”

福地藤子回去后，冈野一心期望自己讲的话不会传到佐山耳里。他只想尽量避免亲口提到幸子的名字。

“没关系，我马上就去提醒她别说出去。”

冈野找幸子出来商量，幸子于是如此回应。

“您认识那位女编辑吗？”

“对啊，她是我的朋友，我还在《女性回廊》的时候就认识她了。我拜托她在杂志上推荐你，那本周刊的发行量大，肯定会有不错的效果。”

“真可怕，之前已经有两三家杂志社来采访过我了。”

“那是佐山动员的，而且都是些小杂志社吧，这种时候还是得靠大型的杂志社才行。”幸子说这话宛如在夸耀自己的实力。

“我那间脏乱的工作室竟然要刊在杂志上，这真是太丢脸了。”

周刊上刊登了两页关于冈野的报道及照片，经过福地藤子的妙笔吹捧，冈野成了被埋没的奇才。他的才华在这故步自封的世界更显珍贵，并预言他的出现将会刮起一阵旋风，而那狭小脏乱的工作室照片便成了他天才的象征。现在的顶尖设计师多坐拥豪华的个人工作室，极尽奢华之能事……

“这篇报道不错，周刊的效率高，发行量大，效果更佳，应该很快就会收到回响了。”佐山在下一次见面时说。

两周不到，佐山打电话约出冈野，再次提到回响。

“天大的好消息。我店里有个客人是航空公司高层的夫人。我趁她来做发型的时候，帮你美言了两句，她又将你的事告诉丈夫。刚好那位先生读过周刊上的报道，最近正为了没有适用的观光海报烦恼，想把这工作交给你。喂，A航空公司哦，这案子够大了吧。成功的话立即跃升一流设计师，世界各地都可以见到你的作品。”

冈野正一猛地跳了起来：“A航空怎么可能采用我的作品。”

“别这么没志气，还不赶快动手，这可是千载难逢的良机。

我跟夫人的交情好，说服她给你这个机会，由她建议丈夫选用你的作品，这方式不只快，也已经谈妥了。”

“咦，谈妥了？”

“没错，总之你先画个一次来看看，不过时间很赶哦。”

这便是导致他情绪再度失控的主因。

A航空将第三次提出海报的期限往后延了一周，冈野正一却仍无法顺利完成构图。由于前两次提出的作品被退，使他自信全失，无法尽情发挥，思绪紊乱。

好不容易得到A航空这么一个华丽的舞台，倘若无法赶上截稿期限，幸运将永不再为他敞开大门。这件事已经在同行间传开，成为众所瞩目的焦点，如果因为赶不及交出作品而失去机会，不只可能被视为理所当然，甚至还会有不少人拍手称快。A航空的主要合作对象皆为大师级人物，一位毁约的“新人”将不会再受到青睐。

离一周的期限只剩五天，冈野熬夜到两眼充血，在桌前环抱双手苦思，沉着脸一坐就是好几个钟头。他始终不与和子交谈，就连她因为担心他的状况所做的饭菜，他也几乎不曾动筷，这两三天来都处于近乎绝食的状态。

他看遍可作为参考的大师和名家作品，以及外国画家作品集，却完全没有方向或技法上的启发。他费心思量，脑子还是一片空白，因此只觉得心浮气躁。

现在的他与不久前的地位大不相同。杂志推荐他为新进设计师，他不再是一般画家，不能轻易反悔，更何况他也需要对替他争取成名机会的佐山负责，以及响应枝村幸子的殷切期望。

他祈求神明相助，助他渡过眼前难关，开启璀璨前程。

只剩下四天了。制作至少需要三天时间，必须在这一天决定方向。他紧张得汗流浃背。

和子让他心烦，他怒斥她的每一句话，嫌她那畏畏缩缩的模样碍眼，忍不住怒火中烧。他没有到外面散步整理思绪的闲情逸致，而是暴躁地在房里来回踱步，东西一看不顺眼就随手乱丢，一下子在地上打滚，突然又站起身，他急得就要七窍流血，直想走上自杀一途。

期限剩下三天的那一晚，他终于有了想法，决定了方向。这是他一心赶着在期限之前完成，垂死挣扎的结果。

第二天一早，他面对门板般大小的画板，开始在上面的画纸作画。连日来他几乎不曾合眼，却没有睡意，一感到头昏脑涨，就大口灌下咖啡。和子也鲜少入眠。

那天晚上，工作进度完成了三分之一。他的情绪稍微稳定了一些，但在结果尚未明朗之前，不能掉以轻心。

隔天傍晚完成了一半进度，总算有把握能如期交件，设计也让人满意，或许神明真在他走投无路之际，拉了他一把。他虽然疲惫，仍聚精会神工作。工作进行到一半，最后的成败还是未知数。

傍晚六点半，公寓管理员前来通知有来电。

“安西小姐打电话找你。”

安西是枝村幸子与他联络时用的假名。冈野阻止了准备下楼的和子，亲自到楼下管理员室接起了电话。

“是我，我有事一定要在今天晚上当面跟你谈，八点到我家来好吗？”幸子说。

“呃……”

冈野一时拿不定主意。他挂念着手边的工作，担心这一去耽误了工作时间，赶不及如期完成。然而他却无力抵抗，只要幸子开口，他就会排除万难前往赴约。

更何况只要与幸子见上一面就能赶走疲劳，恢复精神，为深陷不安与绝望的自己带来勇气。

接连几天埋头苦干，肺里充满浑浊污气，使他渴望到外面呼吸夜晚寒冷的新鲜空气，如此工作必能进展得更加顺利，更为得心应手。

冈野答应八点到，幸子因此答道：“好，抱歉要你专程跑一趟，我会在家等你。”

他回房又画了一会儿将工作告一段落。刮胡子的时候，连他都注意到自己精神奕奕。他以外出见客户为由，瞒过了和子。

和子见到他那神采飞扬的模样，总算松了一口气。

“慢走。”

和子欣慰地看着准备外出的丈夫。

“白痴，工作都快做不完了，怎么可能慢慢来，来不及交件就糟了。”

冈野正一打算跟幸子短暂见面后就马上回家。

——你几点离开“公寓”？（检方侦讯笔录）

“我那时候看了手表，记得很清楚是七点三十五分。我在五月二十九日晚上七点三十五分离开了公寓。”

他招了辆出租车前往枝村幸子家，而且正好在八点抵达。他想到说过要在八点到，结果还真的准时到达。

幸子家在四楼。电梯里有四五个男人，其中三人撇过脸，和冈野一起在四楼走出电梯，默默朝走廊另一头走去。幸子曾板着脸抱怨，前面最近开了一家怪里怪气的男同志酒吧，害得出入这栋大厦的人员复杂不少。

往对面走的那些男人正是要到那家店的客人。

冈野敲着幸子的房门没有回应，于是转动了门把，房门应声打开。他以为幸子知道他八点来访，才没将门锁上。

他走进房间，灯亮着，但是没看到幸子。他站在门口，不敢贸然进房，等了两分钟后，他悄悄唤了声："晚安。"幸子仍未现身。

他常来访，已经摸熟了幸子家里的环境。他往房间里走了几步，看了看周围，发现沙发旁有个黑色物体。他又靠近了一点，这才明白那是落在地上的女人头发。他以为幸子身体不舒服昏倒了。一旁的家具丝毫不见凌乱的迹象，桌面整齐，椅子摆在原位，窗帘依然紧闭。

绕过沙发，他见到了卧倒在地的枝村幸子。

他蹲在她身边，叫了声："枝村小姐，枝村小姐。"摇晃她的身体。她的背跟着动了，脸却依然朝下，他以为她趴着是因为身体虚弱。

他把手搭在幸子肩上，让她的头靠住自己的手臂。明亮灯光清楚照出一张紫黑色脸孔，她的鼻孔出血，嘴里流出浊白色的呕吐物，瞪大的双眼不见瞳孔转动。然后，他这才发现有一条蓝色丝巾缠住了她的脖子。

他一松手，她的头跟肩膀顺势被抛了出去。丝巾的结就绑在颈后的头发下方。

慌乱中，他审视着自己现在的处境。他想到了妻子，本能地奔向门口，脚步凌乱，心里只有尽快逃离现场这个念头。他像是身处于逃跑的梦境之中，双脚瘫软无力，仿佛就要失去重心跌倒。

他头昏眼花，耳鸣不止，心跳难平。为怕与人同乘一台电梯，他选择走楼梯下楼。下楼时，他遇到了上楼的女性，并在两人擦身而过时，刻意撇开了脸。

终于走出大厦，干冷的空气打在他身上，他却浑然不觉。一回头，只见家家户户灯火通明，电视里传出阵阵音乐声。后面无人追赶，也没有路人多注意他一眼。

冈野跌跌撞撞地走进眼前的公共电话亭，费了一番力气才从钱包里拿出十日元铜币。他的手指颤抖，像是丧失了正常功能。

拨号两次都没成功，他只想尽快通知佐山这件惨事，佐山是幸子的未婚夫，这个想法迫使他尽告知义务。六月十五日是他们的大喜之日，喜帖都已发出了。

铜币掉落的声音响起，听筒另一头传出声音。

“喂，您好。”是女人的声音。

他拨打的电话号码直通青山店二楼佐山的房间，那或许是有事到房里找佐山商量的女店员。

“佐山在吗？”他连声调都变得怪异。

“是，你是哪位？”女店员的应对粗鲁，声音听起来是个年轻女子。

“我是冈野。”

对方没有响应，而是朝远处唤了一声：“道夫，电话。”听得出来她将手掩住了话筒。

女人直呼道夫，冈野因此知道她不是店里员工，没有店员敢这样随便乱喊老板的名字。

“谁打来的电话？”佐山的声音从远处传进听筒。

“他说他叫冈野。”

店员大多知道他的名字，女人不认识他，才会以此方式相告。

“这时间打来，有什么事吗？”

他听到佐山边说边朝电话走近的声音。

“喂？”

佐山的声音直接传入耳里，冈野一时没有出声。

“喂、喂？”

佐山再唤了两声，冈野依然沉默以对，只有喉咙微微颤动。

“……奇怪，没声音啊。”佐山对着女人说。

“怎么会这样呢，刚才明明还有声音的啊。”

冈野挂掉电话，走出了电话亭。

如果佐山一开始就接起电话，或是女店员的对应谨慎，他也许会立刻将幸子出事的消息通知佐山。然而，当发现有个与佐山态度亲密的女人在场，他就打消了这个念头。

——你几点走出“电话亭”？（检方侦讯笔录）

“我看过手表，那时候是八点二十五分。”

——你为什么看表？

“我在电话里听到佐山说：‘这个时间打电话来有什么事吗？’所以看了一下表。”

——你几点离开枝村幸子家？

“应该是八点十四或十五分过后，我走得很匆促，没有看表。”

——也就是说，扣除你搭乘电梯上楼和走楼梯下楼的时间，你在枝村幸子家里共待了十分钟左右。

“我那时候很混乱，不知道自己究竟待了多久。”

——当时为什么没有马上打电话向警方报案？

冈野也曾想过报警，然而他的立场并不单纯，甚至可能被怀疑涉有重嫌。他非常明白，即使洗清了嫌疑，还是需要以重要证人的身份接受侦讯。

后天就是A航空的交件期限，在这节骨眼上一旦遭到警方拘留，势必无法如期完成，幸运一闪即逝，更无法履行与佐山之间的约定。这虽然是间接因素，却比对A航空负责更为重要。

倘若不是为了这份工作，他会毫不犹豫地报案。他想着，还有两天，至少再给我两天！

他在九点多回到家，和子雀跃地迎上前来，他的模样却让她愣在原地。

“我以为他难得外出，一定会精神饱满地回来，可是他却脸色苍白，一脸呆滞地回到家里。看他那样子，我知道他在外面承受了非常大的‘打击’，可是因为他之前为了工作‘情绪不稳’，性格暴躁，我什么也不敢问。我端出热茶，他叫我拿冰水来，他一口气灌下‘一整杯水’，然后又回到工作室，眼神空洞地坐在画板前，看着还没画完的作品，完全没有动手的意思。隔天早上，我才发现他的‘衬衫’袖口上沾了一点血渍。”

和子这样告诉地方检察院的检察官。

冈野认为妻子并不知道这件事。即使他与枝村幸子没有发生肉体关系，他却一再隐瞒，私下与幸子见面，蒙骗自己的妻子，不管妻子怎么胡思乱想或恶言相向，他都只能默默接受。他急忙离开枝村幸子家，犹豫着不知道是否该打电话报警，其中部分原因正是出自于此。

隔天下午，两名警察前来带走冈野。画作有了点进展，但显然是一幅失败的作品。

第二十五章
证据与证言

五月三十日早上八点二十分，发现枝村幸子遭人勒毙的尸体。

“枝村小姐的房间从二十九日晚上就没关过灯，窗帘里的灯光一直亮到早上。”

大厦里同一层楼的主妇表示。

“她虽然晚睡，可是从来没有开过一整晚的灯。我本来以为是有客人来访，不过，到了早上八点灯还是没关。我不确定她是不是整晚都开着灯，至少从我十一点睡前跟三点起床上厕所，往窗户看到的情形，她应该是开了一整晚的灯。她的房间里没有讲话声，一点声音也没有。我觉得奇怪，到了她家门前按铃，可是没有响应。于是我通知管理员，跟管理员一起进了她的房间。”

“我一接到通知就带着钥匙过去了。”管理员说，“我看到窗帘里的灯开着，那时候大概是早上八点二十分，外头太阳很大。门没上锁，根本不需要钥匙就能打开门。我和横山太太（通知人）一起进了房间，天花板上的吊灯开着，房间里没看到人。我们到处找，终于在客厅沙发旁边发现躺在地上的枝村小姐，而且走近一瞧，她的脖子上缠着一条蓝色丝巾，吓得我们连忙打110报警。

“我的工作不包括夜间巡逻，不知道枝村小姐整晚没关过灯。住户为顾及隐私，反倒不希望晚上有人到处巡逻。不过，最近大厦里开了一间奇怪的夜店，外来访客变多，住户也嫌吵，叫我想想办法。我还在伤脑筋，不知道该怎么解决。”

一位住在同一层楼名叫小野的酒吧妈妈桑说：“七点十分那时候枝村小姐房里的窗帘是暗的，灯确实关着。我不知道灯是原本就关着，还是曾开过又关，而且后来我就去店里了，不知道什么时候开了灯。我在半夜十二点半回家，经过她的房间前面，看到里面已经是亮着灯的了。”

警方到现场勘验，发现屋内摆设整齐，没有财物遭窃的迹象。枝村幸子独居，原就难以判断是否有财物损失，但由现场状况分析，强盗杀人的可能性极低。

解剖报告指出，死因为绞杀，死亡时间约为五月二十九日晚间七点至九点。死者身上无明显外伤，只有颈部皮肤留有应为绞杀时造成的轻微擦伤，没有挣扎和遭人性侵痕迹。胃及血液中没有毒物反应，亦即未服用安眠药，根据胃的消化状态，判断死前未进食。血型O型。于窒息时流出鼻血及少量呕吐物。

现场采集到被害人枝村幸子及三枚新残留的指纹，其中两枚为管理员及通知人横山太太，发现地点为大门及其把手，另有一枚指纹随处可见，经检验证实与冈野正一的指纹相符。

另外到处都可采集到佐山道夫的指纹，时间则略为久远。

“我在二十九日晚上八点十五分，从三楼走上四楼的时候，遇到了一位下楼的男子。”

四楼住户里一位名叫岩下的年轻女子指出。

“他下楼的时候神色慌张，我印象很深刻。那个人的年纪三十四五岁，肤色黝黑，身材矮小，戴眼镜而且留长发，穿着黄色运动衫，上面有褐色格纹，下半身是条浅褐色长裤。他故意避开脸，匆匆忙忙下楼，因为四楼有一家夜店，我还以为那里出事了，总觉得有点不安。”

枝村幸子与发型师佐山道夫订婚这消息，不只有部分杂志报道，大厦管理员也知情。警方由管理员口中得知后，随即联络佐山。

佐山由青山赶至案发现场，脸色苍白地望着未婚妻撒手人寰，泪水夺眶而出。

“下楼的可能是我的朋友冈野正一，他常穿有褐色格纹的黄色运动衫和浅褐色长裤……幸子曾说过，冈野他瞒着我，三天两头就往她家里跑。一开始是我有事拜托冈野联络幸子，给了他接近幸子的机会。幸子因为冈野是我的朋友，无所适从，一直没说出口，可是冈野的举止越来越夸张，她终于忍无可忍，才把这件事情讲了出来。

“冈野不断纠缠我的未婚妻，我们就快结婚了，我又听说他的行径怪异，最近正想警告他别轻举妄动。为了让他专注本业，别再痴心妄想，我帮他争取到了A航空的工作机会。他起先接到工作的时候简直是乐不可支，可是一直没有交出满意的作品，反而是不时到幸子家里，或是打电话约她出来，时间跟心力都耗在这上面了。”

冈野正一在二十九日晚上穿的那件衣服左手袖口上，沾有十日元铜币大小的血渍，血型为O型，而冈野的血型为B型，这便成了推测他为凶手的决定性证据。

另他的右手袖口上有些许斑点，经检验得知为干燥后的呕吐物。O型血为被害人的鼻血，呕吐物则由被害人口中流出。由于这些都是被害人遭绞杀时，受压迫所造成的现象，可以想见冈野当时人正在现场。房内并有多处验出他的指纹，而且都是最近才留下的。

冈野没有否认身处“案发现场”。

“我在沙发后面看到枝村幸子小姐倒在地上，不知道她被人杀害，还以为她是身体不舒服昏倒了，马上把她扶了起来。扶起来之后，我才发现她流鼻血，嘴角还吐出了白色液体，袖口应该就是在那个时候沾上了鼻血跟呕吐物，只是当时我没注意到那么多。我那时候很慌，什么也不记得，不过我确定，幸子小姐在我到之前就已经惨遭毒手了。”

凶器为挂在一旁的蓝色丝巾，属于幸子的物品。凶手或许另有携带凶器，但在发现这条丝巾后改变了心意。

然而，既是以一旁被害人的物品行凶，或许解释为突发状况更为合理，此为冲动性犯罪案例中常见的手法。检方强烈主张此一论点。

“我先生的情绪确实很不稳定，为了工作进度不顺总是心烦气躁。”

冈野正一的妻子和子描述。

“佐山先生介绍了一个A航空观光海报的大案子给他，他也非常投入。最近由于佐山先生帮忙，他开始出现在杂志上，对未来充满希望。可是从另一方面看来，他也因为事出突然，责任感造成了心理上的负担，再也没办法像以前一样乐于工作，总是处在紧绷的状态。

“为A航空绘制海报这案子的规模庞大，他紧张不已，甚至接近神经衰弱。顺利的话，他将一举成名，否则就是一败涂地，还得忍受有心人士嘲笑，这让他苦不堪言。他生性懦弱且憨厚，因为过于紧张和在意，反而画不出满意的作品。随着截稿期限逼近，他更是心浮气躁，我看着都觉得于心不忍。他画了两幅作品给佐山先生，都遭到A航空退件，佐山先生于是叫他重画一幅，并且延长截稿期限，给他最后一次机会。

“我先生为此深深苦恼，饭也不吃，觉也不睡，都在烦恼这件事。他的脸色发黑，气色不佳，目光闪烁，嘴里念念有词，那模样实在非常古怪。我觉得他不需要刻意勉强自己，这只是揠苗助长，但是他认为既然答应了就要做到，何况还要对佐山先生负责。

“二十九日傍晚，公寓管理员通知有来电，他接完电话回来后，说是客户打来约他出去一下。我想这有助转换心情，很开心他能出去走走。是我拿褐色格子的黄色运动衫和浅褐色长裤给他穿的。

“他不到一个半小时就回来了，好像承受了不小的打击。我贸然出口，会问得他发火，也就没开口说话。他整晚愁眉苦脸，我看得出来，那不是作画的苦。隔天早上我发现他的袖口上沾到深褐色的血渍，他没注意到，听我这么一讲，大惊失色，直说走在路上撞到小孩，那是小孩子的鼻血。下午我正想把衣服洗干净的时候，警察就来带走我先生，后来又拿走了那件衬衫。”

冈野的妻子和子如此说着冈野正一与枝村幸子的关系。

“我完全不认识枝村小姐，是听警察讲才知道有这个人，连佐山先生也没跟我提过。

“不过，曾经有这么一件事。在这件案子发生的前一年，他时常在晚上外出，衣服偶尔会飘出香水味，我觉得奇怪，有一天问起了这件事，他解释说那是因为他在咖啡店跟年轻女设计师们交流。我想既然他可以因此排解烦闷，又能激荡新意，也赞成他跟这些人往来。后来，他们可能是解散了，他很少外出，情绪也跟着起伏不定。这话说来好笑，那时候我还以为他暗恋其中一位女性，结果失恋了呢。他那几天浑浑噩噩，总是在唉声叹气，听到警察说明，我才想到那个时期正是枝村小姐和佐山先生发表婚讯的时候。

“佐山先生自那之后非常照顾我丈夫，又请杂志刊登报道推荐，又介绍他不错的工作……我想佐山先生这么做是怜悯他的际遇，出于友情，想帮他争得一席之地，我很感谢，直到现在我还是感激在心。

“他的心情也就是从那时候开始好转，一切都恢复正常，至于他会情绪不稳，我刚才也说过，是因为他接了超过自己能力的大案子。我没想到，他心情烦闷的原因竟然跟枝村幸子小姐有关。”

——具体而言，冈野正一如何积极接近枝村幸子？

佐山道夫的证词如下。

“幸子告诉过我，她对冈野的态度是同情。因为他是我的朋友，遭遇比我不幸得多，而且他为人老实，个性又消极。她想尽量帮他提升地位，在背后推他一把。她一片好心，冈野却以为她另有其意，我刚才也说过，他偶尔会在晚上走访幸子家，或是约她到外面见面。

“我本来打算要警告他，可是又想到只要婚讯一公布，他就会死心了，何况要警告他，这种话我实在说不出口。没想到公开婚讯不只没收到效果，还适得其反，冈野知道这消息，反认为幸子欺骗了他。我说过，我介绍了一份不错的工作给他，结果他竟然不顾工作，心思都集中在谴责幸子的不是，简直跟发疯了一样。他自以为幸子爱的人是他，气愤地觉得幸子背叛了他。

“冈野逼幸子立刻解除婚约，跟他结婚。幸子问他，你不是结婚了吗？他回答说，我马上就会离婚，你赶快跟佐山解除婚约。

“我们的婚期定在六月十五日，眼看日子一天一天逼近了，幸子还是没有取消的意思。冈野表示既然这样，他活着也没意义，活到这把年纪才谈一次轰轰烈烈的恋爱，他要为爱殉情。我因为担心，以为如果能让他全心投入工作，应该可以阻止这样的行为，也帮他找了工作，结果他后来竟然脸色惨白地对幸子说，他不要一个人走上绝路，就算死也要拖着她一起走。

“我正想该是时候认真解决这问题，幸子就出事了。发生这种事，我真的很懊悔，听说冈野不承认是他杀了幸子，我倒觉得他很可疑。他说幸子在他进房前就已经遭人杀害了，可是现场没有强盗入侵的迹象，我怎么想都觉得那是他的借口，为的是掩饰他在殉情时临阵退缩。不，我没有要说朋友的坏话，我只是从幸子那边听到以上这些事，有感而发罢了。”

——冈野宣称离开幸子家后，立刻在八点二十五分打了通电话给你，你曾接到电话吗?

“是的，那时候确实是五月二十九日晚上八点二十五分。”佐山道夫说。

“我待在青山店自己的房间里，当时正好在跟来访的女客谈事情，就在我去准备咖啡，离开位子的时候，电话响了。那位客人看到我正在忙，帮我接了电话，她告诉我有电话，可是对方没有报上名字。我心想这时间会是谁打来的电话，看了一下时钟，时间是八点二十五分过了一两分钟左右。

“我接过电话，说了声喂，对方不知道为什么不开口。我以为是电话故障，再说了声喂，对方还是不出声，然后就挂断了电话。其实，我不知道那究竟是不是冈野打来的电话。我那位客人告诉我，接起电话的时候听到了铜币掉落的声音，对方应该是打公共电话。”

——冈野正一说他打公共电话到你的房间时，有向接电话的女性表明自己是冈野。

“她说对方没有报出自己的名字，我接起电话的时候，也在怀疑到底会是谁打电话来。”

——冈野正一表示那位女性状似亲昵地叫了声“道夫，电话”，以为那是和你关系匪浅的女性友人，所以才没有在电话里把事情讲清楚。

“没这回事，来访的是位优秀的杂志记者。我希望我那间店能受到媒体关注，当时正在跟她商量这件事。她六点半来，接电话的那时候已经差不多要离开了。”

——请问那位女性贵姓大名？

“那是M周刊的福地藤子小姐。她是枝村幸子以前在杂志《女性回廊》担任编辑时认识的朋友，我在幸子的介绍下认识这位小姐。她的眼光独到，我常请教她关于宣传方面的意见，幸子也知道这件事。至于冈野也是通过幸子介绍，由福地小姐在杂志上撰写专文推荐，并且借由那篇报道，让他的声名远播。

“所以说，这么一位杰出的女性，不可能语气轻佻地对着我说‘道夫，电话’。在那通电话后，福地小姐又待了三十分钟，我们才一起出门用餐。”

——也就是说，你在二十九日晚上六点半到九点之间，都跟福地藤子待在青山的店里讨论事情吗？

“对，店里的营业时间到晚上七点，福地小姐在关店前来访，店员在七点半左右几乎都下班走了。”

福地藤子的证词如下。

“那通电话打来的时候，我正在佐山先生的店里跟他谈事情。我六点半到，聊了大约两个半小时。那时候我们正聊到一半，我记得是八点二十五分。我一接起电话，就听到铜币掉落的声音，有个男人问佐山在不在。我问他是哪位，他没回答，只叫我请佐山来接电话。我想他应该是佐山先生的朋友，把来电转给了在远处准备再泡一次咖啡的佐山先生。他接起电话说了声‘喂’，对方好像没有响应，他才说真奇怪，那通电话就挂断了。正当我觉得不解的时候，他回答可能是朋友打电话来约喝酒，又临时改变主意。

“我请他接电话的时候，不可能语气亲昵地说‘道夫，电话’。我最近才认识佐山先生。而且还是通过幸子介绍，当然清楚他们俩的关系跟结婚的事，怎么可能直接叫他‘道夫’。我的作风老派，跟时下的年轻人不同，在工作上，我谨守编辑的分寸。那会不会是冈野情绪太过激动，听错了？

“我跟冈野也是在枝村的介绍下认识。说是介绍，其实是她告诉我有这么一位设计师，问我能不能帮忙在杂志上推荐一下，我因为跟她的交情，二话不说就答应了。毕竟我们同为编辑，交情很好，她离开《女性回廊》后，也常来找我商量事情。

“我长年在工作上见过形形色色的人，一看到冈野那样子我就知道，他为人诚恳，但也是个怯懦、容易钻牛角尖的人，那是一种直觉。我不知道他对枝村怀有怎样的感情，不过，像他那种人的个性就是暴躁易怒。

“枝村受佐山先生请求，托我帮忙推荐冈野。我一口答应，见到了冈野，写了一小篇报道，其实我根本不了解他的才能跟实力。既然是枝村和佐山先生推荐，我也就跟着大肆吹捧了一番，冈野因为这样瞬间声名大噪。

“他欣喜若狂，高兴地频频向我道谢。因为他长年在底层打拼，终于得到成名机会，会有这种表现也是理所当然，不过，我后来又想，说不定他就是个本性狂热的人。”

——这话是什么意思？

“我告诉枝村，冈野高兴到简直快发狂了。她却脸色有些忧郁地回答，对啊，那个人比任何人都还懂得感激，满腔热血。我本来以为她也会跟着开心大笑，那反应看起来实在很不寻常。后来有一天我跟她见面，我说到她就快跟佐山先生结婚了，应该忙也忙得很快乐，她却嘀咕说，这本来是件值得高兴的事，却遇上不少麻烦。我问她，发生什么事了吗？她就像是要甩开烦恼似的直摇头说，不，没什么。或许她那时候就是在为了冈野的事发愁，我真该追问她究竟出了什么事。

“冈野那种人确实可能误解枝村的好意，枝村受佐山先生请托，要帮冈野闯出名堂，却让他误以为她这么做不只出于好意，还有其他意思。自恋的男人都可能产生这种错觉，冈野又是个热情的人，对这件事坚信不疑，异常投入。枝村一方面要顾及佐山先生的面子，那又是他的朋友，这就是造成她困扰的麻烦事吧。

“我在二十九日傍晚到佐山先生店里，他希望能让美容院有更进一步的发展，想就此跟我讨论宣传手法。我不只因为跟枝村是朋友，也很欣赏佐山先生的才能，乐意提供有关如何运用媒体的意见。这和冈野的情形不同，我跟冈野不熟，但是我很佩服佐山，不管是他的品位还是技巧，都非常独特且新颖，让我可以放心地推荐他。

“美发界现在对佐山先生抱持反感的态度，与他为敌的人也不少，就连一些大师级的前辈也嫉妒他，到处散播不实谣言。我因为工作关系，清楚美发界的派系斗争，好几年前，美发界就曾因为非主流派造谣，引起轩然大波。那是个女性化的世界，少不了如同后宫女人的勾心斗角和阴谋算计。

“佐山先生独来独往。他不属于任何派系，不自立门派，没有同伴，也没有推举他的后进新生，枝村幸子于是拜托我多多关照他。那一天，我也是基于枝村的期望拜访佐山先生，我们聊得很投入。美容院的营业时间到七点，店员在七点半左右几乎都走了，只剩两三个人还留在店里。

“我到现在还是不敢相信，竟然在我跟佐山先生商量事情的时候，枝村遭人痛下毒手。如果这世上有神明显灵，或许可以让我在跟佐山先生讲话的时候莫名心慌，或是有不祥的预感，遗憾的是完全没有这些征兆。未婚妻在那段时间内遇害，我能想象佐山先生该有多么悲伤。”

青山“美发沙龙”员工柳田表示：

“福地藤子小姐在二十九日六点半到店里。这么说或许失礼，她长相像个男人，穿着打扮也偏男性化，非常好认。老师（佐山）那天从早都没踏出过店里一步。美容院七点关店，六点之后就不接客人了，店员几乎都在七点多下班。我七点十分到老师的房间道别，老师那时候正在跟福地小姐聊天，交代我可以让店员下班了，所以几乎所有人都在七点半就走了。离开的时候，不需要特别到老师的房间道别，只不过店内整理需要一点时间，大友雪子和曾根万须子两位女员工（学徒）留到八点才走。”

青山“美发沙龙”员工大友雪子证言：

“我在八点多整理完店里，正要走到老师房间的时候，听到里面传来女性和老师讲话的声音，于是没有向老师道别就走了。店里有个不成文的规矩，最后离开的人必须向老师道过晚安才能下班，我们的宿舍就在美容院旁边。”

同店店员曾根万须子：“我跟大友一起离开店里，临走前她去了老师的房间，我站在楼下等。”

×町×丁目（四谷附近）香烟店老板娘梶谷久子指称：

“二十九日晚上接近八点半的时候，一辆从西边开来的出租车停在店门口。有个戴眼镜，穿着褐色格纹的黄色运动衫，三十四五岁的长发男人下车，借用放在店前面的公共电话。他没有翻出什么小手册还是电话簿，直接拨号，一接通就问某某人在吗？他看起来很慌张且激动，沉默了一会儿之后，他放下电话，搭上在旁边等候的出租车，往东边去了。因为那个男人的举止实在太诡异了，我记得很清楚。我忘记他说要找谁，好像有报上自己的名字，不过，都被马路上的车声盖过了，听不太清。

“我会来通报是因为在报纸上看到大厦里有女子遇害，不只时间符合，警方逮捕的凶手照片也跟那个人很像。我那家店正好位于大厦往四谷的路上，那时候大概是八点半，我没看时钟，不是很确定。我趁着他打电话的时候，仔细观察过他的五官特征和穿着，那一定是他没错。”

冈野正一接受侦讯。

——你认识福地藤子这位女性吗？

“是，她是M周刊的编辑，曾经帮我撰写报道，我们见过两次面。她是枝村幸子小姐的朋友，她会为我撰文就是接受枝村小姐的委托。”

——你觉得她是怎么样的人？

“一位聪明的女性。”

——二十九日晚上八点二十五分，你打了通电话给佐山，一开始接电话的是名女性，你认为那是谁？

“我不知道，我想那是个年轻女子的声音。”

——你觉得福地藤子年纪多大？

“从她那身打扮很难分辨，应该超过三十了吧。”

——你以前听过她讲电话的声音吗？

“没有。”

——简单地说，福地的声音听起来是什么感觉？

“她的声音跟男人一样。”

——你说你在电话里向那位女性表示，请问佐山在吗？我是冈野。你其实没报上自己的名字吧。

“有，我说了，我是冈野。”

——接电话的女性表示对方没有报上姓名。

“她记错了吧。”

——接电话的是福地藤子，她那时候去找佐山，正好在他的房间。你刚才不是说她聪明，记性好吗？

“咦，接电话的是福地小姐吗？”

——福地藤子已经提出证词了。

“我确实报上了自己的名字。”

——你在电话里听到福地藤子的声音，吓到没说出名字，也不敢告诉佐山自己杀了枝村幸子。

“我打那通电话不是为了告诉佐山说我杀了枝村小姐，我是要通知他，我发现了尸体。”

——你说福地藤子的声音跟男人一样，既然她的声音这么有特色，电话里头应该也听得出来。

“我不知道那是福地小姐的声音，我听到的是年轻女子的声音。”

——你知道那是福地的声音，不敢在电话里坦承犯案。你误以为报上了自己的名字，并且判断之后接受调查时，无法否认打过电话一事，于是宣称有年轻女子在佐山房内。福地表示，她不曾以亲昵的口吻说出“道夫，电话”。

“不对，我真的听到了，有个年轻女性说了这句话。”

——谎话连篇，不然就是你的精神状态有问题。

“我没有说谎，不过，我的脑子确实是乱成了一团。”

——我告诉你，你说你在枝村幸子住的那栋大厦附近打电话，其实不是，你是在搭出租车回家的途中，停在×町×丁目的香烟店前借用公共电话。香烟店老板娘已经证实了这件事。

“我记得我是在公共电话亭打的电话，也有可能记错了，既然有人作证，或许真的是我错了。我为了A航空的工作心烦，这三四天来精神衰弱，又让枝村小姐的尸体吓得惊慌失措。”

——那时你刚动手杀害枝村幸子，导致情绪激动，神志不清，精神衰弱只是掩人耳目的借口。

第二十六章

检察官的论点

枝村幸子遇害后一年，冈野正一被东京地方法院依“刑法第一百九十九条杀人者，处死刑、无期徒刑或三年以上有期徒刑”规定以谋杀罪名判处无期徒刑，检察官求处死刑，判决则减轻其刑。

“证据”为冈野于五月二十九日案发当天晚上九点多外出返家时，运动衫的左手袖口上有血迹，右手袖口上有污渍。血迹与被害人枝村幸子的血型一致，皆为O型，污渍经检验，为被害人遇害时呕出的呕吐物。

在指纹方面，枝村幸子的房间里发现许多冈野正一的指纹，门把、椅子的扶手、桌角、门旁的墙面、摆在橱柜里的咖啡杯等处都采集到了指纹，其中有新有旧。冈野经常造访幸子家，因此指纹新旧不一，新的指纹亦难判断是否为犯案当时留下。

冈野宣称他于晚间八点多进入幸子家时，幸子已无生命迹象。如他所言属实，案发时间应为他进房之前，他在八点过后留下的指纹，因已过犯案时间，与案情无关。此为被告冈野的辩解，但法官认同检察官的论点，驳回被告及其律师的主张。

由缠绕于枝村幸子颈上的丝巾验出了幸子的指纹，但不明显，没有找到冈野的指纹。丝巾为幸子所有，原本挂在衣柜里，为犯案时用来绞杀的凶器。

“丝巾上没有被告的指纹，表示被告未曾碰过那条丝巾。也就是说，被告并未犯案。”辩护律师主张。

“凶嫌于作案时使力扭扯丝巾，导致严重变形。柔软的绢质布料原本就难沾上指纹，再加上已经皱不成形，要验出指纹更是难上加难。”

检察官反驳。

“另一方面，被害人身上套装的布料为较硬的化学纤维，所以，才能在套装上的肩膀及接近肩膀的背部和手臂等处，验出被告的指纹。”

对此，被告与律师表示：“被告见幸子卧倒在地，浑然不知她已经死亡而将她扶起，指纹因此沾到套装的肩膀、背、手臂等处，运动衫袖口并同时沾上被害的鼻血及呕吐物。”

判决时未接受律师的说法。

接着是有关“证词”的部分。

证词一，有目击者指出，被告于当晚八点十五分由大厦四楼匆忙走楼梯下楼。

目击时间正好是幸子在四楼房内遇害之后，至于为何有电梯却不搭乘，应为电梯使用者多，为避免被人撞见，选择以较少人使用的楼梯下楼，又由被告于楼梯上遇见证人却撇开脸，也可作为事实依据。

证词二，被告曾于犯案后，拨打公共电话给枝村幸子的未婚夫佐山道夫。

被告宣称前来接电话的是一位言辞间与佐山状似亲昵的女子，他才会一声不响地挂断电话。但由佐山道夫及福地藤子的证词可知，福地藤子在电话中未曾出现亲昵口吻。

由于被告就是真正的凶手，因此在发现幸子尸体时，未以公共电话向警方报案，而是试图以电话通知佐山道夫。被告出于一时冲动杀害幸子，犯案后又自觉愧对被害人的未婚夫，于是决定隐瞒自己即为凶手的身份，只告知幸子已死的消息，这样的心态常见于因冲动犯下杀人罪行的嫌疑犯。被告随后立即惊觉这样的行为危险，在佐山接听之前便主动挂了电话。

证词三，被告的行为足可见其心神不宁。

被告供称在大厦附近的电话亭打电话给佐山道夫，然而位于×町的香烟店老板娘梶谷久子却在当晚八点半左右目击到一辆自西边开来的出租车停在门口，下车的是一名貌似被告的男子。那名男子借用摆在店门口的公共电话，只说了一两句话就马上挂断，再搭上出租车往东边离去。由于男子的形迹可疑，她在报上见到凶案的报道，便立刻赶来通报。那家店往西为枝村幸子所住的大厦，往东为被告的住家，店家前方的马路可直达两地。

可惜没能找出那位出租车司机，但由老板娘所描述的脸部特征、眼镜、体型及身高、褐色格纹的黄色运动衫等，可知在香烟店前借用公共电话的男子即为被告无误。

被告针对这一点，先是坚持自己的主张，后又越想越不肯定，反说或许真是如此，可能是自己记错了。这虽是与掩饰罪行无关的小事，却可明显看出被告于作案后内心的动摇与混乱。

检察官如此论述。

被告回家后，直到隔天早上，都未向警方通报发现尸体此一事实，下午被捕时依然保持沉默。如被告真与此案无关，他的态度不只难解，甚至反常。

被告辩称由于为A航空设计宣传品的交件期限迫在眉睫，若向警方报案恐所需费时，无法如期完成作品，因此知而不报。然而，发现遇害尸体这种事并非寻常，理应知会他人，此为人之常情，他却连对妻子和子都不欲提起此事，实在背离常理。

正因为被告就是杀害枝村幸子的真凶，他不只没有报警处理，还隐瞒妻子，他的辩解不过是幼稚又粗浅的谎言。

由被告的自白及佐山道夫的证词，可得知被告杀害枝村幸子的原因及动机。

被告承认对枝村幸子确有情意，但那感情只深藏于内心，不曾向她表白，连她的手也没碰过。每次到幸子家，都是受她邀约，然而对照佐山道夫及福地藤子的证词，此话实难以采信。

假设被告对枝村幸子只怀有好意或若有似无的爱意，他早该向妻子和子坦白他与幸子互有往来，和子却表示她不曾听被告提起。不仅如此，被告一再外出，却对妻子谎称是为出席虚构的女设计师集会。被告已于自白坦承，每次外出都是去和幸子见面。

简而言之，被告由于枝村幸子不顺己意，随着她与佐山道夫的大喜之日逐渐逼近，他感到焦躁不堪，又经怂恿她悔婚遭拒，于五月二十九日晚间八点造访时，因一时气愤，顿生杀意，犯下此起罪行。

由被告接连做出的反常行为可知，这起案件并非早有预谋，而是出于冲动。

被告于遭到逮捕后三天，向警方供认自己即为杀害枝村幸子的凶手，更证明此事属实。

被告供述，他由于枝村幸子与佐山道夫的婚期将近而焦虑，为对幸子下最后通牒，于晚间八点前往大厦。幸子似乎傍晚就睡着了，房间里的灯没开，人则是躺在沙发上。他透过照进窗户的光线，将这一切尽收眼底。他自知即使将她唤醒，苦言相劝也是无济于事，于是临时起了杀意，并打算随后自杀。他打开衣柜发现丝巾，便用此勒住幸子的脖子。

幸子由睡梦中惊醒，几乎大叫出声，他于是勒紧了手中的丝巾。幸子为了摆脱这痛苦，拼了命地起身，却跌落地面，俯卧在地，他因此跨在幸子背上，将丝巾在后颈打了个结，再使力勒紧。前后大约费时五分钟。

他抬起幸子的脸，确认她已无生命迹象，由于房间昏暗及情绪激动，当时并未注意到衣服上沾到了幸子的鼻血及呕吐物。他害怕关灯会使其他住户起疑，按下了墙上的开关，开灯后才离开房间。

这自白与同大厦住户小野惠美子指出的，七点十分时枝村幸子家中并未开灯，及其他住户于十一点看见房内亮灯，直到隔天早上都未再关灯的情形完全符合。

——检察官娓娓道来。

然而，被告于移送检察院侦讯后改口翻供，宣称遭到警方拷问，警方则是全盘否认。

被告在面对受到何种拷问此一问题时，表示刑警于讯问时并未行使暴力，但口气凶狠，像是随时可能拳脚相向，使他产生严重恐惧。负责侦讯的警官更是频频劝他认罪，劝他在这里不管怎么顽强抵抗，也只是拖延时间，还可能影响检察官形成不利的心证。法院自会裁定你究竟是不是清白，就算真的犯案，如果不是罪证确凿，法院也只能判处无罪。你难道不想早点回家，回到工作岗位，在社会上活跃吗？他因此心动，供出不实的自白。

被告称由于有生以来首次遭到警方拘留，日以继夜的讯问使他身心俱疲，夜间讯问更是由傍晚六点持续进行至翌日凌晨两点。他的神志恍惚，身体虚弱，唯恐总有一天会因无法自制而发狂。

他想早点回家，重新开始工作。不只是因为对工作的执着，更是担心工作一荒废，家中收入没着落，妻子无以度日，因此决心尽早离开这个地方。

他心想既然自己没有犯案，法院开庭审理后，定能还他清白。他有律师相助，也坚信法官大公无私，于是在警方面前做出违心的自白。供述如出现与现场状况不符的情形，负责侦讯的警察亦会适时提供指导，警方则矢口否认有此一行为。本人（检察官）自调查以来，被告始终坚决否认犯案，但综合各项物证及情况证据，经客观且科学的判断，认定被告于接受警方侦查时所提供的自白，具自愿性及真实性。

此案无疑为被告冈野正一所为，他明知被害人为朋友的未婚妻，且婚期将近，却因事不如己愿，愤而杀害无辜的善良女性，即使是一时激动，亦无审酌犯罪情状的余地。

检察官的论述大致如上，一审即全面采纳检察官的主张做出判决。

一审检察官为小久保重一检察官。

小久保检察官负责此案，常由检察院大楼一楼（地方检察院），上至高等检察院与东京高等检察院检察官丸冈房雄检讨案情，但非请求指示。地方检察院检察长与高等检察院检察长讨论过后，认为可“参考”高等检察院的意见，建议小久保请教丸冈的看法。

小久保检察官认为此案案情胶着，被告先是向警方供称犯案，后又翻供，由过去案例可知，这类案件多不会在一审定案，被告通常会再提起上诉，而且可能性极高。

如此一来，二审检察官的态度不宜异于一审检察官。且一审检察官坚持有罪，二审检察官却抱持不同论点，亦会造成外界质疑检方立场摇摆不定。因此在关于证据，事实认定，及价值判断方面都需避免产生矛盾。检察官以公益代表人身份侦查犯罪，审判过程中不应态度分歧，须看法一致，自成一独立体系。这检察一体的原则与国家的权威息息相关。

一审开庭审理后，地方检察院的小久保重一检察官与高等检察院的丸冈房雄检察官更是频繁商量，而丸冈检察官的办公桌就正对着桑山信尔检察官。

桑山的资历较丸冈深，但在处理承办案件时，若非对方主动前来咨询意见，双方实为互不干涉。他们各自接受检察长及副检察长的指挥，不介入其他同事负责的案件。

桑山与丸冈的关系称不上密切。两年前自仙台高等检察院调来的丸冈发丝稀薄，眉毛疏而淡，颧骨突出，一笑就皱鼻，平常则是目光炯炯的魁梧大汉。办案时，他讲求的是理论。

纵然无人询问桑山对于冈野正一涉入的这起命案有何意见，他却自案件发生当时便高度关注，并且积极取得审判记录，再三详读。

第二十七章

模拟犯案过程

在一个夏日远去、秋意正浓的晚上，樱田事务官前往桑山信尔的住处。

那是个即使关窗也依然闷热的夜晚。两人面前的桌上，摆了好几本与冈野正一被控杀人一案相关的法庭记录副本，另有接受警方侦查直至一审审判的记录，其中包括检方侦讯笔录、证人笔录、起诉要旨、答辩要旨、审理记录、判决理由书，以及被告的上诉状和上诉理由书。

上诉理由书中简明扼要地陈述了对原判决认定之事实提出异议的理由，二审即依此审理一审认定的犯罪事实是否属实，是为事实审[1]。二审原则上依据原调查证据审视事实，因此上诉理由

1　指法院在审理案件时，重点审查案件的事实部分。

必须明确且合理可信，高等法院（二审）审查上诉理由书所述事项时，亦可依职权调查其中未加以陈述的理由，并依刑事诉讼法规定，如审查结果发现“维持原判决有违正义”（刑诉法第三百九十七条第二项），则可予以撤销。

冈野正一与其律师于上诉理由书指出，一审判决的事实认定有误，否认罪行。理由书中坦承，冈野正一曾于五月二十九日晚间八点多进入枝村幸子家中，离开时从楼梯下楼，以及拨打公共电话至佐山道夫所开设的美发沙龙，请佐山接电话，但有关罪行则是全面否定。审理凶杀案时常见这一类情形，犹如陈词滥调。

桑山悠悠地挥动手中团扇，樱田则是不时猛扇他带去的扇子。桑山的妻子端来啤酒后，又回到房里。

“一审检察官坚持主张被告冈野在案发当时的行为矛盾，并且充分运用冈野的妻子和朋友提到他情绪不稳定的证词。小久保检察官认为被告及律师的说法不足以采信，被告并不是苦于无法如期交出A航空的作品，而是由于枝村幸子即将与佐山结婚，嫉妒及苦恼逼得他情绪失控、理性尽失，在冲动之下前往幸子家中，将她杀害。并且被告供称曾拨打公共电话，却无法确定地点。而他不打电话报警，只想向佐山坦承罪行的举动，更是有违常理，清楚显示出他在犯案之后情绪激动，心慌意乱。”樱田说。

“的确是这样。”

桑山正在看的检察员总结中这样写道：

> 被告由于自私、慌乱、激动及记性等因素影响，供述中常有矛盾，此为犯案所引起的心理现象，正可反映

被告确为凶手之事实。由被告于描述犯案过程时前后矛盾，又于无关紧要之处更改供词，便论及自白的自愿性及真实性，此实为外行人的见解。

针对这一点，律师反驳：

检察官于议论时，将被告供述中的矛盾，归因于被告主观上的慌张、情绪激动及犯罪意识等，即使出现矛盾也‘只要符合基本论点即可’。那些所谓的专业人士似乎乐于接受这样的想法，疏于关心供述取得的过程。自白中那些与罪行无关之处，出现相互矛盾且更改供词的现象，正可否定自白的真实性。

冈野正一于上诉状中提及曾向警方自白一事。

有生以来，这是我第一次进拘留所，夜以继日的审问使我身心疲累，几近疯狂。刑警劝我认罪，再坚持下去也只是拖延时间，延后审理。至于有没有罪，法官自会给予公正的判决，还是尽早上法庭争辩比较实际。我也想早点回家，继续工作，于是暂且谎称犯案。每天过着拘禁的生活，我想的只有作画，简直到了如饥似渴的地步。我在设计师这一行刚打响名声，只期望能早一天恢复清白，精进本业。而且家里少了我，就没了收入，妻子生活会有困难。我想早点离开这里减轻妻子的负担，也希望能让相信我无辜的妻子开心。就因为这样，我轻信了警方的话，铸下大错。”

“他就错在不该认罪。”樱田说。

“嗯，他的确不该这么做。”桑山点头同意。

桑山想起曾读过一篇法律学者的文章。

自白是一种强而有力的暗示，影响法官、证人、鉴定人及其他案件相关人士。自白后，最重大的影响便是事实将据此整理、分类，重新调整位置。被告承认之事实将依特定的角度解释，并且穿凿附会，扭曲事实真相以达目的。”（青木英五郎著《事实认定之实证研究》。）

“关于被告在犯罪前后表现出的混乱，一审检察官和律师的认定都不符事实。”桑山为樱田斟了杯啤酒说道。

“您有什么想法吗？”

“他们都误解了被告为何情绪激动。律师只针对检察官指出对被害人的嫉妒及憎恶一点，提出反驳，可见没有充分理解，冈野表现在自供及上诉状中对重返工作岗位的强烈渴望。”

“他谎称犯案，只是因为执着于工作，希望能早点恢复自由吗？”

“对，冈野也表示过，他只想早点拿起画笔，满脑子想的都是这件事。他不是个大画家，也称不上是艺术家，只是个画图的。不过，不管是艺术家，还是商业性质的画家，少不了都有想要作画的冲动。”

桑山将酒杯送到嘴边继续说：“这念头关系到他发现枝村幸子遇害却没有向警方报案。他怕报警之后，需要以发现者的身份，接受警方长时间讯问，无法如期完成作品。又明白自己因为与枝村幸子之间有往来，立场并不单纯，可能遭到警方怀疑，使得侦讯更加费时，无法作画，他烦恼的就只有这件事。应该去画却不能画，这想法就像一种挥之不去的强迫观念，紧缠着冈野。”

“您是说强迫观念吗？”

“冈野通过佐山道夫介绍，得到A航空这家大企业的工作，这是成名的大好机会，一旦成功，就能成为一流设计师，他因此心怀感激。他为此激动，又难掩紧张，而且就是因为过于紧绷，妨碍了作画。”

“对。”

“冈野妻子在证词中提到他因为焦躁，情绪不稳定，这也不难理解。毕竟他正在进行的不是普通工作，而是有提交期限的企业宣传品，不能等他随时画好再提交，期限又紧迫。他饱受作画不顺及期限的压力，神经衰弱的情况越加严重。”

“这我也能了解。”

“冈野先将画交给佐山，佐山觉得不好，又退回叫他重画，说是A航空看了不满意，要他重画，并且延长早已到期的提交期限，他于是在萎靡的精神状态下，再做最后冲刺。这跟挂在沙龙墙上的那种框画不同，一般画家难以理解他这样的行为。宣传品是企业对外的一记重炮，非常重视期限，以及海报的宣传效果，不允许自由发挥。那些艺术家气质的画家，不管客户是否满意自己的作品，无法体会设计师有无法任性而为的苦恼。”

“您说得是。”

“而且刚才也谈到，冈野将这份工作视为成名的踏板，铆足了全力。他的生活困苦，这工作简直是上天赐予的机会，说什么都不能放手。这种焦躁和苦恼使得他的精神状态更不稳定。”

“原来这就是他行为矛盾的主因。”

“我想应该是这样……还有一点很重要，冈野原本是个默默无闻的画家，野心不大，可能曾以规模过于庞大，力有未逮拒绝过这份工作。只是他既以前途看好的新进设计师得名，不只有周刊专文推荐，也上过杂志，野心也就跟着越来越大。”

樱田盯着桑山。

“这一切都是安排好的吗？”

“对，有人为实力不足的冈野，打造了一个建立狂妄野心的环境和状况。”

“是佐山道夫吗？”

“就是他。”桑山也看着樱田，“佐山出于友情帮助冈野成名，设法请来媒体报道，另一方面，枝村幸子也请周刊编辑福地藤子，帮忙撰写专文推荐。可是，冈野并没有成名作品。一般来说，媒体会报道无名新人，一定是因为有备受瞩目的优秀作品；但是冈野没有这样的作品，只是空有名声，宣传手法暧昧不清，而这都是由于佐山串通记者，才会造成这样的情形。也就是说，冈野的成名是有名无实。虽然令人难以置信，但这些可能都是为了激起冈野对成功的莫名渴望，使他情绪失控、精神错乱的手法。”

“确实有道理。”樱田点点头。

“要想将别人诬陷为杀死枝村幸子的凶手，最重要的就是要让被陷害的人看起来举止怪异、矛盾、可疑，又不合常理，使人起疑心。如此一来，杂乱无章的行动与自供，便可解读为正因为他是凶手，言行举止之间都充满了矛盾。可以说，冈野正一早已被设计，跳进了这个局。”

桑山的妻子缓缓走进房内，在两人之间放下冰凉水果后，再离去。

“假设杀害枝村幸子的真凶是佐山道夫，他要如何犯案？先不谈动机与原因，只分析他的行动。”桑山说。

“好。”樱田挪动了下位置。

“佐山的美发沙龙距离枝村幸子家多远？”

“青山×丁目××号地和四谷信浓町×丁目××号地的最短距离为两公里多，如果开车，再加上等红绿灯的时间，预估十五分钟内可以抵达。”

“也就是来回三十分钟吗？”

“可是美发沙龙正对面的古董店店员表示，那天佐山的车从傍晚就停在车库里。他在店门口坐到晚上九点半，这段时间内一直透过玻璃窗看向美容院。”

“佐山有出门吗？”

“他没看见佐山外出。到那位店员关店前，二楼靠西的窗户都还开着灯，那扇窗户就是佐山房间的。他打通两间房间，生活起居都在里面。”

“佐山如果从后门离开，店前面的古董店店员就不会发现了吧？”

“对，美发沙龙后面有个小门，外来人士有事都从那里进出。后门面对的是一条与前门大路平行的寂静巷弄，少有行人经过，往东走二十米再转个弯，就可以走到大马路上，远离沙龙前面的商店和住家。”

“那条大马路上人多吗？”

“那里算是青山的闹市区，人车都多，尤其满街都是年轻人。”

“佐山走在人群里难怪没人发现，也不会有人注意到他，接着再找个地方搭出租车就行了。”

“时间呢？”

“先估在七点二十分到三十分之间。”

“那时间应该还有几名员工在店里……”

“这之后再讨论。我们先专心在佐山的行动上，他搭上出租车，十五分钟后到了信浓町，在大厦附近下车，没有让车子停在大厦的正门口。然后再从停车的地方走过去，搭电梯上楼。”

“搭电梯啊？”

“最安全的方式就是搭电梯上楼，要说原因的话，你也知道那栋大厦四楼最近开了一间夜店，有很多外来的客人。外来访客来去都搭电梯，他们以为一起搭乘电梯的佐山跟自己的目的相同，不会多加注意。就算之后想起有个男人形迹可疑，为顾及自己的声誉，也不会出面作证。”

“可是大厦里的住户不是也会乘坐电梯吗？既然佐山常去找

枝村幸子，照理说应该有住户认得他吧？”

“警方的侦查笔录里，有出现在电梯里遇见佐山的证词吗？”

“没有。”

“他可能戴了帽子或墨镜，只要稍加打扮，外表也会跟着改变。再说，没有住户熟到跟佐山交谈过，顶多只是打过照面，因此即使变化程度不大，也不会有人认得出来。说变装，其实也不是特别打扮，就是帽子跟墨镜而已，到那家夜店的客人为了掩人耳目，应该也有不少人会戴上墨镜。也就是说，虽然目的跟目的地不同，一群行为见不得人的人，却偶然搭上同一台电梯，打造了一个正适合藏身的环境。”

“嗯，这的确说得通，然后呢？”

“佐山搭电梯到四楼后往右走，要到夜店的客人向左转。他确认走廊上没人之后，才轻轻敲门，由幸子开门让他进到屋子里。”

“那时候灯关着吗？”

“应该是关着的。”

“邻近的住户，我记得是一位叫小野的酒吧妈妈桑，表示七点十分经过枝村幸子的房间前，那时窗户没有透出灯光。她为什么没开灯，就让佐山进了房间，就算他们是情侣，这么做还是有点奇怪吧？”

“确实不太寻常，他们有婚约在身，不需要偷偷摸摸。所以说，他们之前就谈好不开灯了。”

“谈好了？”

“幸子六点半打电话给冈野，相约八点见面。那是冈野在公寓一楼的管理员室接到的电话，不可能造假，况且他也认得出来幸子的声音，确定那就是她打来的电话。”

“幸子为什么会约冈野八点到家里来？”

“不论是关灯，还是约冈野在那时间来，我想都是佐山在当天以电话下达的指示。那一天白天，佐山没有跟幸子见面的迹象，如果时间拉到更之前，未免间隔太久，所以，应该是在枝村幸子打电话给冈野前的四五点左右。”

“佐山计划自己先走进关灯的房间，冈野接着进来。他这么做有什么目的？”

樱田还是一脸茫然。

“屋里会关灯，是因为佐山不想被邻居发现，他比冈野更早进入幸子家中，窗帘是拉上了，不过，那只是夏天用的薄窗帘，透过灯光还是可以看到房间里有人走动。平常他不怕被人瞧见，可是既然杀人在即，就不能开灯。”

“佐山要她不开灯，又要约冈野八点到，幸子不会起疑吗？”

“他肯定能找到合理的借口应付过去，譬如跟幸子两人坐在漆黑的房间里，等冈野走进房的时候，吓他一跳，或是在冈野来之前再开灯。情侣觉得昏暗的房间格外浪漫，幸子应该会乐于服从他的指示……我以前处理过这么一起类似的案件。”

桑山说起，他还是新人时，在静冈检察院担任检察官时负责的案件。案件发生在静冈附近的农村，有个青年与寡妇私通，刚开始只是偷偷摸摸地在寡妇家中幽会，后来两人的胆子逐渐大了，青年到家中时，寡妇也不再关灯。从某一次开始，幽会地点改到女方家后面的仓库，那里没有灯，一片黑暗。男子并不怎么中意这环境，女人则沉溺于偷情的刺激。后来女人逼婚，青年便痛下杀手，勒死了女人。他感叹着说，如果不是在那昏暗的地方幽会，也就不会萌生杀机了。

“我了解幸子听佐山的话关灯在房里等的心情了，这么说我就懂了。”

樱田的表情略显羞赧。

“佐山在房里和幸子聊天，从现场的配置图来看，他们应该是坐在发现尸体的沙发上。房间里虽然关了灯，走廊的灯透过窗帘照进朦胧灯光，人影依稀可见。佐山在动作中流露爱意，使幸子放下戒心，并且趁着把手搭在她肩上或双手捧着她的脸时，出其不意地将准备好的丝巾缠上她的脖子，并且为了不让她出声，把带来的手帕塞进她嘴里。佐山那时候正抱着幸子，这些动作瞬间就能轻松完成。”

“等一下，您说佐山事先准备好幸子的丝巾，那不是在她的衣橱里吗？”

“没错，佐山找机会支开幸子，趁她离开的时候取出丝巾……佐山知道她收纳丝巾的地方是衣橱，这么点小事他当然清楚，但是，偶尔来访的冈野不知道丝巾放在衣橱里。凶手如打算利用被害人家中的物品作为凶器，必须非常清楚摆放的位置，否则多会自行携带。”

“冈野空手拜访幸子，这就证明了他不是凶手吗？”樱田问。

“对，冈野在警方面前供说：‘我常看见幸子从衣橱里拿出丝巾，因此产生了可以以此将她勒毙的念头。’这应该是被警察逼出来的谎言。女人拿出丝巾的时候，多半是准备外出。从冈野的供述可以发现，他不曾和幸子一起从家里出门，就算是在外见面，也都是事先约好。再说没有看到他们一起从外面回到幸子家中的供述，可见他没看过幸子将丝巾收进衣橱。他更不可能平常就在她的房间闲晃，随手打开衣橱，能这么做的人只有佐山。”

“这么一来，衣橱上应该会有佐山在犯案前留下的指纹……”

“侦查报告中的现场勘查报告，没有记录衣橱上有佐山的指纹，就连门把、门边墙上和桌椅这些地方也没有，上面只有冈野正一刚留下的指纹。”

“也就是说，在佐山擦掉自己的指纹之后，沾上了冈野的指纹吗？”

“对，像是卧室墙边、床沿、床头柜，以及橱柜和碗盘这些地方，都可以找到佐山过去留下的指纹，甚至还有一些快消失的，无法检验的指纹，就连远离案发现场的墙上也有。只有一个地方找不到他以前留下的指纹，那就是凶案现场附近。这可以解释成，他在擦掉新指纹的同时，连旧的也一起擦掉了。”

“旧的擦掉了，剩下的只有冈野刚留下的指纹。”

“那附近也只找得到冈野新留下的指纹，没有旧的。冈野常到幸子家中做客，应该能在他常坐的椅子或桌角，找出他以前的指纹。只是佐山在擦掉自己的指纹的同时，顺便擦掉了冈野的指纹，所以才没有发现。”

“原来是这样。”

“而且幸子的卧室里，完全没发现冈野过去的指纹，只有佐山的，可以证明冈野跟幸子之间的清白……不过，冈野确实对幸子有意思，只是还不至于因为幸子即将结婚，便妒火攻心，将她杀害，他们的关系还没那么深厚。关于这一点，冈野在翻供后的供述和上诉状中所陈述的，才是真实情形。”

樱田又点点头，表示同意。

“接着佐山杀了幸子之后逃走，冈野按计划前来拜访，那时候房间里的灯开着，门也没上锁。”

“那扇门是内锁的，一关上就会自动上锁，一定要从房间里面才有办法打开。幸子既然死了，没有人可以从里面开门，而且门如果关上，冈野到门前就会离开，不会进门成为‘凶手’，所以佐山临走的时候没有关紧房门，留了一点缝隙，之后来的冈野便可以从外面开门，进入屋内。”

“那又为什么要开灯？”

“佐山很了解冈野的个性，知道如果关灯，他不敢造次，不会走进房间，所以开了灯才走。电灯开关上的指纹他也没疏忽，都擦掉了。”

“冈野接着进房发现尸体，到处都沾上了他的指纹。”

“对，就是这样。”

“冈野没关灯就逃走了吗？”

“没有特地关灯的必要。那盏灯后来到早上都没关，至于邻居的酒吧妈妈桑在半夜十二点半经过幸子房间的时候，灯当然是开着的，所以才会说‘我记得那时候枝村小姐的房间里开着灯’。”

“佐山犯案后的逃走路线呢？”

“还是搭电梯，跟来的时候一样。”

“您说他到的时候，电梯里搭的是前往夜店的客人，为了各自的目的，没有仔细看清楚对方的模样，回程也是一样的情形吗？”

“不清楚，不过，我刚才也说过，佐山可能戴了帽子或墨镜，稍微变装一下，如果真是这样，大厦的住户就算跟他搭上同一台电梯，也会以为是夜店的客人要离开了。大厦里找不到目睹佐山进出的目击者，我想就是这个原因。”

外头的车声在近处停下，似乎是有人回家了。

樱田沉默不语，像是正在侧耳倾听外面车声，又仰起头。

“佐山回青山也是搭出租车的吧。”

“他不会在大厦前面搭车，而是走远一点再搭上出租车，然后在青山的十字路口附近，人潮拥挤的地方下车，接着再沿来时的路径，走小巷到沙龙后门……搭出租车十五分钟，再加上步行五分钟，只要二十分钟就可以回到店里。”

“假设佐山在七点二十分离开店里，来回需四十分钟，再算进搭电梯下楼和等出租车的时间十分钟，总共五十分钟，所以回到店里应该是八点十分或十五分。”

“差不多。”

“反过来推算的话，犯案时间在七点四十分到五十分之间……”

“既然冈野随后就到，他也得早点下手。”

“这段时间内，福地藤子就一个人守在房间里，等佐山回来。”

“她的任务是为佐山提供不在场证明。她六点半拜访佐山，在房里聊到九点，证明佐山一直没有离开。”

“法官在这方面接受了她的说词。”

“与其说是接受，佐山道夫根本不在嫌疑的范围内，一开始就被排除在外，被视为嫌疑犯的只有冈野正一而已。”

“话是这么说没错……可是……”樱田有些不解，“我记得有位女店员出面作证。”

他翻着自己的笔记本。

“有了，就是这个，大友雪子的证词：‘我在八点多整理完店里，正要走到老师房间的时候，听到里面传来女性和老师讲话的声音，没向老师道别就走了。店里有个不成文的规矩，最后离开的人必须向老师道过晚安才能下班。’另外，还有一位曾根万须子的证词：‘我跟大友一起离开店里，临走前她去了老师的房间，我站在楼下等。’”

樱田读完后，抬起头跟桑山说：“从她们的证词看来，八点的时候，佐山在房里跟福地藤子讲话，那么他八点前就已经犯案，并且从幸子的住处回到自己的房间了吗？”

“不，他绝对不可能在八点前回到房间，我们算的时间已经很紧凑了。”

“那么大友雪子在佐山房间听到的又是什么声音？”

“关于这一点，我也想了很久。其实大友雪子听到的只有‘女性说话的声音’，既然有人在说话，表示一定有个对象，这个对象当然就是佐山老师。也就是说，大友雪子只听到福地藤子的声音，就以为佐山人在房间里。”

“您是说福地藤子在自言自语吗？”

“没错，福地藤子听佐山说店里有这习惯，算好了店员要来道别的时间，在佐山还没回来的房里大唱独角戏。”

“如果大友雪子开了门，看到佐山不在房里，福地藤子一个人要怎么应付呢？”

“她应该觉得不会发生这种情形吧。既然老师跟客人在讨论事情，大部分的人都会识相地离开。如果店员敲门，福地藤子可以从门边探出头，不让她看到房里的情形，再借口老师交代可以走了，或是替佐山编几个理由打发走店员。她应该早有心理准备了。”

“由于有福地藤子帮忙制造不在场证明，佐山的嫌疑也减轻了。”

“佐山本来就没有嫌疑，唯一有嫌疑的人是冈野正一，调查人员想尽办法要剥下他那‘虚假’的面具。福地藤子的证词，只是让佐山道夫能更高枕无忧罢了。”

“佐山拉拢福地藤子，让她帮忙作证。那个阴阳怪气的丑女好像爱上佐山了……干脆以伪证罪逮捕福地藤子，她一说真话，佐山也没辙了。”

“不，这么做还太早了。”桑山一口否决。

第二十八章

丑女的用处

福地藤子决定辞职。她在二十二岁入社，资历十三年，其中十年隶属于周刊编辑部，是位资深编辑。

她算是部里的奇人。一头短卷发，类西装上衣，男性长裤，十年如一日，都是这身打扮。刚入社的前两三年，她打扮得还像个年轻女孩子，后来或许受到刺激，她彻底放弃了女孩子的装扮，“变身”成现在这副模样，一变就是十年。私下有人嘲讽说，她突然有这么大的转变，是因为终于领悟到，自己那种长相根本不可能谈恋爱，更遑论结婚。也有人说，她是见到同年龄的女性朋友接连走入礼堂，所以自暴自弃。这或许正是促使她有如此转变的动机，她年轻的时候从没传过绯闻，也没听说她曾和人相亲。

福地藤子长年放弃妆扮自己的容貌，那头短发和打扮，远远不及男孩子气这词里形容的女性魅力，她连骨子里都彻底是个男人，而且还是其貌不扬的丑男。她说话时不见女性的娇柔，长年以充满男子气概的口吻与客户沟通，和编辑部里亲近的同事交谈时，不论男女，她都同样粗鲁无礼。

第一眼见到她的人，都认不出她竟是女儿身。她那身男性西装上衣及长裤，在本质上与时髦女性流行的中性风大不相同，更没有随着每年流行变化这一回事。

福地藤子因其独特的外貌，令人对她留下深刻印象。只要提到她的名字，不管记忆再差的人都能轻易想起，她就是曾见过一面的那位“男不男，女不女”的编辑。

她并非与结婚绝缘，只是她的条件极差，如非老男人的再婚对象，就得和低俗的小生意人或中小企业员工结婚。她因为工作关系，长期与名人往来，并且和知识分子站在同等地位，畅谈甚欢，那样的结婚对象只让她觉得颜面尽损。

福地藤子向编辑部主编表达辞职意愿时，主编以为她这一走，一定是为了转行成为独立记者。

“我是想过有空可以写一些报道。”福地藤子露出了羞怯的神情，“我想要过新的生活。”

她说话突然变得温柔有礼，主编在错愕中直盯着她。

“你要结婚了吗？”

他不禁大叫，一旁编辑部的员工全抬起了头。

“没有，不算是结婚。我不知道以常识而言，会不会有人认为这是结婚……”

这十年来，福地藤子头一次脸红。

“对方是谁？”

主编肩负全体员工的好奇心，兴致盎然地问。

“这还不能说。”

“难不成……该不会是公司里的员工吧？”

主编脑中闪过一位丧妻的高龄员工。

“讨厌啦，我才不会跟公司的人结婚。”

福地藤子说话恢复了女性的姿态。

她以轻蔑的口吻否定，主编诧异地以为她可能是钓到了金龟婿，再试探她。

“那个人我们认识吗？”

“应该是没有直接来往，不过只要听到名字……”

“就知道是谁了吗？呵，真有你的，是个名人啊？”

“我也不知道算不算有名，只是偶尔会在女性杂志上露面。”

主编和其他员工都猜不出她的对象究竟是谁，到底谁是那个出现在女性杂志上的人，难道是那位在私下听她吐苦水的评论家吗？而且与常识上的结婚不同所指为何，这问题也搞得大家糊里糊涂。她才精神奕奕地踏出编辑部，已经引起轩然大波。

后来，据与福地藤子最亲近的同事表示，对方是现今美发界关注的新星，“鬼才”佐山道夫。他们虽然结合在一起，但并非一般世人所谓的结婚，也没有同居。他们各自尊重对方的生活与个性差异，进出对方家中过夜，偶尔过着形如同居般的生活。经过这样的夫妻生活之后，待双方达成共识，再回到常轨，举行婚礼。福地藤子如此解释。

“有个词叫作合约婚姻，你们这是合约同居吧？”

她的女性朋友一听对象是佐山道夫，先是不敢置信地表现出震惊，再追问两人将来的生活模式。

“怎么说呢，我也想不出来适当的名字，反正就是跟一般的做法不一样。不过，最后总是会结婚的。”

“你们会举行结婚典礼吗？”

“不会，我们不举行任何仪式，就只约亲朋好友大家聚在一起吃个饭。”

离职的那一天，福地藤子留长了短发，脸上化着淡妆，身穿时下流行的套装，脚踩高跟鞋，到编辑部告别。

那时，冈野正一刚结束一审。

一年前，五月二十九日傍晚六点半。

福地藤子至美发沙龙二楼，造访佐山道夫的房间。

这间店长的房间装潢舒适且具现代感，营造出的氛围恰好融合店里的时尚风格。

“抱歉让你专程跑来，我有点事要出去一下。”

佐山对着坐在椅子上大口抽烟的福地致歉。

“什么？你说晚上要请客我才来的哎。”

“我说到做到，我会请你到外面吃饭，可是，在那之前我有点事情要处理，七点半出门，不到一个小时就会回来了，你可以等我吗？”

“没办法用电话解决吗？”

“电话里讲不清楚，一定要亲自跑一趟，怕不当面谈会造成误解……七点半之前我都会待在这里，之后才出门，只要等我一个小时就好了。你就读读书，看看电视，等我回来，再一起到A饭店用餐。”

“真受不了。”

福地藤子勉强答应，但能和佐山一起到饭店用餐似乎颇具吸引力。

柳田在七点过后前来道别，楼下响起一阵离开的脚步声。佐山看了一下手表。

“一般店员七点下班，留到比较晚的会在三十分钟后到房间来，那时间我已经出门了，你可以大声讲话，假装在跟我聊天吗？”

“为什么要这么做？”

“店员看到你一个人留在我的房间里，可能会引起不必要的误会。”

“我不在乎啊。”

“可是，我怕他们看到我竟然把女人单独留在房间里，乱猜一通。”

“店长要在意的事可真多。”

福地藤子的表情有些羞涩。佐山望着她，从椅子上起身走向她身边，顺手搭着她的肩。“福地小姐，拜托你。店员走到这房间来的时候，需要打开楼梯入口的门，一听就知道有人上来了。你听到声音之后，再说一些话，装出跟我讲话的样子。店员只是按店里的规矩来道别，知道有客人来访，她就不会进来了。”

“……”

“她如果敲门，你再出面，告诉她我人在洗手间。”

“真怪。”福地藤子咕哝说。她觉得奇怪，不是因为怀疑佐山的行动，而是自己竟然需要防范店员胡思乱想。佐山的手放在肩上，既搔痒又沉重地压着她。

“不会有事的，不用担心，我马上回来。你可别让店员发现我出门了，只留你一个人在房间里。”

佐山就近凝视着福地藤子的脸庞，脸上挂着温柔笑容，放在她肩上的手又轻拍了两三下。

佐山出门后不久，走廊传来开门上楼的声音，上楼的是来向佐山道别的店员，福地藤子立即高谈阔论起来。

“现在的年轻人一点知识也没有，简直是无知。我们部里今年刚进来的新人满嘴政治理念跟沙特的反权力，讲得头头是道。真要他写篇报道出来，不只惨不忍睹，还让人怀疑究竟是不是日文，错别字一堆，字写得又丑，根本看不出来在写什么……对，你的工作不需要写字，没有这问题。不过，你别看那些气质高雅的客人一副饱读诗书的模样，说不定根本没什么内涵。”

走廊上的脚步声逐渐远去，这次传来了关门的声音。店员离开了。

佐山道夫在八点十分回到房间，福地藤子完全没听到他进房的脚步声或任何声响。他像是一路跑回来似的喘着气，脸色有点苍白，神情却很平静。

“你还真快啊。”

“对啊，事情一下子就处理好了。”

“幸子今天不来吗？”

“她不会来，好像是跟冈野有约。”

道夫站着匆匆抽了几口烟，脸上露出戏弄的神情。

“冈野可能会打电话来……他如果来电，你就接起来，尽量装出年轻女人的声音跟他对话。”

“又要装声音啦？刚才店员到房间外面，听到我在里面自言自语，什么也没说就走了。”

“这样啊，辛苦你了。”道夫笑着说，“那就再麻烦你了。等一下冈野如果来电，你就大声叫我。对了，最好是叫得亲昵一点，像是感情很好的样子。”

最后那句话听得福地藤子心花怒放，嫣然一笑。

“冈野真的会打电话来吗？”

“会吧，应该三十分钟内会打来，不然就得等到明天了。”

“他不是去找幸子了吗？”

“没错。”

“噢，我知道了。你是想让冈野以为有个年轻女子在你的房间里，再把这件事告诉幸子，让她嫉妒对吧？”

“就是这样。”

“有意思，幸子的嫉妒心可是很重的哦。我不想挑拨你们的感情，以后幸子知道那个人其实是我，就不会生气了。”福地藤子显得有些雀跃。

不到五分钟，电话响起。

“还真被你说中了。”她说完后，走到电话旁接起电话，“……是，请问哪位？”

福地藤子听到对方问“佐山在吗”，便故意装腔回问，她一听就知道那是冈野的声音。当对方回答“我是冈野”后，她没再响应，而是一手轻掩话筒，同样装出年轻女子的声音，大声喊：

“道夫，电话。”

“谁打来的电话？”道夫的亲昵态度不输福地藤子。

“他说他叫冈野。”

“这时间打来，有什么事吗？”

福地藤子目光含笑，将电话拿给道夫。

“喂？”道夫说。

“喂、喂？”道夫再出声，并挂掉电话。

“怎么了？”

“没声音。”

“哎呀，电话坏了吗？”

“他没说话，不，说不定真的是电话坏了。”

“冈野离开幸子家了吗？我听到铜币掉落的声音，既然他打的是公共电话，你也没办法回拨，等一下再打到冈野住的地方好了。”

“没那必要，反正他明天还会再打来。”

道夫坐在椅子上发呆了一会儿，像是在想事情。

“我们还不去吃饭吗？我肚子饿了。”

“现在几点？”

“八点半。”

“八点半了啊，对不起，再等三十分钟，我们九点走……对了，叫辆出租车来吧。”福地藤子不明白为什么要在房间里待到九点。

“你在等电话吗？”

道夫坐在她的正对面，双脚交叠，指间夹着一根烟灰长到几乎要落下的香烟。

“等谁的电话？”

道夫一脸刚回神的模样。

“冈野啊。”

“嗯……对，他可能会再打来。”

烟还没叼进口中，烟灰已经掉在地毯上了。

“他会再打来的，你们刚才根本没讲成话嘛……应该快打来了吧。”

等了十分钟，电话不曾再响起。福地藤子不时看向电话，偶尔瞄着道夫。她倒入椅背，一只脚搁在膝盖上不停晃动，没想到和道夫两人独处一室的夜晚，竟让人如此难耐。她打扮成男人的模样，总以为自己是个男人，这内心的骚动却是如假包换的女儿心。她怀疑，莫非是受到刚才和冈野讲电话时演的那出戏影响。

道夫不发一语，只是抽着烟，使得房间里的气氛更加凝重。

“他没打电话来哎。”

又过了五分钟，福地藤子努力想恢复男人讲话的口气，却徒劳无功。

“对啊。”道夫回答，思绪却像是飘到了远方。

“好饿哦。”

道夫蹙眉，嘴巴一吐，将一小截香烟丢进烟灰缸。

“怎么了？”

“头有点痛。”

“头痛？”

“可能是感冒了。”

“天气这么好，怎么感冒了呢？”

“今天到傍晚前都还很正常，可能是昨天晚上睡觉的时候着凉了。”

“有药吗？”

“我这边没那种东西。”

“毕竟是男人住的地方嘛。”

她不自觉地说出这句话，正证明了她本性还是个女人。

“对不起。”道夫手按着太阳穴说，“今天晚上可能没办法出门了。”

“那倒是没关系。你还好吗？发烧了吗？”

“就快了吧，我一发烧就全身无力，真不知道该怎么办才好。”

“你还是早点睡吧。”

“嗯。”

“我先告辞了。需要我打电话叫幸子过来吗？”

“不用了，你就算打电话过去，她也不在。她说八点多要去朋友家，冈野应该就是因为这样早就离开了。”

“我还是打过去看看，说不定她还在家里。”

按着太阳穴的手掩饰着道夫，使他得以暗中窥视福地藤子拨出这通电话。她拨完号码，将听筒放在耳边，等待电话线路接通。电话先是响起一声接通的声音，接着又传出信号音。她手里拿着电话，不久又累得换手，眼神则看向道夫，仿佛在说，果然没人接听。

然而，福地藤子的漫长等待，带给道夫的是无穷无尽的折磨。他不住地颤抖，害怕枝村幸子起身接电话的恐惧，宛如无数细针刺遍全身，而他人替幸子接起电话的恐慌随后而至。如果有人在房间里怎么办？就算没人，响个不停的电话铃声，也会将邻居住户唤至死者所在的房内。时机还没到。快住手，道夫忍不住想向这迟钝的女人大吼。

“真的不在哎。”福地藤子总算挂掉了电话。“慢了一步啊。”

道夫自内心深处发出叹息，枝村幸子终究没有接起电话，她确实不在这世上了。

他趴在桌上，紧闭双眼，一声又一声地说着，谢谢，谢谢，我得救了，我终于摆脱那女人的掌控，恢复自由了。原本以为要一辈子当她的奴隶，受她压榨，那条绳子总算解开了。

她只不过帮了一点小忙，不对外说出我在波多野雅子遇害当天的行动，竟然就想逼婚，仗着妻子的身份掠夺全部财产。

“你是个艺术家，不用管店里的营运，只要专心工作就行了。你会越来越有名，至于店就交给我管理，我有经营能力，一定可以做出不错的成绩。我认识很多把事业交给老婆打理，自己则钻研创作，取得非凡成就的知名画家。我在《女性回廊》担任编辑的时候，采访过这些画家，他们每个人背后都有一位善于经营的老婆。”

知名画家的老婆算什么，《女性回廊》又有什么了不起……

枝村幸子的企图正是掌握经营实权，道夫暗忖。

他所有的收入都掌握在她手中，对她唯命是从。她一手掌控财务，以经营的名义控制银行账户和股票。手中有钱就等于大权在握。

“我这是为了你好，不会害你的，你就放心工作吧。”

她摊开账本坐在桌前，露出高傲的微笑。美容院的收入以日计算，银行职员每天来访却只会和她接洽。她在适应后行为更是放纵，一开始还会跟他讨论，到后来成了单方面告知，最后是事后才征询他的同意。她是妻子，做起事来名正言顺，而且又是为了丈夫的利益着想，更不会引人猜疑。

她只想把我当成用人，道夫想。她只打算付给我微薄的薪资，就想差遣我工作。这不只是搞不清楚谁才是老板的问题，真正的实权都掌握在她这个负责经营的人手上。她想让我做白工，只要我跟她结婚一天，就得永远忍受她的压榨。我差点因为这个女人，成了一匹无用武之地的“死马”。

谁管什么知名艺术家。知名画家夫人确实会帮忙打理事业，以让丈夫专心工作的名目，由自己出面与画商交涉，决定画家的工作，画商因此不理会画家，反而巴结夫人。画家作画也不再经由画商委托，而是受夫人指使，由于收入全由老婆掌管，只能看老婆的脸色讨些零用钱，身无分文的画家于是偷偷画些小品和小幅作品交给画商，才能挣得一点小钱，减轻经济压力。多悲惨的“死马”艺术家啊，一位自由遭夫人剥夺殆尽、空有架子的“美神”残骸。枝村幸子在担任编辑时见过无数这样的奴隶，便想将这一招同样套用在他身上。

我们结婚吧。幸子并非因爱说出这句话，爱情在两人长久的相处中已逐渐消磨，取而代之的是算计。她就是这样的人，一个机灵又工于心计的女人，只要一抓住机会就想掐紧他的命脉，要他终其一生受她的不当压榨，成为无处可逃的奴隶。他如果有那么一点想逃脱的意思，她便露出揶揄的目光。

“你想从我身边逃走吗？那么你就要上死刑台喽，你觉得哪条路比较快活呢？”

这简直是太不合理了。枝村幸子在那件事上完全没帮上忙，没有出力，没有冒任何风险，不会被当成“共犯”。万一东窗事发，她也绝不会遭到牵连。

“藏匿犯人或依法逮捕拘禁之逃脱人或使之隐避者，处二年以下有期徒刑或二百元以下罚金。”（刑法第一零三条）

“证人依法律宣誓而为虚伪陈述者，处三个月以上十年以下有期徒刑。”（刑法第一六九条）

枝村幸子的情形不符合以上条文，她既没有藏匿犯人也没有使之隐避，道夫是“凶手”一事未受到证实。幸子没有在现场目睹道夫杀害波多野雅子，未参与他的计划，他也没有事先告知自己即将犯罪，一切都只是她的“怀疑”。光凭“怀疑”，不足以构成“藏匿并使犯人隐避”的罪嫌。

幸子不曾因此事接受调查，没有犯下伪证罪，当然也不具有“依法律宣誓的证人”资格。

由于波多野雅子的死因确定为上吊自杀，从未展开“调查”，不论是基于法律或道义，她都没有将此“怀疑”告知警方的义务。

不过，他们对于“知其为犯人而沉默并藏匿其行踪”一罪互有共识，在这张依双方共识制作的损益表上，明显可看出他的亏损惨重。

他不欲与早已厌烦的女人结婚，还得一辈子受她剥削，容忍如此不公平的待遇。他无法忍受这个傲慢、善妒又贪婪的女人终其一生以正室自居，更遑论失去自由与财力，光想象都叫他头昏目眩，甚至有生不如死之感。

我还年轻，道夫想，未来有享之不尽的欢愉，而那个女人心老且肉衰，究竟何者可为世人贡献？我可以借由新技术开发，带给女性生存价值，使世间充满光明与欢乐。两相比较之下，得为此送上性命的人肯定是她，就算是神，也会认同这公平的行为。

“你还好吗？”

福地藤子见道夫一直把手放在头上，担心地靠近他身边，想看他是否安好。

“嗯，还是有点不舒服。”道夫一脸痛苦地说。

“烧得很厉害吗？”

“不知道。”

“有温度计吗？”

“这里没有那种东西。”

“真是的，这里怎么什么都没有……我来量量。”

福地藤子将温热的掌心覆上他的额头。

“咦，好像没发烧。”

她正想抽开手，却被道夫一把握住。他的动作从容，使得她一时之间反应不及，如急忙放手，似乎又显得是自己多心。

“再放久一点，我觉得自己真的发烧了。”

“是吗？”

福地藤子又将手掌贴着他的额头，掌心炙热如火。

“怎么样，发烧了吗？”

“我觉得还好啊。”

她看向别处，表情像是在确认温度，呼吸却不平静。

“那么就是体内发热，热气积在身体里没有散出来，我觉得好累。”

“早点睡吧。”她提出忠告。

“嗯。”

道夫听从她的话，从椅子上起身，准备脱下上衣，却连脱掉袖子都显得吃力。

“帮我一下。”他的声音带着倦意。

“需要吗？”

她绕到道夫背后，帮他脱下上衣，穿着白色衬衫的背部如庞然大物映入她的眼帘。“帮我把衬衫放到那边的衣橱。”

福地藤子依令行事。一打开衣橱，衣架上挂着一件又一件品位独到的衣服。她才放好衣服，道夫又将领带解开递给她。

福地藤子背对着将领带挂上衣架时，一股重量猛然从背后压住她的肩。他的双手环抱她的身体，正当她试图挣脱时，一阵湿热的气息袭上了颈间。

福地藤子欲言又止，茫然不知此时该如何应对。长久以来，她习惯以男性之姿示人，导致习性与本性在此时爆发激烈冲突。她毫不在意地参与男性编辑及作家的低级对话，却几乎没有实际经验。她听到心脏的声音正强烈震动着耳膜，她的脖子因男人的亲吻轻颤，无以名状的痉挛沿着血管窜奔至全身。她再也无法站立，肩膀不住抖动，张嘴弯下了腰，脑子昏沉。他轻啮着她的耳朵，疼痛激起她的感觉，使她不由自主地轻呼出声。

道夫开始脱福地藤子身上的西装，她有些抵抗，却像是失去了自由行动的能力。他脱去她身上的男性上衣，除下领带，将解开纽扣的衬衫褪到肩膀，露出了女性内衣。

他轻声呢喃着无意义的话语，男人在这种时候说的话大同小异。他对待福地藤子的态度虽有所不同，不久便了解她也不过是个平凡的女人。原先的迷惘消失之后，他终于可以为所欲为。

道夫牵起她的手走向床边，她则是神情恍惚，宛如患者将手交给医生般踩着碎步前行。

福地藤子一看到床便掩住了脸，任由道夫将她压倒，趴在床上。她并拢穿着长裤的双脚，两手掩面。

道夫关灯后，拉下她的长裤，虽然不怎么容易，却也并非难事。接着，他调整一下她歪斜的位置，抬起她的身体，让她的头枕在枕头上，再盖上棉被。棉被盖上后，她随即停止了挣扎。

他走向窗边，观察楼下的状况。路上没有人抬头往这边瞧，这也是理所当然，枝村幸子还躺在那房间里，警察不可能找上门来。

望着街灯，他拉上窗帘，回到床边，福地藤子正一动也不动地趴在棉被里，如不是看见肩膀的呼吸起伏，那模样简直和枝村幸子的尸体一模一样。

道夫在得到福地藤子身体的时候，讶异得知她曾有过经验，并为此大感意外。

福地藤子年过三十，一般来说，这年龄的女性不可能从未有过经验。不过她与众不同，论谁都会认为她仍保有处女之身。

这与她那貌不惊人和一身奇装异服有关，她将自己彻底变成了男人，最明显的特征便是，她不穿女性长裤，总是穿着男性的西装裤。她将所有吸引异性的特征摒除在外，就连说话也是男人的声调，这样的她不只是像个男孩子，她本身就是个粗犷的男人。那双细长的眼睛、单眼皮、扁平的鼻子、肥厚的嘴唇，一看就是个丑男。反过来说，她自知不受异性青睐，为了摆脱屈辱，便转而将自己变成男人。因此她早已和异性发生过关系一事，给道夫带来莫大的冲击。

他对她当时的对象颇感兴趣，不只是惊讶于有个真心爱她的男子，纵使只是一时冲动，会选择她为对象，也令人难以置信。

沉睡在福地藤子身体里的女性本能因他苏醒，燃起熊熊热火。她的意志朦胧，生理的强烈渴望无耻地爬窜她全身。

令人感到反常的是，激情过后，在道夫面前，福地藤子竟像罪人般抬不起头。她感到羞耻，但却非“养在深闺人未识”的羞涩，她愧于被人发现自己已非处女，宛如犯下错事，羞于见人。

道夫为了安抚福地藤子，也为使她的空腹获得满足，打电话叫来出租车，一起前往饭店。在出租车里，他的态度就像对待一般客人，绝不让出租车司机看穿他们之间的关系非比寻常。

“司机先生，请问现在正确时间是几点？”一上车，道夫就开口询问，像是要调整过慢的手表时间。

他即使到了饭店也一再确认时间，并且试图让对方记住自己的长相。

“餐厅营业到几点？”

他先将脸贴近电梯服务生询问时间，接着关心起饭店里住宿旅客的多寡。

在餐厅坐定后，他一直看着菜单，看得服务生心烦气躁，又反复询问每道菜的做法，并且向服务生指着手表问料理所需时间。即使到了这里，他对待福地藤子的态度仍如生意上的客人，不带任何私人情谊。他四下张望，观察周围有无熟人，一见到常光临美容院的女星，也不管同桌另有男伴，依然任意离席，前去招呼。

福地藤子不责备道夫的态度浮躁，行为莽撞。她就像只温驯的小猫，静静坐在桌前，甚至无暇思考道夫的行动可疑。

她的双颊仍泛红，没有随身携带化妆品这事让她后悔莫及，一个“男人”自是没有携带化妆包的必要。外表暂且不管，她的本质已经开始转变，逐渐回复女儿身。她鲜少与道夫交谈，始终低垂着头，端庄地将汤匙送到嘴边，优雅地握着手中刀叉。她的外形还是个男人，举止却是个女人。

佐山道夫清楚福地藤子的本性善良，她不曾以女性之姿与男性往来，心地依然纯真。她化为“男人”与男人相处，没有尝过女人的辛劳，终究只是个“天真的女人”。

这一点与固执又阴险狡诈的枝村幸子截然不同。

福地藤子不一样，她一边用餐，一边如梦般回想一个小时前发生的事。仿佛即使是梦境，亦要珍惜这突来的云雨。

福地藤子是他的女人这件事一旦传开，周遭的反应必定是目瞪口呆，惊讶他竟选了一个丑女，又或许会有人讽刺他这是眼光太高，最后只挑到别人剩下的残渣。

他不在乎别人的眼光，那些人根本不了解他的用意。他没有娶她为妻的打算，但目前必会以妻子相待，他这么做自有道理，外人无从评断。

日后即使违背誓约，福地藤子也绝不会像枝村幸子那样气愤难平，反而会为曾在他的生命中占有一席之地，心怀感激。她从不敢奢想的幸运因他实现，最清楚这难能可贵之处的人就是她自己。

她兢兢业业，唯恐言行间有所冒犯，并自觉卑微，成为替他保守秘密的女仆，与枝村幸子完全相反。

即使姿色欠佳也得暂且忍受，貌美的女人俯拾皆是。福地藤子不被允许嫉妒，她也有自知之明，清楚自己没有那个资格。

道夫搭出租车将福地藤子送到家门口，再回店里。她家位于中央沿线，四周环境幽静，房子陈旧且雄伟，她的母亲、弟弟和弟媳亦同住一处。

他回到自己的房间，在他不在的这段期间，房里没有任何变化，没有通报枝村幸子出事的迹象。

他冲了个澡，躺上床，感到疲惫不已。

床上还留着与福地藤子温存后的皱褶，她的肉体走进了他的思绪。原来她不是处女，他没多过问，今后也没兴趣，更不打算了解她以前的对象。她的身体充分满足了他本能的需求，这一点更是吓着了他。长期未与男性发生关系，她的体内出现既新鲜又紧张的反应，这反应一再刺激他，使他抽搐，不禁臣服于她的身体。

果实的外形越是丑陋，滋味越是甜美。上帝造物法则的神妙之处在于，不论果实或人，皆依循相同原则打造，两者皆是自然物。

因此，道夫有自信可以和丑女福地藤子和平共处一段时间，即使他人震惊，也不会感到受尽屈辱，至少他可以在两者之间取得平衡。

翌日傍晚，福地藤子匆忙赶到道夫的房间。她出现时，头发梳理整齐，脸上化着不明显的淡妆，不再穿着西装裤，而是女性长裤。

她的脸色因惊恐与激动而显得苍白。她发现房里没有其他人后，马上从口袋里拿出折好的报纸。

“这是今天的晚报，枝村幸子在家里遇害了。”

“我知道。”道夫眼神坚定地回望着她单眼皮眨个不停的双眼。“早上十点我就接到警察通知，刚刚才从她家回来。”

“听说是绞杀，真的吗？”

“好像是，报上写到遗体已经送往解剖，明天早上可以知道结果。”

“找到凶手了吗？”

“还没，警察也问了我一些事，都是关于昨天傍晚到今天早上的行动。”

福地藤子跌坐在椅子上，道夫走近她身旁。

“我没说出我们昨天晚上在这里做了什么事，没有说的必要。我是个男的也就算了，我不想让你也成为警察跟世人关注的对象。”

福地藤子神情一变，含泪带笑地低着头。他温柔地搂上她的肩。

“藤子。”他第一次亲密地唤她的名。

“我昨天晚上七点半有事离开了四五十分钟，让你一个人留在这里。其实，那时我是去找民间借贷公司讨论贷款的事，对方刚好只有那时间有空……我因为开这间店跟银行借太多钱，只好求助高利贷。这事实在太丢人了，我没有脸说出口。”

“……”

“幸子昨天晚上被杀了，时间还不清楚，也有可能是我去跟高利贷借钱的那段时间。警察问了我的行动，可是我不想说出这件事，不只是为了店的信誉，这也攸关我的名声。这件事要是传出去，肯定会遭到同业攻击，与我为敌的人又多。而且……”

道夫用力地将福地藤子结实的肩膀搂在怀里。

“而且，我如果说出高利贷的事，警察一定会问我在那前后又做了什么。我不知道幸子遇害的确切时间是几点几分，这么一来，势必得说明你的事。这件事迟早会公开，只是现在还太早了点，我不想在这种时候制造花边新闻，在回答警察之前，必须先经过慎重考虑。”福地藤子在他胸前点头，为了他保证总有一天会将两人的关系公之于世，她感动不已。因为他表现出男人的诚意。

“至于冈野打来的那通电话。”他慢条斯理地说，务求她能完全理解，“他打来的时间是八点二十五分，那时候我刚从高利贷那边回来。”

“对啊。”

“冈野应该会把这件事告诉警察，警察如果问起，你就回答他确实有打电话来。不过，我们那时候根本不知道出事了，还装声音戏弄了他一下。你得要否认我们捉弄冈野，由你假装年轻女生的声音亲昵地跟我对话，以免引起误会，让人怀疑我们的关系。你昨天来是为了工作，也就是来采访我的，知道了吗？”

“嗯。”福地藤子响应的语气完全是个小女人，她忧心地抬头仰望。“可是这样会不会害了冈野？”

“冈野啊……”道夫沉重地说，“警方怀疑他就是杀害幸子的凶手。”

“咦，真的吗？”

“昨天晚上八点，他到了幸子家，刚好就是我去找高利贷的那个时候。冈野有杀害幸子的动机，我不想说朋友的坏话，可是他确实爱慕着幸子。”

“这我也有一点感觉，怀疑他是不是对幸子有意思。”

“幸子也有错，她好像在暗中引诱冈野。那女人就是这样，老想吸引男人满足自己的虚荣心。”

“幸子的个性就是那样，可是你不是喜欢幸子吗？”

“怎么可能，起先是有那意思没错，不过，我越摸清她的本性，越觉得厌恶。她不管做什么事都要尽如己意，甚至还强迫我跟她结婚，简直就是逼婚。”

“的确……她是任性了点，因为她总是对自己很有信心嘛。”

福地藤子在说这话的同时，想起了枝村幸子曾交稿给她一事。

“我就是讨厌她这一点。她这一逼婚，害得我的将来一片黯淡，完全失去希望。”

道夫判断再毁谤幸子恐会招致危险，又把话题转回到冈野正一身上。

“冈野也因为绝望，随着幸子跟我结婚的日子越接近，他的情绪越不稳定。我听幸子说过，冈野一再求她中止婚约，她每次拒绝，冈野都会以自杀要挟。冈野在说这话时的眼神凶狠，她很怕冈野会在那之前先杀了她，叫我去劝劝冈野。但是我不相信冈野会做出那种事，没有找他出来谈过，况且他又是我的朋友，我说不出口。我知道冈野的精神状态不太稳定，只是做梦也没想到他竟然会杀了幸子。”

“他真的杀了幸子吗？”

“警方还在调查，这件事似乎是真的。”

“天啊。”

福地藤子全身直打冷战。

“冈野既然下了手，再讨论下去也是无济于事，我们能做的只有确保自身的安全。我不想没来由地被人怀疑，只要有那么一点嫌疑，都会毁了我的名声。即使之后发现真凶另有其人，信誉一旦失去就难以挽回。世人只会记得一开始造成的错误印象，何况这又是大家都有兴趣的话题。”福地藤子点头表示同意。

“我费尽千辛万苦才有现在的地位，我不想成为嫌疑犯，让对手有机可乘。我还要更上一层楼，取得更大的成就。”

“你可是天才呢。”福地藤子出言激励。

“拜托你，不管警察怎么问，都要回答你昨天整晚都跟我在一起。昨天六点半到九点多，我们待在这个房间里谈公事，接着到A饭店用餐后才分开。我会这么告诉警察，你也得配合我的说法，不能出任何差错。既然确定冈野就是凶手，我说什么也不想蹚这摊浑水。”

这套说辞虽然多少有些矛盾，福地藤子却在昨晚一夜缱绻过后萌生爱意，对道夫坚信不疑。由于许久未曾与男人发生关系，这突然降下的甘霖打动了她，使她相信完全服从就是爱的表现。

福地藤子与枝村幸子不同，她不因协助提供不在场证明要求回报，她是个不会害人，也不带危险性的女人。

第二十九章
自由心证

冈野正一以违反宪法及事实误认为由，上诉二审，律师并于理由书中主张证据无效。

审判时主要由两方面判断证据能力，一为自白的自愿性。

宪法（第三十八条）规定，出于强制、拷问、胁迫之非自愿性自白及以违法羁押、拘禁（同条第二项）或其他不正当方法者取得之自白，不得为证据。被告之自白亦不得作为有罪判决之唯一证据，仍应调查其他必要之补充证据，以察其是否与事实相符。

补充证据分为物证及人证。物证指可证明犯罪事实之物体，如凶器、指纹、脚印、血液、衣服等。人证为证人等提出之供述于法庭采用为证据者，经过严格证明后，传闻证词亦具有证据能力。

除以上直接证据，另有经由证明其他相关事实，间接证明犯罪事实之间接证据，亦即状况证据。

法官依“自由心证主义”，自由判断证据是否具有可证明犯罪事实之证明力，但仅限可信且依法调查之证据方可作为事实判断之依据。

审判大致依以上方式证明犯罪事实。冈野正一于犯案当时所穿的运动衫袖口沾上了被害人枝村幸子的鼻血及嘴里流出的呕吐物，被害人陈尸的房内也采集到了冈野刚留下的指纹，这些即为后者所指之物证。

冈野对此没有做出任何否定，但供称这是他在发现尸体，并将被害人上半身扶起时，沾到袖口的血液及污渍。

提供证词者有冈野的妻子和子、公寓管理员、佐山道夫、福地藤子、大厦住户及香烟店老板娘等。

然而，其中无目睹冈野犯下罪行，或是可直接证明之证词。冈野的妻子和子描述，丈夫于案发当天五月二十九日晚间七点三十五分离开公寓，和九点多回家前后的模样，以及丈夫平时的性格与生活，属于状况证据。但是，妻子即使涉嫌伪证，亦不能予以起诉（也可拒绝证言），其证词不具证据能力，只能作为参考。

佐山道夫于证词中提到他和冈野、幸子的关系，冈野与幸子的关联，以及二十九日晚上八点二十五分拨至他房间的那通电话。前者成为分析冈野杀害幸子的动机为“因嫉妒而犯下罪行”的材料，却因无法证明犯案，不能作为直接证据，但可据此进一步了解冈野的个性。

福地藤子的证词为接听前述电话，供述内容与冈野大致相同，但有细微出入。

公寓管理员及香烟店老板娘等的证词亦为状况证据，并且由于冈野未否认这些与案件无直接相关的行动，这一方面的证词皆无争议。

至于冈野于警方面前供述后又翻供的自白，是否具有证据能力，仍要视其自白有无自愿性。

负责冈野一案的司法警察（此案由刑警负责侦讯）于一审中表示，未曾以冈野于法庭上陈述之方式进行讯问。

“警察劝我，你要是想早点回去工作，就招了吧。这么一来，不只可以影响检察官形成有利的心证，我们也会递出请愿书，帮你争取缓刑。况且这件案子如果真的跟你无关，法官一查就知道了。他们逼我说，你如果想尽早回去工作，早点见到家人，就在笔录上盖下手印。我那时候正挂念着工作，以为上了法庭就能证明我的清白，于是认罪，至于犯案过程中有不清楚的地方，都是依照刑警指示。”

负责警员完全否认冈野在法庭上的供述，只承认事先告知嫌疑犯如有对己不利之事实，可保持缄默，讯问中没有威胁、诱导，更不曾以利益诱惑，嫌疑犯的自白纯粹出于自愿。

警员并当庭表示，嫌疑犯移送至检察院后翻供，是试图脱罪（此类案例层出不穷），于警方面前所提的自白具有真实性。

被告冈野的律师坚称，自白为受警方所逼。冈野于无意间发现被害人枝村幸子尸体时，衣服沾到鼻血和污渍，警方即依此及现场发现的指纹等，自行推断与幸子和冈野之间的关系有关，并强迫被告自白。因此，此份自白与物证不过是虚有其表。

“若警方于讯问时承诺自白将可免除或减轻刑罚，使受审者心存期望，以为自白后可重获自由或从轻处分，逃离目前困境，便有诱发虚假自白之危险。本案被告强烈希望能早日返回工作岗位，由警察人员现今仍残留过往恶习一点判断，警方极有可能知情并以此利诱。因此本案自白不具自愿性，而认定此证据具证明力之一审判决违反宪法第三十八条第一项、第二项、第三项规定，且其他依此非自愿性自白取得之物证及状况证据亦为无效。”

律师于上诉理由书中如此陈述。

这位律师始终坚持冈野的自白无效，并如此解释案发当时冈野的反常行为：“当时正在为佐山道夫所介绍的工作无法顺利进行而焦躁不安，又受发现被害人遇害尸体冲击，导致精神混乱。”

桑山信尔读着一审记录副本，心想律师如今虽只剩下此路可行，却没有针对佐山道夫的证词提出任何反驳。

冈野发现枝村幸子的尸体后，于八点二十五分拨打公共电话给佐山道夫。这里需进一步探究佐山在那之前是否不曾离开房间，而能为此提供证明的，只有从六点半起便与他共处一室的福地藤子。

据樱田事务官私下调查，佐山与福地没有同居，但确有男女关系。一年前，案件发生当时两人的关系尚未如此深入，却已有征兆。他猜想，佐山为使自己的不在场证明能够成立，勾结福地藤子，当时的关系发展至今，终于结成夫妻。

福地藤子那“六点半到九点多这段时间，我一直跟佐山待在他的房间”的证词，虽有虚假陈述之疑，但因审判中未将佐山列为嫌疑犯，不能指责律师未就此点提出质疑。认为佐山涉有重嫌的，仅有非负责承办本案的桑山检察官。

樱田查访发现，佐山于五月二十九日案发当天晚间的行动可疑。九点多时，佐山与福地藤子就近叫了辆出租车，一同搭车前往A饭店。司机表示两人的态度疏远，此应出于刻意，为的是不让对方感觉到两人之间有特殊关系。

A饭店的电梯服务生与餐厅员工也对佐山和福地印象深刻，那都是来自佐山为使人记得自己曾到过饭店所采取的行动。在餐厅里，他询问服务生各种与料理相关的琐碎问题，故意与正巧来店的电视明星闲聊，并且频频向服务生确认时间。

冈野发现尸体的时间为晚间八点，推测枝村幸子那时刚遇害身亡。佐山在晚上九点过后出门与案情无关，理应不在怀疑的范围内，但他不厌其烦地让服务生对时间留下印象，实为“凶手心理”作祟。

桑山注意到冈野正一在上诉状中提出了这么一件事。

“前年六月十日，佐山答应造访枝村幸子家却爽约。我于是受枝村小姐之托，调查佐山当天的行动，发现他在十一日至自由之丘车站前的加油站加油，并且请店员帮忙洗车。洗车前，轮胎上沾满红土及杂草，佐山告诉店员，昨天晚上（十日）开车到了多摩川。

“我将这件事告诉枝村小姐，她非常高兴，请我以后也要多多帮忙，意思是希望我能协助阻止佐山外遇。”

波多野雅子被人发现于青梅靠西的御岳山中缢死，前年六月十日正是她离家的那一天。那一天，佐山没有赴枝村幸子的约，他开着自己的车出门，油耗得多，轮胎还沾到了红土和杂草。由这些迹象可以推测出，佐山于十日当天开车载波多野雅子前往御岳。

枝村幸子大概也从冈野的报告中得到了相同的结论。她聪明，而且似乎擅长抽丝剥茧。不难想象她在听完冈野带来的消息后，猜想波多野雅子并非上吊自杀，而是为佐山道夫所杀并加以伪装，立刻亲赴御岳的现场“调查”。

轮胎上的红土和杂草并非来自多摩川沿岸，他其实是开车进了御岳山。

桑山与樱田在这件事情上达成了共识。

樱田事务官前往御岳及青梅一带进行调查，带回报告。

据调查，某一天，有位出租车司机在青梅车站前，载到一名来自东京都内的三十岁女性，目的地为御岳西方。这位女性乘客请司机陪同入山，那里正是之前波多野雅子被人发现陈尸之处。

她随后又搭车回青梅车站，进到中华餐馆“和来轩”，向老板娘探听曾经来店的一对情侣。

樱田亲自访问“和来轩”老板娘，她对那位女性及当时的谈话内容记忆犹新。女人表示，六月十日傍晚开车到店里点了炒面的那对情侣是她的朋友，老板娘因此提到十日那天，他们在开车来店之前，和“青梅林业”的卡车司机起了点小冲突。女人听到后非常感兴趣，出租车司机也可以作证。因为她在离开“和来轩”后，立即驱车前往位于车站后方的“青梅林业”，和与那对情侣发生口角纠纷的卡车司机黑原见面。

樱田于是直接走访青梅林业与司机黑原三郎会面，黑原对此事仍有深刻印象。

“十日傍晚，有辆下行车辆在和来轩前面硬要右转，挡到我的路，我一时火大，跟那个男人吵了起来，当时他的车上还有一个女人，最后是和来轩的老板娘出来劝和。”

黑原口中的车辆特征与佐山道夫的车子一模一样，只差没有注意到车牌号码。

波多野雅子的尸体经过解剖，发现肠胃里残存的消化物为炒面，可谓铁证如山，同时和来轩老板娘所描述的那一对情侣，也与佐山道夫和波多野雅子的特征相同。

由此可知以下两项事实。

一是佐山开车载波多野雅子至御岳山，将她绞杀后伪装成缢死。依辖区警员的说法，雅子由于尸体腐烂程度严重，颈部缢痕模糊，丈夫又向警方表示妻子为“自杀”，因此分析为自杀身亡。丈夫由于在外有情妇，乐于接受妻子死亡的事实，并宣称自杀原因不明的雅子留下了遗书，不希望妻子横死一事再造成更大的骚动。那时他心里正盘算着立刻与情妇共结连理，后来，更在不到半年的时间随即结婚宴客，桑山当时正巧在饭店，目睹了那场婚宴。

二是由以上调查结果可假设，枝村幸子发现佐山道夫涉案，进而以此逼婚，这正是佐山杀害幸子的动机。

借由樱田的报告，桑山更加确定佐山的嫌疑重大，但碍于枝村幸子命案一审时认定冈野为嫌疑犯，并依此做出判决，二审争论的焦点必定还是被告冈野。律师只会就自白无自愿性一点替被告辩驳，至于揪出真凶则另属他人职务。

负责侦办这起案件的检察官并非桑山，他无权发表意见。这起案件由同事丸冈检察官负责，由于自一审起便是根据高层的意思，也就是依从上面下达的指令行事，即使他与一审检察官抱持相同意见，也不是出自个人的判断。法官各自拥有“自由心证”的权力，检察官则无，纵然一审检察官的主张与事实不符，承办该案的上级检察官也必须持有相同见解。“检察一体原则”使得侦办行动处处受限，有时更会发生即使损害被告权益，也要坚守此一原则的不合理现象。

桑山确信冈野清白，真凶为佐山道夫。他认为，如果自己是二审的检察官，便能厘清冈野的自白不可信，再从中揭穿佐山的不在场证明，并通过瓦解佐山证言中的矛盾之处，进而追查杀害波多野雅子一案。

这件事在执行上困难重重，首先是冈野正一不曾怀疑佐山，他根本没发现这是个陷阱。再者，没有其他人认为佐山可能涉案，并且提出质疑，怀疑佐山的人只有检方内部的桑山与樱田，如何提出问题实在是个难题。

二审原则上不会重复进行与一审相同的审判程序，而为事后审查一审的判决是否妥当，并且严格限制于判决后提出新证据，亦即上诉时只能略加补充理由。在这样的情况下，从原判决中找出重大错误，便成了撤销一审原判决或使一审发回重审的唯一机会。

然而，检察官与被告对立，只有法官和律师可以证明被告清白。

明知凶手并非冈野正一，真凶另有其人，却受限于“检察一体原则”，以及此案为他人负责侦办，难道就只能束手无策地看着二审进行审查吗？

他先私下与丸冈检察官讨论自己的想法，又向副检察长进言，最后都落得无疾而终的下场。

究竟还有什么办法可行?

大部分的案件在逮捕凶手之前，就已经依过去的调查经验，锁定了特定嫌疑犯。

嫌疑犯锁定后，最迫切的问题便是，厘清嫌疑犯的行为举止与案情的关联性。如与案情无密切相关，不免引人怀疑，警方亦无十足的把握断定此嫌疑犯即为真凶。

桑山由发生在福冈县二日市武藏温泉的命案前后经过判断，凶手即为佐山道夫，因此强烈怀疑他正是杀害枝村幸子的凶手。他始终认为被害的年轻女子与佐山之间有特殊关系，佐山将她杀害后，又借机利用自精神病院逃走的疯子顶罪。

与此有异曲同工之妙的是杀害波多野雅子的手法。武藏温泉一案在位于天拜山山脚下的寺庙树林里犯案，杀害波多野雅子的地点则选在御岳山中，目的都是为了除掉女人这个绊脚石。前者妨碍了他的前途发展，而后者在利用殆尽后，遭他嫌碍事而遗弃。

最后这位枝村幸子与前两者略有不同，她推测得知波多野雅子遇害的真相，带给道夫心理压力，并以此逼婚。道夫野心勃勃，不难想象幸子的存在牵制了他的发展，同样成为他前途路上的绊脚石，而且比前两位被害人更加棘手。

佐山道夫的行径与案件具有高度关联性，可知他便是杀害枝村幸子的凶手。

一审误认杀害枝村幸子的凶手，并判决有罪。佐山道夫始终维持“证人”的身份，要将“证人”转为“被告”不只艰难，且苦无物证。法庭认定的物证都将嫌疑指向冈野正一。

佐山道夫在状况证据上远较冈野不利，却因关注的焦点为被告，不曾有人留意。冈野错在不该向警察认罪，依犯罪学家的观点，嫌疑犯一旦自白，其他证人在提供“证词”时，心理也会跟着受到影响，此间接证据便成了束缚嫌疑犯亦即被告的桎梏。

桑山向副检察长阐述自己的看法时，提起佐山道夫，遭到郑重而冷漠的驳斥。对方表示状况证据不足以证明被告冈野无罪，他表面上没有明讲，其实是为遵循检察一体的原则行事。桑山并非负责检察官却提供意见，这样的行为只是多此一举。

桑山考虑针对波多野雅子命案重新展开侦查，将凶嫌佐山道夫逮捕归案，并借此一举洗刷冈野杀害枝村幸子的嫌疑。既然高层不采取行动，就只剩下这个方法。

这方式执行起来有个困难，自杀案要以他杀的方向重新展开侦查，必须有足够的说服力才可能推动，现在缺乏的正是这样的力量。

首先遇到的困难为，波多野雅子的解剖报告上明记其死因为缢死，而非绞杀，此为阻碍重新侦查的决定性因素。

如今遗体已经火化成灰，不可能重新鉴定以推翻或对原本的鉴定提出异议。虽然可以对鉴定书进行鉴定，亦即实行鉴定再鉴定的方式，但没有其他强力的直接证据，难以推行此一计划。

其次为波多野雅子的丈夫不只不怀疑妻子的死因，甚至为妻子自杀感到喜出望外，更声称妻子留下遗书。但是，没有任何人实际看过那封遗书。

关于佐山道夫早已和波多野雅子发生肉体关系一事，只要追查佐山并询问店里员工就能得知，但仅只如此不足以构成犯罪嫌疑。前年六月十一日早上，佐山开车到加油站，谎称轮胎上的脏污是因为前一天开车至多摩川，沾到了红土与杂草，但他其实是开进了御岳山，青梅当地中华餐馆老板娘的说辞也可证明。不过，佐山只消一句“认错人了”，就可全盘否认此一情形。餐馆老板娘不曾再见过佐山和波多野雅子，他也能反驳目击者只见过他们一面，证词的准确度低。而且即使承认，这也只能当作状况证据，老板娘并未目击凶案发生过程，她的证词不能作为直接证据。而警察已将遗体列为“自杀”案件处理，更增添难度。

光凭这些状况证据，无法以佐山道夫涉嫌为由进行调查，更遑论其中遗体的勘验报告与推测不符。一旦重新展开侦查，结果又不如预期，势必会招来执法过当的谴责声浪，甚至可能因人权问题引起纠纷。佐山道夫毕竟是个强劲的对手，不可能屈服于这点程度的状况证据。

他早已盯上佐山道夫，难以忍受只能无奈地看着真正的凶手逍遥法外，任凭无辜者蒙受冤屈。

“在五月二十九日傍晚六点半到九点之间，佐山道夫都和福地藤子待在房间里，这显然是撒谎。他肯定离开过房间，而且冈野在枝村幸子家发现尸体的时间是八点多，他一定是在那之前就出门了。杀害枝村幸子所需的时间预估为十五分钟，所以应该是在七点半离开。如果能找到佐山当时搭乘的出租车，可以知道得更详细，只是可能性不大。”樱田说。

“根本不可能吧。”

“我们捏造一个载过他的司机如何？”

“捏造司机？”

“既然找不到证据，就只能要一点小手段了。”

樱田事务官之前隶属于警视厅搜查一课，是个习惯传统办案方式的刑警，有些老一辈的刑警即擅长于调查中设下圈套。

桑山虽认为这是铤而走险的做法，还是决定先听樱田如何计划。

“前年六月十日在青梅市的‘和来轩’前面，有一位‘青梅林业’的卡车司机黑原三郎和佐山起了争执。”樱田娓娓道来，“他后来见过前来调查佐山行动的枝村幸子，而且因为幸子问过同一件事，当我问起他与佐山之间的行车纠纷时，他还记得很清楚。”

“你是说有个疑似佐山的男子开车正准备在中华餐馆前面回转时，挡到了卡车，黑原于是对着那名男子破口大骂，最后还是由中华餐馆老板娘出面排解的那起纠纷吗？”

“对。那辆车确实是由佐山驾驶，车上还载着波多野雅子。我请黑原确认过佐山刊登在杂志上的照片，他看了很久，表示虽然不是十分肯定，但两人十分神似，还是得见到本人才能更加确定。”

“你要让黑原跟佐山见面吗？”

“不能只是见面，否则佐山一定不会承认。”樱田身子前倾，“我要黑原假扮成将佐山从枝村住的那栋大厦前载到青山店门前的出租车司机。”

“如果佐山记得出租车司机的长相呢？”

“不可能。除非是起了争执，否则就连我们也不会特别注意背对乘客的出租车司机长得什么模样。”

桑山也明白，出租车司机和饭店服务生及邮差一样，都是在公众场所服务的人员，不会有人特别关注他们的长相。

“我的构想是，不让黑原在去程载到佐山，而是回程。”樱田接着说，“我们不知道佐山在青山的哪里搭上出租车，不过，回程应该就是从枝村幸子住的那栋大厦附近，一路搭回店里。凶手在作案之后，心理上会想尽早离开现场，赶快回到家里。犯案前虽然忐忑，犯案后更是惶恐不安。”

“对方可是佐山，他真的会让出租车停在店门口吗？”

“不一定要门口，停在附近也可以，只要让他以为司机觉得乘客的举止怪异，留下深刻印象就行了……假扮回程司机还有一个好处，佐山的不在场证明建立在冈野打电话来的时候，他人正在房间里，司机的证词可以戳破，他其实是在冈野那通电话打来的八点二十分前不久，才回到房间，瓦解他的不在场证明。”

听着这个计划，桑山也有些心动。

“可是，黑原从前年到现在一直都待在青梅林业，没离开过啊。”

“这就要动点手脚了。他得假装从前年八月转行到东京都内当起出租车司机，反正他也没有载过佐山，怎么说都一样。”

“他们要怎么见面？”

“如果只是让他们不小心碰到面，佐山那个人的个性就像您所说的，他肯定会佯装不知。黑原得寄封信给佐山，信里就写，去年五月二十九日晚上八点，我在信浓町的大厦附近载了一位客人到青山靠近美发沙龙的地方下车。我觉得对方很眼熟，想了很久，最近看到女性服装杂志上的照片才终于想起来，前年六月十日傍晚，我跟你在青梅因为车子的事吵了一架，那次的争执使我印象深刻，没想到那个人竟然是你，我一直惦记着这件事。为了得到佐山的响应，得租间房子，让黑原在东京都内住上一个星期。费用由我们承担，还得提供谢礼。我这就去青梅一趟，说服他帮我们这个忙。”

“然后呢，你希望佐山怎么响应？”桑山问，但自己也感到茫然。

佐山道夫从早上寄来的邮件中取出“黑原三郎”的来信。

每天有许多寄给道夫的邮件，除了杂志、美发专刊、百货公司传单，还有陌生人寄来的信。其中有慕名信，也有些以幼稚的笔迹询问如何成为一流发型师，而每天必有两三封信来自各地美容院的员工，表达欲拜入其门下的决心，在当今的趋势影响下，比例以男比女多，发型师俨然成了个赚钱的行业。

道夫以为“黑原三郎”也想前来拜师，心不在焉地读起信。

> 时值秋高气爽之际，冒昧打扰，实感抱歉。
>
> 好久不见，或许您不记得我的名字，然而，我对您的印象仍然非常深刻。我现在是东京都内出租车行的司机，过去受雇于青梅市的青梅林业，工作是驾驶卡车。前年初夏，我有写日记的习惯，日记里写到六月十日傍晚六点半，在青梅市的“和来轩”门口，您开车回转时，正好挡住我的去路，我一气之下，下车跟您理论。我一开卡车就容易烦躁，控制不住自己的情绪，发生那种事，实在非常抱歉。当时，“和来轩”的老板娘虽然

出面劝阻，您车上那位富态的妇人却满脸惊恐，对不起造成麻烦，谨在此致上最诚挚的歉意。

道夫读到这里，内心起伏难以平息。

没错，确实有这件事。那时我正载着波多野雅子要到御岳，她说肚子饿了，我于是顺路选了家中华餐馆。

这是第二个提起这件事的人，第一个人是枝村幸子。

“我当面仔细问过那位卡车司机了，确定你就是杀死雅子的凶手，他也表示随时都可以出面作证，他说你车上载着一个肥胖的中年妇女，自己一个人到御岳山里上吊的雅子，竟然在你的车上，再说你分明是开车到多摩川，结果居然跟雅子一起在往御岳途中的青梅吃炒面。解剖之后，从雅子的胃里发现了炒面，还有那间店放在冰淇淋上的樱桃籽呢。”

枝村幸子沾沾自喜地说，露出志得意满的笑容。他为了脱离这傲慢的枷锁，杀害了幸子。

黑原三郎的信还有很长一段，他究竟有什么企图？道夫犹如于狂风骇浪中浮沉，再往下读。

我一直惦记着要向您道歉，但不知道您的姓名与住址，直到去年五月，日记上写着，是五月二十九日晚上将近八点的时候，偶然遇到了您。这真是不可思议的偶遇，您在信浓町刚好搭上我的车，上车地点就在那一带的高级大厦附近。您上车之后，我没有立刻发现您就是那位一年前在“和来轩”前面和我发生争执的先生，只觉得似曾相识，还是往后视镜看了好几回，才终于认出来是您。那时候我原本想亲口道歉，却不好意思开口，总想着等一下再说，您就在青山下车了。我一直觉得遗憾，错过了向您表达歉意的机会，直到最近在女性周刊上看见您的照片，才惊讶地发觉您竟然是位名人，既然如此，我更要为当初无礼的行为亲自向您致歉，才决心写下这封信。

读完黑原三郎的来信，道夫手里紧抓着那七八张信纸，眺望远方良久。他安详的眼神里浮现两个不同的场景，其中有个人物正不断来回穿梭，而且只见他的影子在朦胧玻璃的另一头晃动，直惹人心烦。

他还隐约记得青梅公路上遇到的那位卡车司机，却对由信浓町大厦旁搭到青山的那位出租车司机完全没印象。他根本没见到那位司机的脸，没有乘客会在搭上出租车后刻意盯着司机，记住司机的长相。

前年六月十日傍晚六点半和去年五月二十九日晚上八点前，青梅与信浓町，没想到竟然还有另外一个人，重复出现在这两个时间地点，要说偶然未免过于巧合，简直像是刻意安排，天底下怎么可能有这么凑巧的事？

说不定其中另有隐情，道夫立刻有了戒心。而这隐情若非人为操弄，便是阴谋。

他开始思索理由。既是蓄意，必有原因，更何况是要弄诡计。

道夫猜想，黑原三郎的行动或许是受到警方指使。这可能是警方利用司机，设下圈套，但自己又推翻了这个想法。警方既然认定波多野雅子死于“自杀”，枝村幸子一案的“凶手”又已经送上法庭，并于一审被判有罪，处无期徒刑，被告虽仍在上诉，警方却是信心十足。这么一来，黑原三郎不是因为警察找上他。他于是将司机试图接近他的举动解释为与警方无关，只是单纯出自个人因素。

黑原也许正如信中所述，在出租车中想起一年前还在开卡车时的鲁莽，希望能向他致上歉意。对方如果是一般人，黑原根本不会放在心上，就是知道他是位“有名人士”，才会这么大费周章，借机接近令人憧憬的“名人”。

道夫认为这解释未免过于表面，又找不到其他“理由”。司机这职业出没不分时间地点，随时与不同的人接触就是他们做生意的方式。黑原只是在这些不特定的乘客当中，刚好想起了一位特定的乘客。

不宜冷落这位司机，道夫判断。唯恐应对稍有怠慢，他会大肆宣扬，向朋友说长道短，一传十，十传百，最后传进警察耳里，惹来怀疑。无心追查其他嫌疑犯的警察，可能因此兴起调查的念头，他也不愿让那些好奇的群众看好戏。更糟的是，枝村幸子后来找到了这位司机。

这么想或许是庸人自扰，然而置之不理，又觉得心里有个悬而未解的结，只有早点知道实情才可释怀。如为祸害，则需尽早铲除。总之，这封信得妥善应付，何况这男人还牵扯到枝村幸子。

黑原三郎在信中约定了访问美发沙龙的日期，并表示将于当天下午五点来电确认。信以快件寄到，信中所指的当天也就是今天。

傍晚五点，道夫将自己负责的一位政治家夫人交由徒弟打理发型，自己则回房休息。他不想在店员前来通知的情况下，拿起店里的电话处理这件事。

五点一到，房里的电话响起，收银台的女店员告知是黑原先生来电，把电话转了过去。“我是黑原。”年轻男子迟疑地说，“……请问您是佐山先生吗？”

“对。”佐山为打探对方的底细，刻意冷淡响应。

“我寄了封信给您，请问您看过了吗？”

他的年纪轻，说起话来却不怕生，或许是因为从事卡车及出租车司机，已经习惯与人接触。

“我刚看过了。”

“请问方便过去与您见面吗？”

“你找我就是为了信上说的想跟我道歉的那件事吗？”

“对，就只是那样，不过，还有点别的事。”

“什么事？”

“这件事不方便在电话里说，最好是能在没有人的地方当面谈……”

道夫走向位于新宿百货公司后面巷弄的咖啡店。

黑原三郎要求见面的时候不要有其他店员在场，道夫觉得奇怪，这真是个令人不快的请求。其实根本没有必要特地跑到咖啡店，大可一口回绝，但那封信让他放心不下，终究无法拒绝。

他进入咖啡店，一到门口就看到座无虚席。这家店往最里面走去，还可以再往下一层楼，另外也有二楼，而且一定要走上楼梯，才能将二楼全貌尽收眼底。道夫伫立在入口处眺望，二楼栏杆旁有个男人半弯着腰，摇旗似的挥舞手中的杂志。男人系着紫褐色领带，这是黑原三郎在电话里告诉他的特征。

上楼的时候，他想着那个手拿杂志的男人有些面熟，在黄昏的青梅公路上走下卡车的男人确实就长那副模样。楼梯不长，没多久就走到了男人面前。

“你是黑原吗？”他主动开口。

“对，我就是。”

男人二十五六岁，发型和时下流行的遮耳长发不同，而是只有前面留长，其余剃短，像是平头的造型变化。他的两眼浑圆凹陷，颧骨突出，塌鼻大嘴……当然，他的肤色黝黑。没错，就是这张脸。道夫在模糊的记忆当中，想起前年从装甲车般的卡车走下高耸驾驶座的一位全身肮脏的男子。

“佐山先生，您好。我在信里也有提到，那时候真是非常抱歉。”

黑原三郎将双手交叉在背后，鞠了个躬。

“不要这么说，事情都过去了，别在意。”

道夫伸出手，对方握住他的那只手宛如木头般坚硬。

他们相对而坐，道夫向女服务生点了杯和黑原三郎一样的咖啡。坐定后，他又端详眼前的男人，对那张脸的印象逐渐鲜明，终于确定他就是那个时候的男人。

他随意观察四周，注意到邻桌和周围都是年轻情侣，不像有警察变装藏身其中。

“我只要一开卡车就觉得烦躁，明明只是一点小事也会大发脾气。”

黑原三郎一个劲地搔着他那颗造型特殊的平头。

“没关系，不用再提了。”

“是，对不起。”

“倒是你在信上提到，你现在在开出租车吗？”

他打算先发制人。

“对。”

“在哪一间出租车车行？”

“江东区的八光出租车行。”

“这工作是从什么时候开始的？”

“前年八月。青梅的生活费便宜，可惜就是缺乏刺激，不过，开出租车也不好赚，白天几乎赚不到钱……对了，我去年开车到信浓町遇到了您，就在一栋豪华大厦的附近。”

“你是说信上写到的那件事吗？”道夫问道，持续观察着对方要如何出招。

“对，老实说，我注意那栋大厦很久了。”

道夫心头一紧。

“那时候那栋大厦四楼开了一间夜店，其实就是供男人玩乐的秘密场所，我们常载客人过去，载到之后，会有女人给我们一千日元小费。我要跟您说声抱歉，您在那栋大厦附近上车的时候，我还以为您是刚从那里离开的客人，所以才会从后视镜偷看，不过，我马上就认出来了，我曾在青梅遇见过您……”

“我不是从那栋大厦出来的。”道夫忍不住严词否认，“我是在那附近散步。”

他觉得这理由薄弱，也没有多加考虑，脱口而出的话倒像是强词夺理。

女服务生将咖啡放在桌上，询问是否需要牛奶。

“哦，您一个人在那里散步啊？您的地位这么高，通常不是会有弟子在身旁服侍吗？”黑原三郎瞪大了凹下的双眼。

“我要整理思绪的时候，就会一个人出门散步。”道夫啜饮一口咖啡后说。

“周刊上说，您的店不久将会站上日本美发界的顶端，我就是从上面的照片发现原来您是佐山先生。”黑原的眼神转为流露出敬畏之情。

“周刊的报道不管褒贬都一样夸大不实，而且还得小心遭人中伤，否则后果不堪设想。”

“您真是辛苦，不过既然客人都是女性，工作起来也特别愉快吧。毕竟是让漂亮的女性更加动人啊。”

“我的工作是让不起眼的女性变得更加美丽，她们感谢我，我也能从中取得利益。”道夫轻浮地说。

“您一定很受女性欢迎吧？”

黑原咧嘴笑着，像是对这话题深感兴趣，但这却是道夫最需提防的问题。

“没这回事，我们跟客人只是生意上的往来。”

“说得也是，不然会搞坏身体的嘛。”黑原竟钦佩地不住点头，然后突然抬起了脸。“我前年大闹的时候，不，我在青梅公路上为了点小事跟您吵架的时候，您车上坐着一位富态、稍微年长的女性，她还好吗？”

这问题正中要害，道夫告诉自己不能慌张，深呼吸了一口气，心平气和地回应。

“她最近好像搬家，没到店里来了。”

“您如果遇到她，请代我向她问声好。当时她在T型豪华轿车里，好像被我的蛮样吓坏了，真是抱歉。”

“我如果见到她，会再帮你转告。”道夫的语气平静。

“还有……”司机又腼腆地猛搔着头，“我还有一件事得向您道歉……说起来真不好意思。”

“有什么事吗？”

反正也不是什么重要大事，道夫虽然这么想，还是鼓起勇气主动询问。如果不让黑原说出口，不知道他“为何道歉”，总觉得心里不安。

“也没什么……其实是在跟您发生争执的半个月后，在青梅车站前面排班的出租车司机，载了位不到三十岁，身材修长的美女来找我，她不知道为什么对我们争吵的事情很感兴趣，追根究底问了很多问题，尤其关心时间跟车上的那位女性。”

他说的是枝村幸子，道夫觉得胸中仿佛有股浑浊的污水往上逆流。幸子确实曾经告诉道夫这件事情，而且还愉快地嚷着终于掌握到波多野雅子遇害的证据。她又是说解开了轮胎上为何有红土和杂草的谜底，又说握有铁证，将草的种子从裤褶里抛出。这些“证据”缠成了一条绳索，紧紧套住他的脖子。

“我那时候不知道您是佐山先生，帮了那位外表聪明的气质女性。我对女人最没辙了，还特地从办公室拿来当天的工作记录，让她确认我说的话没错。不晓得她是不是因为对您有好感，所以吃醋到处调查您的行动？”

“应该不至于吧，我根本不知道有这回事。”他说话的声音有些嘶哑。

“我这么多管闲事，给您添麻烦了吧？”黑原忧虑地问。

“不会，你别放在心上。”

不用放在心上，但也不能到处乱讲，就到此为止吧——道夫烦恼着该如何表现，才能封住黑原的嘴。

第三十章

挑　战

樱田事务官约了福地藤子见面。他先从她过去任职的杂志社打听到现在的地址，再以电话联络。她表示不方便在家见面，指定了一间附近的咖啡店。

福地藤子对人没有心机，甚至对曾向她探听关于枝村幸子消息的地方检察院事务官也不抱戒心，没和以夫妻相待的佐山道夫商量，就答应与他会面。她以前因为帮忙一位即将在杂志上刊登作品的小说家取材，拜托过樱田，留下不错的印象，而且她也想回报当时的善意。

樱田在咖啡店里见到有女人味的福地藤子，暗吃一惊，并了解这转变正是来自道夫。他从杂志社探听到她辞职的理由，对道夫提出“类同居”的意图，有自己的一套想法。“樱田先生，好久不见。”

“听说你辞职了？”

“您听说啦，真没想到会发生这种事。”

福地藤子娇媚地垂下眼。这种事，指的当然是和道夫结成连理。

“你结婚啦，恭喜。”

“我们跟一般形式上的结婚不同，是基于共识结婚但不同居。”

“这跟结婚前的交往不一样吗？”

“我们已经在过着结婚生活，所以也不一样。这是新形态，可以兼顾两者的好处，又不失新鲜感。”

“原来是这样啊，真是崭新的想法。冒昧问一下，这种方式也没有办理结婚登记的必要吗？”

“有必要还是会登记，只是现在没有那个需要，登记也不过是个形式而已。”

“可是，还是得登记才能得到法律上的保障吧？”

“唉，就算有保障，等到两个人的精神不再契合，保障也没意义了。离婚就是受形式主义荼毒，成了悲剧一场。所以说，重要的不是形式，而是实质内容。”

“我明白了，那么……你们是从什么时候开始这种生活的？”

“我想想，五月开始的。”

那是在枝村幸子遇害一年后，道夫可能是故意挑选在这个时机，如选在遇害后不久，未免动机过于明显，为了不让人看出她以不在场证明“赚进”这段婚姻，拖延时间便成了不可或缺的条件。

樱田天南地北地聊着，发现“分居结婚”不是福地藤子的意思，而是道夫的想法，她还是希望能举行一般世俗所认为的“形式上的结婚”。她因为个性软弱，没有坚持自己的意见，而且不管再怎么牺牲，都认为能与道夫一起便是无比幸福，盼望能紧握这难能可贵的一刻。

当樱田提及有位出租车司机，在五月二十九日枝村幸子遇害当天晚上八点载到道夫时，她也只是感到困惑，没想到这将使道夫在法律上处于不利的地位。道夫没向她表明杀害枝村幸子一事，只透露是“出去”找人谈一下贷款的事，并要她保密。

福地藤子已经完全丧失了周刊记者的敏锐直觉。

“佐山那一天七点二十分就出门了。”

“那是去年，也就是昭和××年五月二十九日晚上七点二十分吗？”

樱田又复诵一次作为确认，并且稍微抬起戴着手表的那只手，看了一下时间。

“对，五月二十九日晚上七点二十分。”

“他什么时候回到房间？”

“我记得是八点十分。”

“他出门的时候说是去找人谈贷款的事吗？”

“对。”

“知道名字吗？”

“不知道，他没告诉我。”

“他不在的这段时间，有人打电话来吗？”

“他一回来就有个叫冈野的打电话来。电话是我接的，转给佐山之后就挂断了。”

“他那时候有说什么吗？”

“他猜冈野会打电话来，叫我接到电话之后，语气亲昵地跟他对话，跟冈野开个小玩笑。”

樱田再度将手表贴近脸，像是在意着上面的指针。

“你那一天几点到佐山的房间？”

“傍晚六点半吧。”

“店员不知道佐山外出吗？”

“我们耍了一下店员。最后留在店里的员工要来向佐山道别的时候，我就开始自言自语，假装佐山在房间里。您想想嘛，佐山出门，留我一个人在房里不是很奇怪吗？您问这做什么呢？”

桑山信尔听取了樱田的报告，一是黑原三郎在新宿的咖啡店与道夫会面，二是他亲自访问福地藤子。

“这就是证据。”

樱田拿出两卷录音带。这两卷非一般录音带，而是安装在表内，外观和有些笨重的大型手表没有两样，只有将转柄改装为按钮，可以随意操作录音或播放。

“黑原去见佐山的时候，戴着这只表。”

樱田说着，拿起其中一只手表，一指按下转柄。

“……所以才会从后视镜偷看，不过，我马上就认出来了，我曾在青梅遇见过您……”

“这是司机黑原三郎和佐山道夫的声音。佐山坦承曾载着一位貌似波多野雅子的女人，在青梅车站前面和黑原发生争执。”樱田补充说明。

对话的声音细微但清晰地从手表内的录音机传了出来。

听完他们的谈话，樱田又拿起另一只手表播放，录音内容主要由樱田发问，福地藤子回答。

桑山心中有三个想法。一是再次向上司申诉，使被告冈野正一的主张获得承认，将此案发回一审。这虽然属于法官的权限，检方也可借由发现新事实，积极推动发回重审。

另一个方法是，指挥警方重新调查枝村幸子命案，逮捕佐山道夫。这个方法仍需经由上司同意，与前一个方法是一体两面。检方要指挥警方移送佐山道夫，起诉是首要条件。

最后剩下一个技术性的手段，那就是依“伪证罪”起诉佐山。一审的法庭记录中有这么一段对话。

证人（佐山道夫）：冈野在晚上八点二十五分打电话来，那时候福地藤子刚好在我的房里，帮忙接了电话再转交给我，不过，冈野什么也没说。

审判长：你在房间里待了多久？

证人：晚上六点半到九点。

审判长：这段时间内都没出门吗？

证人：没有，我一直在和福地藤子谈事情。

由于这与冈野的罪行无直接相关，不影响被告利益，严格定义上不构成伪证罪，但仍可以此为契机，将方向转为关注佐山的所作所为。

桑山判断，这些方法无一可行。上次的申诉遭副检察长驳回，副检察长即代表检察长的意志，况且此案不由他负责，发言立场薄弱。如要更换检察官，除非该名检察官调任或被认为不适合侦办此案，检察长才能基于“事务移转权”，在侦查方针不变的情形下，将事务移交至其他检察官。

而临这穷途末路的困境，樱田提出了两个方法。

一是，由于波多野雅子“自杀”当时，佐山显然人在现场，他杀嫌疑浓厚，可依此指挥警察重新调查此案，再反过来使佐山道夫承认自己即为杀害枝村幸子的凶手。

这方法同样难以实行。警方既然已经以“自杀”结案，重新调查的机会极为渺茫，更何况没有任何物证，唯一掌握到的只有当天佐山车上载着一位貌似雅子的女性前往青梅的情况证据，遑论雅子的丈夫伍一郎出于个人因素，强调妻子的死因为自杀。

“不能采取正面攻击的方式。”樱田不甘就此放弃，说道，“我们可以走偏门，对外点名佐山涉嫌杀害枝村幸子，您觉得这方法如何？”

“你要怎么做？”

“只要通过杂志揭发罪行，佐山为保住自己的名誉，肯定会以毁谤名誉提起告诉，这么一来，原告佐山道夫势必得接受调查，以认定犯罪事实。除此之外，没有其他方法可以查办他了。”

这方法虽偏离常轨，也算是权宜之计。

樱田的这番“进言”，令桑山踌躇不已。他提出的虽是邪门歪道，但既然检警双方都无意重新展开侦查，只好求诸其他方式。由过去的案例可以得知，检方接到第三者告发[1]，一定会着手

1　原著注：刑诉法第二百三十九条规定，不问何人知有犯罪嫌疑者，得予以告发。

侦办。当“正途”不通，就得采取某种程度的权宜措施。

桑山会这么坚持不为别的，他无法漠视无辜的人因冤罪被处以重刑。国家以法律保障人权，其本身的官僚机构及官僚意识，却坐视人权遭受迫害，而内部的检察官明知此一情形，又受限于检察院“指挥暨命令”的上下秩序，无计可施。

二审尚未判决，高等法院的审判长可能做出如下判决：“一审虽已详细检讨各项证据，对于发现被告自白内容真实性之努力仍稍嫌不足。即使如此，考虑到被告的人格卑劣且虚伪不实，认定该自白具自愿性，得采为证据。”（二审维持原判，仍判有罪之判决文书的例文）又或者认为“综合以上各项证据、证词及状况证据可知，司法警察在侦办过程中受偏见误导，认定被告涉嫌而疏于追查事实真相，并以不当手段强迫被告自白。一审未能指出被告自白内容多有矛盾及谬误，实感遗憾”。（二审推翻一审有罪判决，改判无罪之判决书的例文）前者的判决如缺乏关键性的新证据，难于高等法院二审获判无罪。为挽救无辜百姓免于蒙受牢狱之灾，二审为关键。

“这件事交给我处理，绝对不会给您添麻烦，一切由我樱田负责。”

樱田长期受桑山委托“私下”调查佐山道夫，自然而然地在内心深处衍生出彻底追究的坚持。

“那就交给你了。”桑山表示同意。

“太感谢您了。”樱田将双手摆在膝上，鞠躬致意。

此时，他已经痛下决心，即使辞职也在所不惜。

“首要难题是，这件事需要杂志社帮忙。”

既然要在杂志上公开指名某人为“凶嫌”，杂志社若不坚决果断恐难以应付。

“我认为可以找《女性回廊》。”樱田提议。

“那不是枝村幸子以前担任编辑的地方吗？”

“没错。对杂志社来说，这是为前员工的惨遭杀害来报仇，投入程度会比其他地方更加积极。”

“嗯……”

“这么做的目的是要让佐山控告杂志毁谤名誉，最近常有周刊被告，但毕竟处理费事，杂志社如果缺乏兴趣不可能提供协助。《女性回廊》因为旧员工遇害，行之有理，即使刊登报道，也不会被视为纯粹只是投众人所好。”

这就是问题所在。佐山道夫的名字常出现在媒体上，算是媒体宠儿。“凶杀嫌疑”的报道登出后，势必有助销量成长，而引来“为销量迎合大众”的批评。佐山道夫若为真凶尚无影响，如稍有差池，杂志社为钱不择手段的行为将成千夫所指的对象，使得杂志信誉严重受损。这对杂志社来说可谓一大赌注。

因此，这件事不能拜托其他杂志社帮忙，唯独“名义”充分的《女性回廊》，可能愿意冒这高度风险。樱田的提议就是基于以上想法。

另外还有一个更严重的问题。提供杂志报道“数据”的樱田，是检察院里的职员，国家公务员不得向外泄漏职务上的机密，退休后亦同。（国家公务员法第一百条第一项）

“这条法规的精神在于避免特定团体或个人从中得利……”樱田说，“并且关系到侵害人权的问题。不论是从道德还是社会的角度，保障人权有其正当性，而钻法律漏洞的罪犯则无此一权利，予以举报更是当务之急。眼看有人无罪却因他入狱，为维护社会正义，务必要揭发真凶，还无辜者清白及自由。解释国家公务员第一百条时不能墨守成规，必须扩及法律维护社会正义的精神。”

樱田继续说：“这第一百条规定的是‘职务上的机密’，严格说来，到目前为止，我从来没有以‘公务’调查过这件案子，这条文并不适用。我绝对没有行使过检察事务官的职权，不只不曾行使职权，也没有在公务的时间展开调查动作。我到九州岛是趁着休假，在东京都内投入调查的时间，不是利用下班后就是假日。条文规范职务是针对负责侦办该案的相关人士，而我不负责侦办，跟案件毫无关联，调查是出自我个人的行为，没动用到国家机关的资源。依个人身份调查到的资料属于我个人所有，并不违反第一百条的规定……这虽然是以狭义解释，尤其让人怀疑的是，检察事务官的职衔与个人是否能完全切割。刚才那些话就算有理，总是有几分牵强。不过，不这么强词夺理，就没机会救出冈野正一了。”

《女性回廊》总编辑接待樱田，与主编两人听着他的谈话，不禁感到血脉贲张。访客于来访前已告知此为秘密情报，希望能单独会面，其内容果真令人惊心动魄。

他听着这位以个人身份来访的访客娓娓道来，得知检警双方都对此名凶嫌束手无策，希望能以其他方法开启侦查契机，这便是他此行的目的。这不只是一般随便的“兜售情报”，显然是出自检察院内部分人士的有意操作。

由于做法是通过杂志报道举报目标人物，进而遭受对方控诉毁损名誉，总编辑无权定夺。

总编辑郑重其事地回答将与社长讨论后决定，请樱田先回，并表达个人希望合作的高度意愿，请他务必保密。对于这请求，樱田更是求之不得。

当晚，总编辑等着社长从大阪出差回来，又暗自指使主编整理过去与发型师佐山道夫相关的资料。公司数据库里存放着有关佐山的报道及照片等报纸杂志，一旦确定执行，势必需要更多参考数据，这些只是初步了解佐山道夫的基础。

他翻阅着资料，回想起遇害的离职员工枝村幸子。

枝村幸子是个自大、虚荣又令人厌恶的女人。仗着年资长便趾高气扬，不将编辑部的男人看在眼里，虽有才能，却更擅长忙里偷闲，简直让人忍无可忍。

她瞧不起人，历任总编辑亦不堪其扰，不得已只好采取特别待遇。她的上班时间较总编辑晚，又早下班，在编辑会议上冷眼笑看他人提出的企划案，并于上班时间以访问作家为借口，溜出去玩耍。她的薪资高，前几任的总编辑看重枝村幸子常取得特殊题材或名人稿件（她当时也很尽力工作），特别加以提拔，后来那就成了她的基本薪资。

总编辑想起她辞职时闹出的那场风波，直到现在仍叫他愤愤不平，憎恶丝毫不减，只是耳闻她不幸遇害，还是不免油然生起怜悯之心。

访客递出检察事务官的名片以表明身份，由于总编辑尚未给予明确答复，也就没有进一步谈到具体内容，但他知道，在这协助救人免于冤罪的请求背后，存在着可信度极高的资料。樱田毕竟是检察院职员，即使以个人身份前来，也是受上层指示。

杂志销量肯定能因此一飞冲天，甚至加印。指控的对象是现今当红的顶尖发型师，在女性之间拥有广大的知名度，正是适合《女性回廊》的最佳题材。

他有正当的名义刊登这篇报道，公然在杂志上指出“杀害本杂志原编辑部员工的凶手”。

一是为了报仇，绝不是哗众取宠，“报仇”这行为本身在传统上就带有令人痛快又感动的特质。

不过，这只是个人因素，最重要的还是，救出在牢里以泪洗面的良家百姓所唤起的正义感，这将深获读者共鸣。也可借由指出真凶，为可能于二审判处死刑的嫌疑犯复仇，甚至引发社会整体为无罪之人平反的舆论。

另一个名义是，严正批评以杀人罪嫌逮捕无辜人民的警察，将其起诉的检察官，以及于一审判决有罪的法官。国家权力欺压软弱的小老百姓，这残酷的行径势必会引起巨大的抗议声浪，严厉谴责警察无能，竟放任真凶逍遥法外。

接下来，《女性回廊》将引爆种种社会现象，从某种层面上来说，可谓历史性事件，而且还是“独家报道”。

总编辑越想越迫不及待，紧急打了通电话到大阪，得知社长已经搭上新干线。他深信来访者提出的数据，具有相当高的准确度，已经决定好如何塑造被害人枝村幸子的形象。

本杂志原编辑部员工枝村幸子是位纯洁的女性。她才能出众，学识渊博，工作表现优异，且尽忠职守，受社内众人爱戴，在社外的名人之间更是广受好评，而且还是位单身的美人。她辞职时，无人不感到惋惜，一再挽留。如今，枝村幸子俨然成为社内年轻女编辑崇拜的对象，永远的偶像……总编辑决定不假他人之手，由自己亲自动笔。

三周后，《女性回廊》杂志刊登了“本杂志原编辑部员工枝村幸子惨遭知名发型师佐山道夫杀害”的专题报道。

杂志更在报上刊登耸动的广告，大剌剌地突显“指名”及“告发”等字眼。

过去不曾有杂志在警察尚未展开行动之前，便锁定杀人嫌疑犯并公之于世。读者对嫌疑犯为活跃于美发界的名设计师充满兴趣，单只凭他是涉嫌命案的嫌疑犯，就足以让报纸连日不胜其烦地进行追踪报道。

杂志上视佐山道夫为杀害原编辑部员工枝村幸子的真凶，巨细无遗地进行了一番“调查”。

报道文笔颇为煽情，仔细阅读之后，会发现缺乏具体事实，但由字里行间展现的自信，可知其手中握有充分证据。

在报道里，被害人枝村幸子与嫌疑犯佐山道夫两人之间的关系暧昧不清。这是考虑到如果过于强调两人的情爱，便会与枝村幸子“才能出众，学识渊博，工作表现优异，且尽忠职守，受众人爱戴，是年轻女编辑的偶像”此一形象相互冲突。

读者并不在意这些，报道中也刻意轻描淡写带过。整篇报道描写的重点在于，一位平凡画家因蒙受不明之冤，遭警察逮捕，被迫认罪，并因此遭到起诉，送上法庭，于一审判决有罪。现仍被关在拘留所内继续上诉，并且强调这位可怜的画家会遇上此一不幸，皆因遭其美发师友人奸计陷害。

文章以女性杂志特有的笔触写成，流露出对冈野正一蒙受冤屈的同情，又详加报道冈野的妻子和子述说丈夫的本性善良，相信他的清白，以及目前只能靠兼差维持生计的艰苦困境。

与此对照的是，针对将冈野“送入监狱”的发型师佐山道夫，展开个人攻击。文章内介绍他的生活“浪荡”，并列举其友人及熟人的发言以兹证明。“才能出众，学识渊博”的枝村幸子，在这里饱受实际上不过是个蠢女人的形象威胁，但读者还来不及注意，文章内又接连揭发各项冲击性的事实。

攻击并以美发界的“大师”如何“谈论”佐山道夫的形式，批评佐山空有虚名，自以为是，其实只是靠商业手段拉拢顾客，没有基本功夫，实力顶多只到“学徒”的程度。这是由在四谷开设村濑美容室，曾经雇用佐山的夫妻提供的证词，村濑的妻子更是痛批佐山道夫“没有人性”。

一位美发界“大师”毫不客气地指出，佐山在美发界中没有地位，不过是个突然蹿起的无名新秀，放任不管恐怕会招来世人对美发界的误解，迟早得加以收拾，清理门面。

接着笔锋一转，批评起警察、检察官及法官，其中对检警机关的批判最为猛烈。文中指摘警方办案的方式一成不变，检方未详查警方的调查结果便草率起诉，而在读者看来，攻击检方的口吻较警方“温和”许多。

报道宣称为使仍在等待二审的冈野能早日获得释放，本杂志特打破新闻界常规，指出真凶，公布其名，最后并暗示性地留下一句“有证据显示，佐山道夫亦涉嫌另一起命案”作为总结。

第三十一章
检察官的失败

《女性回廊》因勇于在杂志上“告发”现今当红的年轻发型师“杀人”，引起热烈讨论，尤其遭到指名的佐山道夫于“美发沙龙”接待的客人，多为当红女星、酒吧小姐以及名流贵妇，造成的反应更是热烈。

然而，这件事只有在《女性回廊》的读者之间引发回响，顶多扩及其读者周围，各报纸杂志无一随之起舞。

新闻界有个奇怪的惯例，对于大肆宣扬的“独家报道”，倾向采取刻意忽视的态度。毕竟这攸关自身的“权威”，追踪别人的“专题”，充其量只是在炒冷饭，欠缺新意。而其他编辑则是觉得沾光有失面子，又不甘落于人后，抗拒与嫉妒便因此而生。由于这些因素影响，使得漠不关心成为表面上的主流。

严格说来，《女性回廊》出于主观“告发”佐山道夫，不能算是新闻。若是新闻，即使被其他报纸杂志抢得先机，还是可以急起直追，并且迎头赶上，也可能在激战当中失利，演变成需公开道歉的窘态。

女性杂志当众“指名”佐山道夫杀人，暴露的是个人人格，其他杂志及报纸皆无从着手，只是讶异于《女性回廊》的作风大胆，在一旁静观其变。

他们等着看当事者佐山道夫提告“毁损名誉”，人格遭到如此中伤，他不可能默不作声，不，他一定不会坐视不管。杂志里出现的不是一位男女情爱关系中的“杀手”，而是犯下刑案的“凶手”。

杂志发行两周后，佐山道夫方面仍没有任何动作，《女性回廊》编辑部百思不解，决定派记者从旁了解状况。

记者首先来到位于青山的“美发沙龙”，店里依然是门庭若市的景况。

本以为“凶手”经营的美容院，会吓得女性顾客不敢再度光临，生意大不如前，没想到竟比以往更加热闹。不明所以的记者从客人当中，问了一位颇具知名度的年轻女星。她气呼呼地瞪着眼说：“佐山怎么可能做出那种事情，其实是你们杂志想出名吧，太卑鄙了。”

名流贵妇也是一样的态度。

“根本没有人相信那篇报道，那简直是恶意中伤。事情如果是真的，警察跟检察官怎么可能不闻不问，可是他们一点动作也没有，这就证明了佐山是清白的。至于那篇报道来源，猜也猜得出来是谁在乱放消息。佐山笑着不当一回事，更不会控告对方毁损名誉，不然岂不是自降身段，正中对方下怀。”

问她话里的对方指谁，她表示是美发界里嫉妒佐山名气的大师，是那些人怂恿《女性回廊》发表不实报道。

记者要求与佐山道夫会面，遭到拒绝，由秘书柳田代为出面响应。

“老师对那篇报道没什么看法，那明显是有心人士捏造，没有必要追究。就某种意义上来说，这就是美发界，彼此竞争激烈，相互攻讦，但根本谈不上是政党的派系斗争，充其量像是宫女在暗中使诈。您或许还记得，过去有位美发界大师的丈夫传出丑闻，听说那就是对手的阴谋，人心险恶啊。您问客人吗？来店里的客人不只没减少，还比以前更多了。大家同情老师，表示会给予绝对支持。关于这件事，我能说的就这么多，请不要再来了。”

女性同情弱者，“不打落水狗”。她们或许是怜悯美的杰出创造者佐山道夫遭人欺侮，起而拥护，又可能是相信佐山方面宣称的“阴谋论”，决定予以支持。

《女性回廊》改变原定计划，准备再次发动攻势。刊登报道的该期杂志销量创下佳绩，可见在一般大众之间确实造成回响。

总编辑接下来要“告发”在上一期当中预告的“波多野雅子命案”。数据一样由樱田提供，“证人”则是青梅林业的卡车司机黑原三郎，以及青梅车站前中华餐馆“和来轩”的老板娘。

《女性回廊》的总编辑为人“耿直”，认为在发表第二波报道前，应先征求雅子的丈夫波多野伍一郎的同意。

他会决定这么做，主因为意气风发推出的第一波报道，遭佐山道夫漠视，没有得到预期效果，甚至还招来外界批判。

批评大多来自支持佐山的顾客，就连编辑部试图发起的“伸冤行动”，也遭到反击。

“被告冈野正一不是已经认罪了吗？他翻供是为了脱罪，这种手段很常见，他还真是没男子气概。既然一审宣判有罪，凶手一定是冈野。我坚决反对《女性回廊》这种救真凶、陷害佐山的阴谋。我要拒买《女性回廊》，发起拒买行动。”

“自白”这事实在此时也造成了负面影响。那些女性——不只是女性，甚至连一般大众都认为，被告既已“自白”，就是有罪在身，疏于检讨内容是否合理。

自古官尊民卑的传统养成“上行下效”的观念，使得他们在这件事上，也表现出了盲从权威的态度。既然客观状况如此，再这么检讨下去也无济于事，只能见招拆招。

其中还出现了这样的抨击。

“《女性回廊》在搞什么嘛，难不成是被旧员工遇害这题材冲昏头了吗？就算遇害的是自家员工，怎么可以为了‘报仇’这种封建思想，扭曲事实呢，而且那篇报道简直是滥情到夸张的地步了。”

编辑部原本期待以为弱者发声及报仇雪恨，诉诸日本传统的情感，进而打动人心，最后却落得一场空。《女性回廊》仿佛沦为美发界阴谋人士的道具，四面受敌。

总编辑因此决定在推出第二波报道时，向雅子的丈夫伍一郎说明，雅子并非自杀，而是遭人杀害，其中以佐山道夫的嫌疑最为重大，借此寻求理解。

他在访问前已经想好了几句煽情的标题，如“社长丈夫震怒，决心追查到底”，或“伍一郎氏痛惜前夫人惨遭毒手，含泪誓言必报此仇”。

然而，伍一郎听闻他的来访目的，态度极不配合。

“简直是无稽之谈。”他颤抖着肥胖身躯，在社长办公室里对着总编辑怒吼，“作为雅子的丈夫，我可以保证她的死因确实是自杀，她是在家里留下遗书才走的，我跟警察说明过，辖区警局的搜查课长也接受了。”

“但是解剖的时候在胃里发现炒面和樱桃籽，与目击者的证词正好符合。”

“目击者的话不能信，那种东西到处都有卖。事情都过这么久了，我不希望雅子到底是自杀还是他杀这话题再度成为关注的焦点。我想尽量忘了这件事，雅子也把这些事都忘了，静静地躺在墓里。事到如今，我不想看到家丑外扬。佐山道夫这名字我是第一次听到，根本不知道他究竟是何方人物……你不要再拿这问题来烦我了，为了让你死心，我就告诉你吧，我后来娶了新的老婆，拜托你也为我的家庭着想。”

波多野伍一郎说到最后竟成了恳求的语调。

他会有这样的反应也无可厚非。一旦对外发表雅子死于他杀，和发型师那段见不得人的关系势必也得跟着摊在阳光底下。伍一郎贵为社长，重视外界观感，但最主要还是怕年轻妻子介意。

《女性回廊》第二波报道终究未能顺利引爆。总编辑判断得不到波多野伍一郎的协助，执行无望，只得放弃。况且他也不认为佐山道夫会受第二次“告发”挑拨，做出回应。他必定会沉默以对，再私下散播“这是来自美发界的嫉妒与阴谋”论，这才是他的作风。

得不到其他媒体配合，《女性回廊》只能艰苦地孤军奋战。读者虽有回响，却鲜少听到支持的声音，反倒谴责这不过是沽名钓誉的“低俗刊物”。

总编辑暗中拨了通电话联络樱田，告知企划因社长命令中止，无法继续配合，请务必谅解。

樱田向桑山报告这次的行动以失败告终。

“抱歉没能帮上忙，真的很对不起。”他的面容憔悴，低下头。

“别这么说，这不是你的责任，该负责的人是我。你做得很好，谢谢你的帮忙。”

桑山打从内心感谢这位过去的属下不计个人得失，尽心尽力地提供协助。

他们并非欠缺努力，而是迫于检察一体的原则，需服从上层的指挥及命令，努力全被磨灭。最理想的方式是桑山被任命为负责此案的检察官，于二审进行侦查。可惜更换检察官的“事务移转权”为检察长的权限，检察长如果无意更换，即使自愿也不可能成功。

况且地方检察院从侦办这件案子开始，就已经与高等检察院取得共识，决定了“检方的态度”。如要移转也一定是委托认为冈野正一有罪的检察官，不可能交给持反对意见的检察官负责。检察官如有异议，又坚持己见，只会被当成是检察院的“异端”，检察体制内的“顽劣分子”。

过没多久，风声悄悄传进检察院，指出地方检察院的樱田事务官私自提供材料，协助《女性回廊》在杂志上攻击佐山道夫为“真凶”，其幕后的主使者便是桑山检察官。这传言从何而来，已是昭然若揭。

桑山感觉到，“走偏门”的报应终于来了。

检察长及副检察长唤来桑山。

“你终于要调任升官啦，今天找你来就是为了这件事。”检察长说。

“请问要调到哪里？”

“函馆检察院的检察长，你会答应吧？”

“我很感谢，不过，可以给我一天的时间考虑吗？”

“好吧。”

“麻烦您了。”

桑山告别检察长后，比以往还早下班。走时，负责侦办冈野一案的丸冈检察官冷眼目送他离开。

当天晚上，桑山把樱田叫来家里。

“我要被赶走了。”桑山笑着转告来自检察长的内部命令。

“不过，这可是荣升啊。”樱田凝视着桑山。

“那只是表面功夫，总不能做得太露骨。反正他们是被那件事惹恼了，才会把我流放到北海道。”

“他们真的会这么做吗？”

“谢谢你安慰我。我去了北海道之后，冈野就算上诉到最高法院，还是会被定罪。佐山则是照样享受荣华富贵，越来越活跃。”

“您有什么打算？”

“我会辞职。”

“……”

“我明天会向检察长提出辞呈，转行成为律师，义务为冈野正一辩护。除此之外，别无他法。我希望你可以帮我，为我的律师事务所工作。虽然我还只是个初出茅庐的律师，付不起高薪，如果你可以接受……”

“我答应，我明天就向地方检察院辞职。”樱田坚定地说，打断了桑山的话。

那是一个秋风轻拂，无比惬意的十月。

东京都往西六十公里处有座S湖，那是座拦河建成的人工湖，面积二点五八平方公里，东有水坝发电厂，北靠甲州公路，南沿山腰弯曲形成湖岸线，水深约一百六十米，昔日生长于山谷间的巨木露出湖面，村庄及田地没入湖底。

S湖现为京滨地区[1]的人们开车前来游玩的观光胜地，北方小镇上有游船码头及船家出租小船，新开的饭店和旅馆林立。

那一天下午三点，由东京开来一辆豪华轿车，停在湖边饭店。下车的是一位三十岁左右的男子，和较男子年纪稍长的女人。男子身穿时髦运动衫及运动裤，一身轻便，戴着一副深色太阳眼镜，正好衬托他那修长的脸孔。女人虽然也戴着太阳眼镜，但女侍乍看只觉得这对情侣极不登对。

1　指东京及横滨一带。

两人进饭店要了一间房间，并解释将于三小时后回东京。他们没有如同一般情侣入房“休息”，进房后，又随即到露台点了杯冷饮，那里是个可将湖面风光尽收眼底的观景台。

湖面上，天鹅船摇曳着尾巴滑行，另有十二三艘小船于水面悠游。

一抹斜阳挂在天边，余晖闪耀水面。不晓得是男子还是女人提议，两人走到大厅表示要搭船，饭店人员告诉他们一家与饭店签约配合的船家，徒步不需两分钟即可抵达。临走之前，男子向柜台人员借电话拨回东京。

“是我。”他说，“我等一下要和藤子划一个小时的船，会晚点回去。对，回去大概已经七点多了……泛美（泛美航空）的班机是十点四十分起飞，还赶得上。行李都收拾好了，回去只需要换套衣服而已。我一回去就要出门，你再帮我安排。”

柜台人员等男子讲完电话，殷勤地问：“您今晚要到美国吗？”

“我跟老婆要去夏威夷。”

这才揭晓原来那难分男女的女人是他的妻子。他们牵手走向湖畔，目送他们离去的员工，认为他们这对夫妻郎俊女丑，一点也不般配。看着他们今晚就要出发至夏威夷，却仍悠闲自在的模样，料想应是有钱人家，不禁心生羡慕。

他们向船家租了艘小船游湖。男子划船的姿势生疏，幸而湖面平静无波，没有危险。那时是四点半，船家因为要计时，确认了一下手表，时间绝对正确。

夕阳西斜，六点前天色尚亮，船头因此没有另外装上小灯。

此时，已有许多小船回到码头，只有五六艘仍零星散落湖面。

那对男女神情愉快地乘着小船，女方更是兴奋。通常为此感到乐不可支的都是女方，他们的反应并无特殊之处。

小船滑到湖面中央后改向西行，S湖东西狭长，唯有此路可行。湖岸线沿着沉落的山谷高低起伏，北岸为甲州公路，城镇遍布且地形开阔，南岸则是一片茂密树林，常有情侣划船至此，选此罕无人烟之处，上岸偷情。

往西划行的小船也向南岸靠近，与饭店和船家相对，两岸相隔甚远。小船弯过岬角，进入溪谷，消失了踪影。

游船的航运时间结束，小船也几乎都已回到岸边，没有人就近看到那艘弯进溪谷的小船。对岸有人望见小船划进湾岸，在湖面上的树林间穿梭，但这不过是一般情侣划船常见的景象，并未引起特别关注，持续注意他们的动向。

接近六点，小船迟迟未归。如果是白天，租一小时再延长至两三个小时都无关紧要，然而日已西沉，此地又四处环山，天黑得快，只见西侧湖畔家家户户灯火通明，车辆闪动着车灯，奔驰在高处的甲州公路。

船家等不及小船回岸，便通知饭店，饭店方面为防万一，通报辖区警局，饭店人员则请船家操桨，划至湖面上搜索。

小船划进弯过岬角的湾岸，饭店人员拿着大型手电筒四下打量湖面，光线照得不远，但随即照见翻覆的小船。地点为溪谷接近东岸的水面，没有发现人影，也没有听到声音，即使大声喊叫，也不见森林或水中传来回应。

一个小时后，辖区警察才乘着船头安装探照灯的小船来到现场。

隔天早上，先后寻获两具尸体。先是找到于水面漂流的女子，并运往西岸检视，分析溺死已超过十三四个小时。推测小船为前一天傍晚五点划至岸边，并随即翻覆，女子因此落水。

尸体没有外伤，脖子上没有发现勒痕，且明显可见吐舌及口鼻流出泡沫等溺死特征，服装与乘船时相同，鞋子也还穿在脚上。

又经过半天，终于找到男子尸体。尸体在沉落水底，又被树枝缠住的情况下，增加了搜寻的难度。还是靠着搜救人员在小船上以带钩长竿在水底打捞，才钩到了男子的裤管。

尸体钩住了却不为所动，最后只好由两人脱衣潜入水底，移开树枝，好不容易才让尸体浮上水面。

经过检视，分析男子的死因亦为溺死，死亡时间与女子相同。他穿着和划船出湖时一样的衬衫及长裤，只有鞋子脱在船上，独自于翻覆的小船旁漂浮。

仔细检验后发现，男子露出袜子的右脚脚踝上有一小条像是抓扯的伤痕，旁边并有环状瘀血，而且都是在生前造成的伤势。

起先以为擦伤来自水底的树枝。S湖沿岸较浅，水面上有沉在水底的树木冒出枝干，水中则是枝丫密布。男子在翻船后，因落入树枝之间，无法脱身而溺死，死前必在水中经过一番激烈挣扎，才会造成脚上的擦伤。不过这伤痕又小又细，树梢擦伤理应会留下更粗更长的伤痕。

环绕在脚上的瘀血则道出了造成伤势的真正原因。两人在翻船落入水中时，女人两手紧抓住男子右脚，由于她一心想要得救，使尽了全身力气，造成男子脚上瘀血，并借此得知擦伤为女子指甲抓过的痕迹。近来女人的指甲又长又尖，溺死的女子也是留着一样的长指甲。女人在水中握住男人一脚，水越吞越多，逐渐失去力气，放开了手，就这么溺死在水中。

男人从女子的手中挣脱，却也喝下了不少水，虚弱无力。尽管如此，他还是努力往上游，游离女人身边，没想到就在此时不幸遭水中的树枝缠身，动弹不得，终究无法得救，尸体也因此没有浮上水面。

两具尸体被运到警局后院时，从东京赶来了十几位亲友及五六名报纸杂志记者。昨天晚上已经查明死者身份，由车上和男子遗物分析，男方为东京青山“美发沙龙”的经营者佐山道夫，女方的身份则由东京赶来的亲友确认为佐山之妻福地藤子。由于佐山道夫是位名发型师，在美发界颇负盛名，同时也吸引了不少记者前来采访。

“老师和福地小姐原本预定要搭今晚十点四十分的班机，前往夏威夷。”

昨天深夜赶到警局的“美发沙龙”员工柳田表示：“事情已经安排好，再过几个小时就要出发了，怎么会在这种时候发生意外，我到现在还是不敢相信。他们原本打算十天后回来，就要正式结婚，福地小姐是那么期待……”

警方确定此为意外致死，将两具遗体交由他带回东京。

报上刊登美发界名人的感言，哀悼这位尚未称霸美发界便意外身亡的“天才”。

“佐山还年轻，能够取得如此成就，想来他本人也心满意足，得以瞑目了。像他那样的年轻人，很难达到声名显赫的地步，真不愧是‘天才’。‘天才’，仅指那些才华洋溢却英年早逝的人，而‘大师’总是长命百岁。与其活着成为才能枯竭的‘大师’，或是不受欢迎的领导者，佐山算是塞翁失马，焉知非福啊。我说这话，可是真心为他着想。”

以上为某“发型评论家”的发言。

“福地藤子打心底深爱着佐山先生，她说过能和佐山一起，是全世界最幸福的事。发生那样的意外令人深感惋惜，但这就像殉情，也算达成了她的心愿。而且她紧紧抱着佐山不放，直到力气用尽的最后一刻，不知道羡煞多少人，她真是这世上最幸福的女人了。”

此为福地藤子在杂志社工作时的旧同事所述。

“枝村幸子命案”现正进行到二审，没有任何一家报纸或杂志提及其中被告冈野正一与佐山道夫的关系。

“桑山信尔律师事务所”开设在芝A町某大楼一室。

那是间狭小的事务所，其中一半空间规划为接待来客的会客室。除了桑山律师，事务所的员工只有樱田和一位十七八岁的少女，没有来客。

佐山道夫及福地藤子于S湖意外丧生的隔天午后，由辖区警局调查回来的樱田大致向桑山报告了整件事的来龙去脉。

“您觉得呢？”

“警察只根据死因为溺死和没有外伤，就认定这是起意外吗？”桑山问。

“那算是主要依据。还有，佐山在乘船前打了通电话回青山的店里，表示两人将于七点前回去，之后再到机场搭机前往夏威夷，搭船时也没有异状。”

“佐山的划船技巧熟练吗？”

“船家的说法是有点生疏。”

“既然湖面平静，没有一点波纹，实在很难想象会因为划得不好而翻船。”

“警方依常有情侣为了避人耳目，划船到案发现场，分析是在两人要搂抱的时候，男人移动位置，导致小船失去平衡而翻覆。以前也发生过好几次类似的意外，只是都无人身亡。”

“这件事最耐人寻味的是两个人都死了，而且租船的时间也晚，几乎是其他船只回岸的时间，没有其他小船上的人目击到他们。你不觉得他特地挑了一个没有目击者的时间租船出去吗？”

“我也是这么想。”

“关于鞋子，警方有什么看法？”

“鞋子吗？没有。”

“佐山在船里脱掉了鞋子，福地藤子没脱。可能是因为佐山穿着鞋子不方便划船，所以光着脚……”

“警察就是这么想的吧。”

“不过，假设他有下水游泳的打算，就会先把鞋子脱了。”

“原来是这么一回事啊。”樱田睁大眼，频频点头，“您也认为佐山的目的是杀害藤子，再伪装成意外吗？”

“佐山没有和福地结婚的意思，会跟她有男女关系，是在杀害枝村幸子时，利用她帮忙制造不在场证明的代价。结果因为我们紧追着这件案子，使得佐山对福地藤子产生不信任感。福地对什么人都好，佐山担心她会将这件事情说出去，尤其怕一旦悔婚，难保她不会向警察，或是在为冈野辩护的我们说出真相。福地藤子既是他不想结婚的女人，也是握有他秘密的女人，佐山就是在这双重负面因素影响下，起了杀意。”桑山解释。

“在飞往夏威夷前动手，任谁也不会怀疑他早有预谋，这安排还真周到。别说来回机票，甚至连在夏威夷十天的饭店住宿费，也全额付给旅行社了，投入这么一大笔钱，可见他有多费心掩饰自己的计谋。”

“面临可能会被送进监狱的危机，这点程度的投资不算什么。”

“依佐山现在的地位，这确实只是一笔小钱。他的收入丰厚，而这些钱都是从女人身上搜刮来的……佐山原本计划让不会游泳的福地藤子在水中溺毙，自己再游出水面，以这样的方式排除最后的障碍。只是没想到，福地藤子竟然抓住他的脚，让他无法逃脱。他在水里越来越痛苦，最后放弃杀人，甩开了她的手，可是就在他往上游的时候，被水里的树枝绊住，游不出水面。佐山落得这下场，可说是自取灭亡。”

“这算是……天意吧。他惯用的手法最后还是失败了。”

“惯用手法？”

“杀害波多野雅子时，佐山人就在现场，九州岛天拜山下的命案也有他的踪迹，他在这起案件中借由从精神病院逃走的疯子脱罪，后又依循同样的模式杀害枝村幸子，让冈野替他顶罪。这些手法都差不多，到头来，他还是栽在自己手上。”

静默凝结在两人之间，久久未散。

“佐山竟然死了。”樱田吐露出心中的肺腑之言，“可惜没能亲手将他送上死刑台。既然演变成这种局面，我们现在唯一能做的就是尽量帮助冈野获判无罪。”

“照目前的状况看来，很有希望可以在二审逆转。”

“嗯。”桑山点着头，叹了口气，“不过，我们跟佐山的这一仗还真是漫长啊。”樱田听着桑山的话，仿佛另有其意。

图书在版编目（CIP）数据

夜光的阶梯 / （日）松本清张著 ； 廖子雯译. -- 上海 ： 文汇出版社, 2018.4
ISBN 978-7-5496-2473-7
Ⅰ. ①夜… Ⅱ. ①松… ②廖… Ⅲ. ①长篇小说－日本－现代 Ⅳ. ①I313.45
中国版本图书馆CIP数据核字(2018)第044460号

夜光的阶梯

作　　者 / [日]松本清张
译　　者 / 廖子雯

责任编辑 / 甘棠
特邀编辑 / 叶启秀　孟南
封面装帧 / 刘倩

出版发行 / 文匯出版社
上海市威海路 755 号
（邮政编码 200041）
经　　销 / 全国新华书店
印刷装订 / 三河市良远印务有限公司
版　　次 / 2018 年 5 月第 1 版
印　　次 / 2018 年 5 月第 1 次印刷
开　　本 / 890mm × 1270mm　1/32
字　　数 / 374 千字
印　　张 / 17.75

ISBN 978-7-5496-2473-7
定　　价 / 69.90 元